KIM DANA KUPPERMAN è la premiata autrice di *I Just Lately Started Buying Wings: Missives from the Other Side of Silence*, *The Last of Her: A Forensic Memoir*, e curatrice di *You: An Anthology Devoted to the Second Person*. È la fondatrice della Welcome Table Press. Per ulteriori informazioni, si prega di visitare il sito web www.kimdana kupperman.com.

FRANCESCA DEGANI è una traduttrice professionista con una passione per la letteratura e la traduzione. Dopo avere conseguito la laurea in Linguistica all'Università di Utrecht e la laurea in Lettere presso l'Università degli Studi di Torino, oltre a tradurre testi di tutti i tipi ha insegnato Teoria della Traduzione in alcuni istituti superiori a Torino. Ha tradotto fra l'altro 'Mio Fratello Vincent' di Elisabeth Van Gogh e una raccolta di Lettere di Hetty Hillesum per Via del Vento edizioni.

Seimila miglia da casa

Un romanzo ispirato a una storia
vera della Seconda guerra mondiale

Seimila miglia da casa

UN ROMANZO ISPIRATO
A UNA STORIA VERA DELLA
SECONDA GUERRA MONDIALE

~

KIM DANA KUPPERMAN

POSTFAZIONE A CURA DEL RABBINO ZVI DERSHOWITZ

TRADOTTO DA FRANCESCA DEGANI

LEGACY EDITION BOOKS
MOUNT KISCO, NEW YORK

Titolo originale:
Six Thousand Miles to Home: A Novel Inspired by a True Story of World War II
Tradotto da:
Francesca Degani

Questa è un'opera di *fiction* storica, basata su episodi storici reali che hanno coinvolto persone vere. Mentre i nomi propri sono stati mantenuti intatti, alcuni cognomi sono stati modificati. Grande cura è stata dedicata alla composizione di un resoconto accurato degli eventi narrati in questo libro.

ISBN 978-1-7323497-5-9 (paperback)
ISBN 978-1-7323497-6-6 (ebook)

Prima edizione in inglese 2018
Prima edizione in italiano 2021

Grafica di copertina e veste grafica a cura di Roger Kohn
Design interno a cura di Bookmobile
Immagini di copertina tratte da Image Source (ragazza); Iran Travel Center, Shiraz, Iran (monte Damavand); Imperii Persici In Omnes Suas Provincias, Johann Baptist Homann, Norimberga 1720, commons.wikimedia.org (carta geografica)

Dedicato alla memoria di
Hermann e Karola Eisner
Julius e Josephine Kohn
Soleiman e Suzanna Cohen

Questo libro è per tutti i loro discendenti

E con eterna gratitudine a Joan ed Edward Cohen:
la loro visione e il loro amore hanno reso possibile questo libro

Per comprendere appieno quanto siano preziose le vite che vengono salvate è necessario conoscere nella sua reale portata l'orrore da cui esse furono così miracolosamente preservate.

—Daniel Mendelsohn, *Gli scomparsi*

I PARTE

Incertezza

Varsavia
Teschen
Leopoli
Mari
Tashkent
Margilan
Krasnovodsk
Bandar-e Pahlavi
Teheran

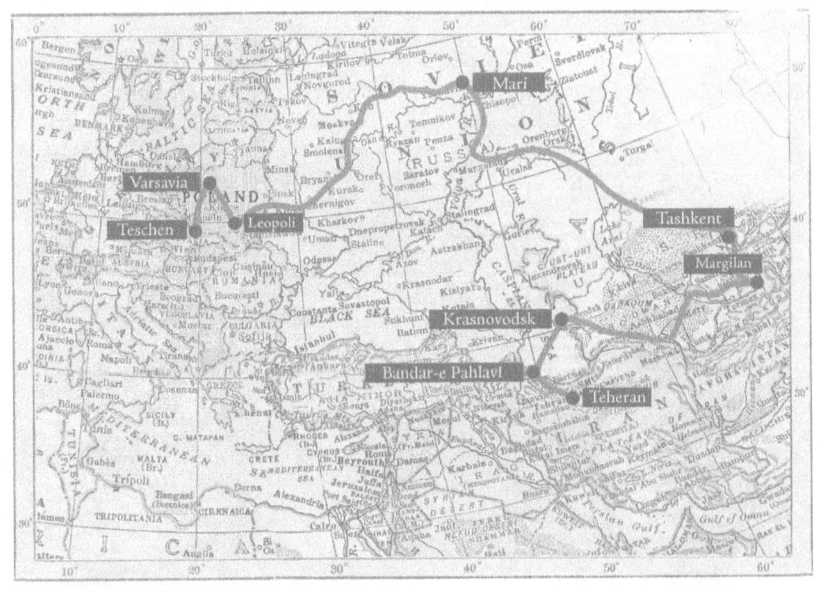

Una volta, nel luogo che chiamavano casa

Era una mattina serena e tiepida di inizio giugno. Una brezza sfiorava le pagine di un giornale sul tavolo da pranzo. Come d'abitudine la coppia, sposata da diciotto anni con un figlio e una figlia, faceva colazione in silenzio. Fra le notizie, un articolo in particolare aveva stupito Josefina Kohn. Aveva fatto vacillare le sue speranze che si verificasse un intervento di qualche tipo (*no, sarebbe già successo*, pensò) per deporre quell'austriaco che stava rovinando tutto ciò che le era caro. Josefina si aggrappava all'idea che la vita, sotto forma di civiltà e cultura, vale a dire così come l'aveva conosciuta lei, sarebbe stata ripristinata. *Cosa aspettano tutti quanti?* si domandò. Era chiaro che questo Hitler, questo sedicente führer, non si proponeva nulla di buono. Si trattava di un criminale, non era ovvio? Dalla sua nomina a cancelliere nel 1933 si erano accumulate innumerevoli prove dei suoi crimini grotteschi: i *Konzentrationslager*, o campi di concentramento, a Dachau e Buchenwald, il boicottaggio dei commercianti ebrei, le leggi di segregazione non erano che alcuni esempi. Ogni sconfinamento tedesco nei territori limitrofi era avvenuto a una distanza di relativa sicurezza dalla casa della sua famiglia, in Polonia occidentale; ma era evidente che l'ondata di antisemitismo ispirata dai nazisti si stava avvicinando. E le sembrava che l'odio incominciasse a diffondersi pericolosamente. Se non fosse stata una donna raffinata, Josefina Kohn avrebbe sputato ogni volta che leggeva o udiva di un ebreo costretto a pulire la strada in ginocchio, talvolta con uno spazzolino da denti, o le proclamazioni naziste nella sua amata Vienna. Al contrario, prendeva a strappare gli articoli di giornale che riportavano questi avvenimenti orribili. Lo faceva dopo che il marito e i figli si erano ritirati nelle proprie stanze e i domestici avevano chiuso le porte.

Seduta in cucina, Josefina Kohn, Finka per gli amici e i parenti, strappava risolutamente i fogli di carta. Piegava le pagine come per confezionare un ventaglio, quindi le strappava lungo le pieghe in lunghe strisce verticali, che impilava con cura. Poi le divideva a metà, in quarti, ottavi, sedicesimi, fino alla più minuta frazione possibile, disponendo i quadratini ottenuti in piccole pile ordinate. Suo marito Julius dormiva tutta la notte e non le aveva mai chiesto che cosa facesse quando restava sveglia.

Per molti anni, Josefina aveva dato uno scopo all'insonnia con la lettura o il cucito. Spesso scriveva lunghe lettere alla sorella maggiore Elsa, che viveva in Italia, vedova da sei anni ma benedetta da due figli, un maschio il maggiore e una bambina la più piccola. In quei giorni, le lettere fra le sorelle erano rabbuiate dalle notizie sulle leggi antisemite, approvate non solo nella Germania di Hitler, ma anche in Polonia. A luglio del 1938, Elsa le avrebbe scritto a proposito della pubblicazione in Italia del *Manifesto della razza*, che avrebbe aperto la strada all'entrata in vigore, a novembre, delle leggi razziali, privando Elsa e i figli della cittadinanza italiana.

Malgrado il crescente sentimento nazionalista che aveva investito l'intera Europa, Josefina confidava a Elsa le sue speranze per il futuro dei figli. Peter, un atleta in erba, aveva allora sedici anni, e lei sognava che frequentasse l'università. Magari sarebbe diventato avvocato o medico, nonostante gli mancassero ancora due anni alla fine della scuola superiore e agli esami conclusivi. Josefina si era accorta che a suo figlio non interessava studiare, tuttavia una professione che si potesse esercitare ovunque era un obiettivo da prendere in considerazione, cosicché lo esortava all'eccellenza accademica. Suzi, precoce per i suoi dodici anni ma ancora timida, si mostrava promettente al pianoforte, come aveva detto frau Camillia Sandhaus. "E Camillia saprà quel che dice," scriveva Josefina a Elsa, che conosceva bene la famosa insegnante e concertista di Teschen. "Immagina se Suzi si esibisse a Vienna," scriveva, "e dopo potessimo sedere insieme a bere sherry al Café Landtmann."

In seguito, Josefina avrebbe pensato che le ambizioni per la nuova generazione descritte alla sorella fossero tipiche dell'ambiente e dell'epoca in cui lei ed Elsa erano nate. Avevano abbracciato la musica e la poesia, che prosperavano nei loro paesi e nelle loro stesse comunità. Questa tendenza nostalgica era una specie di effetto collaterale ereditato dai genitori, ebrei tedescofoni assimilati, che si erano costruiti una vita felice durante l'epoca di sicurezza relativamente pacifica che aveva preceduto la Grande guerra. Ma Josefina, Julius e i loro fratelli avevano trascorso l'adolescenza durante la devastazione di quella terribile guerra. Non bastava ascoltare Chopin o leggere Shakespeare, né sapere di chi fossero i dipinti esposti nei vari musei, né era sufficiente parlare lingue come il latino o il greco e neppure avere talento per il commercio o gli affari. L'educazione superiore, una strada relativamente nuova per gli ebrei dell'Europa centrale e orientale, offriva abbondanti opportunità di ingresso nei campi del diritto, nella medicina, nella scienza. Josefina incoraggiava il figlio a proseguire gli studi, con la speranza che scegliesse una di quelle professioni.

Josefina lavorava a lume di candela. Dopo alcune ore trascorse a ricamare, leggere, scrivere lettere o, ultimamente, a strappare il giornale, sentiva le palpebre farsi pesanti e le veniva abbastanza sonno da tornare a letto. Scivolava sotto la trapunta accanto a Julius, nelle ore solitarie che i francesi chiamano *le petit matin*, il piccolo mattino. Le piaceva l'intelligenza di questa espressione, con la promessa che la parte più pallida della giornata sarebbe cresciuta per diventare qualcosa di più grande, e apprezzava un simile ottimismo, soprattutto quando non riusciva a dormire.

La prima ad alzarsi la mattina era Helenka, la governante. Riordinava i libri e il ricamo di Josefina o infilava la lettera terminata nel canestro della spesa. Di recente tuttavia i compiti di Helenka richiedevano sempre più spesso di spazzare nel palmo della mano quei quadretti di giornale, con le loro frasi spezzate, per gettarli nella stufa. All'inizio, questo smembramento delle notizie era sembrato bizzarro ma innocuo, ma quando si tramutò in un'abitudine quotidiana, Josefina incominciò ad avvertire lo sguardo, acuto benché discreto, dell'altra donna. Sapeva che Helenka la osservava, sorvegliando i segnali che indicassero un eventuale malessere della padrona.

Chiunque non stesse male per le notizie, naturalmente, non vi prestava particolare attenzione. Josefina era il genere di donna che non intende lasciarsi cogliere di sorpresa o alla sprovvista. Si vantava della sua capacità di pianificazione, talvolta perfino di previsione, e rimproverava i figli ogni volta che si distraevano. Perciò guardava le notizie con grande cura, perfino gli articoli sepolti oltre la decima pagina. In confronto ai resoconti di tutti gli eventi più numerosi e angoscianti degli ultimi cinque anni, il breve articolo di quel giorno era relativamente insignificante. Tuttavia, Josefina ne fu turbata e, anziché distruggerlo, decise di conservarlo.

Forse perché Sigmund Freud, l'uomo barbuto nella fotografia che corredava l'articolo, con i suoi ottantadue anni, sembrava colto da un'agitazione che Josefina riconobbe. Avrebbe detto che la sua espressione sembrasse *sconcertata* dalle circostanze. Herr Freud era coetaneo dei genitori di Josefina e Julius. Come Josefina, il marito e le rispettive famiglie, anche il famoso psichiatra era nato in una piccola località, un tempo parte di un impero grande e potente. In effetti, la cittadina distava appena quaranta minuti a ovest di Teschen, e ogni volta che viaggiavano verso occidente alla volta di Vienna o Innsbruck, i Kohn passavano accanto al paese natale di quest'uomo straordinario. Era un ebreo assimilato come loro, che parlava tedesco e che considerava Vienna la capitale culturale. Lì aveva frequentato il ginnasio e l'università, e si era sistemato per mettere su famiglia. La qualità della sua vita aveva attirato l'attenzione di Josefina: nutriva rispetto per il suo successo come eminente medico.

Josefina ricordava di aver visto herr Freud al Café Landtmann sulla Ringstrasse quando si era recata in visita a Elsa, che era allora fresca di nozze e viveva a Vienna con il marito Arturo. In quell'occasione, herr Freud aveva sollevato il capo mentre Josefina passava accanto al suo tavolo, e si erano scambiati uno sguardo. Le aveva esaminato il viso per quella che era parsa un'eternità, malgrado si fosse trattato di un brevissimo istante. Più avanti, Josefina aveva appreso che era un uomo introverso e spesso scorbutico, tuttavia nei suoi occhi non aveva potuto scorgere alcuna di queste caratteristiche.

"Quell'uomo ha rivoluzionato la medicina," aveva commentato Elsa mentre sorseggiavano il caffè, in un giorno che sembrava incredibilmente distante, in un luogo sempre più piccolo.

"Herr Sigmund Freud ha lasciato Vienna," annunciò Josefina al marito strappando la pagina del giornale, "e attualmente si trova a Londra." *Neanche un uomo di simile successo si può salvare*, pensò. La sua voce e il suono del giornale strappato sembravano colmare i bicchieri vuoti sul tavolo della colazione. "A quanto pare non ha più un soldo." Non proseguì finché Julius non ebbe levato la testa per guardarla. "Julek . . . ," disse, "parliamo di partire, eppure restiamo. Sarà la decisione giusta?" domandò. "Herr Freud ha aspettato, e ora ha perso tutto." Il grado di modernità e cultura di herr Sigmund Freud era estraneo ai genitori di Josefina e, benché le leggi naziste lo avessero gettato in rovina, era stato in grado di sottrarsi alla loro morsa. Lei e la sua famiglia sarebbero riusciti a fuggire come lui, inseguendo il tenue filo che lega la fortuna al tempismo? Sul suo viso squadrato, un'espressione tormentata aveva modellato la bocca in una linea dritta e straordinariamente triste.

Julius posò la forchetta e il coltello. Sorrise in quel modo dedicato soltanto a lei, come se si fossero appena scambiati una battuta riservata. Come al solito, prima di parlare trasse un respiro profondo ma quasi impercettibile e sistemò la benda sull'occhio sinistro, perduto quando combatteva nella Grande guerra, prima del loro fidanzamento e matrimonio. La prima volta che aveva incontrato Julius, diciotto anni prima, Josefina aveva considerato quella mutilazione una testimonianza del suo ardito coraggio. Si era spesso sforzata di immaginare che cosa si provasse a essere tenuti prigionieri contro la propria volontà, come era accaduto a Julius. Si era trovato sotto la sorveglianza dei soldati russi, ferito e abbandonato, la vista compromessa dall'imminente perdita di un occhio. Non gli aveva mai domandato quanto ne avesse sofferto o che cosa potesse aver appreso. Talvolta avrebbe desiderato parlare di queste cose, ma non lo facevano mai. Che terribile ironia, pensava Josefina, vivere in silenzio in un'epoca in cui un medico come Sigmund Freud esaltava le virtù dell'autoanalisi, inaugurando quella che sarebbe diventata nota, una volta che Josefina fosse stata più anziana, come l'era dell'analisi. La dignità del silenzio portata avanti dalla sua generazione stava incominciando a diventare un peso, ma né lei né il marito potevano liberarsene. In quei giorni inoltre le preoccupazioni di Josefina Kohn erano plasmate dalle questioni relative alla sicurezza della sua famiglia, e temeva profondamente che la traiettoria delle vite dei suoi figli subisse deviazioni. Nei momenti di più cupa contemplazione era terrorizzata dalla possibilità che la sua famiglia subisse un danno irreparabile.

"Finka, cara, ne abbiamo già discusso," disse Julius. "Se scoppia la guerra, facciamo i bagagli e ce ne andiamo. Abbiamo le risorse necessarie e un'auto. Abbiamo i mezzi per metterci al sicuro." Era strano: come il suo viso, neanche la sua voce tradiva ansia e Josefina non riusciva realmente a distinguere se questa palese spensieratezza accrescesse o mitigasse il suo nervosismo. Come si può essere sposati con un uomo da quasi vent'anni e non riuscire a leggere la sua voce, come accadeva a lei ora? E in effetti avevano discusso di tante cose, ultimamente: i profughi dalla Germania, la folgorante ascesa al potere di Hitler e del partito nazista, la morsa economica imposta agli ebrei in Polonia.

"E dove andiamo?"

"Dove vorresti andare?"

Josefina sbirciò la foto di Freud. Sembrava più basso di quanto ricordasse, e ora vedeva in lui l'avvilimento di chi è costretto ad abbandonare un luogo, una casa, la vita che ama. "In un posto sicuro, Julek. Dico sul serio." Fece una pausa prima di proseguire. "In Inghilterra," disse Josefina. "Ce la caveremmo bene, lì." Si immaginò seduta a tavola, assorta nella cerimonia del tè del pomeriggio; la pace e la civiltà di quella tradizione simboleggiavano ciò che in quei giorni bramava maggiormente.

Julius Kohn piegò il tovagliolo e si alzò da tavola. "Finka, ti prometto che saremo al sicuro." Così dicendo la baciò sul capo.

Lei di rimando gli aggiustò il papillon, che le sembrava sempre leggermente storto, e lui uscì per andare al lavoro. Si domandò come facesse suo marito a essere così sicuro in tempi tanto incerti.

DOPO LA COLAZIONE, LA CASA al numero 10 di via Mennicza diventava silenziosa. A Josefina piacevano quelle ore mattutine, soprattutto in tarda primavera e all'inizio dell'estate, quando il tempo sembrava rallentare e le camere di tutti e quattro i piani erano tranquille. Si potevano udire gli uccelli e il rumore distante delle imposte che si aprivano, e la luce ovattava il contorno delle cose.

Amava restare seduta a tavola dopo che i figli erano andati a scuola e il marito era partito per il lavoro, immaginando di vagare per la casa da un posto all'altro. Josefina poteva vedersi sfiorare con la mano i robusti arredi di mogano, scorgeva il proprio riflesso nello specchio ovale all'ingresso, le tende del salottino, così pesanti che un occasionale refolo d'aria le avrebbe a malapena smosse. Dalla cucina giungeva il profumo invitante del pane di segale caldo. Se fosse salita nelle camere dei figli al piano di sopra avrebbe visto i campioni di rocce di Peter accuratamente etichettati, esposti in una teca di vetro portata da Cracovia dal nonno. La luce avrebbe danzato su un gingillo abbandonato sul comò di Suzi. In fondo al corridoio, nella camera padronale, sapeva che il bassotto Helmut era comodamente acciambellato su un cuscino di velluto verde. Come sembrava bruno il cane a Josefina, che tempo dopo, in cerca di conforto, avrebbe rievocato il suo colore caldo e il suo naso umido.

Josefina proseguì il suo giro fantastico giù per le scale che, come Peter amava osservare, si attorcigliavano come l'interno del guscio di un nautilo. E poi fuori dalla porta d'ingresso, su via Mennicza, fino all'intersezione con la Głęboka, dove una volta aveva abitato insieme a Julius, alla sua famiglia e ai figli. Avrebbe preso via Zamkowa fino all'Olza, dove il Café Avion sovrastava il ponte sul fiume. Una volta al caffè, si sarebbe attardata al suo esterno. Nella sua mente poteva udire una melodia proveniente da una finestra aperta: Chopin forse, o Debussy.

Con gli occhi chiusi, Josefina seguitò i suoi viaggi immaginari per le strade acciottolate di Teschen, tornò in via Mennicza in direzione della grande piazza principale del paese con la sua fontana centrale, dove a lei e Julius piaceva portare i bambini quando erano ancora piccoli. Passò davanti alle colonne del municipio e alla torre dell'orologio, che ammirò con fanciullesca meraviglia. E più oltre, alle facciate stilizzate dell'Hotel del Cervo Bruno e alla Deutsche Haus. In piazza Rynek, immaginò Helenka con un canestro appeso al braccio, intenta a esaminare le prime ciliegie esposte al mercato. Prendendo la Ratuszowa, una piccola via che si dipanava dalla piazza, fino a via Pokoju, giunse agli edifici che ospitavano le scuole frequentate dai figli. Seduti nelle rispettive aule, Peter studiava l'inglese, mentre Suzi esercitava il francese, entrambi con il colletto umido per il caldo di inizio giugno. Leggermente distratti dal desiderio di terminare l'anno scolastico e di visitare gli amici nella prossima gita a Skoczów, attendevano l'inizio dell'estate, con le sue visite, le feste di compleanno, le escursioni e i viaggi.

Alla fine, Josefina si incamminò da via Schodowa alla Przykopa, dove Julius camminava lungo la roggia per badare agli affari della conceria. Suo marito passeggiava, affabile e sorridente: se avesse tentato, avrebbe quasi potuto stendere la mano per sistemargli il papillon.

IL CANE ABBAIÒ. *L'URGENZA DEL PRESENTE*, pensò Josefina aprendo gli occhi, *inizia sempre nello stesso modo*. Diresse lo sguardo alla finestra e si domandò se un giorno o l'altro, affacciandosi al balconcino e guardando su via Mennicza, avrebbe sentito il rumore sordo degli stivali sul selciato.

Meglio portare che chiedere

DOPO AVERE CUCINATO PER I PROFUGHI, visitato la famiglia e scritto ad amici e parenti, Josefina si concesse una pausa. Spalmandosi la pelle di crema Nivea, seduta alla toeletta in camera da letto, passò in rassegna gli eventi degli otto mesi precedenti. Nonostante pensasse spesso a ciò che stava accadendo, le vite degli ebrei d'Europa cambiavano con una rapidità che continuava a lasciarla attonita. A Teschen arrivavano ogni giorno da dieci a trenta profughi. Cercava di prestar loro aiuto, insieme al marito e ad altri cittadini animati da filantropia, sebbene, come Julius aveva detto a un amico, "Nessun mezzo basterebbe ad aiutarli davvero." Josefina avvertiva che la vita di ogni giorno incalzava verso un'esistenza quotidiana priva di ogni ordinarietà.

Sembrava che Laura, la zia di Julius, avesse telefonato soltanto il giorno innanzi da Vienna, dove viveva, ma in realtà era successo a novembre dell'anno precedente, in seguito ai pogrom che tutti chiamavano *Kristallnacht*.

"Dovrebbe semmai chiamarsi *Tränennacht*," aveva detto la zia Laura, "la notte delle lacrime." A lei, un'anziana vedova di settantatré anni, aveva procurato un braccio rotto. "Stavo cercando di spiegare alla polizia," aveva raccontato, "che la moglie del mio vicino, herr Rosen, è ammalata, quando uno di loro mi ha colpito con il fucile. E hanno ugualmente arrestato herr Rosen."

Al termine di quella notte, centinaia di sinagoghe erano state date alle fiamme, 7.500 negozi di proprietà di ebrei avevano le vetrine in frantumi (i magazzini erano stati saccheggiati), e 30.000 uomini ebrei erano stati arrestati e deportati nei campi di concentramento. Josefina non riusciva né sarebbe mai riuscita a capacitarsi di come il pogrom fosse stato possibile. "Perché nessuno è intervenuto?", continuava a domandarsi.

"E stanno facendo pagare a *noi* la *Kristallnacht*," aveva aggiunto Laura, riferendosi alla multa da un miliardo di reichsmark imposta agli ebrei del Reich per risarcire i danni (a proprietà ebraiche e sinagoghe), frutto della violenza istigata principalmente dagli ufficiali del partito nazista e dai membri delle truppe d'assalto e della Gioventù hitleriana. "Sono vedova. Come pensano ch'io possa pagare?"

Quando alcune settimane più tardi aveva telefonato di nuovo, la zia Laura aveva riferito dei regolamenti contro gli ebrei: c'erano delle restrizioni su quali luoghi pubblici potesse frequentare. Era certa che la sua casa sarebbe andata a una famiglia non ebrea: sarebbe stata *arianizzata*, aveva detto, pronunciando quella parola con un colpo di tosse. Sebbene la levatura di quella donna, perfino a settantatré anni, incutesse timore, Josefina aveva udito la voce di Laura incrinarsi di paura. E non era che una telefonata da una sola parente che viveva in questo nuovo Reich.

La crema Nivea era fredda al tatto. Il suo profumo, simile a neve fresca, ricordava a Josefina la sorella. In Italia, Elsa era stata espropriata del suo appartamento per via delle leggi razziali. Dalla calligrafia di recente frenetica delle lettere della sorella, Josefina non aveva potuto che supporre i dettagli delle lunghe negoziazioni in seguito alle quali Elsa era infine riuscita ad assicurarsi un passaggio per l'Argentina. Era partita a gennaio, lontano dall'Italia fascista e dalla follia nazista che ormai dilagava in tutta l'Europa occidentale. Josefina provò a immaginare la sorella, vedova con due figli, mentre attraversava non solo un oceano ma anche l'equatore, in viaggio verso il nuovo mondo. *Avrà portato con sé un vasetto di Nivea?* si domandò. E proprio mentre scacciava quel pensiero come un'assurdità, le venne in mente che forse non avrebbe mai più rivisto Elsa o i bambini. Si chiese che probabilità ci fossero di sopravvivere a ciò che il mondo stava diventando, e decise con altrettanta rapidità di dedicare i suoi pensieri a qualcos'altro. Ciononostante gli eventi che avevano sconvolto la sua famiglia, e il ritmo a cui si erano svolti, erano allarmanti.

Quattro mesi dopo i terribili pogrom della *Kristallnacht*, la Germania aveva invaso e si era annessa la Cecoslovacchia, che soltanto una piccola cittadina separava da Teschen. I profughi la attraversavano a piedi, in bicicletta e sui carri, passando il ponte sul fiume Olza, in direzione della Polonia. Le voci di una guerra erano sulla bocca di tutti, e con l'avvicinarsi dei nazisti la maggior parte dei profughi si era spinta ancora più a oriente, nonostante alcuni di loro fossero troppo anziani o ammalati per affrontare il viaggio.

Ecco, aveva pensato allora Josefina. *Il primo gruppo se ne va. Presto toccherà a noi.*

In famiglia, Elsa non era stata l'unica a essere costretta ad abbandonare la propria casa. All'inizio del mese, la madre di Julius era fuggita a Leopoli, nella Polonia sud-orientale. La figlia della zia Laura, Hedwig, era emigrata a Londra. Un cugino, ufficiale dell'esercito polacco, era stato richiamato in servizio e aveva lasciato Varsavia per raggiungere la sua unità. Un altro cugino, deportato da Vienna in un campo di lavoro nazista, era fuggito, riuscendo a raggiungere Shanghai, dove non servivano visti. *Siamo come tanti granelli di polvere, sparpagliati qua e là,* pensò Josefina.

Altri cugini della famiglia Kohn vivevano a Vienna, Cracovia e Praga. Josefina aveva scritto a tutti per conto di Julius e della sua famiglia, benché nessuno di loro avrebbe mai saputo che cosa sarebbe successo ai Kohn, né lei avrebbe scoperto se non molti anni più tardi che, tranne tre, erano tutti morti durante la guerra. Nelle lettere li aveva informati sinteticamente che lei, Julius e i ragazzi erano diretti a Varsavia, proprio come Greta, la sorella di Julius, e il marito, Ernst. Josefina non aveva precisato che pianificavano di recuperare dal magazzino della conceria di Varsavia quanti più beni di valore possibile, per venderli e prenotare un passaggio per l'Inghilterra. "Dovremmo riunirci una volta finita questa assurdità, quando saremo tornati alle nostre vite," aveva scritto a tutti, incerta se credere lei stessa a queste parole, ma sicura che fosse indispensabile non perdere la speranza. Alla fine di agosto, con le notizie dell'incombere inevitabile della guerra, Julius aveva finalmente convenuto che fosse giunto il momento di abbandonare Teschen.

Le loro recenti conversazioni a proposito della partenza si erano svolte in sussurri, a letto.

"So che sembra sciocco, Finka," aveva detto Julius, "ma fuggendo così, perdendo tutto senza neanche difenderlo, mi sembra di disonorare il nonno."

Nel profondo, Josefina riusciva a comprenderlo: come lei, Julius rappresentava la terza generazione di una famiglia legata da oltre un secolo a Teschen e al suo ambiente. Abbandonare un luogo così intriso di memoria, desideri e successi significava in un certo senso spogliare delle fondamenta la propria intima essenza. Ma sospettava che dietro al parere di Julius di restare a Teschen ci fosse qualcos'altro, che doveva avere a che fare con quel "la guerra per porre fine alla guerra" con cui un tempo erano stati chiamati i quattro anni intercorsi fra il 1914 e il 1918. Nel giugno del 1914, quando a Sarajevo era stato esploso lo sparo che aveva inaugurato il bagno di sangue, Josefina era una ragazza. Elsa era sposata, e Arnold, loro fratello, era abbastanza anziano da essere arruolato nell'esercito. Soltanto lei e Hans erano rimasti a casa, nella grande fattoria di famiglia. Julius, che ancora non aveva conosciuto, era al fronte come luogotenente. Aveva combattuto come suo fratello Arnold per l'Impero Austroungarico, in seguito collassato negli stati che ora erano alleati, annessi o minacciati dalla Germania di Hitler.

Josefina aveva letto e udito del terribile spargimento di sangue della Grande guerra, dilagata in tutta Europa senza mai realmente presentarsi sulla soglia di casa sua, nonostante Teschen fosse presidiata dalle truppe. Ma Julius aveva visto con i suoi occhi la Grande guerra, era stato ferito durante quel conflitto; e lei sospettava che rammentarglielo avrebbe fatto affiorare le sue peggiori paure. Da quel poco che le aveva raccontato, sapeva che la sua prigionia era stata mitigata dal suo grado di ufficiale. Nondimeno, Julius aveva perso un occhio a causa dell'incapacità dei suoi carcerieri di salvarlo, o forse della loro riluttanza a farlo. Questo significava che era rimasto steso in una sottospecie di giaciglio per settimane. Era novembre quando era scomparso nei Carpazi, perciò durante l'arresto e la successiva deportazione in Russia aveva patito terribilmente anche il freddo. E, considerata la penuria di cibo, doveva aver sofferto anche la fame. Non avrebbe mai voluto che la sua famiglia subisse un'esperienza simile.

Quasi tutti avevano in mente la Grande guerra, soprattutto chi aveva vissuto o era stato adolescente in quel periodo. Ora tuttavia era importante concentrarsi su come quella guerra avesse diviso vicini di casa e nazioni, rinvigorito antichi risentimenti e bigotterie e generato spaccature economiche. Quella guerra e l'antisemitismo, la crescita del potere nazista e la frenesia nazionalista stimolata da esso erano facce della stessa medaglia. "Julek, capisco la tua titubanza a partire," aveva detto in una delle loro conversazioni, "ma non sono sicura che riusciremmo a mettere in salvo alcunché. Ovunque vadano, i nazisti falcidiano gli ebrei come fili d'erba. E poi, se arriveranno qui in Polonia, i tedeschi arianizzeranno tutti i beni degli ebrei." Una volta aveva osservato che questa non sarebbe stata come la Grande guerra.

"Non penso che dopo saremo in grado di tornare a casa come facesti tu. Non so perché, ma me lo sento." Era consapevole che lui sapeva a cosa stesse pensando: l'insopportabile dolore di figli, mariti e padri, fratelli e zii portati via dai soldati nazisti nelle loro impeccabili uniformi. La liquidazione all'ingrosso non solo dei beni economici, ma anche del patrimonio intellettuale, scientifico, militare e artistico. Josefina aveva chiesto al marito come potesse aver dimenticato la descrizione della *Kristallnacht* riferita dalla zia Laura, la violenza e il furto spudorato dei nazisti nei paesi invasi e occupati, il sequestro dei negozi degli ebrei, dei loro lavori, delle case, degli arredi, delle fattorie e degli animali. "È una follia ignorare tutto questo, Julek."

"Non posso dimenticarlo," aveva detto Julius. "Dopotutto, abbiamo ceduto la gestione della conceria ai nostri vicini polacchi. Però, Finka, è solo una misura di precauzione provvisoria."

Josefina non era d'accordo; benché non potessero ancora sapere che i nazisti avrebbero espropriato e assassinato i cittadini polacchi, era certa che la guerra fosse imminente. A quel laconico scambio era seguito il silenzio e, nella comune angoscia che aveva lasciato moglie e marito senza parole, egoisticamente Josefina aveva bramato la possibilità di tornare alla loro vita precedente. La loro era una vita comoda e accogliente, colma di risate e montagne innevate, di primavere riverberanti nuovi suoni, della gaiezza dei colori estivi e di tranquille introspezioni autunnali. *Tientela stretta*, si era detta Josefina. *Avrai bisogno di ricordarla.* Perché ora la spirale di ripugnante e sconcertante violenza antisemita in Europa si avvicinava sempre di più alla loro famiglia. Josefina rammentava a Julius che loro non conoscevano personalmente la brutalità inflitta agli ebrei. Visto poi come quasi tutti fossero colti e trasfigurati dal nazionalismo, sapeva inoltre che non aveva più alcuna importanza essere ebrei assimilati e portare nomi tedeschi. Né parlare tedesco, conoscere la letteratura tedesca o ascoltare musica tedesca. Né se vent'anni dopo la creazione della città polacca di Cieszyn si riferissero ancora al paese in cui abitavano con il nome tedesco, Teschen. A tavola non mancavano schnitzel alla viennese, strudel e caffè forte. Avevano alle dipendenze ed erano in affari con gente di tutte le religioni. Vienna era per loro il punto di riferimento culturale e intellettuale; e adesso, sgomberati gli ebrei, quell'adorata città si trovava sotto il dominio nazista. La Cecoslovacchia, lo Stato subito oltre il fiume a ovest, era occupata dai tedeschi. Nel Reich in continua espansione, agli ebrei era proibito frequentare la scuola o l'università ed esercitare la medicina e il diritto. Non era loro permesso di disporre del denaro onestamente guadagnato od oculatamente risparmiato. Erano incolpati di tutti i mali sociali, dalla crisi economica globale di inizio decennio alla diffusione di parassiti e malattie.

Per Josefina, quelle leggi e quegli atteggiamenti feroci rappresentavano altrettante ragioni per lasciare Teschen. Ma quando le esprimeva, Julius sembrava sempre più rigorosamente convinto di restare.

Fino all'incidente alla conceria.

Una sera dopo cena, circa tre settimane innanzi, a casa dei Kohn era arrivato Eric Zehngut, l'apprendista di Julius. Di pochi anni più grande di Peter, Eric aveva mostrato una viva propensione per la conciatura. Il padre del ragazzo, il macellaio kasher Jacob Zehngut, riforniva la conceria di pelli bovine. Le famiglie vivevano nella stessa strada. Eric e i suoi fratelli erano cresciuti insieme ai figli dei Kohn. Josefina era sollevata che il marito avesse preso lui sotto la propria ala anziché il figlio Peter. Eric le piaceva, senza immaginare che avrebbero potuto condividere quel futuro prossimo e incerto.

Josefina e Julius erano seduti alla finestra quando Helenka aveva fatto entrare Eric nel salottino. I capelli del ragazzo, solitamente in ordine, erano scompigliati. Aveva la giacca strappata e un livido iniziava ad annerirgli una guancia.

"Julek, caro," aveva detto lei alzandosi dalla seggiola, nella voce una nota di allarme sufficiente a far sollevare lo sguardo del marito dal giornale che stava leggendo. "Vado a prendere dell'acqua fresca e un panno per quel livido. Eric, lascia che ti faccia rammendare la giacca."

"No . . . No," aveva risposto Eric con voce tremante, "La prego, frau Kohn, non si disturbi."

"Eric, insisto," aveva replicato. Lui si era sfilato la giacca e l'aveva porta a Josefina. Una volta nelle sue mani, aveva visto che il bavero era macchiato da gocce di sangue. Sul dorso era stata dipinta una svastica. Ci era voluto qualche istante perché Josefina si rendesse conto che il simbolo nazista era stato dipinto con il rosso da conciatura, il composto vegetale impiegato nella fabbrica del marito. "Julius," aveva detto mostrandogli la giacca. Aveva cercato di respirare profondamente per disperdere il brivido gelido che le irradiava dal petto, come se il ghiaccio che le serrava il cuore si fosse espanso anche fuori dal suo corpo. Ma Josefina era riuscita ad emettere soltanto un singulto. Una volta preso fiato, aveva parlato concentrandosi per mantenere il tono più regolare che riusciva. "Dirò a Helenka di sbarazzarsi di questa giacca e trovartene un'altra, Eric."

"Siediti," aveva detto Julius alzandosi per riempire un bicchiere di brandy, una volta che Josefina fu uscita per andare in cucina.

Tornata nel salottino, Josefina aveva con sé un panno freddo e una bacinella d'acqua.

" . . . Sono della Gioventù hitleriana, ne sono certo," stava spiegando Eric.

Alcuni mesi prima aveva riferito a Julius che alcuni lavoratori della conceria, una volta considerati amici, appartenevano ad associazioni naziste, fra cui la Gioventù hitleriana.

"Sono stati loro a dipingere la svastica sul tuo cappotto?" aveva domandato Josefina.

Lui aveva annuito. Medicando la ferita del giovane, Josefina aveva ascoltato il suo racconto dell'accaduto.

Eric stava chiudendo la fabbrica quando quattro colleghi lo avevano circondato. Avevano tolto gli abiti da lavoro per indossare i pantaloni corti di cuoio con le bretelle, i calzettoni bianchi al ginocchio e i berretti tirolesi caratteristici dei giovani membri del partito nazista di Teschen.

"Ti credi un pezzo grosso perché piaci a quell'ebreo di Kohn," aveva detto uno.

"Zehngut, che razza di stupido nome è?" aveva fatto eco un altro. "Significa 'ben dieci'. Per caso quando la tua famiglia ha scelto quel nome sapeva contare in tedesco solo fino a dieci?" Eric disse che erano scoppiati a ridere.

"Ci sbarazzeremo di tutti gli ebrei," aveva aggiunto il primo facendosi avanti, "A partire da te."

A quel punto, spiegò Eric, aveva cercato di scappare, ma uno degli uomini lo aveva colpito in faccia. Il primo, apparentemente il capo del gruppo, aveva ordinato a due di tenere fermo Eric mentre un altro gli strappava la giacca di dosso. "Era così vicino che sentivo il suo alito fetido," disse Eric.

Con la giacca in mano, il capo aveva fatto un cenno verso una delle cisterne di rosso per la conciatura. "Allora, Zehngut, a te la scelta: puoi disegnarti una svastica sulla giacca con il rosso e dirci quanto sono stupidi gli ebrei, altrimenti puoi rifiutare e ti disegniamo delle svastiche in faccia."

A quel punto, Eric abbassò lo sguardo. "Ho obbedito," disse piano, spiegando ai Kohn di non poter ripetere gli insulti osceni che i quattro lo avevano costretto a dire.

Josefina aveva cessato di tamponare la ferita di Eric. Le tremavano le mani. Era sollevata che Peter e Suzanna fossero andati a trovare il nonno alla fattoria e non avessero potuto origliare questa vicenda. Guardando Julius, aveva visto disegnarsi una consapevolezza sul suo viso: la loro incolumità non era più garantita, non era più nelle sue mani; non poteva difendere la sua famiglia, la sua casa o il suo lavoro. Sapeva che avrebbero pensato a un piano per abbandonare Teschen.

JOSEFINA DECISE DI CONFEZIONARE PERSONALMENTE i viveri. Quella mattina di agosto inoltrato del 1939, suo marito si stava occupando di una faccenda dell'ultimo minuto alla conceria. Dopodiché Julius avrebbe portato la famiglia in auto fino a Varsavia. Sebbene se lo aspettasse, e anzi lo avesse perfino voluto, Josefina si sentiva andare alla deriva. Tranne Helenka e suo nipote, l'autista Kasimierz Mamczur, la servitù si era congedata dalle dipendenze dei Kohn. Benché alcuni continuassero a sperare che la pace prevalesse, tutti erano impegnati nei preparativi per la guerra: le donne si occupavano della raccolta negli orti dietro casa e dell'accumulo di provviste nelle cantine. Gli anziani che non potevano compiere sforzi né cucinare ascoltavano le notizie alla radio o si scambiavano mormorii. Tutti i bambini abbastanza grandi da trasportare oggetti erano impegnati in questa attività, sotto l'attenta direzione dei fratelli maggiori. Alcune persone non facevano nulla, pensando che la guerra non sarebbe arrivata. Altre consideravano tutto inutile, come gli uomini che avevano combattuto nella Grande guerra, le loro uniformi ormai obsolete.

Josefina pensò al padre. Malgrado le sue proteste, Hermann Eisner, di settantun anni, aveva deciso di restare a Teschen. "Un anziano come me," aveva detto, "sarebbe solo una seccatura." Inoltre, aveva detto alla figlia, qualcuno doveva pur badare al mulino e al forno di famiglia. Lei aveva fatto una smorfia a quelle parole, sapendo che avrebbero arianizzato l'attività di famiglia e che avrebbero strappato al padre non solo la proprietà, ma probabilmente anche la libertà. Il fratello maggiore era già partito per unirsi all'esercito polacco, e lei sapeva che Hermann, fra l'altro, non voleva che Milly, la moglie di Arnold, e la loro neonata Eva restassero sole.

Ciononostante detestava di dover abbandonare il padre.

"Finka," aveva detto lui, "qui potrebbero aver bisogno di me." Parlava dolcemente dandole leggere pacche sul braccio. Se fosse morto, le aveva ricordato, voleva essere sepolto accanto alla moglie. "Dovrei riposare con la mia Karola, qui a Teschen, dove siamo stati così felici insieme," aveva detto. Questa considerazione non fu di consolazione per Josefina, ma una volta che suo padre aveva preso una decisione non era possibile discutere.

Hermann Eisner sfoggiava un indimenticabile paio di baffi a manubrio, che conferivano una nota gioviale al suo viso, altrimenti serio e distinto. Invecchiando, i suoi occhi erano stati pervasi da un affabile disorientamento che conferiva tenerezza al complesso dei suoi lineamenti. Josefina avrebbe sentito la mancanza della gentilezza che emanava e del profumo del pane cotto nel suo forno. Le sarebbe mancato attraversare il fiume per le cene della domenica, e i giri in carrozza che lei, Julius e i bambini amavano tanto. Salutando il padre, Josefina aveva avuto il presentimento che non lo avrebbe mai più rivisto. Ma non aveva mai dato a vedere di aver paura. Al contrario, gli aveva sfiorato delicatamente la guancia e aveva cercato di sorridere, guardando altrove quando non ci riusciva.

"Fra poco sarà un nuovo anno," aveva detto Hermann. "Ovunque saremo, mangeremo le mele intinte nel miele e penseremo gli uni agli altri."

JOSEFINA DELEGÒ A HELENKA ALCUNE commissioni e assegnò delle faccende a Peter e Suzi. "Fate presto ma con attenzione," disse ai figli. "Fra poco partiamo." Andò in cucina per radunare gli alimenti per il viaggio adatti alla conservazione: farina, cipolle, pesce in scatola, patate, olio da cucina, composta di ciliegie, sale e zucchero. In una cassetta mise una pentola, una padella, qualche piatto, gli utensili, i fiammiferi e due coltelli ben affilati. Infine preparò da mangiare per le sei ore di auto che li separavano da Varsavia: mele fresche, aspre e sode, gli avanzi di due polli arrosto, un po' di pane e formaggio, e il latte rimasto. Per conservare un certo decoro, sistemò nel cestino del pranzo quattro bei tovaglioli di stoffa.

Preparando le provviste, i suoi pensieri andarono alle carestie della Grande guerra. Non riusciva a ricordare come o quando fosse terminata l'abbondanza; benché il forno di suo padre avesse risentito della carenza e del razionamento del grano per il pane, alla fattoria la sua famiglia aveva avuto tutto ciò di cui abbisognava. Erano stati comunque fortunati. In confronto ai bambini di Vienna, molti dei quali durante la guerra erano malnutriti o addirittura avevano rischiato di morire di fame, Josefina e Hans erano stati fra i fortunati che disponevano delle risorse necessarie per coltivare da sé il proprio cibo. Ora Josefina maneggiava i viveri, riponendoli man mano nel cesto: frutta e pollame della fattoria e pane del forno di suo padre. Sapeva di non poter soccombere alla nostalgia, temendo di non riuscire più a partire.

Josefina chiamò Helenka, le cui scarpe robuste risuonarono subito sulle scale.

"Sì, frau Kohn?" Helenka non era mai stata sposata e non aveva figli. Josefina ammirava il modo pragmatico ma affettuoso con cui si occupava di Peter e Suzanna. Era grata di poter fare affidamento su Helenka per il disbrigo perfino delle commissioni più complicate, per le quali bastava che si scambiassero appena poche parole.

"Vado a chiudere la valigia di herr Kohn. Per favore, avvolgi l'argenteria nelle tovaglie pulite più grandi, poi metti tutto in uno zaino."

"Sì, senz'altro."

Josefina notò una punta di preoccupazione nella risposta di Helenka, ma non c'era tempo per discutere della gravità della situazione. Lei, il marito e i figli stavano lasciando la loro casa a Teschen, forse per molto più tempo di quanto pensassero. I tedeschi minacciavano di avanzare in quella direzione. Josefina aveva l'impressione che i racconti sui nazisti fossero soltanto il principio di una più grande e orribile storia, che nessuno poteva ancora immaginare appieno.

Prima di parlare di nuovo a Helenka, Josefina distolse lo sguardo. "E prepara un piccolo corredo da cucito: dei begli aghi robusti, quattro o cinque fra i rocchetti di filo più grossi . . . E delle forbicine," disse. "Due paia. Mettilo in un sacchettino più piccolo che possa portare addosso. Grazie, Helenka."

La donna che tanto si era presa cura della famiglia di Josefina annuì e lasciò la cucina. Kasimierz Mamczur, il nipote di Helenka, portò in macchina le vettovaglie più pesanti, sul retro della casa, e si mise in attesa al volante. Erano fortunati ad avere quel veicolo. A differenza dei numerosi profughi incontrati da Josefina, arrivati in bicicletta, a piedi o sui carretti, almeno lei e la sua famiglia avrebbero viaggiato comodi.

Dei guanti, pensò Josefina infilando in macchina l'ultimo cestino di cibo. Benché l'estate volgesse al termine, intuì che dei guanti sarebbero tornati utili. Non sapeva dove sarebbero andati a finire o per quanto tempo ci sarebbero rimasti, ma era certa che prima del loro ritorno a Teschen l'inverno sarebbe arrivato e se ne sarebbe andato di nuovo. E poi, si disse Josefina per arginare il panico che si accompagna all'estrema incertezza, se il loro piano avesse funzionato e fossero riusciti a raggiungere l'Inghilterra, là i guanti sarebbero serviti di certo.

Ancor prima di indulgere in pensieri su una nuova casa all'estero, Josefina era tornata dentro e stava salendo le scale. I figli erano incaricati di preparare tre abiti di ricambio, un cappotto, due maglioni, un paio di scarpe per camminare, un paio di scarponi, biancheria sufficiente per una settimana, un piccolo cuscino, una coperta e un asciugamano. Potevano portare anche una piccola borsa in cui tenere gli oggetti personali leggeri, anche se la madre aveva raccomandato di non portare cose inutili. E un libro ciascuno. Quando sbirciò nella stanza di Peter, la sua valigia era chiusa accanto a uno zaino. Seduto sul letto, il ragazzo stava accarezzando il cane Helmut.

"Perché dobbiamo lasciarlo qui, mamma?" chiese. Mancava solo qualche settimana al diciassettesimo compleanno del figlio. Era abbastanza grande da volersi arruolare nell'esercito con lo zio Arnold, ma ancora abbastanza piccolo perché i genitori glielo impedissero. *È veramente ancora un ragazzo*, pensò Josefina.

Non era il momento di abbandonarsi a sentimentalismi, si disse. Ciascuno di loro doveva concentrarsi. Sapeva anche però di non poter terrorizzare i suoi figli. Temeva che prima o poi avrebbe avuto bisogno di incutere paura per spingerli ad agire, ma non sarebbe accaduto quel giorno. In più amava il cane quanto lo amava Peter e detestava l'idea di lasciarlo lì.

"Helmut starà bene con Helenka," disse Josefina con il tono di voce più neutro che riusciva. "Lo sai quanto lo vizia. Possiamo prendere soltanto ciò che ciascuno di noi è in grado di portare."

"Ma non ho bisogno di tutti questi vestiti," ribatté Peter. "Potrei lasciare qui la valigia e tenere lui al posto, mamma."

"Devi portare queste cose, Peter. E magari aiutare tua sorella con le sue. Resta qui con lui un minuto, poi vieni ad aiutarmi."

In quel momento, Josefina fu raggiunta da un adagio polacco che Helenka cantava sempre ai bambini, "meglio portare che chiedere". Lo interpretò in un senso che non aveva mai considerato prima di allora. Presto lei e la sua famiglia sarebbero potuti restare senza una casa, proprio come i profughi che avevano aiutato fino a quel momento. Tutta quella gente sfollata era passata da Teschen, carica di borse piene di lucido da scarpe, lenzuola, garze, stoviglie e sapone. Cosa sarebbe successo a tutta quella roba? Si sarebbe rivelata utile? O sarebbe diventata un peso di cui disfarsi? Era meglio portare, si domandò, anziché dipendere dalla bontà altrui e chiedere quei comuni oggetti ad amici o estranei?

Guardando nella stanza di Suzi, Josefina fu lieta di constatare che la figlia, una graziosa fanciulla di tredici anni, aveva finito di preparare la valigia. Con le sue gambe lunghe e il sorriso vagamente interrogativo, Suzi ricordava alla madre una cerbiatta. Una cerbiattina, molto simile a una in particolare che Josefina aveva incontrato alcuni anni prima sciando nel bosco. L'animale se ne stava tranquillo e imperturbabile mentre Josefina, sfilato un guanto, si avvicinava per toccargli il muso caldo.

E ora ecco Suzi, dai folti capelli scuri raccolti ordinatamente in un paio di trecce, intenta a sistemare i pochi gioielli su un panno morbido: un ciondolo d'oro a forma di stella di David da parte della madre di Josefina, un braccialetto d'oro donatole dalla zia Laura, e un anello con un piccolo rubino che le aveva regalato il nonno Hermann. Suzi era una nipote molto amata. Nelle lunghe notti in cui non riusciva a dormire, a Josefina piaceva ripercorrere le storie di quei doni. Tempo dopo, quando avrebbe evitato intenzionalmente di parlare di ciò che era accaduto alla sua famiglia durante la guerra, avrebbe voluto aver registrato quei momenti per conservare, se non gli oggetti stessi, almeno la memoria.

"Mettili in un posto sicuro," raccomandò Josefina alla figlia. E nonostante volesse ancora dire a Suzi di tenere quelle poche gioie ben nascoste ma facilmente accessibili, neppure intendeva allarmarla. "Quando hai finito vieni con tuo fratello ad aiutarmi."

A quel punto, Josefina scese nell'ingresso ed entrò in camera da letto. La valigia di Julius giaceva aperta sul letto, le camicie e i pantaloni ripiegati, disposti ordinatamente. Recuperò i guanti dal fondo di un cassetto del comò, riposti alle prime avvisaglie di primavera. Josefina ne scelse due paia, uno di cuoio e uno di lana, per ciascun membro della famiglia. Tolse due giubbetti dal bagaglio del marito e vi depositò i guanti, i più grandi da una parte, i più piccoli dall'altra. Chiuse la valigia, chiamò i figli affinché prendessero le loro cose e la raggiungessero nel salottino, e scese le scale con un bagaglio in ciascuna mano.

Dall'esterno, i suoni penetravano nella casa al 10 di via Mennicza, dove la famiglia Kohn aveva vissuto negli ultimi sei anni.

Carri trainati da cavalli, biciclette e automobili si dividevano le strade. Dalle finestre aperte entrava l'odore degli animali e delle macchine, a cui si mescolava l'aroma sapido delle salsicce, delle carni arrosto, dei formaggi e dei prodotti da forno trasportati dai loro passeggeri.

Le persone si chiamavano l'un l'altra dai vari mezzi di trasporto, ed era possibile udirle annunciare la loro destinazione: "Una zia a Cracovia." "Varsavia, ci abita mio fratello." "A casa di mio cugino a Lublino." "Leopoli, mia suocera viene da lì." "Amici a Jarosław."

Ce ne saremmo dovuti andare l'estate scorsa, pensò Josefina, ma subito si ricordò che, pur non concordando con Julius sulla scelta di fermarsi, aveva segretamente apprezzato la riluttanza del marito ad abbandonare la loro casa, la florida conceria e la città dove avevano trascorso l'infanzia, il corteggiamento e il matrimonio, dove avevano messo su famiglia. Voleva che fossero al sicuro, certo, ma assaporava anche l'agio domestico, le ultime vestigia di familiarità in un mondo che stava diventando irriconoscibile. "Non c'è posto per i rimpianti," esclamò, ma con voce talmente lieve che soltanto lei poté udire queste parole.

Una volta caricata l'auto si misero ad aspettare Julius. Presero il tè nel salottino. Helenka sedette accanto a Suzi, cingendole le spalle con un braccio. Peter teneva in braccio il cane Helmut. Suzi era ormai più alta di Helenka, che si occupava dei ragazzi fin da quando erano piccoli. Josefina avrebbe sentito la mancanza della donna, più anziana di lei. Aveva fatto l'abitudine alle sue superstizioni e alle preghiere cattoliche, ed era riconoscente per la sua cucina e per il delicato affetto dimostrato alla famiglia. Avrebbe voluto che anche lei li accompagnasse, ma sapeva che Helenka sarebbe stata più al sicuro se si fosse tenuta alla larga da una famiglia ebrea.

"Helenka, appena arriviamo a Varsavia ti mandiamo della cioccolata di prima scelta," disse Suzi.

"Bambina dolce," rispose Helenka. Fingendo di raccogliere i capelli dietro un orecchio, si asciugò una lacrima fugace. In quel momento Josefina le volle sinceramente bene, sia per quella commozione che per l'atto di controllarla.

"Suzi, lo sai che non ci sarà tempo per fare compere," disse Peter. "Stiamo cercando di seminare i nazisti." Helmut saltò a terra e ciondolò da Josefina.

"Sta' buono, cagnolino," disse chinandosi per grattarlo sotto il muso. "Helenka ti vizierà e tu diventerai davvero grasso."

"Lo so di quegli stupidi nazisti," protestò Suzi. "Cercavo solo di consolare Helenka, che è triste perché stiamo partendo."

Peter e Suzi bisticciavano spesso negli ultimi giorni. E nonostante sapesse che le recenti tensioni rendevano tutti scontrosi, Josefina era stanca di quei piccoli sfoghi. Stava per esclamare *Ragazzi!* quando, tutt'a un tratto, calò il silenzio. Fuori, i motori e le ruote, gli zoccoli e i piedi tacquero. Come se, pensò Josefina, qualcuno cercasse di distinguere il vero motivo di tanta agitazione nella confusione delle partenze precipitose verso un futuro incerto.

Perfino il piccolo Helmut, che Josefina aveva preso in braccio, sedeva immobile sulle ginocchia della padrona. Poi, la ragione della quiete improvvisa divenne chiara. Un lontano frastuono li raggiunse dalla direzione di piazza Rynek. Il cane emise un ringhio.

"Sst," fece Josefina.

Man mano che il rumore si avvicinava fu possibile distinguere i canti minacciosi della Gioventù hitleriana. I suoi membri sfilavano per la città intonando canzoni nazionaliste tedesche. Ora stavano gridando motti antisemiti, percuotendo le porte e le fiancate di carri e auto con manganelli e bastoni. Ogni tanto, sopra al baccano si levava un urlo umano o il lamento di un animale.

"Helenka," disse Josefina, "Porta Peter e Suzi in cantina." Affidò il cane a Peter. "Fate come vi viene detto," raccomandò ai figli.

"Ma mamma . . ." fece Peter. "Va'," rispose lei. "Subito."

Josefina sentì avanzare la folla. Fra poco sarebbero passati davanti alla sua porta d'ingresso, sul cui stipite uno sguardo attento avrebbe ancora potuto intravedere il lieve profilo di una mezuzah. Julius aveva tolto la mezuzah dopo i pogrom della *Kristallnacht*, a novembre del 1938.

"È meglio non attirare l'attenzione," aveva detto a Josefina.

"*Juden raus*," sbraitavano i membri della Gioventù hitleriana, "fuori gli ebrei." E poi, in coro: "Gli ebrei sono la nostra sciagura" e "Morte agli ebrei disumani, gli *Untermenschen Juden*." Guardando fuori dalla finestra, Josefina li vide. Conosceva quei teppisti da quando erano bambini. Suo padre regalava loro i dolciumi quando andavano in panetteria accompagnati da madri, sorelle, zie, nonne. Alcuni dei loro familiari lavoravano alla conceria. La sua rabbia cresceva man mano che si avvicinavano. *Che mi dicano in faccia le loro nefandezze*, pensò aprendo la porta.

Si erano però fermati davanti a una casa poco più in là. Avevano sfondato la porta e stavano trascinando fuori un anziano, uno dei profughi ebrei che lei e Julius avevano conosciuto, troppo debole per proseguire il viaggio. Un membro della Gioventù hitleriana gli sputò addosso. Un altro gli levò il cappotto. Un altro ancora gli strappò l'orlo della camicia, strattonandone i lembi. Quando vide un ragazzo, uno dei compagni di classe di Peter, sollevare una mazza sopra la testa del vecchio, Josefina si precipitò fuori.

"Fermati!" urlò in tedesco. "Hans Mentelek," disse, "cosa credi di fare?"

Il ragazzo abbassò il braccio e si voltò per lanciarle un'occhiata truce. Sputò lentamente, sostenendo il suo sguardo, la bocca contorta in una smorfia malvagia.

"Dare una lezione a un vecchio, sporco ebreo," disse. Si volse verso l'anziano, e lo colpì. Questi cadde, e la folla lo assalì con calci, bastoni e altre armi rudimentali.

Peter e Suzi erano risaliti, disobbedendo all'ordine di Helenka di restare con lei, quando udirono la voce acuta della madre e il subbuglio che seguì. Mentre Peter trascinava dentro la madre, Suzi sbirciò fuori e, per un istante, vide la ferocia della massa. Udì le urla dell'uomo, un anziano ebreo, un signore molto simile a suo nonno.

Helenka la tirò in casa, chiuse la porta e la sprangò. "Bambina," disse rivolta a Suzi, che era scoppiata in lacrime, "Ora devi essere forte."

"Andiamo a prendere vostro padre," disse Josefina. Nonostante fosse sconvolta, il tono della sua voce era ancora risoluto.

Lasciarono la casa, e l'ultima cosa che chiudendo la porta Josefina vide della sua dimora furono le tazze di tè mezze piene sul tavolo del salotto.

DAL SEDILE DEL PASSEGGERO, JOSEFINA teneva lo sguardo fisso sulle mani del conducente, Kasimierz Mamczur, osservando come manovrassero il volante apparentemente senza sforzo. Una volta in auto, Helenka aveva chiuso i finestrini. Nessuno parlava. Suzi tirava su silenziosamente col naso. Helmut ansimava, e Peter gli accarezzava distrattamente le orecchie. Josefina ignorò il sudore appiccicoso che le aveva incollato la camicia alla pelle. Kasimierz guidò lentamente lungo via Browarna, quindi svoltò su via Przykopa, dove si trovava la conceria dei Kohn. Il rumore della folla si era dissolto.

Una volta arrivati, Kasimierz entrò per cercare Julius. Josefina si voltò verso la figlia. "Suzi," disse, asciugando le lacrime sul viso della ragazza con mano delicata ma ferma, "devi smettere di piangere e salutare Helenka come si deve."

"Non farti vedere così triste da tuo padre," disse Helenka abbracciando la ragazza, baciandole la fronte e sussurrandole un addio. Prima che Helenka aprisse lo sportello della macchina, le due donne si guardarono per un brevissimo istante. Josefina avrebbe voluto che ci fosse stato più tempo. Avrebbe voluto dire quanto fosse grata per l'affetto e la generosità dimostrati da Helenka nel prendersi cura della sua famiglia. Voleva raccomandare all'anziana donna di fare attenzione in quel mondo nuovo. Josefina voleva abbracciarla e non lasciarla più, ma quel genere di cose non si faceva. Disse invece a Helenka, con voce quasi spezzata, che era certa che si sarebbero rincontrate presto.

Helenka scese dall'auto e prese in braccio il cane. Fuori, Kasimierz Mamczur e Julius si stavano stringendo la mano. Non appena i Kohn ripartirono, Helenka e il nipote si avviarono verso casa. Josefina guardò indietro, e li vide camminare lungo la roggia: una donna, un giovane e un cane, la cosa più normale del mondo in un pomeriggio di fine agosto. Eccetto che la donna teneva il cane affinché non corresse dietro alla sua padrona, e che la strada che avevano imboccato aggirava una folla brutale.

DOPO CHE JULIUS EBBE GUIDATO fuori città, Josefina gli raccontò dell'accaduto in via Mennicza. Lo riferì in maniera pragmatica, per non ridestare l'emotività dei figli. Narrando la scena, vide il volto del marito contrarsi all'altezza della mascella. "Hans Mentelek," disse Josefina. "Da piccolo comprava le chiocciole dolci alla panetteria." Julius annuì, e la tristezza gli sciolse i lati del viso. Josefina si domandò se il marito avrebbe potuto dire qualcosa, e contemporaneamente sperò che non lo facesse. A che sarebbe servito parlare, in quel momento? Julius le porse una mano. Lei la afferrò delicatamente, e per almeno un'ora viaggiarono così, tenendosi per mano.

La famiglia viaggiava in silenzio. Suzi osservava fuori dal finestrino gli ettari interminabili di pianura coltivata fra Teschen e Varsavia. Peter avvistava gli uccelli (un falco, alcune cicogne, delle cornacchie) tenendo silenziosamente il conto. Le ore passavano. Julius, allentato il papillon, guidava senza fare soste.

Josefina chiuse gli occhi. *Non si poteva cadere più in basso di così,* pensò, *se i ragazzi possono diventare efferati criminali.* Non riusciva a scacciare dalla mente l'immagine del giovane Hans Mentelek nell'atto di sollevare il bastone su quell'anziano umiliato. O il modo in cui, guardandola, il blu degli occhi di Hans si fosse incupito. Non riusciva a scrollar via la crudeltà che gli aveva plasmato la bocca in una linea serrata. Né era in grado di cancellare gli insulti dei suoi connazionali. *Come faremo a tornare indietro?* si domandò, senza sapere se la partenza da Teschen si sarebbe rivelata un esilio permanente, ma con la distinta sensazione che le vite di tutti coloro che conosceva e amava stavano per essere trasformate per sempre.

La fuga da una casa amata è una tragedia. Se ne va il luogo di cui si sono esplorate foreste e colline a piedi e con gli sci. Dalle cui acque si è ricevuto sostentamento. Svanisce il passato di un luogo tranquillo, abitato da gente rispettabile. I giovani che amavano la musica e il ballo sono dimenticati. Finisce il senso di radicamento nella storia. Sbiadisce la luce che illuminava gli alberi e la maestosa serenità dell'architettura viennese. Sono perduti il fiume, le sue rive e i suoi ponti. Per Josefina, la partenza era aggravata dalla manifestazione di odio selvaggio che aveva provocato il loro commiato. Com'era possibile *non* covare rancore? Sarebbe mai riuscita a fidarsi di nuovo di vicini o parenti? Come avrebbe insegnato alla figlia a diventare donna in un mondo così precario, in sfacelo? Come avrebbe fatto suo figlio a governare l'impulso di combattere i malfattori? Josefina rifletteva su queste domande senza trovare risposta, mentre Julius guidava verso Varsavia, l'amata Parigi dell'est. Forse le cose sarebbero andate meglio là, pensò Josefina, sebbene non facesse più affidamento su nulla.

"Speriamo," disse Julius una volta entrati a Varsavia, "che Greta ed Ernst siano arrivati e abbiano provveduto alle nostre camere."

Josefina non aveva preso in considerazione altre possibilità. E se arrivando in città la cognata e il marito avessero incontrato qualche difficoltà? Come avrebbero fatto a restare uniti?

Julius le prese la mano. Con quel gesto sapeva che lui era premuroso nei suoi confronti, che era suo marito ed era preoccupato per lei. Voleva credere che la normalità avrebbe prevalso, e nonostante lei apprezzasse i suoi sforzi per persuaderla a conservare la speranza, aveva visto con i suoi occhi quale misura assumesse l'incertezza.

"Sono sicuro che è tutto a posto, Finka," disse piano.

Julius accostò all'Hotel Angielski, all'angolo fra via Trębacka e via Wierzbowa, nel quartiere centrale di Varsavia. Josefina sapeva che una volta l'albergo, un edificio di tre piani, vantava uno dei migliori ristoranti della città. Nel 1939 i servizi comprendevano acqua corrente calda e fredda, riscaldamento centralizzato, telefoni, bagni e un ascensore. La colazione, il pranzo e la cena venivano serviti nel salone adibito alla ristorazione. Il nome, in caratteri stile art déco, era affisso alla facciata del muro rivolto sulla strada.

"È qui che staremo?" chiese Suzi dal sedile posteriore. "L'Angielski?"

Erano le sue prime parole da quando avevano lasciato Teschen.

"Solo per una notte o due, Suzi," disse Julius. "Dopo staremo nell'appartamento del cugino Friedrich."

"Cercheranno di trascinarti per la strada e picchiarti?" domandò Suzi. "Come hanno fatto a quel povero signore vicino a casa?"

"Qui saremo al sicuro. E tu devi fare come ti viene detto," rispose il padre.

"Suzi, guarda" disse Peter in tono protettivo. Indicò una targa sopra alla parola *Angielski* che indicava il più famoso ospite dell'albergo, Napoleone Bonaparte, che durante la ritirata da Mosca nel 1812 aveva abitato in un appartamento di tre stanze in quella struttura. "Guarda, questo posto è famoso. Non dobbiamo preoccuparci perché il fantasma di Napoleone farà scappare i nazisti."

Josefina, che si era voltata verso il sedile posteriore un attimo prima delle parole del figlio, vide che Suzi si guardava i piedi. Ma la figlia stava anche sorridendo, in quella maniera riservata, incerta, quasi pensierosa tipica per una ragazza di tredici anni. Josefina riconobbe quell'espressione, che forse aveva avuto anche lei alla stessa età. In quel momento approvava la leggerezza del figlio ed era fiera di vederlo aiutare la sorella ad adeguarsi alle gravi circostanze della loro fuga da casa. E, benché non potesse ancora saperlo, più avanti Josefina avrebbe compreso che ciò che la sua famiglia aveva appena fatto non era stato *andarsene*. Stava semmai *andando* in esilio, un fatto storicamente non estraneo agli ebrei, avrebbe riflettuto, ma comunque ignoto a loro personalmente. In quel momento tuttavia, in macchina, appena arrivati all'Hotel Angielski a Varsavia, Josefina vide soltanto Suzanna, le gambe troppo lunghe per il sedile posteriore, l'abito impeccabile, le trecce in ordine, con qualcosa di simile all'ombra di un sorriso sul volto. La fanciulla di Teschen che Camillia Sandhaus aveva dichiarato così *promettente* al pianoforte.

Nonostante la tensione investisse ogni cosa di un alone di urgenza, i due giorni successivi a Varsavia sembrarono quasi normali. Josefina sentiva una pressione costante pulsarle nei piedi, senza riuscire ad alleviarla né a ignorarla. Sorvegliava la famiglia alla ricerca di tracce di disagio, ma lo sconforto che le albergava nel cuore non sembrava trasparire sui volti del marito, dei figli o dei cognati che, infatti, erano giunti senza incidenti di percorso. Julius ed Ernst si tenevano impegnati in faccende al magazzino della conceria. Josefina, Greta e i ragazzi acquistavano le provviste.

Le incessanti conversazioni sulla guerra avevano reso tutti sospettosi nei confronti degli sconosciuti. E Josefina vedeva il modo in cui la gente guardava gli ebrei ortodossi, stretti gli uni agli altri per le strade. Si accorse anche delle occhiatacce rivolte a chiunque parlasse in tedesco. Giravano delle voci: in fondo, non erano stati gli ebrei ad attirare l'ira di Hitler e la disgrazia nazista sui polacchi? Per strada, passando accanto agli altri pedoni, avvertiva la loro diffidenza, la rapidità con cui i loro sguardi esaminavano il naso, i capelli e gli occhi, anche se c'era da sperare che i loro cuori non intendessero farlo.

Un urlo attraverso il cielo

1° SETTEMBRE 1939, VARSAVIA

IL PRIMO GIORNO DI SETTEMBRE DEL 1939 gli abitanti di Varsavia si risvegliarono a una fragrante mattinata d'autunno, di quelle che invitano a un picnic vicino al fiume, a passeggiare nei boschi, a far colazione in giardino. Il cielo era terso. La città era scandita dai soliti suoni mattutini: i commercianti sollevavano le saracinesche dei negozi, la gente chiacchierava passeggiando, le automobili lanciavano i loro caratteristici segnali metallici. Presto, quella mattina, gli aeroplani tedeschi avrebbero solcato il cielo azzurro sopra Varsavia e bombardato spietatamente la città, nonostante quello stesso giorno Adolf Hitler dovesse tenere un discorso a Berlino per informare la popolazione che avrebbe circoscritto gli attacchi dell'aeronautica agli obiettivi militari. "Non muoverò guerra a donne e bambini," avrebbe detto. Il tre di settembre, l'invasione nazista della Polonia avrebbe condotto l'Inghilterra e la Francia a dichiarare guerra. L'assedio sarebbe durato ventisette giorni. Sarebbe terminato con l'ingresso in Polonia di Hitler e della *Wehrmacht* per visitare il loro nuovo regno, posando i loro sguardi indifferenti e i loro stivali lucidi sulle rovine di Varsavia.

Ma prima che cadessero le bombe, nella stanza dei Kohn

all'Hotel Angielski squillò il telefono. Julius rispose, e attraverso il ricevitore Josefina udì la voce animata di Eric Zehngut. Parlava a volume molto alto. Riferì le notizie da Teschen: alla conceria, da cui stava telefonando, era scoppiato il caos. "I tedeschi hanno invaso la Polonia," disse senza fiato a Julius. "Se ne stanno andando tutti. E di gran fretta." Josefina sapeva che per il marito la notizia dell'invasione doveva dolere come una ferita appena inferta.

"Herr Kohn," disse Eric Zehngut, "io e Fred andiamo a Jarosław per incontrare nostro fratello Beno. Dicono che i tedeschi si dirigono a Varsavia."

Julius ringraziò Eric e riagganciò. Infilò i pantaloni e una camicia. Quel giorno non c'era tempo per il papillon.

"Finka," disse chiudendo i bottoni. "Porta i ragazzi nella stanza accanto e di' a Greta ed Ernst che l'invasione tedesca è cominciata." Josefina era già vestita prima ancora che il marito facesse in tempo ad allacciarsi le scarpe. Nonostante le sorridesse, poteva leggere la preoccupazione nella sua espressione. "Vi raggiungo nella stanza di Ernst e Greta," disse.

Più tardi, Julius disse alla moglie di avere incontrato l'addetta alle pulizie dell'albergo sulle scale. "Venga con me, per favore," aveva detto, e lei lo aveva seguito. Raggiunto il bancone all'ingresso dell'albergo aveva spiegato quanto aveva appreso a lei e al concierge. Quest'ultimo si era diretto su per le scale ad avvisare gli altri ospiti.

Alcuni minuti più tardi, i sei membri della famiglia si riunirono nella stanza di Ernst e Greta all'Hotel Angielski. Gli adulti vagliarono le alternative. I ragazzi sedevano in silenzio. Se in seguito, quando ancora erano in grado di ricordarlo, fossero stati interrogati su quel particolare momento, forse avrebbero detto che le finestre erano aperte e che ne filtrava il cinguettio degli uccelli. Che una brezza delicata recava con sé il profumo nostalgico della fine dell'estate. Forse avrebbero detto che pensavano a quanto fosse bello il tempo, e che se fossero stati a Teschen avrebbero passeggiato lungo il fiume. O, prima dello schianto e del fumo delle bombe, quanto sembrassero remote le notizie dell'inizio della guerra in Polonia occidentale, poco distante dalla loro casa di una volta. O che la distruzione di Varsavia era stata annunciata da un urlo che aveva squarciato il cielo cristallino.

Josefina vide il terrore stravolgere i lineamenti del marito: le labbra contratte, la fronte aggrottata. Dovette lottare per non lasciarsi prendere dal panico. Guardò invece i figli, che sembravano così tranquilli, come smarriti in un sogno a occhi aperti. Colta da un presentimento, Josefina si rese conto che in quel momento stava scorgendo per l'ultima volta l'infanzia sui visi di Peter e Suzi.

"Dobbiamo agire in fretta," disse Julius, "e rifugiarci nella cantina dell'albergo."

Si mossero immediatamente. Josefina affidò le provviste di cibo alle braccia dei figli. Raccolse le lenzuola insieme a Greta. I mariti presero il minimo indispensabile, Ernst la sua valigetta con gli strumenti medici, Julius la cartella con i documenti di lavoro e i soldi.

Quando i Kohn raggiunsero la reception, la cameriera e il concierge dell'albergo stavano sbarrando porte e finestre.

Il concierge indicò loro la direzione delle scale che conducevano alla cantina. Dai piani sopra le loro teste giungeva un concerto di rumori concitati: porte che si aprivano, movimenti indaffarati, voci preoccupate ancora pesanti di sonno, telefonate, porte che si chiudevano e passi sulle scale.

I Kohn furono i primi a sistemarsi in cantina. Josefina e i figli si sedettero sulle lenzuola, arrotolate e piegate in fretta.

"Papà," chiese Suzanna, "per quanto dovremo stare qui?"

Il padre non era in grado di darle una risposta. E in quel momento, Josefina vide sul viso della figlia la presa di coscienza che l'incertezza non avrebbe riguardato soltanto i giorni successivi, bensì le settimane, forse i mesi a venire. Il silenzio in risposta alla domanda di

Suzanna procurò a Josefina un brivido alla base della schiena, che la fece stringere al muro alle sue spalle. Era la paura che si insinuava alla base della spina dorsale. La riconobbe perché un'altra volta, da piccola, aveva provato la stessa sensazione. Era estate e lei aveva deciso di andare a nuotare da sola, per dimostrare che era grande abbastanza da avventurarsi nell'acqua senza l'aiuto di nessuno. Ma nell'istante in cui i suoi piedi non avevano più toccato la sabbia sul fondo del lago, Josefina aveva percepito l'immensità e il potere dell'acqua, la sua capacità di donare la vita come di toglierla. La paura si era fatta largo in lei, da qualche parte vicino al coccige, respingendola sulla terra ferma senza fiato e con il cuore che batteva all'impazzata. Tremava, i capelli ancora umidi, quando Elsa l'aveva trovata e le aveva fatto promettere di non avventurarsi più, mai più nel lago da sola. Josefina ricordava il calore del corpo della sorella maggiore mentre la stringeva. "Su, forza, Finka," aveva ripetuto Elsa finché il morso della paura non aveva allentato la presa su Josefina e lei non fu più spaventata.

Josefina scrutò la cantina: una botte, a destra delle scale. In un angolo, un asse rotto per il bucato. Greta era intenta a sistemare le provviste. Julius ed Ernst stavano in piedi sotto la finestrella che affacciava sulla strada, i loro volti vicini, la luce piatta insufficiente a levigare la preoccupazione che corrugava loro la fronte. Peter e Suzi stavano appoggiati con la schiena a un pilastro. Dall'altro lato della stanza, un martello e una sega giacevano abbandonati su un banco da lavoro. Una tozza radio occupava la mensola sovrastante.

Una scarica di adrenalina attraversò il corpo di Josefina, amplificando il battito cardiaco, tendendole i muscoli snelli e aguzzandole la vista; una sensazione che aveva conosciuto soltanto sciando lungo un pendio ripido. Riusciva a distinguere le scalfitture nella superficie di legno della botte, o una scheggia sporgente del lavatoio. Uno schizzo di pittura bianca macchiava il banco da lavoro. Da uno dei bottoni del vestito blu scuro di Suzi pendeva un pezzo di filo. Se avesse concentrato lo sguardo sulla radio, era certa che sarebbe riuscita a discernere le sbavature delle dita sulle manopole. Si domandò se i figli vedessero le cose con altrettanta vividezza. Si erano accorti che il padre indossava un completo, ma non il solito papillon? O che, senza gemelli, le maniche della sua camicia svolazzavano fuori da quelle della giacca? La sua testa calva luccicava. Avevano notato che il maglione indossato dalla madre era abbottonato male? Si erano accorti delle ciocche di capelli che le ricadevano davanti agli occhi? Come genitori, lei e Julius sembravano incerti sul da farsi?

Mentre Josefina assimilava i dettagli della cantina, dodici altri ospiti dell'albergo si riunirono nel locale, prendendo posto fra i fagotti, i pacchi, i cuscini, le coperte e il cibo che avevano portato con sé. La cameriera posò a terra una grossa scatola di candele e si sistemò vicino alla botte. La donna non aveva altro che un cappotto leggero, così Josefina le offrì una coperta.

"Mio marito," disse la cameriera, "lavora dall'altra parte della città. Spero che sia al sicuro." Josefina avvolse la donna nella coperta e le accarezzò una mano. "Lo spero anch'io," disse.

Si domandò per quanto tempo ancora sarebbe riuscita a temperare la paura altrui, o se prima o poi lei stessa avrebbe avuto bisogno di una simile assistenza per governare il panico. Prima di allora non aveva mai avuto granché da temere. Naturalmente Josefina aveva sperimentato personalmente il vuoto e la preoccupazione derivanti da un fratello maggiore partito per la guerra. Nonostante durante la Grande guerra fosse poco più che una bambina, si era accorta del cambiamento che aveva investito la madre, e si domandò se sistemandosi in cantina i suoi figli vedessero lo stesso in lei.

Gli ospiti erano silenziosi, ma più tardi si sarebbero scambiati brevi aneddoti: alcuni erano a Varsavia per lavoro, altri per svago. Alcuni erano diretti a casa dopo le vacanze estive. Qualcuno non poteva credere che fosse in corso l'invasione: chi avrebbe mai voluto fare a pezzi la gloriosa Parigi dell'est? Da principio quegli ospiti esitanti si erano mostrati scettici verso l'allarme, ma vedendo che tutti si erano messi al riparo avevano fatto altrettanto. Altri pensavano che la guerra fosse sempre stata inevitabile. Se oltre ai Kohn erano presenti altri ebrei, non si rivelarono.

Nei pochi attimi che precedettero l'inizio dei bombardamenti, Josefina osservò gli astanti. Una o due persone gettavano occhiate a suo marito, quell'estraneo che dopo una telefonata aveva riferito dell'invasione tedesca. Si domandò che cosa pensassero, se guardassero Julius considerandolo il loro capo. O se nutrissero segretamente sospetti sulla notizia che aveva consegnato o, peggio, sulla sua famiglia. Tutt'a un tratto, nulla fu come sembrava. Avvertì il bisogno di essere vigile e attenta, anche per non far scoprire che erano ebrei. Josefina aveva contemporaneamente caldo e freddo. Il cuore le batteva in gola. *Stai calma, devi stare calma*, continuava a ripetersi.

Il concierge dell'albergo era un veterano della Grande guerra, come Julius. Poco prima, Josefina si era accorta del loro scambio delle credenziali militari, nel tipico modo breve ed efficiente degli ex soldati consapevoli che il tempo incalza. Julius aveva indicato la benda sull'occhio sinistro. Il concierge aveva allungato la mano sinistra, a cui mancava mezzo anulare.

"Sottotenente," aveva detto Julius.

"Sergente," aveva risposto l'altro.

Josefina sapeva che ciascuno di loro temeva, a modo suo e per i propri motivi, la forza e la potenza dell'esercito tedesco.

"Starò di sopra al bancone," annunciò il concierge, "nel caso ..." ma interruppe la frase per non scatenare il panico fra gli ospiti. "Starò di sopra, casomai squillasse il telefono," concluse rapidamente. Lasciò la stanza.

La porta si chiuse, facendo sprofondare lo scantinato nell'oscurità. Gli ospiti rimasero immobili e ammutolirono. Poco distante risuonò la campana di una chiesa. Come terminarono i rintocchi, un fischio, vagamente simile a un urlo smorzato dalla distanza, percorse l'aria; poi il fragore di un'esplosione e l'immediato puzzo acre di zolfo, seguito a sua volta dall'odore di bruciato e di fumo. La terra tremò. Nella cantina, tutti rivolsero l'attenzione ai pilastri che sostenevano il soffitto.

Se una bomba avesse colpito l'albergo, le colonne avrebbero retto? O avrebbero ceduto? Nessuno voleva immaginare che cosa sarebbe successo se fossero crollati i pilastri, eppure Josefina sapeva che tutti, lei compresa, stavano considerando una simile catastrofe. Un brivido generale percorse i diciannove presenti. Nel breve silenzio che seguiva ogni esplosione si potevano udire le grida provenire dall'esterno. Nella cantina, alcune donne anziane mormoravano preghiere sgranando i rosari. E di nuovo il fischio e l'esplosione, e dopo l'impatto dell'ordigno i rumori umani. Pianti, grida, singhiozzi, colpi di tosse, preghiere, urla. Vetri infranti. La polvere si sollevava davanti alla finestrella affacciata sul marciapiede. I muri vibravano. Il soffitto palpitava. La furia si abbatteva su Varsavia.

Resteremo intrappolati qui, pensò Josefina, *tutti quanti, rintanati qui sotto. I pavimenti sopra di noi crolleranno e soffocheremo.* Avrebbe dovuto tenere per sé l'ansia. Pensare ad altro, rifletté, era un modo ragionevole per sopportare la minaccia di devastazione che l'aveva assalita mentre cadevano le bombe. Così Josefina impegnò i pensieri immaginando i figli in un momento di spensieratezza. Come se avesse potuto convincersi intimamente che un giorno tutto sarebbe potuto tornare come *prima*. Solo alcuni mesi innanzi, Suzi e Peter non vedevano l'ora di andare alla festa di compleanno di un amico a Teschen. C'erano deliziose porcellane, una maestosa *Sacher torte* direttamente da Vienna, un assortimento di delicati pasticcini e cioccolatini prelibati, oltre a ottimo caffè. Per gli adulti, sherry e brandy. In tavola la tovaglia, i tovaglioli piegati a forma di giglio, bicchieri di cristallo e l'argenteria appena lucidata. Le finestre erano aperte e l'aria profumava di lillà. Josefina cercò di rievocare il loro aroma inebriante, ma la cantina dell'Hotel Angielski odorava di stantio. La fragranza dei fiori nelle stanze di sopra o dietro le mura di cartongesso, forse ancora nei loro vasi, era superata dal lezzo di bruciato che si spandeva dalla strada. L'odore ripugnante del presente cancellò il pensiero del momento felice a Teschen che aveva tentato di rammentare.

C'era del marcio in Polonia, pensò Josefina. La addolorò pensare che quell'entità immonda che si avvicinava sempre più velocemente parlava tedesco, era in grado di leggere Schopenhauer e Goethe, e ascoltava Mozart e Beethoven con il suo stesso rapimento. Si domandò se sarebbe mai tornata a parlare tedesco senza percepire di nuovo l'odore nauseante delle bombe e il fetore della paura umana.

Una volta cessato il bombardamento, tutti sembrarono scivolare, come se la stanza stessa si fosse stancata del loro peso. La cameriera si alzò in piedi, rendendosi però conto che non aveva nulla da fare né una meta da raggiungere. Due signore delle stanze del secondo piano, sorelle nubili che tornavano a casa a Cracovia dalle vacanze nelle foreste orientali, ansimavano rumorosamente. Si misero a discorrere fra loro, ma nulla di ciò che dicevano atteneva alla situazione attuale. Una parlava delle ricette dei cavoli ripieni, come se avesse ripreso il filo di una conversazione interrotta la settimana prima. L'altra si domandava se a casa il vicino avesse irrigato l'orto durante la loro assenza. Uno degli uomini sospirò. Un altro tossì. Suzi rilassò lentamente la mano, con cui aveva sgualcito l'orlo della gonna. Peter spalancò la bocca. Julius fece per sistemarsi il papillon e, accorgendosi di non averlo, lasciò ricadere le mani e poi le spalle. Greta piangeva in silenzio, ed Ernst le accarezzava la mano.

Tolti i membri della sua famiglia, per Josefina Kohn i temporanei abitanti della cantina erano estranei di cui altrimenti non si sarebbe mai trovata in compagnia. Eppure con loro aveva appena condiviso il primo momento davvero terrificante della sua vita. Condividere l'esperienza di un simile terrore comportava un'immediata confidenza. Chissà se la signora del terzo piano, l'insegnante di Lodz, provava i suoi stessi sentimenti? L'uomo che aveva sospirato sospettava che Josefina e la sua famiglia fossero ebrei? E, se nutriva su di loro questo sospetto, o questa paura, come si sarebbe comportato? Le sorelle del secondo piano sarebbero state generose con il loro cibo se Josefina e i suoi fossero rimasti senza? Si massaggiò la mascella, contratta fino a quel momento. Pensò ai familiari rimasti a Teschen e si domandò se anche il padre, Milly e la piccola Eva si fossero dovuti riparare in cantina. Le bombe cadevano anche a Leopoli, dove abitava la suocera? E che ne era di Laura, la zia di Julius, a Vienna? Forse non avrebbe mai più rivisto la sua famiglia, o quella di Julius. Mentre considerava questa possibilità, i muscoli le si contrassero nel petto. Per qualche istante non riuscì a riprendere fiato. *Basta, smettila*, si disse, ricacciando giù il panico, in una riserva profonda che non sapeva di possedere.

Verso le cinque, il concierge scese le scale con un cestino di roba da mangiare. Quando l'uomo aprì la porta della cantina, una spessa lama di luce tenue si proiettò sui gradini illuminandogli il viso pallido, e Josefina si ricordò di quanto fosse sereno il cielo quella mattina. Come sembrava distante ora la promessa di una bella giornata. Il concierge si era tolto la giacca dell'uniforme, rivelando la camicia quasi completamente fradicia. La polvere dei calcinacci gli striava i capelli. Posò il cesto davanti agli ospiti facendo loro cenno di mangiare ciò che aveva portato.

"Non ci sono più le finestre, di sopra," disse, rivolto più che altro a Julius; Josefina udì, nonostante fosse poco più che un sussurro. Ma la voce dell'uomo non vacillò.

Combustione spontanea

COME PREVISTO, I KOHN SI TRASFERIRONO in via Bałuckiego, nell'appartamento di Friedrich, il cugino di Julius. Friedrich, un giovane ufficiale dell'esercito polacco, era stato richiamato in servizio. Prima dell'invasione, quando la guerra era ancora soltanto una possibilità, aveva proposto a Julius e alla sua famiglia di usare il suo appartamento, ben ordinato ed arredato in modo pratico. Nessuno poteva prevedere cosa sarebbe successo a quel giovane uomo, che sarebbe stato assassinato con un proiettile alla nuca nella serie di esecuzioni di massa degli ufficiali militari polacchi, in seguito note come il massacro di Katyń. Quei delitti avrebbero fatto parte di un futuro che Josefina e il marito non potevano ancora immaginare e che li avrebbe divisi, Julius arrestato e imprigionato dalla polizia segreta sovietica, l'NKVD, la stessa organizzazione che si sarebbe macchiata dell'omicidio di Friedrich.

Se la fuga da Teschen a Varsavia non avesse grondato disperazione, la breve permanenza nei quartieri di Friedrich sarebbe potuta sembrare un accogliente soggiorno urbano, il tipo di escursione culturale che Josefina e il marito compivano all'inizio del loro matrimonio, prima che la conceria Kohn portasse la prosperità che avrebbe consentito loro di alloggiare in hotel raffinati durante i loro viaggi. In quei primi giorni di matrimonio erano ancora abbastanza curiosi e avventurosi da desiderare qualcosa di diverso da una vita tranquilla in una pittoresca cittadina della Slesia di nome Teschen, ai piedi dei monti Beschidi. Ora Josefina, a trentanove anni, madre di due figli, guardava fuori dalla finestra su via Bałuckiego, una stradina con il nome di un autore gallego del diciannovesimo secolo che aveva trattato soggetti ebraici in diversi romanzi. Nel 1901, affetto da diverse malattie, Michał Bałucki si era suicidato in un parco di Cracovia. Trentotto anni più tardi, la conclusione della vita di quell'uomo sembrava a Josefina una descrizione appropriata dell'umore terribilmente tetro del suo paese.

Dopo il primo settembre, nella capitale polacca confluirono altri profughi. Arrancavano fino a Varsavia, in fuga dall'avanzata nazista. Arrivavano superando a piedi il ponte Poniatowski, in bicicletta da via Elektoralna e seduti sulle loro cose sui carretti stracarichi da via Filtrowa. Molti ebrei devoti avevano siddur e rotoli della Torah portati dalle loro sinagoghe. Le automobili erano state presto abbandonate: era praticamente impossibile procurarsi la benzina e, come aveva previsto Julius, le auto erano facile bersaglio delle mitragliatrici aeree naziste. I profughi affollavano le cantine e i vani scale, insieme agli sfollati di Varsavia che lì già avevano trovato riparo. Ogni volta che un edificio crollava, la gente si spostava in un'altra cantina o su altre scale. Dopo i primi giorni si smetteva di portare in giro tanta roba, che rallentava i proprietari rischiando di ucciderli. E c'era sempre meno spazio per ospitare il gran numero di persone in cerca di un rifugio.

In fila per il pane, Josefina udì un ragazzino di dodici anni che parlava con Suzi. "Ieri sono morti i miei genitori," disse con voce atona e aria inespressiva. Disse che gli dispiaceva di aver legato il cane alla stufa come aveva ordinato suo padre. "Ogni volta che cadeva una bomba, il cane spiccava un balzo e batteva la testa," spiegò il ragazzo.

Durante una pausa fra i bombardamenti, la madre gli aveva chiesto di riempire il secchio dell'acqua nella cisterna cui un edificio vicino. Era a metà del cortile quando l'ombra di un aeroplano tedesco si era proiettata sul terreno sotto di lui. Alzando lo sguardo, era perfino riuscito a vedere la carica esplosiva precipitare sulla casa, ed era scappato via. "Corro molto bene," disse, e Josefina si voltò per guardarlo. *Un ragazzo dall'aspetto abbastanza ordinario*, pensò.

"Ho corso fino al distretto di Wola," disse. Aveva raggiunto l'altro capo della città quando aveva deciso di tornare di corsa sui suoi passi. Era andato avanti così per ore. Voleva tornare nella sua via. Ma spiegò che qualcosa, "Dio, il diavolo, non lo so", gli suggeriva che avrebbe portato sfortuna. "Vorrei non aver legato il cane," disse di nuovo.

Tutti avevano una storia da raccontare sugli orrori dell'assedio: le carogne dei cavalli in putrefazione per la strada e l'incessante sepoltura dei morti. Le donne del reparto maternità con i loro neonati avevano traslocato nella cantina dell'ospedale, dove c'erano meno vetri e polvere ed erano meno esposte. "Quale presagio," chiedeva qualcuno, "nascere così?" Le facciate scrostate degli edifici mostravano impudicamente il proprio interno, con il suo contenuto sbilenco. Qui un quadro in salotto, storto sul suo chiodo; sotto un sofà appeso per una gamba, pronto per essere inghiottito dal buco nel pavimento. Lì un letto disfatto in fretta, arenato sinistramente contro il muro mancante. Intere cucine in vari gradi di sconclusionato scompiglio: lavandini con le gambe che sporgevano fuori dai telai delle finestre, stufe troncate a metà con una pentola ancora sul fornello. Una vasca da bagno nell'androne.

Attraverso le macerie due uomini trasportavano un armadio, il loro unico bene superstite, verso . . . Beh, non si sa. Molto tempo dopo Varsavia, l'assedio e tutto ciò che seguì, anni dopo la fine della guerra e perfino quando era in salvo in Inghilterra, nella sua casa di Londra, Josefina fu preda di incubi in cui vedeva il proprio riflesso nello specchio sulle ante di quell'armadio. In quei sogni terrificanti un sole caldo, spietatamente radioso, splendeva su di lei, in piedi sopra un cumulo di macerie grigie, resti di edifici che appena alcune ore, due giorni, una settimana innanzi erano ancora intatti. Una sfumatura giallastra tingeva ogni cosa: le facce della gente, i loro abiti, il cielo. Sullo sfondo si stendevano le immagini dell'assedio: una ragazza di non più di dieci o undici anni china sulla sorella maggiore morta, con il viso insanguinato e una mano che le stringeva il petto. Cani e gatti domestici che strisciavano intorno a qualunque ombra trovassero. In una strada, un piccolo terrier bianco rifugiato nello scheletro di un cavallo spolpato della carne. Ratti, topi e insetti, privati dei loro nascondigli, scorrazzavano dappertutto in pieno giorno. Donne in preghiera con il capo coperto, in piedi davanti alle rovine di una chiesa. Bambini con la testa fasciata nei cuscini per proteggersi dalla caduta dei detriti. Uomini e ragazzi impegnati a scavare fosse e tombe ogni volta che il cielo era sgombero dal terrore volante tedesco. Le parole sommesse di un anziano signore. Aveva il tono di un professore e il suo contegno rassomigliava a quello del padre di Josefina. "Tutti vogliono aver salva la vita," diceva. "I valori e la dignità umani? Annientati."

Durante l'assedio, i pensieri di Josefina sul futuro si riducevano alla sopravvivenza di ogni ora, minuto per minuto, fino alla mattina successiva. E ogni giorno la situazione peggiorava. Come aveva scritto un poeta polacco dopo la guerra, a Varsavia "Il peggio non finiva mai. Si scopriva sempre che le cose potevano ancora peggiorare. E ancora, sempre peggio." Per questa ragione, Josefina affrontava ogni nuova difficoltà concentrandosi nello sforzo di lasciar perdere: il tempo, per esempio, o le semplici decisioni che fanno parte della normale vita quotidiana (cosa mangiare o cosa indossare), o la prospettiva di soddisfare i propri bisogni fondamentali (lavarsi, dormire, mangiare). Una volta che ebbe iniziato a farci caso, ogni giorno fu peggio del precedente. E nell'incertezza delle ore, dei giorni, dei mesi e degli anni a venire, per ogni notizia di arresti e deportazioni, voci di fucilazioni o di altri crimini innominabili, aveva la sensazione, prima ancora di saperlo, che le possibilità per la sua famiglia di restare intatta diminuivano di minuto in minuto.

"Non possiamo restare in questa città," mormorò alcune ore dopo l'arrivo nell'appartamento di Friedrich in via Bałuckiego. Mentre formulava questo pensiero, trovò piegato in tasca l'articolo di giornale sulla partenza di Sigmund Freud da Vienna, un reperto messo in salvo nonostante non sapesse più spiegare perché lo avesse portato con sé. Il giorno in cui aveva letto l'articolo sembrava incredibilmente distante. Voleva dire qualcosa a Julius, di vedetta alla finestra, ma al contrario parlò di partire. Non era sicura della ragione per cui pensasse una cosa e ne dicesse un'altra. "Lo so, lo so," disse Josefina. "Siamo appena arrivati . . ." Julius si avvicinò per posarle una mano sulla guancia. Così vicino, Josefina poteva vedere anche le più piccole smagliature nell'elastico della sua benda. "Non fa niente, Finka," disse. "Sono d'accordo. Dobbiamo andarcene da Varsavia."

Ernst, il cognato di Julius, si sentiva obbligato a restare per offrire la sua competenza medica al crescente numero di feriti della città. "Voglio restare qui con mio marito," disse la sorella di Julius, Greta.

Josefina ammirava Greta, nonostante sapesse che non era l'altruismo bensì la paura a motivare il desiderio della cognata di restare accanto al marito. Aveva paura di tutto, il che era strano se si considerava la forza d'animo del fratello Julius di fronte alle avversità, dai piccoli contrattempi alle questioni di vita o di morte. Anche Josefina non era sicura se Julius facesse bene a cercare di convincere Ernst e Greta a venire con loro. Era già abbastanza difficile sorvegliare, guidare e spostare una famiglia di quattro persone. *Meno male*, pensò proprio allora Josefina, *che i ragazzi non sono più bambini*. Fra i profughi aveva visto alcune donne portare in braccio i loro piccoli sempre più magri: i loro volti erano sfigurati dal peso della disperazione.

Ma Ernst fu irremovibile nella sua decisione di aiutare i feriti di Varsavia. Fu presa una decisione: Julius, Josefina e i figli sarebbero partiti. Ma verso quale meta? Di sicuro non avrebbero potuto viaggiare verso occidente: quella zona della Polonia era occupata dai tedeschi. Molti profughi erano diretti a sud verso la Bulgaria e la Romania, per prenotare un passaggio sulle navi che partivano per la Palestina passando per la Turchia. Alcuni andavano in Ungheria, altri in Lituania. La strada per la città polacca Leopoli, via Lublino, era ancora aperta. Josefina pensò che fosse un'opzione prudente andare a Leopoli per raggiungere la suocera Ernestyna e alcuni parenti di Ernst che abitavano in quella città. Julius conosceva un conciatore di nome Salczman, poco distante da Leopoli, con cui in passato era stato in affari.

"Forse potrei guadagnare qualcosa," disse alla moglie. Prima di lasciare Teschen, Margaret, la sorella di Milly, aveva prestato loro un po' di denaro, che andava man mano esaurendosi. I prezzi erano gonfiati ed era molto difficile procurarsi i beni di prima necessità. Non avevano credito né contante. Avevano i gioielli, da vendere solamente in caso di emergenza. Per la prima volta da quando era sposata con Julius, Josefina si scoprì in apprensione per il denaro e impegnata a escogitare un modo per contribuire agli introiti familiari.

Alcune voci parlavano della mobilitazione dell'Armata rossa. E se i tedeschi avessero invaso Leopoli, disse Julius, si sarebbero diretti a sud. Nessuno di loro avrebbe potuto immaginare che Hitler e Stalin avevano stretto un patto segreto per spartirsi la Polonia. Né avrebbero potuto sospettare quali orrori avessero in serbo entrambi i regimi per la popolazione di quelle che in seguito furono chiamate 'le terre insanguinate'.

A complicare le cose, la benzina non era più disponibile, il che significava che non potevano usare l'automobile, benché fortunatamente avessero carburante a sufficienza per guidarla fuori città.

"Magari," suggerì Josefina, "potresti barattarla con un passaggio per Leopoli?" A quelle parole Julius le sorrise, e lei comprese che era soddisfatto della sua intraprendenza. In seguito, Josefina avrebbe ricordato quel momento. Senza dubbio Julius aveva già pensato al piano appena suggerito, il che significava che anche nel momento di maggiore tensione era stato così cortese da attribuirle il merito di un'idea per lui del tutto ovvia. "Conosco la persona giusta a cui chiedere," disse.

Fritz Kosinski aveva lavorato per anni con il padre di Julius, Emerich, nel magazzino della conceria dei Kohn a Varsavia. Nonostante la sua età fosse abbastanza avanzata da permettergli di smettere di lavorare, voleva tenersi impegnato. In più era un uomo leale, il genere di persona che Julius aveva sempre detto di sperare di incontrare più spesso. Gran lavoratore, onesto e affidabile, era proprietario di un carro e di un cavallo. Viveva con la moglie Theresa appena fuori città, sulla sponda orientale della Vistola. Dopo aver preso accordi, Julius riferì che era molto felice di aiutarli.

"LE PELLICCE," DISSE JULIUS ALLA moglie prima di lasciare l'appartamento del cugino. Parlava dei due giacconi di pelo lasciati a riparare dal pellicciaio. "Non abbiamo tempo per andare a recuperarle. E poi ci sono barricate lungo tutta via Marszałkowska. Non ce la faremmo mai a superarle."

Stranamente, Josefina prestava scarso ascolto al marito. Stava invece ripercorrendo una conversazione avuta circa un giorno prima con un contadino. Si era piazzato con la sua mucca davanti all'ambasciata americana in via Ujazdowska per vendere il latte. Come se fosse stata la cosa più naturale del mondo. Lei, Greta e i ragazzi avevano avuto la fortuna di capitare lì davanti prima che si formasse l'inevitabile coda. A Varsavia, le code per il cibo erano diventate famose; l'attesa per una pagnotta durava ore. Non si abbandonava il proprio posto in fila neanche all'avvicinarsi dei bombardieri. Molto presto il cibo si sarebbe esaurito. Lo stesso per l'acqua. Ma proprio allora, ecco un contadino con la sua mucca.

L'uomo parlava in mormorii sommessi, mungendo l'animale. Per ascoltarlo Josefina aveva dovuto chinarsi. Le aveva raccontato che uno di quegli aeroplani tedeschi aveva abbattuto con uno sparo il nido di cicogna sul suo fienile. La notte dopo quel cattivo presagio, il fienile si era incendiato.

"Combustione spontanea," aveva detto con un sibilo rauco. "Sventura, sventura per molto, molto tempo."

Josefina gli aveva dato due złoty, e benché il contadino avesse manifestato la propria gratitudine con un sorriso genuino e quasi completamente sdentato, la sua impressione fu di freddo e desolazione.

Così, quando Julius parlò di andare a prendere le pellicce, Josefina non stava pensando all'inverno. Non pensò che non mancasse più molto a febbraio o che le pellicce sarebbero potute tornare utili a cinque mesi di distanza. Meditava invece sulla convinzione del contadino a proposito della combustione spontanea. Josefina aveva fiducia nella scienza, come Julius. La paglia seccata male poteva prendere fuoco da sola. Questo lo sapeva. Ma il contadino, come molta altra gente di campagna che aveva conosciuto, credeva a quelle che la madre di Josefina avrebbe chiamato *bubbe-meiseh*, vecchie leggende. Si domandò se simili superstizioni fossero semplici profezie auto-avveranti o se si trattasse invece di messaggi importanti da tenere a mente. E se quest'ultima ipotesi era vera, *chi* mandava quei messaggi?

"Finka?" la richiamò Julius, e Josefina si accorse che stava ripetendo il suo nome. Si sentiva pervasa dal tepore e dal disorientamento, come se si fosse ridestata da uno strano sogno. "Finka, ti stavo dicendo che volevo dare il biglietto delle pellicce a Margaret."

Josefina annuì. "Sì, Julek, certo," disse. Margaret, la sorella della cognata, abitava lì a Varsavia. Da qualche parte. Josefina non riusciva a ricordare il nome della via.

Il marito si sedette alla piccola scrivania nell'appartamento del cugino ed estrasse dalla cartella alcuni fogli e la penna buona. "Con

la presente autorizzo la Sig.a Margaret Komarek al ritiro delle pellicce corrispondenti al biglietto provvisorio n. 062," scrisse in polacco.
Aggiunse la data e appose la propria firma. Da un portafogli estrasse
la ricevuta emessa dal pellicciaio Maksymillian Apfelbaum. La sua
bottega si trovava a Varsavia in via Marszałkowska, dove ad aprile
Julius aveva portato il suo cappotto di pelle di foca orlato di lon-
tra e visone e la giacca di astrakan di Josefina. Ripiegò il messaggio
insieme al biglietto e ripose entrambi nel portafogli. Strofinò il cuoio con il pollice: un'abitudine acquisita in vent'anni di attività da
conciatore.

Quasi addosso

Nottetempo, Julius accompagnò la moglie e i figli in auto fuori da Varsavia, nel piccolo villaggio rurale dove abitavano i Kosinski. Benché nessuno di loro potesse prevederlo, sarebbe stato il loro ultimo viaggio insieme su un'automobile privata, l'ultima occasione in cui la famiglia fosse ancora intatta. Josefina avvertiva che quel breve viaggio rappresentava la fine di qualche cosa, senza tuttavia riuscire a metterla del tutto a fuoco. Sedeva nell'auto, in silenzio come il marito e i figli. Era consapevole che Julius era preoccupato di restare a secco di benzina. *Forse avremo un altro po' di fortuna*, pensò, cercando di scacciare la sua stessa ansia.

Theresa e Fritz Kosinski li accolsero nella loro casa, piccola ma pulita e confortevole. Il signor Kosinski continuava a ripetere a Julius che avrebbe badato alla macchina solo fintanto che quell'assurdità dei tedeschi non fosse finita, e i Kohn non fossero potuti tornare a casa. A lui non serviva un'automobile; aveva il carro con il suo cavallo, e tanto bastava. Insisteva di non voler essere pagato. Diceva, gesticolando all'indirizzo della moglie, "Ho già tutto quello che mi serve."

I Kohn volevano partire dalla casa dei Kosinski appena possibile, ma le circostanze li costrinsero a fermarsi più a lungo. Come dice un vecchio proverbio ebraico, "l'uomo pianifica. Dio ride." Forse Julius avrebbe inarcato un sopracciglio se avesse sentito quel modo di dire. Nonostante da bambino avesse imparato le preghiere fondamentali in ebraico, non era una persona religiosa. Da ebreo assimilato, credeva nelle garanzie della dimostrazione empirica, che per lo più non gli aveva fornito prove sufficienti in materia divina. Ma poiché i suoi nonni erano praticanti, ricercava la sicurezza offerta dalla conservazione delle tradizioni. Avrebbe voluto aver fede in Dio, ma non sapeva come fare a credere. O almeno era quanto aveva detto a Josefina durante il corteggiamento. Non aveva più parlato di questo dilemma; non fino al ritorno da un'incursione, a Varsavia, dopo che le prime bombe erano cadute sulla città.

Josefina sapeva che l'esperienza del marito nella Grande guerra lo aveva preparato ad aspettarsi l'inimmaginabile. Di conseguenza, constatando l'entità dei danni, Julius non fu eccessivamente sorpreso. Sapeva che razza di sfacelo procurassero i bombardamenti e l'artiglieria. Ma quando vide le ferite e i morti dei crolli, degli incendi e dell'asfissia e la distruzione degli ospedali e delle abitazioni, tale fu lo shock che raccontò alla moglie di essersi soffermato a contemplare le rovine, supplicando Dio, disse a Josefina, di non permettere che la sua famiglia andasse incontro a una fine simile. "Non so a chi altri chiedere una protezione del genere," le disse. Neanche Josefina lo sapeva. Le regole dello scontro militare note al marito erano cambiate radicalmente. Sulle ali dei Messerschmitt che sorvolavano la Polonia era stata inaugurata una nuova era bellica.

Quel giorno, Julius era in cantina ad aiutare il signor Kosinski a riparare i finimenti di cuoio. Josefina era in cucina con i figli. Lavando i piatti della colazione, rifletteva sulla sorte della sua nazione e della sua famiglia. All'inizio del mese, la Germania aveva invaso la Polonia. Il tre settembre la Gran Bretagna e la Francia avevano dichiarato guerra alla Germania, nonostante le loro truppe non fossero ancora arrivate. Il sei Julius si era seduto alla scrivania nelle stanze del cugino in via Bałuckiego e aveva scritto alcune righe per autorizzare Margaret, la sorella di Milly, al ritiro delle pellicce. Era il giorno innanzi che aveva cercato di consegnare il messaggio insieme a Peter? O erano trascorsi due giorni? Josefina non ricordava con esattezza la successione di quegli eventi.

Sapeva tuttavia che andare in giro per Varsavia comportava deviazioni e ritardi imprevedibili. Le bombe incendiarie e i proiettili di artiglieria interrompevano qualunque percorso. Se al cadere delle bombe si stava sbrigando una qualsiasi commissione bisognava cercare la cantina o la tromba delle scale più vicina, e se quel rifugio era già pieno bisognava cercare oltre. In qualunque momento, tutti gli uomini abili erano costretti a contribuire all'interminabile scavo di fossi e tombe. Mentre si recavano da Margaret con il biglietto per le pellicce, Julius e Peter erano stati chiamati a svolgere quel compito. Il soldato polacco che sorvegliava le tombe improvvisate aveva consegnato loro dei badili.

"Scavate," aveva ordinato. Padre e figlio avevano lavorato fino al suono della sirena dell'allarme antiaereo. Corsero a ripararsi in un fosso lì vicino, scavato un altro giorno da altri uomini. Per tornare all'appartamento in via Bałuckiego avevano seguito un itinerario tortuoso, che li aveva condotti in varie cantine e scale lungo la strada man mano che tornavano a piovere bombe. Non consegnarono mai il messaggio. Altri fatti impedirono loro di concludere quel compito: appresero che l'Hotel Angielski era stato colpito dalle bombe.

Andarono a controllare personalmente, e non riuscirono a trovare Greta ed Ernst.

Molte strade di Varsavia erano impraticabili. Le linee telefoniche erano interrotte.

I tedeschi avevano raggiunto la periferia della città.

Margaret, la sorella di Milly, non sapeva la loro posizione e loro non potevano telefonarle.

Quando ebbero di nuovo la possibilità di uscire, il loro unico obiettivo fu di abbandonare Varsavia.

Julius prese dal portafogli il messaggio per Margaret e il biglietto per le pellicce. "Riponili da qualche parte", disse a Josefina. "Un giorno . . . ," disse, e tacque.

ALL'ARRIVO DAI KOSINSKI, JOSEFINA SI era sentita sollevata alla vista della modesta abitazione di legno a margine di un piccolo campo di patate. I tedeschi avanzavano a un ritmo senza precedenti. Si poteva udire il rimbombo del fronte. Il bombardamento non dava tregua. Ogni giorno il sindaco di Varsavia, Stefan Starzyński, esortava per radio i cittadini alla difesa della capitale. Diceva che Hitler era un barbaro. Scavava le trincee e non abbandonò mai la sua città. Come sarebbe finita la sua vita? Era il genere di domanda che Josefina aveva iniziato a porsi sempre più spesso. Gli avrebbero sparato a Varsavia? O sarebbe morto in un campo di lavoro nazista? Non riusciva a immaginare altri esiti, e l'incapacità di concepire altro che tragici epiloghi la turbava molto.

Fra il primo giorno di guerra e l'arrivo dei Kohn dai Kosinski, Julius aveva detto alla moglie che lei e i ragazzi dovevano imparare ad adattarsi rapidamente a situazioni nuove e sempre più dure. Aveva parlato con eccezionale fermezza, e l'assertività delle sue parole si era imposta all'attenzione di Josefina.

"Dovete sforzarvi di pensare a tutte le conseguenze delle vostre scelte e azioni, prepararvi mentalmente a prevedere la strada giusta," aveva affermato con aria mesta. Le aveva ricordato che lei e Suzanna potevano portare con sé un solo bagaglio, uno zaino, da cui non avrebbero dovuto mai separarsi. Lui e Peter dovevano inoltre avere dei piccoli coltelli, senza dar modo ad alcuno di accorgersene. Avrebbero dovuto indossare vari strati di vestiti, disse Julius. Il loro bagaglio avrebbe dovuto contenere una coperta, guanti, calze, bende, candele, fiammiferi, aspirina, alcol, ago e filo, carta e penna, salame e quanti più alimenti secchi o in scatola vi entrassero. "Due lattine di alluminio vuote ciascuno. Utensili. E qualunque pezzo di corda troviate." Avrebbero custodito gli oggetti di valore cuciti negli abiti. Aveva suggerito che Josefina tenesse la maggior parte del denaro e dei gioielli perché, se si fossero separati, avrebbe potuto comprarsi una via di fuga. Soprattutto con i contadini, i cui costumi superstiziosi erano imprevedibili e i cui modi erano talvolta rozzi. Julius aveva spiegato a Josefina che la povertà avrebbe potuto indurli a prestare aiuto in cambio di denaro. "Non mi piace ragionare in questo modo, Finka," aveva aggiunto. "Ma in tempo di guerra devi aspettarti il peggio dalle persone." L'aveva ammonita di stare sempre all'erta, poiché l'offerta di somme maggiori avrebbe potuto mutare in fretta la loro lealtà. L'aveva messa in guardia dai soldati russi, ricordandole le voci del loro arrivo da oriente. "Sono rudi e crudeli," aveva detto. "E per loro la virtù di una donna non ha alcun valore."

JOSEFINA LAVAVA I PIATTI NELLA cucina dei Kosinski. Aveva perso il conto dei giorni. Non c'erano giornali. Ascoltava la radio ogni volta che ne aveva l'opportunità, sintonizzandosi sulla polonaise n° 3 di Chopin trasmessa incessantemente su Radio Varsavia per assicurare alla Polonia e ai suoi abitanti che la città non aveva ancora capitolato. Le piaceva ascoltare la voce del sindaco Starzyński, ormai roca ma ancora rincuorante.

La notte del primo settembre (come sembrava distante quel giorno) lei e Julius avevano entrambi chiamato la figlia con il nome completo, Suzanna, anziché Suzi. Ripensandoci, Josefina fu colpita che sia lei sia Julius avessero avuto lo stesso istinto. Come se accantonando quel diminutivo avessero potuto indurre la figlia a farsi adulta. Di certo era troppo giovane per la guerra, ma anche troppo grande per trattarla come una bambina. Inoltre, con grande soddisfazione di Josefina, Suzanna si era mostrata all'altezza della situazione. Suzanna era cresciuta, con pacatezza e risoluzione. Non pretendeva nulla ed era sempre pronta ad aiutare. Imparava in fretta, osservando le persone e le situazioni intorno a sé. Se commetteva un errore, si applicava doppiamente per evitare di ripeterlo. Ora Suzanna avrebbe dovuto apprendere la difficile arte di interpretare gli estranei. Quando fidarsi e quando diffidarne. Come essere garbata nelle situazioni difficili. E la lezione spettava a Josefina. Si domandò che cosa avrebbe fatto sua madre. E che cosa avrebbe suggerito se fosse stata ancora viva. Karola Eisner era morta quattro anni prima; in quel momento Josefina avrebbe desiderato più di ogni altra cosa poter prendere il telefono e parlare con lei.

Prima di poter formulare ipotesi sui consigli che le avrebbe donato la madre, il rumore di un aereo nelle vicinanze fece ripiombare Josefina nel presente. Seduta al tavolo della cucina, Suzanna stava rammendando la giacca del fratello. Peter ricaricava l'orologio. Josefina guardò fuori dalla finestra e vide la sagoma indistinta di un bombardiere leggero diretto verso di loro. Per via della fusoliera slanciata, l'aereo era soprannominato *Fliegender Bleistift*, la matita volante. Quegli aeroplani volavano bassi e veloci. Erano così affusolati che i soldati polacchi facevano fatica a colpirli con l'artiglieria antiaerea. L'equipaggio dei bombardieri leggeri era composto da quattro membri: un pilota, un bombardiere e due mitraglieri. Sparavano a tutti quelli che avvistavano. Sganciavano gli esplosivi su luoghi di culto, scuole, ospedali e fabbriche. Quando arrivavano le matite volanti, nessuno era al sicuro. "Peter. Suzanna," disse Josefina a un volume più alto di quanto si aspettasse. In un attimo si erano alzati da tavola; Peter teneva sollevata la botola della cantina nel pavimento della dispensa. "Scendi giù," disse la madre. "Arrivo."

Ma qualcosa non andava: Theresa Kosinski non era ancora rientrata. La nausea assalì Josefina mentre ripensava alla loro conversazione di appena venti minuti prima. "Sarebbe bello preparare delle patate, oggi," aveva detto la donna a Suzanna, scostando una ciocca di capelli dagli occhi della ragazza.

"Le vado a prendere," aveva detto Suzanna.

"Sei molto cara, piccola mia, ma un po' d'aria fresca mi farebbe bene," aveva risposto la signora Kosinski.

Se n'era andata dalla cucina.

ORA I MITRAGLIERI SULLA MATITA volante stavano sparando in volo raso terra sulle donne nel campo di patate dietro casa. Abbandonati sul terreno i cesti e le palette, le donne correvano per mettersi al riparo. Da distante Josefina non riuscì a distinguere i loro volti, ma poté immaginare il loro respiro affannoso e le gambe pesanti. Mentre anche i battiti del suo cuore acceleravano, sentì in bocca il sapore salato e metallico della paura. Come avrebbero potuto sparare a delle raccoglitrici di patate? E dov'era Julius? In cantina, con il signor Kosinski, sì, ecco dov'era; aiutava a riparare i finimenti. Ma quando l'aereo ritornò, Josefina si rese conto che a quelle bestie dei nazisti non bastava disperdere le donne dal lavoro di raccolta delle patate. I mitraglieri fecero fuoco, più e più volte. E a quel punto udì le donne gridare. Da una delle case del vicinato, Josefina vide spuntare un uomo: in una mano teneva un fucile simile a un moschetto, agitando nell'aria l'altra stretta a pugno in segno di sfida. Ma l'aereo tedesco era passato oltre, lasciando sul campo cinque donne stramazzate a terra.

Josefina aprì la botola della cantina. Nel tentativo di parlare, si accorse di aver trattenuto il fiato fino a quel momento. Aveva la gola così secca che riuscì a malapena a chiamare Julius e il signor Kosinski. "Ragazzi," ordinò, "Fermi dove siete."

Quando gli uomini salirono, indicò il campo, oltre la finestra. "Una matita volante," cominciò a spiegare, ma prima che potesse concludere la frase il signor Kosinski si era già slanciato fuori. "Cinque minuti...," disse a Julius, scuotendo la testa, "...Può finire tutto... In cinque minuti." Ciò a cui aveva assistito l'aveva scaraventata nella confusione. Non poteva credere che un vero soldato sparasse a delle donne in un campo. Mogli, nonne e giovani madri. Donne che cercavano di nutrire la propria famiglia. Sua figlia avrebbe potuto trovarsi fra loro. "Solo cinque minuti," disse di nuovo Josefina.

Era frastornata, traumatizzata dalla scena cui aveva appena assistito. Ed ecco Julius tenerla delicatamente per le spalle, guardandola dritto in faccia. Nessuno dei due batté ciglio, e la vista familiare dell'unico occhio di Julius le donò conforto.

"Finka, è meglio che ti sieda," disse. Le versò un bicchiere d'acqua. "Bevi. Io vado ad aiutare il signor Kosinski." Se ne andò. Josefina si abbandonò sulla sedia più vicina. Le tremavano le mani. Senza potersene spiegare il motivo, in qualche modo sapeva già che la signora Theresa Kosinski era fra i morti nel campo di patate.

Quella notte, dopo il segnale di via libera, il signor Kosinski, Julius e Peter scavarono una tomba. Josefina e Suzanna sedettero al bordo della buca mentre gli uomini calavano in terra la signora Kosinski, avvolta in un lenzuolo. Dopodiché rimasero lì, al buio, in silenzio. Nel bosco dietro al campo riecheggiò il richiamo di un gufo. Il profumo del suolo appena arato era gravido degli aromi decomposti dell'autunno.

"Pregare non avrebbe senso," disse infine il signor Kosinski.

IL GIORNO DOPO, DI BUON mattino, il frastuono dell'artiglieria era più forte che mai. I Kohn e il signor Kosinski erano in cucina, seduti a tavola.

Avevano appena finito di fare colazione con pane e tè.

"Il fronte è così vicino che lo abbiamo quasi addosso," disse Julius. Josefina non avrebbe mai dimenticato quelle parole. Descrivevano con esattezza i suoi sentimenti riguardo alla guerra. Il fatto che fosse al tempo stesso troppo vicina e troppo familiare. In piedi al lavandino, puliva le stoviglie pensando alla signora Kosinski, che aveva cotto il pane con cui lei e la sua famiglia avevano appena fatto colazione. Soltanto il giorno innanzi, Theresa aveva impastato la farina sul bancone della cucina; una donna paffuta dagli occhi scuri e dai capelli neri brizzolati sulle tempie. Josefina immaginò che da giovane dovesse essere stata molto graziosa. Forse perché non aveva figli, la signora Kosinski aveva mostrato subito una predilezione per Peter e Suzanna. Aveva dato loro i pochi dolci che era riuscita a procurarsi prima delle numerose decurtazioni. *E come niente, non c'è più*, pensò Josefina.

"Mamma," disse Suzanna, che asciugava i piatti guardando fuori dalla finestra sul lavandino. "Chi guiderebbe fin *qui*?" Josefina sollevò lo sguardo e vide l'automobile. Riconobbe due figure; dalla forma e dal luccichio degli elmi intuì che si trattava di soldati nazisti. La vettura si avvicinava precipitosamente. I Kohn posarono ciò che stavano facendo e si avviarono in cantina. I loro movimenti, con la loro pronta determinazione, avrebbero potuto suggerire a chi li avesse osservati una combinazione di istinto ed esercitazione. Discesi gli scalini della cantina, Josefina udì il signor Kosinski che copriva la botola nella dispensa con una stuoia intrecciata, confezionata dalla moglie probabilmente durante qualche lungo inverno nel tranquillo passato, svanito così in fretta. Josefina estrasse dalla tasca del grembiule degli strofinacci spessi, che passò al marito e ai figli. Servivano ad attutire eventuali colpi di tosse. Per trattenere gli starnuti, Julius aveva suggerito di premere con la lingua contro il palato, anche se sapeva che la paura avrebbe impedito loro di tossire o starnutire: il consiglio e gli strofinacci non erano che un diversivo. Si misero in ascolto, in piedi nella cantina. All'inizio udirono soltanto il passo strascicato delle scarpe del signor Kosinski, indaffarato per la cucina. *Probabilmente sta mettendo via la roba*, pensò Josefina, preoccupata a quel punto che potesse non occuparsene. E se i soldati avessero notato cinque piatti anziché uno solo posati ad asciugare accanto al lavandino? Cosa sarebbe accaduto se li avessero scoperti? Quanto avrebbe resistito il signor Kosinski prima di rivelare che nella sua cantina si nascondevano degli ebrei, un crimine per cui lo avrebbero ammazzato seduta stante? Il suo rimugìnìo fu interrotto dal rumore del calcio di un fucile che bussava con tale violenza alla porta della cucina da staccare della polvere dal soffitto di assi della cantina. Il petto di Josefina si gonfiò, inspirando profondamente. Julius le afferrò la mano. Gli occhi di Suzanna si dilatarono per la paura. Peter la trasse vicino a sé.

"*Mach auf!*" gridò un uomo. "Apri."

Il calcio del fucile picchiò nuovamente alla porta. Attraverso gli assi caddero altri sottili granelli di polvere. Il soldato chiamò di nuovo.

Lo scricchiolio della porta che si apriva fu seguito dal battito e dallo strascico delle suole nuove degli stivali di cuoio ingrassato di ottima fattura sul pavimento della cucina proprio sopra alle loro teste. Dal rumore, Josefina ne distinse almeno due paia. Poi uno dei nazisti abbaiò una raffica di ordini. Volevano del cibo dal signor Kosinski. Dicevano che lo avrebbero ucciso se non avesse consegnato tutto quello che aveva nella credenza e nella dispensa.

"Adesso siamo noi i tuoi padroni, stupido polacco," disse uno in tedesco. A Josefina ferì comprendere, e perfino amare la lingua di quell'imbecille che stava insultando il loro gentile ospite. Seguì lo stridìo delle seggiole trascinate via dal tavolo. Josefina li immaginò seduti, uno che dondolava la seggiola all'indietro, l'altro proteso in avanti. Magari con un gomito sul tavolo. Battevano i piedi a terra, a ritmo sempre più incalzante, come per scandire la loro fretta. Poi i passi rapidi del signor Kosinski che riempiva una cassetta dopo l'altra. Josefina chiuse gli occhi e lo immaginò mentre portava uova, burro, pane, patate, mele, tè e zucchero. E dagli scaffali della dispensa tutti gli splendidi vasi ben ordinati di conserve e sottaceti preparati dalla moglie.

"Portali in macchia, stupido polacco," disse uno. Quando il signor Kosinski uscì, si scambiarono delle battute riguardo al fatto di ucciderlo lentamente. "Dissanguarlo come un maiale," disse l'altro. Risero entrambi. Quando rientrò, gli ordinarono preparare loro del tè.

Per poco a Josefina non sfuggì un gemito. Più a lungo si fermavano i soldati, più era probabile che scoprissero la sua famiglia. Le ginocchia le tremavano. Poggiò il palmo delle mani sul grembo sforzandosi di restare immobile.

Avevano udito il signor Kosinski muoversi avanti e indietro fra il fornello e il lavandino per riempire un bollitore. Si stava avviando alla porta quando uno dei soldati scattò in piedi spingendo indietro la seggiola. "Dove pensi di andare, omuncolo?"

Seguì un colpo sordo. Il signor Kosinski gemette, ma rispose comunque. "A prendere il tè che ho caricato nella vostra macchina," rispose in un tedesco abbastanza soddisfacente, con probabile sorpresa del soldato che, a giudicare dal rumore, arretrò di un passo.

"Va bene, ometto," disse. "Promosso. Non hai provato a tenerti del tè. Per oggi non ti uccido." Il soldato sghignazzò.

Sentendo lo scambio di battute in cucina al piano di sopra, Josefina si sentì sul punto di rimettere. Sollevò il panno di cotone sulla bocca per soffocare possibili suoni.

L'altro soldato iniziò a ridere, e subito cessò. Si spinse con forza dalla sedia, che si rovesciò all'indietro. "Immagino che quelli non ti servano più," disse, e nel nascondiglio in cantina li raggiunse un chiasso di spari e vasellame in frantumi che si spargeva sul pavimento. "Adesso puoi anche scordarti il tè, stupido polacco," disse il soldato.

A Suzanna sfuggì un fievole singhiozzo, ma il fragore dei proiettili e del vasellame infranto impedì ai soldati di udirlo. Peter le porse la mano; lei la afferrò e strizzò le palpebre sugli occhi chiusi. Josefina capì che la figlia stava cercando di strozzare il suono per non lasciarlo sfuggire. Sopra di loro, i cocci di porcellana frantumata si sparpagliavano sul pavimento tintinnando come monetine. La signora Theresa Kosinski aveva risparmiato per anni per acquistare quelle stoviglie. Josefina non sopportava il pensiero che ogni gesto di quella donna venisse cancellato. Si domandò come avrebbe fatto a sopportare che i nazisti terrorizzassero Julius o i ragazzi.

"Ometto, non ti ho sentito ringraziare il mio amico," disse il primo soldato. Ma prima che il signor Kosinski potesse dire che le stoviglie non gli servivano più, che non aveva alcuna importanza perché sua moglie era morta e la sua vita poteva anche finire, Josefina e la sua famiglia udirono un altro colpo sordo, un gemito, e il tonfo spaventoso di un corpo che rovina a terra.

I nazisti risero, uscirono dalla cucina e misero in moto l'automobile. Allontanandosi, uno di loro gridò: "Per oggi non ti bruciamo la casa. Quando torniamo sarà meglio che tu abbia delle provviste per noi."

Giù in cantina, Josefina guardò i figli. Suzanna, il cui portamento era fonte di grande orgoglio, era accasciata contro il fratello. Peter le circondava le spalle con un braccio, e Josefina avrebbe voluto elogiare il figlio se non avesse avuto la gola troppo secca per parlare. Il marito, lo sapeva, doveva essere affranto. Durante la raccapricciante conversazione sopra le loro teste, Josefina aveva osservato il mutamento nel viso di Julius; non lo aveva mai visto tanto infuriato. Sapeva che presto si sarebbe occupata di medicare le ferite sul corpo del signor Kosinski. Il dolore dei lividi e delle contusioni sarebbe durato fino alla loro guarigione, a differenza delle ferite psichiche subite da Julius e dal signor Kosinski. Era terribile vedere un uomo spogliato di una cosa fondamentale come il suo orgoglio.

Togliersi di mezzo

ALL'INTERNO DELLA TASCA, Josefina fece scorrere un dito sul margine ripiegato della carta intestata dell'Hotel Angielski. L'aveva presa dal cassetto della scrivania poco prima di partire.

In quel momento le era venuto in mente di scrivere a Teschen, al padre e a Milly, ma non c'era stato tempo per occuparsi della corrispondenza. Ora, seduta nel carro trainato dal cavallo del signor Kosinski, era più riluttante che mai a scrivere a qualcuno a proposito della meta o delle condizioni del suo viaggio. Josefina non osava immaginare quale sorte fosse toccata ai suoi familiari o agli amici intimi. Non voleva raccontare al padre che Ernst e Greta, il cognato e la sorella di Julius, erano scomparsi. Non voleva che Milly sapesse che la sorella Margaret, che non aveva neanche incontrato, abitava in una città in rovina, ammesso che fosse ancora viva. E nonostante fosse praticamente impossibile, non voleva ripensare a tutto quello che aveva visto o alle cose che aveva udito.

Mentre avanzavano lungo la strada, il crepuscolo cedette il passo all'imbrunire. Josefina sedeva sul retro del carro insieme a Peter e Suzanna. I ragazzi scrutavano attentamente il cielo per avvistare il volo di eventuali aerei ritardatari. Presto avrebbe fatto buio. Era la notte dopo il novilunio, che con la sua visibilità ridotta comportava una minore probabilità di bombardamenti. I ragazzi avrebbero osservato le stelle, e Peter avrebbe mostrato le costellazioni alla sorella. Poi lei e la figlia avrebbero dormito, entrambe sedute composte, appoggiate l'una all'altra. Era una posizione che sarebbe diventata familiare nei mesi seguenti, e poi negli anni, man mano che Josefina e i figli si fossero fatti strada verso Lublino in direzione di Leopoli, e poi nell'Unione Sovietica, e poi giù, attraverso l'Asia centrale; un viaggio in gran parte senza il marito, anche se allora Josefina non poteva ancora sapere nulla di tutto ciò.

Julius era seduto accanto al signor Kosinski, che reggeva le redini esortando gentilmente la cavalla ad avanzare. Il signor Kosinski aveva sofferto la morte della moglie, la frattura di una costola e alcune contusioni, ma dopo alcuni giorni aveva insistito per accompagnare i Kohn a Leopoli secondo i piani. Non era soltanto preoccupato per la loro incolumità, ma aveva anche promesso di dare un passaggio ad altri profughi. Insieme a Julius discorreva ora a bassa voce. Josefina non poté intendere i loro discorsi, anche se ogni tanto parole come *nazisti*, *famiglia* e *bombardamenti* venivano scandite con maggiore chiarezza e a un volume leggermente più alto. Notò che al marito la giacca incominciava ad andare larga. Josefina fu turbata da come ci si potesse ridurre in appena poche settimane.

Quella notte il signor Kosinski fece salire gli altri passeggeri sulla strada che si allontanava dal villaggio. Insieme ai Kohn, sul carro viaggiavano una donna e i suoi tre bambini addormentati. Nell'angolo dietro a Julius si sedette una ragazza dell'età di Peter, con le ginocchia raccolte sotto il mento. Avrebbe potuto avere uno o due anni di differenza rispetto a lui, ma come entrambi i figli di Josefina anche lei era stata scagliata nell'età adulta da un giorno all'altro. Sedeva su un cappotto di lana consunto e su un fagottino, con indosso un vestito sporco e lacero, calze stracciate e polverose e una sola scarpa. Il piede scalzo era avvolto in stracci grigi. Aveva le ginocchia coperte di croste e le trecce scompigliate. Teneva gli occhi bassi anche da sveglia.

Se la ragazza avesse avuto una valigia e si fossero trovati a bordo di un treno, e se fossero stati in viaggio in tempo di pace come poche settimane innanzi anziché incalzati dalla guerra come ora, il bagaglio della ragazza avrebbe potuto contenere degli abiti deliziosi. Magari perfino un costume da bagno o una racchetta da tennis. Avrebbe avuto un aspetto molto elegante in calzoncini da tennis bianchi. Magari si sarebbe portata da leggere *Via col vento*, per imitare gli uomini e le donne adulti che in Polonia leggevano quel libro poco prima dell'inizio della guerra. Com'era diverso il mondo in cui avevano vissuto. Tutto sembrava radioso allora, dai visi delle ragazze a un annaffiatoio solitario nell'angolo di un giardino. Ora a luccicare erano rimasti soltanto gli elmi, gli stivali e le automobili dei nazisti. La polvere ricopriva tutto il resto, e l'angoscia scavava le guance della gente, sagomava le loro labbra. La fatica e la preoccupazione incominciavano ad annebbiare quegli occhi un tempo illuminati dalla speranza per nuovi giorni e un nuovo avvenire. Ben presto, benché Josefina non potesse prevederlo, la fame e la sete avrebbero affilato ancor più il loro sguardo nello stordimento di una vera e propria agonia. Sei settimane prima, suo figlio sarebbe stato entusiasta di parlare con la ragazza senza una scarpa. Ora non poteva fare altro che cercare di evitare il suo sguardo.

Il rumore regolare degli zoccoli della nerboruta cavalla da tiro del signor Kosinski proseguiva, con il carretto che dondolava al seguito. I tre bambini addormentati sussultavano appena. Suzanna si trascinò vicino a Peter e gli appoggiò la testa sulla spalla. Per lo meno non bisticciavano più. Josefina era costernata del fatto che ci fosse voluta una guerra per correggere il loro comportamento. La strada era congestionata di profughi di tutte le età, prevalentemente da ebrei di varie nazionalità e da polacchi. Alcuni erano malati o feriti. Camminavano stancamente, pedalavano su biciclette, sedevano sui carri; ogni movimento sollevava nuvole di polvere, le loro mani trasportavano dei fagotti che per necessità si erano ridotti. *Che cosa vedremo prima di raggiungere Leopoli?* si domandò Josefina. *Dove saremo al sicuro?* C'erano così tante domande, e lei avrebbe dovuto imparare a vivere senza le risposte.

In quella bella sera di settembre l'aria era fresca e calma. Josefina Kohn chiuse gli occhi. *Un minuto soltanto*, si disse, abbandonandosi al movimento monotono del carro e alla pesantezza soporifera. Ma nemmeno i sogni erano sicuri, e nel sonno tornò in un lampo all'incubo di Varsavia, scorrendo dinanzi a una miriade di immagini come in un museo di macabre attrazioni. Un bambino di non più di nove anni, imbrattato di cenere dalla testa ai piedi, trasportava un canarino in gabbia facendosi strada su una montagna di macerie. Nella vetrina di un negozio, i libri precipitavano dai loro espositori. Il *Mein Kampf* di Hitler giaceva aperto, ma non si capiva a quale pagina, e la sola vista di quel volume offese Josefina. Nella vetrina di un altro negozio, dei gioielli magnifici. Le donne sarebbero mai tornate a indossare braccialetti e perle, o guanti da sera? In un altro negozio ancora c'era un vaso di cristallo intatto, mentre il palazzo accanto era crollato. L'Hotel Bristol, dove prima della guerra lei e Julius soggiornavano durante le visite a Varsavia, si ergeva solitario e illeso, tutti gli edifici circostanti ridotti al familiare mucchio di calcinacci grigi.

Un contadino mungeva la sua mucca davanti all'ambasciata americana, con le finestre sfondate e la bandiera a brandelli. Il latte era tiepido e dolce. Intanto, tutti correvano. Al riparo. La chiesa sull'altro lato della strada che il giorno prima avevano percorso, il giorno seguente era ridotta a un cumulo fumante di legno e malta. Gli alberi lì accanto erano ancora vivi, un piccolo miracolo. Il cielo era così azzurro. Un bimbo con un canarino in gabbia. Il fischio delle bombe. Fumo in lontananza. Un contadino munge la mucca per strada davanti a un'ambasciata. Gli aeroplani oscurano il cielo.

Il latte, così dolce e tiepido, la crema che affiora. La mano rugosa del contadino.

Verso l'alba, Josefina fu svegliata da un vocìo concitato. I passeggeri del carro del signor Kosinski si girarono per assistere alla scena. Era scoppiata una lite fra alcuni profughi in cammino sulla strada.

"È tutta colpa degli ebrei se ci tocca quel che ci tocca," proferì a voce alta una giovane donna indicando un gruppo di ebrei ortodossi che si era appena fermato a pregare sul lato della strada. La donna non poteva avere più di venticinque anni, provò a indovinare Josefina. E già era contagiata da un pensiero in grado di uccidere le persone.

"Sei un'ignorante, Maria Wózniak," disse un uomo che camminava lì vicino. Magro e con gli occhiali, indossava un completo sgualcito. Aveva con sé una malconcia cartella di cuoio.

"Chi sei tu per dirglielo?" interloquì un altro, una specie di armadio dalla corporatura pesante e squadrata. Josefina osservò come la sua aggressività andasse di pari passo con la sua costituzione muscolosa. *Ecco uno di quei tipi che vanno a genio ai nazisti*, pensò, *balordi atletici*. "Ti credi migliore di lei? Credi di avere più ragione?" chiese l'uomo alzando la voce.

Il signore magro si fece da parte. Si tolse gli occhiali e incominciò a pulirli meticolosamente con un fazzoletto. Tutti andarono avanti, compresi Maria Wózniak e il suo sostenitore, lasciandoselo alle spalle. Se ne stette lì in piedi per parecchio tempo. *Togliersi di mezzo*, meditò Josefina. Una cosa a cui lei e i ragazzi prima o poi avrebbero potuto essere costretti. Forse prima di quanto temesse.

"Era il mio insegnante di storia," Josefina sentì dire a Maria Wózniak. "Pensa di sapere tutto."

"Al diavolo lui. Al diavolo la storia," disse l'uomo. "E comunque, hai ragione tu. È tutta colpa degli ebrei. Per colpa *loro* . . ." esclamò con veemenza, indicando un altro gruppo di ebrei ortodossi che camminava compatto.

Sputò e raccolse un sasso, che scagliò al loro indirizzo. Il sasso colpì una donna a un braccio. Josefina la vide trasalire dal dolore. A quel punto, Peter fece per alzarsi in piedi. "Basta così," incominciò, ma il padre gli aveva già messo una mano sulla spalla per prevenire altre mosse.

"No, figliolo," disse Julius. "Non è il momento."

"Ti prego, Peter," disse Josefina. "Da' retta a tuo padre." Per fortuna nessuno aveva udito le parole di Peter, né scorse l'espressione di disprezzo sul suo viso.

Maria Wózniak e il suo difensore ridevano. "Non piangono nemmeno," disse lei. "Forse è vero quello che dicono i tedeschi, che non sono umani." Sghignazzò.

Benché avesse voglia di dare una strigliata a quei due, in meno di un mese di guerra Josefina aveva imparato che era meglio farsi gli affari propri. Si ricordò della descrizione della *Kristallnacht* riportata dalla zia Laura: "*I vicini di casa*, sono i miei *vicini*," continuava a ripetere Laura a proposito delle persone che erano rimaste a guardare a debita distanza mentre le proprietà venivano distrutte, gli uomini arrestati e le donne umiliate. Josefina sapeva che la chimica dell'odio poteva trasformare la folla in una massa violenta. Ne udiva la riprova nella risata di quella Maria Wózniak, stridula di boria. Intorno a lei c'era troppa gente stanca, che portava troppo peso per un tragitto troppo lungo. Alla fine di quel giorno, l'ebrea colpita dal sasso si sarebbe ritrovata un livido sul braccio. Lei e la sua famiglia probabilmente erano indignati per esser stati bersagliati. E nonostante Josefina non potesse immaginare quanto avrebbero sofferto gli ebrei di Lublino, almeno quella mattina i membri di quella famiglia stavano andando a casa insieme.

Al bivio successivo, che conduceva a un villaggio, la donna con i tre bambini smontò dal carro. Disse qualcosa a proposito di alcuni conoscenti nelle vicinanze. La gente incominciò a deviare fuori dalla strada e attraverso i campi, dove si sarebbe riparata allo spuntare del giorno e con l'inevitabile ripresa dei bombardamenti. Il signor Kosinski poté accelerare un po' l'andatura del carretto, lasciando indietro Maria Wózniak e il suo paladino.

"Mamma," chiese Suzanna con discrezione, "se sei ebreo e sai che c'è qualcuno che vuole fare del male agli ebrei, perché non ti radi la barba o non cambi cappello? O almeno non ti vesti in modo diverso, sai, così gli altri non si accorgono che sei ebreo?"

Un'altra domanda a cui era impossibile rispondere. O almeno una domanda che al momento Josefina non sapeva neanche da che parte incominciare a sbrogliare.

"È molto complicato," disse.

"Se qualcuno mi volesse uccidere perché sono ebrea e ti chiedesse se lo sono, che cosa diresti?" Suzanna era evidentemente in apprensione per pensieri di questo tipo.

Con la coda dell'occhio, Josefina vide che Peter la osservava, aspettando che rispondesse alla domanda della sorella. Stava ancora rimuginando per essere stato trattenuto dall'immischiarsi con il farabutto che aveva preso le parti di Maria Wózniak. Suzanna era protesa verso Josefina, che sovrappensiero prese la mano della figlia per studiarla. Le dita affusolate, le unghie corte e accuratamente limate, la pelle ancora liscia e vellutata: Suzanna aveva le mani di una ragazza estranea al lavoro manuale. Mani giovani, che una volta Josefina immaginava ornate di anelli, nel gesto di reggere tazze di tè, bambini, libri e graziosi binocoli da teatro. *Ho messo nel bagaglio dei guanti per queste mani*, pensò Josefina.

"Mamma, *che cosa* diresti?" insisté Peter.

Erano arrivati a Lublino. Le strade erano deserte. Il tempo era ancora buono, e la maggior parte delle persone avrebbe lasciato le finestre aperte, sebbene le imposte fossero chiuse e all'interno le tende fossero tirate. Il signor Kosinski li stava portando a una taverna di proprietà di un cugino fidato. Avrebbero mangiato e riposato lì prima di ripartire per Leopoli col favore della notte.

Guardò la ragazza senza una scarpa, ancora nel carro, che non aveva detto una parola per l'intero tragitto. La testa le ciondolava di lato e aveva gli occhi chiusi. *Questa povera ragazza è già esausta,* pensò Josefina. Si domandò come avrebbe fatto se le cose si fossero aggravate. E avendovi fatto caso, Josefina sapeva che sarebbero andate peggio.

"Non permetterei a nessuno di farvi del male. A nessuno dei due," rispose infine ai figli.

Verso Leopoli

ARRIVARONO A LEOPOLI DOPO TRE NOTTI di viaggio. Nei suoi giorni di gloria, la città dei leoni era stata una metropoli elegante e florida, dove nel corso dei secoli culture differenti si erano mescolate, depositate, avevano avuto scambi e mutue contestazioni. Si era chiamata Leopolis, Lemberg, e dopo la guerra sarebbe stata nota come L'viv. Centro storico della Galizia, Leopoli ospitava polacchi, ucraini, tedeschi, armeni e rappresentava la terza città per numero di ebrei in quella che ancora era la Polonia.

I Kohn arrivarono al tramonto; la città era in preda allo scompiglio. L'esercito polacco combatteva contro i nazisti a occidente e contro i sovietici a oriente. Nelle prime settimane di settembre, Leopoli era stata duramente bombardata dall'aviazione di Hitler. La confusione regnava sovrana: i nazionalisti ucraini esultavano all'approssimarsi dei tedeschi, con cui segretamente già intrattenevano relazioni. Quei pochi ucraini che si rimettevano a Dio o alla decenza umana erano disposti a nascondere ebrei e polacchi. Molti ebrei non si limitavano a sentirsi sollevati dall'arrivo dell'Armata rossa; alcuni collaboravano persino con i sovietici. Chi non simpatizzava per i comunisti, ovvero la maggior parte degli ebrei polacchi, cadde loro vittima. I polacchi non si rallegravano dell'arrivo di nessuno dei due eserciti. A Josefina non interessavano quelle simpatie politiche, anche se sapeva di doverle considerare con opportuna cautela. L'invasione bifronte della Polonia non era altro che l'ennesimo tradimento. Desiderava soltanto garantirsi un passaggio fuori dal paese, ma le possibilità che questo accadesse si assottigliavano di giorno in giorno.

Il signor Kosinski arrestò il carro davanti a un palazzo in via Kotlyarska, dove abitava la madre di Julius insieme a Emil, fratello di Ernst, a sua moglie e alla loro figliola. Julius strinse la mano al signor Kosinski, e Josefina notò l'insolito indugio con cui i due uomini si soffermarono in quel gesto di commiato. Svegliò Suzanna e Peter, che raccolsero le loro cose e salutarono. La ragazza silenziosa senza nome e con una scarpa sola rimase a bordo del carro, e Josefina si augurò che il signor Kosinski vegliasse su di lei.

Era sorto il sole. Julius bussò all'uscio. Dopo alcuni minuti un'anziana donna dai capelli bianchi avvolti in un vivace fazzoletto colorato aprì.

"*Tak?*" disse, squadrando gli strati di abiti sovrapposti dei Kohn e i loro zaini.

In uno stentato ucraino, Julius spiegò la ragione della loro presenza, e lei li fece entrare. Dopo che l'anziana ebbe chiuso e assicurato la porta con il chiavistello, Josefina e la sua famiglia si ritrovarono nell'androne buio a fare, con un certo impaccio, le presentazioni. La donna, di nome Lyudmyla, li accompagnò gesticolando alle scale.

"*Verkhniy poverkh,*" disse, indicando verso l'alto. "Ultimo piano," spiegò Julius alla famiglia.

Al terzo piano, ciascuna delle tre stanze era affittata a una famiglia diversa. Trovarono Ernestyna Kohn nell'ultima stanza in fondo al corridoio, sorpresa e sollevata di riunirsi al figlio, alla nuora e ai nipoti.

Josefina notò immediatamente che la suocera aveva perso peso.

Entrando nella zona adibita a cucina, composta da un ripiano mezzo vuoto sopra a un fornello a kerosene e a un piccolo lavello, ne comprese il motivo. Notò inoltre che su uno solo dei quattro piccoli letti era distesa una coperta.

Ernestyna spiegò che Emil e la sua famiglia avevano abbandonato Leopoli alcune sere innanzi diretti a Dobczyce, vicino a Cracovia. "Emil voleva disperatamente allontanarsi dai soldati dell'Armata rossa," disse. Più tardi riferì a Josefina che Lydia, la figlia, aveva soltanto quattordici anni, e i genitori temevano per la sua sicurezza. "Finka, dovresti rasare i capelli a Suzi," bisbigliò Ernestyna.

"Sì, mamma, sì," disse Josefina, "ma non fino a domani."

La mattina seguente, Suzanna era seduta su una seggiola davanti alla piccola finestra, aspettando che le tagliassero i capelli. Aveva cercato di versare in privato le lacrime che le inumidivano il viso. Josefina detestò profondamente quel momento e tutto ciò che rappresentava. Non solo era costretta a trasformare la figlia in una versione mascolinizzata di sé stessa, ma era anche obbligata a spiegare a Suzanna che alcuni uomini si comportano in modo spregevole, specialmente nel corso di una guerra. Non era una conversazione che Josefina tenesse ad avere, ma sapeva che doveva farlo, soppesando delicatamente le parole per non incutere troppa paura. Attese che Julius e Peter lasciassero la stanza.

"Devi cercare di sembrare meno attraente possibile," disse Josefina, "di avere l'aspetto di un ragazzo più che di una ragazza."

Suzanna annuì, malgrado l'espressione torva tradisse la sua contrarietà a dover obbedire.

"Suzi, sei una bellissima ragazza," disse Ernestyna. "Non sono i capelli a renderti così adorabile. Però i capelli lunghi rivelano a tutti che sei una femmina."

"Sarò franca, figlia mia," disse Josefina intrecciando i capelli di Suzanna, "gli uomini violentano le donne, specialmente in tempo di guerra; portare i capelli corti e vestirsi come un ragazzo sono semplici precauzioni." Legando la treccia e avvicinando le forbici, era consapevole che quella non fosse affatto una garanzia. Ci volle un certo impegno per tagliare il folto fascio di capelli scuri. Con un po' di fortuna, pensò Josefina, avrebbero spuntato un buon prezzo per la chioma recisa dal capo della figlia.

CONCLUSO QUEL COMPITO, JOSEFINA E Suzanna raggiunsero Julius e Peter in centro al Café de la Paix. Era il luogo in cui i profughi si davano appuntamento. Pagarono uno złoty ciascuno per una tazza di caffè e un posto a sedere; non ci volle molto perché avessero il piacere di riconoscere Eric Zehngut, il dipendente di Julius. Anche lui aveva una storia da raccontare sulla fuga dalla Polonia occidentale. Lui e il fratello Fred erano stati abbastanza fortunati da riuscire ad andarsene con l'ultimo convoglio in partenza da Teschen. I tedeschi avevano bombardato il loro treno, fermo in attesa a Oświęcim, il paese in seguito divenuto famoso con il nome di Auschwitz. I due si erano diretti a Jarosław, dove avevano incontrato un altro fratello, Beno. Prima di andarsene da casa, avevano spedito a degli amici di Jarosław alcuni cofani colmi d'argento e altri oggetti di valore.

"Quei cosiddetti amici hanno negato che i cofani fossero nostri," disse Eric.

Con la rapida avanzata nazista, i fratelli si erano diretti a oriente, verso Leopoli. Eric e Fred avevano ricevuto dall'esercito polacco l'ordine di prendere un cavallo e un carro carico di munizioni, così avevano viaggiato di notte riposando di giorno. Si erano fermati a mangiare in un bosco vicino a Grodek Jagiellonski. Eric raccontò che i fischi e i tonfi delle bombe tedesche avevano spaventato i cavalli, che erano scappati ed erano rimasti uccisi, insieme ai molti soldati polacchi che si trovavano nello stesso bosco. Alla fine avevano raggiunto Leopoli, a venti miglia di cammino dalla foresta.

Eric e il fratello erano alloggiati in una stanza in via Kazimierzowska. Loro zio Henry viveva con i cugini alla pensione della stazione, all'altro capo della città.

"Abbiamo sentito dire che a Teschen i nazisti hanno bruciato la sinagoga," riferì Eric. "Sabato tredici."

Josefina impallidì. Suo padre andava volentieri in sinagoga la mattina dello Shabbat. Sperò con tutto il cuore che fosse rimasto a casa con Milly e la bambina.

"Non c'era nessuno dentro," aggiunse subito Eric. A quelle parole, Josefina sentì il sangue affluirle nuovamente al viso.

IL PRIMO DI OTTOBRE, QUATTRO settimane dopo la partenza dei Kohn da Teschen, la Polonia cessò di esistere. Soltanto in seguito si scoprì del patto segreto fra la Germania nazista e l'Unione Sovietica per ripartire Romania, Polonia, Lituania, Lettonia, Estonia e Finlandia entro le "sfere di influenza" tedesca e russa. La settimana precedente, quando i reparti dell'Armata rossa avevano fatto il loro ingresso a Leopoli, Josefina stava sbrigando una commissione e aveva visto i soldati camminare per via Grodecka. Erano stanchi e sporchi, e non c'era sorriso sui loro volti. Lavavano gli stivali nelle pozzanghere e arrotolavano le sigarette con le cartacce raccolte per strada. Si erano riversati in città, comprando di tutto nei negozi, perfino articoli insoliti. Il giorno seguente, i muri e i palazzi erano stati ricoperti di manifesti recanti un messaggio chiaro e arrogante: "Il dominio dei padroni polacchi è giunto al termine. L'Armata rossa ha liberato la Polonia."

Una settimana dopo l'arrivo dell'Armata rossa, Leopoli aveva subìto una metamorfosi. Le forze d'occupazione rimossero dal municipio i leoni di pietra, prezioso simbolo della città. Camion e trattori divelsero marciapiedi, aiuole e alberi. Gli altoparlanti trasmettevano comunicazioni propagandistiche. L'odore del catrame, che aveva impregnato le calzature dei soldati, si mescolava alla puzza acida dell'immondizia in decomposizione per le strade. La gente cessò di indossare abiti colorati o appariscenti; gli uomini smisero le cravatte e le donne nascosero il capo con fazzoletti. Avere un'apparenza proletaria equivaleva a minori possibilità di essere fermati per strada dalle milizie.

I profughi continuavano ad arrivare ogni giorno a Leopoli, e i Kohn videro delle facce familiari di Teschen. Portavano con sé racconti della loro città: i nazisti avevano deportato gli ebrei abili in un campo di lavoro sul fiume San. Le famiglie ebree erano state sfrattate dalle loro case; tedeschi e polacchi si erano accaparrati i loro lavori. Le sinagoghe erano state distrutte. I nazisti erano giunti a dissacrare il cimitero, dov'era sepolto il nonno di Julius, il capofamiglia Sigmund Kohn. Riferirono che a Teschen stavano cancellando ogni traccia di vita ebraica.

L'autunno si tramutò rapidamente in inverno. E altrettanto rapidamente sopraggiunse l'anno nuovo, il 1940. Le occasioni per abbandonare quel territorio appena annesso dai sovietici sbiadivano al volgere di ogni settimana. Josefina ridimensionò le sue aspettative per concentrarsi sulla sopravvivenza di ogni giorno fino a quello successivo. Incominciava ad abituarsi alla vista dell'acconciatura rasata della figlia, dei pantaloni e della giacca abbondante che indossava. Le tre donne prendevano dei lavori di cucito: la riparazione delle uniformi degli ufficiali sovietici e il ricamo di abiti e camicette per le loro mogli. Sedevano per ore al tavolino nella stanzetta. Lavorando, Ernestyna canticchiava dei brani d'opera, prevalentemente Mozart. Ogni tanto recitava un poema di Rilke o Goethe. Suzanna cucinava la zuppa sul piccolo fornello e faceva le pulizie. Josefina restituiva i capi terminati e si procurava nuove ordinazioni.

Peter svolgeva qualche lavoretto insieme a Fred, il fratello di Eric Zehngut. Julius precettò Eric affinché lo aiutasse in caso di eventuali opportunità di lavoro. Organizzarono un passaggio in furgone con un conoscente di Eric per incontrare il signor Salczman, proprietario di una conceria a Złoczów, un paesino a quarantacinque miglia a est di Leopoli. Il viaggio era complicato dal crescente numero di persone in movimento e dalla scarsità di carburante. E dai soldati dell'Armata rossa appostati lungo le strade per interrogare e arrestare chi tentava di circolare da una zona all'altra dei territori appena annessi.

"Dove siete diretti?" chiese uno di quei soldati non appena Julius ed Eric furono usciti da Leopoli.

Era alto e l'uniforme gli andava corta ai polsi e alle caviglie. La sua voce era profonda e aveva i capelli rapati color biondo cenere. Aveva la barba sfatta di alcuni giorni. Sapendo come assecondare quel giovane soldato, Julius si guardò le scarpe mentre rispondeva. Più tardi, raccontò a Josefina del proprio stupore nel constatare che le sue scarpe di pelle pregiata avevano resistito all'usura e alla polvere dei loro recenti spostamenti.

"I documenti, subito," aveva intimato il soldato, con un tono di spregio misto all'autorità appena acquisita.

Julius ed Eric gli consegnarono le rispettive carte d'identità. Julius osservò il soldato mentre le esaminava e si accorse che teneva i documenti a testa in giù. Benché cercasse di dissimularlo, il ragazzo era analfabeta. La qual cosa lo rendeva perfino più pericoloso di uno che sapesse leggere; da un momento all'altro avrebbe potuto sfogare la frustrazione sulle persone più istruite. Julius trattenne il fiato. Anche Eric aveva notato che i documenti erano capovolti, e con un gesto veloce allungò una mazzetta di rubli.

"Potete passare," disse il soldato. "Ma la prossima volta vedete di procurarvi delle vere autorizzazioni." L'abbinamento del suo viso ispido e degli occhi azzurri conferivano uno sconclusionato aspetto giovanile alla sua espressione altrimenti seria.

Malgrado a Złoczów non ci fossero prospettive di lavoro, prima di ripartire Eric Zehngut, figlio maggiore del macellaio kasher di Teschen, acquistò una cassetta di strutto dalla fabbrica di pancetta di quella città, che rivendette a un prezzo vantaggioso una volta tornato a Leopoli. Eric non addusse alcuna giustificazione: aveva fatto semplicemente ciò che poteva per sopravvivere, e benché quando Julius le raccontò del commercio di Eric fosse rattristata di sapere del dissolvimento dei costumi e dei valori ebraici, Josefina si disse che la sopravvivenza quotidiana era più importante non solo per la sua famiglia ma anche affinché il popolo ebraico continuasse a esistere.

GIUNSE OCCASIONALMENTE UNA LETTERA DI Milly, la cognata di Josefina, rimasta a Teschen durante l'occupazione nazista. Il marito Arnold, scrisse, era finito in Ungheria come profugo civile. Aveva raggiunto quel paese alla fine di agosto, quando era ormai evidente che non sarebbe mai riuscito a raggiungere Cracovia, dove si trovava il quartier generale del suo reparto dell'esercito polacco. Con la rapida avanzata dei nazisti in Polonia occidentale, Arnold e altri furono costretti a deviare e ad attraversare i Carpazi. Milly scrisse che cercava di resistere meglio che poteva. Per lo meno Arnold non era al fronte. Fra le righe, Josefina individuò l'allusione della cognata al fatto che le cose sarebbero potute andare molto peggio se Arnold ce l'avesse fatta fino a Cracovia. Hermann stava bene, aggiungeva Milly, e andava a piedi al mulino ogni giorno. Né Ernst né Greta avevano mandato loro notizie. La piccola Eva era paffutella, quindi era ben nutrita e in salute. Helenka e il nipote Kasimierz avevano gran cura di Helmut, non c'era da darsene pensiero. E poi Milly scrisse il testo della prima stanza de "la Canzone di Solveig" di Edvard Grieg, che piaceva molto anche a Josefina:

> Forse inverno e primavera passeranno,
> E poi l'estate e l'anno intero.
> Pure un giorno tornerai, lo so.
> E io ti aspetterò perché te l'ho promesso.

LA VITA ANDAVA AVANTI. JOSEFINA scriveva lettere. Quando non riusciva a dormire restava sdraiata immobile ascoltando il respiro della sua famiglia. Julius si radeva ogni mattina e andava in giro per la città cercando di guadagnare qualcosa. I ragazzi erano obbedienti e collaborativi. Riuscivano a cenare tutti insieme, stretti nella stanzetta in via Kotlyarska. La suocera Ernestyna faceva tutto ciò che poteva, benché incominciasse a mostrare segni di sofferenza per la costante fatica di vivere lontano da casa in grandi ristrettezze. Cercando di mandar giù la sua nuova vita, Josefina si diceva che se non altro durante l'occupazione non sganciavano bombe.

L'illusione di normalità ottenuta con quella routine andò in frantumi una notte di gennaio inoltrato. Josefina era appena sprofondata nel sonno. Quando bussarono con veemenza alla porta principale si svegliò senza fiato, come se il cuore le avesse ghermito il petto dall'interno.

"Desterete anche il diavolo bussando a quella maniera," vociò Lyudmyla, la padrona di casa ucraina dei Kohn. Il tono infastidito contrastava con il suo aspetto da nonnina. "Sto arrivando," disse.

"Julius," disse Josefina con un sussurro insistente. "Svegliati." Il marito aprì gli occhi. "C'è qualcuno di sotto, alla porta," disse, sperando di non aver alzato troppo la voce. Grazie a un piccolo miracolo, i ragazzi continuarono a dormire. Ernestyna però si era alzata a sedere raccogliendosi la coperta sulle spalle. I suoi occhi sembravano più grandi del solito per via del viso smagrito. Julius si alzò dal piccolo letto. Josefina si sollevò e lo guardò mentre si vestiva in fretta.

Julius l'attirò vicino a sé. "Finka...," le disse a un orecchio, ma si fermò quando dall'ingresso udirono riecheggiare delle voci di uomini che parlavano in russo. Fra un attimo, previde Josefina, avrebbero sentito il rumore degli stivali sulle scale.

"Kohn, Ilia Emiritovich," chiamò a gran voce uno degli uomini da basso.

"Chiamano me," disse Julius alla moglie. "Arrivo," rispose in russo, e il rumore dei loro passi si arrestò.

All'improvviso, Josefina ringraziò che quei soldati fossero troppo pigri per salire le scale.

"Chiudi l'uscio con il chiavistello," disse Julius stringendo la mano di Josefina, "e nascondi Suzanna sotto il letto se li senti salire le scale." Baciò la madre su una guancia e uscì dalla stanza.

I soldati condussero Julius fuori dal palazzo. Lyudmyla li rimproverò fra i denti in ucraino, e Josefina credette di sentire la padrona di casa sputare per terra prima di chiudere e sprangare il portone.

Josefina aveva immaginato e temuto l'arresto del marito dopo che lei e la famiglia si erano sistemati in via Kotlyarska, quasi quattro mesi innanzi. Oltre a considerare le più nefaste ipotesi, dalla fuga da Teschen aveva finito con l'abituarsi a tante altre novità: i bombardamenti; gli edifici rasi al suolo; e la polvere inesauribile di calcinacci, pietra, cenere. La gente bendata e sofferente, sanguinante, urlante, in lacrime. La scarsità e le lunghe file; gli spazi angusti e i vestiti lisi. Le pattuglie dei soldati per strada. La gente portata via. Il fetore della paura. Ma l'arresto di suo marito? Aveva contemplato la possibilità ed era terrorizzata che si verificasse, ma non avrebbe potuto prevedere la propria reazione se il marito fosse stato davvero prelevato nel cuore della notte. E appena lui non ci fu più, dovette limitarsi a chiamare il sentimento che provò un oscuro presentimento. Forse non avrebbe mai più rivisto Julius. Quella sensazione le gonfiò nel petto stringendole la gola. Josefina si costrinse a non soccombere sotto il tremendo gravame della paura e del dolore.

Ma come avrebbe fatto ad andare avanti senza Julius? Lui era quello che soppesava le alternative, che non alzava mai la voce, che cercava di anticipare il disastro di alcuni passi e, fino a quella notte, era riuscito a tenere la loro famiglia intatta e al sicuro. Le aveva promesso che sarebbero sopravvissuti ed era riuscito a convincerla che fossero fortunati. L'aveva indotta a credere che quella vita, in cui le ristrettezze, lo smarrimento e la sofferenza stavano diventando l'unica certezza, alla fine sarebbe migliorata. L'aveva persuasa che la razionalità avrebbe fermato Hitler, che l'invasione sovietica del loro paese doveva essere una specie di malinteso. La sua incrollabile fede nella bontà umana l'aveva rinfrancata.

Prima che il rumore dei soldati svanisse, Josefina chiuse la porta con il lucchetto. Rimase in piedi senza muovere un muscolo, in attesa che tornasse il silenzio. Avevano *preso* suo marito, ma era come se si fosse dissolto nel nulla. La stanza era fredda, le coperte sottili, ma lei come al solito era vestita a strati. Né calde né fredde, aveva le mani stanche, e per poco le ginocchia non le cedettero. Ma rimase in piedi, con la suocera che mugolava piano piano fissando il vuoto dentro alla stanza e i figli addormentati. Ascoltò il loro respiro, inspirare ed espirare, inspirare ed espirare, e quando si impose di prendere fiato il cuore di Josefina si calmò. Esaminò la stanza, con gli occhi ormai del tutto abituati all'oscurità, in grado di distinguere i contorni confusi delle cose e delle presenze nella camera. Peter e Suzanna erano accoccolati nei propri letti. Forse sognavano, sperò Josefina, qualcosa di diverso da quella vita da incubo in cui si trovavano. In un angolo vicino ai fornelli, tre sottili coperte avvolgevano la suocera di Josefina, Ernestyna, che era finalmente tornata a stendersi. Accanto a lei si trovava il piccolo tavolo sotto alla finestra a cui le tre donne sedevano per cucire. Josefina vide un secchio sul pavimento, la cassa di legno colma di radici e tuberi. Accanto ai letti dove dormivano lei, Julius e i figli erano appoggiati gli zaini con le cose essenziali. Alla vista dello zaino del marito, Josefina si sentì mancare, e si sedette sul bordo dell'esile materasso. Sentiva ancora il calore di Julius. Abbracciò il suo cuscino e si raggomitolò nella depressione del materasso in cui poco prima si era trovato il marito. Si tirò addosso la coperta. Col tempo avrebbe imparato a dormire senza averlo accanto. Col tempo avrebbe imparato a vivere alternando due stati d'animo: uno eccessivamente cauto e diffidente, l'altro fosco e deliberatamente distaccato. Quelle disposizioni d'animo servivano a proteggerla ed entrambi nacquero in quel momento, dalla disperazione assoluta e inesorabile.

Ma quella notte Josefina non poteva capire alcunché di ciò che sarebbe accaduto in seguito. Quella notte non aveva che il profumo evanescente del marito e un vuoto nello stomaco.

Qualcuno doveva aver denunciato Julius. Non c'erano prove che avesse commesso alcun crimine, ma la polizia segreta sovietica, l'NKVD la chiamavano, aveva armi e ordini da eseguire. Non avevano bisogno di alcuna prova. Questi erano i pensieri di Josefina la mattina in cui, alcune settimane dopo l'arresto del marito, mandò Eric Zehngut al carcere di Brygidki per consegnare a Julius la camicia e i pantaloni puliti e stirati.

Immaginò Eric camminare lungo l'acciottolato di via Kazimierzowska diretto al lungo edificio di pietra, un vecchio convento ora adibito a prigione. Probabilmente aveva il colletto sollevato fino alle orecchie. Presumeva che considerasse inutile quel compito. Inutile come la giornata che Josefina aveva trascorso al cospetto del giudice istruttore per chiedere di poter visitare il marito.

"Nel nostro paese," aveva detto il giudice sovietico, "quando il marito è in arresto, la moglie chiede il divorzio e se ne cerca un altro." Josefina sentì il suo sguardo perlustrarle la chioma, non proprio pulita ma ugualmente scura e ordinata. Scorgeva una donna, lo sapeva, che aveva visto tempi assai migliori. Forse provava risentimento per la vita agiata condotta da Josefina fino a poco tempo prima. "Dopo tutto, madame," disse il magistrato, "queste suppliche e implorazioni per conto del prigioniero non possono che condurre anche al vostro allontanamento."

Il figlio aveva intuito che gli sforzi della madre per il padre avrebbero potuto mettere nei guai la famiglia. Come il ventenne Eric Zehngut, Peter, a diciassette anni, era diventato uomo dall'oggi al domani. Tutti i profughi, a migliaia nella ex città polacca, un tempo maestosa e linda, sapevano che i soldati sovietici potevano arrivare e arrestarli nel cuore della notte. Nell'ora dei sonni tranquilli di cui non potevano più godere. Tutti sapevano che l'NKVD metteva in arresto la gente senza valide ragioni. Fu Peter a suggerire che fosse Eric, e non Josefina, a portare la biancheria pulita ai cancelli della prigione. Negli orli aveva cucito banconote di valuta preziosa, piegate e stirate per appiattirle. Le sue mani lavoravano con alacrità e costanza. Più avanti, quelle abilità furono molto utili a Josefina Kohn.

Gli abiti e il denaro non raggiunsero mai Julius. Ciononondimeno, Josefina mandava Eric con i pacchetti due volte a settimana. Sapeva che fingendo che il marito ricevesse quei dispacci avrebbe mantenuto la concentrazione e la capacità di sopportare qualunque cosa l'aspettasse. Il pensiero dell'avvenire era un mistero opprimente per tutti. Questa caratteristica del futuro ignoto, che fosse l'ora o l'anno successivo, trasudava in ogni giornata. La gente era costantemente nervosa, il che aumentava le probabilità di dire qualcosa che attirasse l'attenzione indesiderata dell'NKVD su di sé o sugli altri.

I mormorii ansiosi tuttavia non erano stati la cagione dell'arresto di Julius. Eric confidò a Josefina che sospettava di Gugik, l'organizzatore comunista che aveva lavorato alla fabbrica di pellami dei Kohn a Teschen. Si trovava a Złoczów quando Julius ed Eric vi si erano recati per visitare la conceria del signor Salczman. Gugik, dalle folte sopracciglia e dalla risata fragorosa. Un uomo che si sarebbe limitato a irritarli se la guerra non avesse stravolto le loro vite. Quando vivevano ancora tutti a Teschen il comunismo, benché illegale in Polonia, era soltanto un pensiero che passava per la testa a qualcuno. Gugik era solo un codardo, disse Eric a Josefina. E aveva ragione: solo chi è veramente spaventato denuncia le persone senza motivo.

Nell'oscurità gelida della mattina di Leopoli, Josefina rifletteva su quel tal Gugik. Perché aveva deciso di passare informazioni su Julius alla polizia segreta sovietica? Era mosso da invidia? Si rendeva conto dei guai causati dal suo gesto? Non riusciva a immaginare che razza di carattere fosse necessario per presentarsi all'NKVD per raccontare che il proprio ex datore di lavoro è un nemico dello Stato.

Scosse il capo, come per scrollar via un ricordo. Era il padre di Gugik che anni prima a Teschen aveva guidato gli abitanti di via Przykopa per protestare contro un nuovo edificio della conceria? Che rilevanza aveva ora? Solo l'altro giorno, una vecchia conoscenza di Teschen sedeva tremante al Café de la Paix. Aveva raccontato a Josefina che i nazisti progettavano di smantellare tutta l'attrezzatura della conceria dei Kohn per inviarla alla conceria Spitzer-Sinaiberger a Skoczów. "La chiamano razionalizzazione," aveva spiegato l'uomo. "Qualche volta arianizzazione."

"Io lo chiamo furto," aveva detto bruscamente Josefina. Per un breve istante si era sentita sicura del calibro della propria forza, che avrebbe assicurato la sopravvivenza della sua famiglia. Il vigore fisico e mentale che richiedeva ore di sci, tennis o nuoto era una cosa che aveva dato per scontata. Era stata consumata dal lungo e rigido inverno e dall'eterna incertezza. Ma quando l'uomo aveva pronunciato la parola *razionalizzazione*, Josefina aveva sentito la mente affilarsi in una combinazione di rabbia, orgoglio e buonsenso. Se in quel momento qualcuno l'avesse invitata a giocare a tennis, cosa naturalmente assurda, avrebbe vinto l'incontro. Non era sicura da cosa fosse scaturita quell'ira improvvisa, se dal panico o dall'intorpidimento, entrambe condizioni che le avevano permesso di sopportare le interminabili ore dell'assenza di Julius. Ma in quell'occasione prese in mano la rabbia e si aggrappò alla vita.

Una meta ignota

JOSEFINA ERA CONSAPEVOLE DI QUANTO fosse precaria l'esistenza della sua famiglia a Leopoli dopo l'arresto del marito. Dormiva a malapena. Quando riusciva, gli incubi la facevano trasalire, riportandola alla veglia. Suzanna, di mano solitamente ferma, continuava a pungersi le dita mentre cuciva. Gli occhi di Peter erano circondati da occhiaie livide, come se gli avessero imbrattato il viso con il carbone. L'inverno, che oltre alle membra serrava anche le loro menti, era reso ancora più abietto dalla scarsità di cibo di qualità e di carburante. Passò, esaurendosi in una primavera prorompente, e si giunse al principio dell'estate. Non c'erano notizie di Julius, e dopo alcuni mesi cessarono di attenderle. Nei territori occupati dai sovietici non erano previste informazioni sui prigionieri. Norme e regolamenti venivano attuati con incoerenza, e le suppliche per i detenuti cadevano nel vuoto.

Ernestyna, la madre di Julius, sempre più pallida e smunta, parlava appena. Sedeva sul letto, rintanata sotto le coperte. Guardandola, Josefina si rammaricò che lei e Julius non avessero recuperato le pellicce a Varsavia.

Per tenersi al caldo si servivano delle "comete", fatte con le lattine d'alluminio da tre quarti infilate negli zaini a Varsavia, quando Julius era ancora con loro.

"La gente di campagna le usa per scaldarsi e cucinare," aveva spiegato Julius praticando dei fori nelle lattine con un chiodo e fissando alla sommità un anello di corda lungo tre piedi. "Se tieni la latta per questa maniglia e la fai oscillare con forza," aveva detto, "l'aria passa attraverso i buchi e attizza il fuoco." Si poteva alimentare con vari tipi di combustibile: rametti, foglie, torba, paglia, steli, perfino sterco secco. Un po' di muschio umido raccolto ai piedi degli alberi avrebbe mantenuto il fuoco acceso nella cometa durante la notte. Aveva assicurato che il fumo prodotto dal muschio avrebbe allontanato i serpenti e gli insetti. "Casomai vi toccasse trascorrere la notte all'aperto," aveva detto ammiccando alla figlia. "Facendola dondolare vigorosamente, la cometa si riaccende." Mentre parlava, Peter e Suzanna avevano sorriso come quando erano piccoli e credevano ancora in cose come la magia.

Un altro tempo, un altro paese, pensava ora Josefina. Sembrava che il marito fosse scomparso da anni, benché un debole ricordo del suo profumo persistesse sul cuscino su cui lei ogni notte piangeva, facendo il minor rumore possibile.

In febbraio inoltrato, Josefina apprese delle prime deportazioni dalla Polonia occupata dai sovietici verso le regioni orientali dell'URSS. Un signore giunto di recente da Białystok aveva parlato ai profughi radunati intorno a un tavolo all'affollato Café de la Paix, dove Josefina, Eric Zehngut e spesso anche suo zio Henry si riunivano per scambiarsi le notizie. L'uomo aveva riferito che l'NKVD aveva rastrellato migliaia di persone nel cuore della notte e le aveva caricate sui vagoni dei lunghi treni verdi russi. "I padri sono stati separati dalle loro famiglie," aveva detto. "Bambini in lacrime, donne urlanti. Hanno stipato dentro troppa gente. Li hanno rinchiusi come bestie. Li ho sentiti implorare un sorso d'acqua, un po' d'aria. I soldati scacciavano chiunque cercasse di aiutarli."

"Per quale motivo sono stati arrestati?" domandò Eric Zehngut.

"Che significa *per quale motivo*?" aveva detto Henry. "Arrestano la gente senza alcun motivo."

Nei territori dell'Unione Sovietica l'attraversamento dei confini costituiva un reato, nonostante il gran numero di persone condannate per tale violazione fosse in viaggio da quella che fino a poco prima era una zona della Polonia a un'altra località anch'essa in precedenza polacca. Era reato far parte di un'organizzazione della resistenza. Era reato il contrabbando. Reato la proprietà privata. Reato rifiutare un passaporto sovietico o un lavoro sotto il nuovo regime. Reato l'assenza non giustificata dal posto di lavoro. Reato prendere il pane da un ristorante per dar da mangiare ai propri figli. Reato presentare una domanda di trasferimento per l'area della Polonia occupata dai tedeschi. E poi c'erano le accuse di partecipare ai movimenti antisovietici (criticare il comunismo o Stalin; lodare i tedeschi; capitare nella stanza sbagliata al momento sbagliato e ascoltare la persona sbagliata), o di essere "soggetti socialmente pericolosi," che includeva rivestire una posizione di autorità sul lavoro o essere figli o coniugi di un nemico dello Stato.

"Erano *osadnik*, coloni," aveva detto l'uomo di Białystok. "Ma i sovietici li chiamano kulak, come *pugno* in russo. Li considerano nemici del popolo."

Nemici del popolo. Era l'accusa formulata anche contro Julius. In quanto proprietario di una fabbrica, i comunisti lo vedevano come un capitalista, e dunque un nemico del proletariato. Josefina disprezzava quel termine.

"Dove li portano?" aveva domandato Eric.

"Non si sa di preciso," aveva risposto l'uomo, "ma ho sentito dire che li mandano molto lontano, nei campi di lavoro in Siberia."

A quelle parole, sul gruppo intorno al tavolo calò il silenzio. Tutti avevano udito i discorsi che circolavano fra i profughi, avevano ascoltato attentamente chi aveva ricevuto delle lettere da conoscenti o amici inviati ai campi di lavoro. Nella corrispondenza i deportati descrivevano il loro lavoro, che durava dall'alba al tramonto, spesso svolto con utensili inadeguati e quasi sempre senza l'abbigliamento adatto. Chiedevano denaro, cibo, abiti e farmaci. Non avevano nulla. Le eventuali lamentele espresse venivano oscurate dagli addetti alla censura.

Siberia: udendo quella parola, Josefina si raccontò delle storie per superare il terrore di venirvi esiliata. Di morire laggiù senza aver nulla da dire sulla vita che aveva vissuto. O che Julius venisse mandato all'estremo confine orientale. Il nome evocava immagini di una terra aspra e remota, ghiaccio, bufere, un pallido sole argenteo in un cielo piatto e immenso. Era un luogo dove gli orsi si aggiravano con passo pesante in fitti boschi, dove il vento ululava solcando la steppa.

"Va bene, va bene, basta con i discorsi tristi," aveva detto Henry Zehngut prendendo atto dello sguardo di Josefina dall'altra parte del tavolo. Il signore di Białystok si scusò.

Lo zio di Eric aveva sempre avuto ammirazione per Julius. Josefina apprezzò che Henry avesse avuto la cortesia di interrompere la conversazione. Di solito in quei momenti sapeva come arginare i suoi sentimenti, ma la notizia delle deportazioni aveva liberato dalla gabbia d'acciaio della sua determinazione una paura che le mordeva lo stomaco dall'interno e le rendeva difficile deglutire.

IL DODICI DI APRILE FESTEGGIARONO il quattordicesimo compleanno di Suzanna a casa di Henry Zehngut. La festa fu modesta, ma l'appartamento nella pensione della stazione era fornito di una vera cucina. Come ogni venerdì sera, Henry servì zuppa, pesce, carne e patate. L'umore era allegro. Suzanna accese le candele dello Shabbat, e Josefina fu grata di veder sorridere la figlia. Eric, sempre pieno di risorse, riuscì a procurarsi farina, uova e strutto, e Josefina preparò una piccola torta. Come regali, Suzanna ricevette sapone, calze e matite. Peter recitò delle poesie del famoso poeta polacco Adam Mickiewicz insieme a Fred, il fratello di Eric. Uno dei cugini di Eric suonò la chitarra.

Dietro insistente invito di Henry, Josefina, Ernestyna e i ragazzi si fermarono a dormire a casa sua. "È troppo tardi," aveva detto. "C'è il coprifuoco. E oltretutto, anche senza coprifuoco, è troppo tardi per delle donne per andarsene in giro."

In seguito, Josefina comprese che la notte della festa c'era stato qualcosa all'opera. Una coincidenza? Fortuna? L'intervento divino? Mentre tutti dormivano, rintanati nel piccolo appartamento di Henry, gli uomini dell'NKVD e i soldati dell'Armata rossa erano indaffarati a rastrellare migliaia di abitanti di Leopoli, prevalentemente le mogli e i figli degli uomini già posti in arresto. Alle quattro del mattino, a casa di Henry tutti furono svegliati dal trambusto che proveniva dalla vicina stazione: pianti di bambini, soldati che gridavano ordini in russo, un andirivieni di carri e camion.

"Credo che stiano preparando una deportazione," disse Henry. "Meglio starcene buoni."

Tutti nell'appartamento indossarono i cappotti e raccolsero le loro cose, sedendo infine in silenzio al buio. Erano immobili e solenni quando la pallida luce mattutina primaverile rischiarò e mise a fuoco i loro volti. Alle sette il chiasso alla stazione era scemato, ed erano cominciati i suoni di una giornata ordinaria: tram, carri, stivali sulla strada, il latrato di un cane, il canto di un gallo in lontananza. *Svegliandosi a quest'ora si potrebbe pensare che sia un giorno qualunque*, pensò Josefina.

Quando i Kohn fecero ritorno alla loro stanza nell'appartamento in via Kotlyarska, la padrona di casa Lyudmyla li informò che la mattina presto gli abitanti del secondo e del terzo piano erano stati portati via.

"Hanno perquisito anche la vostra stanza," disse.

LA PAROLA *DEPORTAZIONE* VENIVA RIPETUTA spesso in quei giorni. Parlando con qualunque sopravvissuto al grande terrore del 1937–1938 nell'Unione Sovietica ci si sarebbe resi conto che *arresto, deportazione* ed *esecuzione* erano parole familiari. Una persona ogni venti venne arrestata e ogni giorno furono uccise 1.500 persone. Josefina ascoltò uno dopo l'altro i profughi provenienti dalla parte della Polonia occupata dai tedeschi riferire come gli ebrei e i polacchi fossero parimenti disprezzati dai nazisti. A Leopoli, nel mirino dei sovietici si trovavano gli ebrei, i polacchi e gli ucraini. La minaccia di essere portati via si insidiava fra i pensieri della gente imponendo cautela, riserbo e delazione. Una volta, era probabile che alla tavola di chi spezzava insieme il pane regnasse la fiducia. Ora, chiunque avesse abbastanza pane da condividerlo, lo faceva solo con persone fidate. Malgrado gli sforzi, Josefina non riusciva ad allontanare il pensiero minaccioso di essere spedita verso una meta ignota. Non bastava che suo marito fosse stato portato via? Che lei, i figli e la suocera vivessero poco meglio dei disgraziati a cui un tempo faceva la carità? Quando incominciava a seguire quel flusso di pensieri, la disperazione ne era l'unico risultato. E poiché non indulgeva nell'autocommiserazione e non era una donna che prendesse in considerazione lo scoramento, Josefina Kohn si risolse di preparare la sua famiglia al peggio.

Poco dopo l'ondata di deportazioni di metà aprile ricollocò la suocera. Josefina era certa che Ernestyna non sarebbe mai sopravvissuta alla deportazione. La portò a Brzuchowice, un distretto a circa quattro miglia dal centro di Leopoli. Là un gruppo di suore di un piccolo convento dell'ordine di San Basilio accettò di accogliere e prendersi cura della madre di Julius.

Quando le suore ricevettero Josefina e la suocera, Ernestyna era ora confusa, ora sorridente. A Josefina si spezzò il cuore nel vedere la madre di Julius così fragile, così in declino, con la memoria così labile. Ernestyna era stata una donna rispettata in famiglia e nella comunità. Era capace, intelligente, bonaria, operosa, buona e caritatevole. Si erano incontrate per la prima volta per il tè, nel tardo pomeriggio di una domenica d'inverno. In mattinata Josefina era stata a sciare, con le guance baciate dal sole e dal freddo. Avevano discorso animatamente di pane e di cuoio, d'opera e teatro, di pasticceria viennese, di sci e tennis. "Capisco perché il mio Julek ti trova così affascinante," aveva quindi detto Ernestyna. "Non hai timore di goderti la vita."

E ora eccole qui, lontane da casa. Ernestyna era tutto ciò che restava di Julius, e adesso Josefina la stava lasciando nelle mani di estranei.

"Mamma," le disse dolcemente, "ti scriverò. Qui starai al caldo e al sicuro." Josefina baciò la guancia della suocera e le carezzò la mano. La lasciò andare quando una delle suore prese Ernestyna per condurla dentro.

Le sorelle dell'ordine di San Basilio non chiesero denaro. I veri devoti, pensò Josefina, sono sempre i più caritatevoli. Si domandò se fra quelle buone sorelle ci potesse essere uno dei *Lamed Vav*, i trentasei santi ignoti che portavano sulle spalle il destino del mondo. Sua madre le aveva raccontato la favola degli *Tzadikim* nascosti, tuttavia nella versione della mamma quei giusti erano sempre uomini. Nessuno avrebbe mai saputo chi fossero, nemmeno loro stessi, e per questa ragione si chiamavano *nistarim*. A Josefina piaceva immaginare che chiunque potesse essere uno di loro, uomini o donne, giovani o anziani, ricchi o poveri, ebrei o gentili. Secondo lei, l'unico modo affinché una qualità o una caratteristica fosse davvero segreta era che potesse manifestarsi in chiunque.

JOSEFINA SCRISSE LE LETTERE CHE alcuni mesi prima, quando si trovavano a Varsavia e poi in fuga da quella città, era stata restia a comporre. "Nonostante tutto, non abbiamo perso la speranza," raccontò al padre e a Milly, "che in primavera l'intera faccenda sia finita e che torneremo a casa. Sareste orgogliosi di Peter e Suzi," scrisse, "sono entrambi molto maturi, ora." Non riferì alla famiglia che Suzanna aveva i capelli corti come un ragazzo o che gli abiti di Peter gli andavano larghi e ormai troppo corti, né che la madre di Julius non ricordava più i nomi delle persone. Non menzionò neppure i suoi problemi, il dolore incessante al ventre, le gengive sanguinanti. Per quanto riguardava Julius, riferì semplicemente che, per quanto ne sapesse, era in buona salute e riceveva i dispacci che gli inviava ogni settimana tramite Eric Zehngut. Non disse che da qualche tempo le guardie non accettavano più i pacchi alla prigione Brygidki, né che temeva che suo marito fosse stato deportato o, ancora peggio, giustiziato. In effetti non poteva sapere, e dunque non poteva dire a nessuno, che Julius si trovava ancora a Leopoli, prigioniero nel carcere di Zamarstynivska. "Vorrei rallegrarti dicendoti che siamo molto felici di soggiornare in questa magnifica città," scrisse Josefina in una lettera alla sorella Elsa, "ma questa non è una vacanza."

Avevano pochi soldi, come tutti gli altri profughi. Eric Zehngut, che vendeva sapone e qualunque altro articolo potesse fabbricare o reperire sul mercato nero, offrì di presentare Josefina a qualcuno interessato ad acquistare i suoi oggetti preziosi.

Eric organizzò un incontro con un funzionario russo che aveva conosciuto, un signore la cui moglie aveva gusto per le raffinatezze. Quell'uomo era una specie di pezzo grosso del partito comunista che in qualche modo si era industriato per avere denaro da spendere. Rivendeva i suoi acquisti sul mercato nero, aumentandone vertiginosamente il prezzo. Josefina aveva il sospetto che prendesse delle bustarelle. In quel nuovo ordine mondiale, la corruzione era sfrenata.

Josefina lo attese al Café de la Paix. Sedeva a un tavolino d'angolo, opportunamente in ombra. Il signore si chiamava Leonid Petrov. Era tutto ciò che Josefina disprezzava: un burocrate sciatto e meschino, con la barba sfatta e l'alito pesante. Aveva le dita grassocce e l'espressione avida. Nei suoi palmi sudaticci, aperti e nascosti sotto il tavolo dove nessuno lo scorgesse intento a violare la legge, posò la Stella di David, il braccialetto d'oro e l'anello di rubino di Suzanna. Subito Petrov sogghignò, poi socchiuse gli occhi.

"Non c'è altro?" chiese. Il suo tedesco era lacunoso, e mentre parlava un tic gli contraeva le guance.

Josefina frugò all'interno del cappotto, in cui aveva cucito uno speciale taschino. Tastò le perle adagiate lì dentro, la loro confortante levigatezza. Composta inizialmente da due fili di lunghezza *opéra* fermati da uno zaffiro, la collana era appartenuta in origine alla bis-bisnonna della madre di Josefina ed era stata tramandata da ciascuna di quelle donne alla figlia maggiore. Alla madre di Josefina però non si confacevano i favoritismi fra le sue due ragazze. Aveva diviso la collana, ordinato una copia identica del fermaglio e donato un filo a ciascuna figlia per il rispettivo matrimonio. Josefina aveva indossato le perle all'opera, ai concerti sinfonici e a teatro. Con il peso della collana sul petto, la fredda purezza delle perle contro il collo e la mano guantata al braccio di Julius, le sembrava che nulla fosse fuori posto.

Seduta al Café de la Paix nella Leopoli occupata dai sovietici con un rozzo estraneo che teneva fra le mani i gioielli della figlia, Josefina ebbe l'atroce sensazione di quanto fosse precipitato il mondo. Quella collana di perle non era un capriccio. Era piuttosto un pegno che permetteva alle fanciulle della famiglia di ricordare le donne che le avevano precedute, e in seguito, divenute madri a loro volta, di trasmettere il retaggio della memoria. Dove sarebbero finiti i ricordi? si domandò. La moglie di Petrov avrebbe potuto accedervi? Sarebbero scomparsi con la collana?

Quando vivevano a Teschen e si presentava l'occasione di estrarre le perle dal loro cofanetto di velluto, a Josefina piaceva immaginare Suzanna vestita da sposa in seta e pizzi, con nastri di raso color avorio fra le lucide trecce brune avvolte in uno chignon sul capo, un sorriso sardonico ma pudico disegnato sulle labbra. Qui al caffè, estraendo la collana dal taschino nascosto nel cappotto, Josefina non riuscì a pensare ad altro che alla madre, e a sua madre prima di lei. *Non è il momento di indugiare nel passato*, pensò, cancellando deliberatamente ogni traccia di sentimentalismo. Il loro futuro, così incerto, dipendeva da quelle perle. Lasciò cadere la collana nelle mani cupide di Petrov.

Non le pagò il prezzo negoziato preventivamente da Eric Zehngut, ma Josefina non se ne accorse prima di aver fatto ritorno alla sua stanza e, nella luce morente di un pomeriggio invernale, di aver contato le banconote umidicce che le erano state spinte nel palmo della mano sotto il tavolo. La mano dell'uomo si era attardata appena il tempo che Josefina gli rivolgesse un sorriso freddo. Ma Petrov non fu l'unico a compiere un raggiro in quella transazione. Prima di arrivare al caffè, Josefina aveva fatto scivolare in una scarpa l'anello nuziale, che doveva essere compreso fra gli oggetti venduti, e che all'ultimo momento aveva deciso di conservare.

Josefina e Suzanna cucirono poi il denaro nei loro cappotti. Rammendarono i calzini. Peter lucidò e risuolò gli scarponi e infilò negli zaini piccole tazze di latta, cucchiai, le loro comete e degli abiti di lana. Misero da parte delle zollette di zucchero, salsicce, tè e fiammiferi, filo e tintura di iodio, aspirina e sapone. Andavano a letto con indosso due paia di tutto: biancheria intima, maglie, calzoni, maglioni. Nelle tasche dei cappotti, che si stendevano addosso per dormire, erano infilati i guanti, fissati con un pezzo di cordino. Josefina si disse che all'arrivo dei soldati lei e i figli sarebbero stati pronti.

Però nessuno, pensò quando infine bussarono alla porta, nell'oscurità della notte del trenta giugno del 1940, *è mai davvero preparato a una cosa del genere*. Benché dall'arresto di Julius cinque mesi innanzi ogni giorno fosse sembrato incredibilmente lungo, sembrò che fossero trascorsi soltanto alcuni giorni e non mesi da che Josefina aveva accompagnato Ernestyna a Brzuchowice. Il tempo la ingannava a ogni svolta, e lei aveva qualche difficoltà nel ricordare la distanza degli eventi.

I soldati dell'Armata rossa puzzavano di vodka e tabacco. Avevano la barba sfatta.

"*Dvadtsat' minut*," abbaiò uno di loro. "Venti minuti."

Josefina e i ragazzi furono pronti in cinque. I soldati adocchiarono Suzanna, ma Josefina lasciò cadere a terra un bicchiere per distrarli.

"*Glupaya zhenshchina*," disse uno. "Stupida donna." Josefina raccolse i frammenti di vetro. "*Izvinite*," borbottò fra i denti. "Scusate." Sapeva tuttavia che distraendo la loro attenzione il suo trucco aveva funzionato. *Sono più furba di voi*, pensò.

Fuori aspettava un furgone quasi pieno. Josefina, Suzanna e Peter si strinsero nello spazio di una sola persona. Alcune delle donne avevano un'aria atterrita. Altre sembravano rassegnate. Il viso delle ragazze era assente, i loro sguardi spaventati. Gli uomini erano per lo più anziani. Alcuni dei ragazzi erano molto giovani; altri, come Peter, erano quasi uomini. Le donne con bambini piccoli si occupavano di loro, cercando di calmarli, cullandoli e rimproverandoli con dolcezza.

Un lungo viaggio verso lunghe notti

Da fine giugno a metà luglio 1940,
su un treno diretto a oriente, nell'Unione Sovietica

Benché avesse sentito dire che i treni russi erano lunghi e sinistri, con le carrozze strapiene, Josefina non era preparata a ciò che vide arrivando alla stazione. Sui binari c'erano dozzine di vagoni, la maggior parte per il trasporto di merci o bestiame, alcuni già carichi. La banchina era gremita di gente, carrelli e pacchi. Il lamento delle donne e il pianto dei bambini accompagnava l'NKVD mentre separava padri e mariti dalle loro famiglie. I soldati gridavano, sequestrando a casaccio i bagagli, i pacchi di cibo e talvolta le scarpe alle persone. In quel delirio, Josefina e i figli furono spinti innanzi. La madre stringeva loro talmente forte le mani che un dito le si intorpidì. Furono condotti di fronte a uno dei vagoni, con gli sportelli chiusi e imbullonati. Quando i soldati li aprirono, all'interno si trovavano già almeno venti persone fra uomini, donne e bambini. Questi si accalcarono verso l'ingresso per prendere aria, chiedendo disperatamente dell'acqua, implorando che li lasciassero uscire. Il fetore era nauseabondo. Quando gli sportelli si aprirono per far entrare il nuovo gruppo di deportati, passanti e operai ferroviari lanciarono nei vagoni pane, salsicce, sigarette e aspirina. Josefina sentì che i soldati la sollevavano, spingendola in alto all'interno al vagone. Fu seguita dai ragazzi. Prima che le porte venissero sbarrate, altre dieci persone furono pigiate dentro.

Ci vollero alcuni minuti affinché gli occhi di Josefina si abituassero all'oscurità del vagone. In mezzo al pavimento c'era un buco, e Josefina comprese che serviva per i bisogni. In alto, due finestrini con le sbarre non promettevano alcun sollievo dal caldo e dalla mancanza d'aria, benché di notte lasciassero penetrare l'aria gelida. L'odore era intenso e rancido.

"Mamma...," disse Suzanna con voce tenue e desolata. Ma non terminò la frase. E che cosa si sarebbe mai potuto dire? Josefina non riusciva a trovare parole sensate. Ripensò all'inizio, quando erano seduti nella cantina dell'Hotel Angielski, e rimpianse i suoi compagni di allora. Com'era stato diverso quel momento, con i sensi acuiti dalla pericolosa scarica di adrenalina. Com'era stato diretto: un'invasione, gli aeroplani che sganciavano le bombe, la fortuna di un riparo adatto dove poter almeno sedersi e riprendere fiato. *Questo*: si guardò intorno. La prima luce del giorno si proiettava a nastri attraverso le sbarre, illuminando i volti tetri degli altri nel vagone... Era un assaggio dell'inferno. Essere rinchiusi così stretti con degli estranei nell'oscurità soffocante. Chiusi dentro senz'acqua. C'era da uscire di senno, lì dentro. Ma Josefina respinse immediatamente quel pensiero. *Io no, non adesso*, si disse.

I LORO AGUZZINI DISTRIBUIRONO SOLTANTO una misera razione di zuppa bigia, se zuppa si poteva chiamare, servita dentro a un piccolo secchio unto. L'acqua era pressoché assente, malgrado le insistenti supliche dei passeggeri. A quelle implorazioni, le guardie rispondevano con le percosse o con frasi di scherno. La mancanza d'aria e di spazio nel vagone era asfissiante. La latrina era un esercizio d'umiliazione. Di notte, il sollievo dell'aria fresca che si insinuava nella carrozza era vanificato dall'impossibilità di coricarsi per dormire. Josefina rifletté su tutti gli altri vagoni di quel treno, ciascuno stipato, presumette, di uomini, donne e bambini spogliati come lei di ogni potenziale proposito di resistere. O della dignità. Lottando, tutti quanti, per non abbandonarsi alla disperazione, in cui le sembrava di poter sprofondare da un momento all'altro.

Dopo alcune ore prigionieri nel vagone, Josefina decise che era importante prestare attenzione al trascorrere del tempo. Allentò un filo abbastanza lungo dal cappotto, determinata a formare un nodo al principio di ogni nuovo giorno. Così, quando il treno si mosse, seppe che erano passati due giorni. Avendo inoltre osservato la qualità della luce che proveniva dall'alto finestrino del vagone, sapeva che erano diretti a oriente.

Man mano che il treno accelerava, i deportati nel vagone si riscossero dal loro collettivo sgomento. "Ci stiamo muovendo," mormorarono uno o due. "Fra poco arriviamo," disse dolcemente una donna a un bimbo. Ogni tanto si poteva udire un gemito femminile. Josefina ascoltava mentre pregavano sottovoce, riconoscendo sia la semantica divina della madre sia quella di Helenka. Quelle parole la consolavano, ma rimase in silenzio. Come faceva a esistere una divinità, si chiese, ora che ogni cosa sacra era scomparsa da quel mondo cambiato dalla guerra?

Un bebé piangeva; la madre elemosinò del cibo dai presenti.

"Le voglio dare un po' di zucchero," disse Peter sottovoce. "Sì, figlio mio, sì," disse Josefina, "certo."

Suzanna aveva già fatto amicizia con una bambina di sei o sette anni; la sorella maggiore, anche lei di appena quattordici anni, si era addormentata accasciandosi contro la persona che le stava accanto, sfinita. Le due ragazze viaggiavano sole, separate dai genitori alla stazione.

"C'era una volta," disse piano Suzanna alla bambina, "Una principessa che si chiamava Kasia. Proprio come *te*." La ragazzina spalancò gli occhi. "Aveva fatto amicizia con una gru magica, e dormiva sotto la sua ala." Suzanna allargò il più possibile le braccia per circondare Kasia. Con il pollice le strofinò via una macchia dalla guancia.

DUE NODI AL FILO PIÙ tardi, Peter propose di praticare con estrema prudenza un foro nel tetto del vagone per infilarvi un panno. "Pioverà," disse, "e potremmo succhiare il panno quando si imbeve d'acqua." I deportati non sapevano ancora che i soldati li avrebbero fucilati se avessero scoperto quella trasgressione. E anche se lo avessero saputo, il tormento della sete li avrebbe indotti a correre il rischio. *Che fortuna essere la madre di un ragazzo la cui ingenuità ci salverà tutti*, pensò Josefina.

Dopo cinque nodi, si rese conto che quando si è rinchiusi dentro a un carro bestiame sovietico affollato e soffocante, in marcia verso una destinazione ignota, il peggio deve sempre ancora arrivare. Due fra le donne più anziane nel vagone morirono d'infarto. Trascorsero tre giorni prima che i loro carcerieri portassero via i corpi, spogliati di ogni oggetto di valore e gettati nella campagna dietro ai binari del treno. *Come se ci si sbarazzasse di un oggetto inutile*, pensò Josefina. Straziati dalla fame, dalla sete e dall'impossibilità di cambiare le fasce sudicie, i bebé nel vagone piangevano senza sosta; dopo dieci nodi al filo, tacquero. L'undicesimo giorno un uomo incominciò a delirare, a percuotersi il capo con i pugni e a urlare; e solo dopo che il treno si fu fermato e i passeggeri del vagone ebbero protestato rumorosamente per ore, i soldati vennero a portarlo via. Dove non si sa. Quando annodò il filo per la quattordicesima volta, Josefina si chiese se la sua volontà di sopravvivere, di non perdere la testa, di contare i giorni, sarebbe cresciuta o diminuita. Ogni nodo su quel filo era stato accompagnato da una differente tragedia. Guardò la luce estinguersi negli occhi di uomini, donne e bambini che condividevano quell'infelice alloggio.

Secondo i calcoli di Josefina, il sedicesimo nodo corrispondeva al quindici di luglio. Quel giorno il treno si fermò.

II PARTE

Terra di nessuno

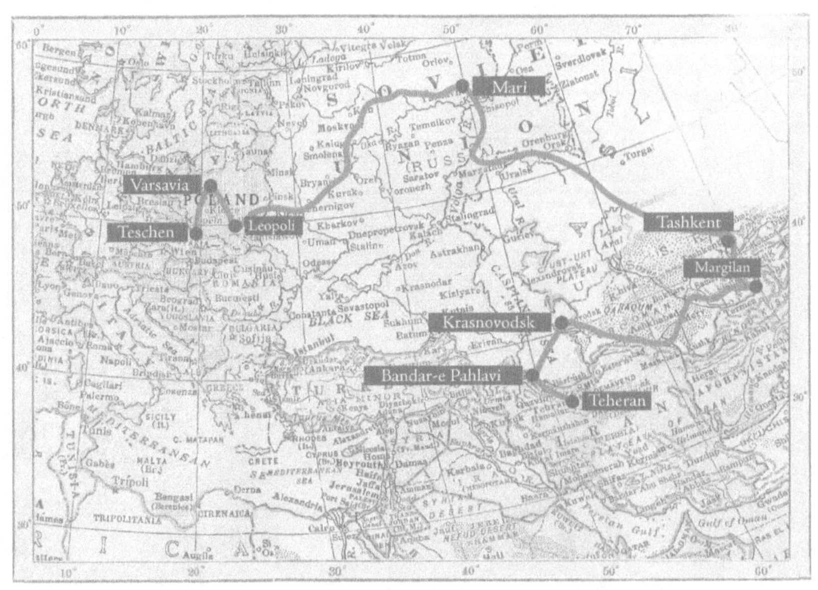

Il lato oscuro della luna

METÀ LUGLIO 1940, DA QUALCHE PARTE NELLA TAIGA

QUANDO IL TRENO SI ARRESTÒ, strida e cigolii metallici destarono i deportati esausti. Dall'interno del vagone avvertivano il tepore notturno, con la sua suggestione di ostinati giorni caldi e afosi di fine estate. Non potevano ancora sapere che i venti di novembre, forieri d'inverno, fossero una forza da non sottovalutare. Mentre il treno lungo e alto si bloccava, non desideravano altro che un po' d'aria fresca. Quella terra avrebbe loro insegnato ogni cosa sul meteo e sulla spietatezza dei suoi estremi, ma quelle lezioni dovevano ancora arrivare.

I prigionieri scesero dal treno. Fino a quel momento, Suzanna aveva avuto la certezza che si sarebbe sentita meglio una volta lasciati i confini del vagone, l'olezzo, i crampi sopraggiunti in quello spazio angusto e l'oscurità. Ma al contrario avvertì un bizzarro desiderio di restare al suo interno, ora che era diventato così familiare. Oltretutto non c'era alcuna ragione valida per starsene fuori al buio in quella terra vasta e senza legge. I suoi movimenti erano meccanici e fiaccati dalla fame e dalla fatica, che avevano entrambe consumato il trauma iniziale della deportazione. Chiunque altro barcollasse intontito fuori dal vagone era colto da capogiri. Prima che la vista si abituasse, benché non potesse vederli, Suzanna udì gli altri muovere e lamentarsi, e fu investita dal loro odore, che avrebbe potuto riconoscere ovunque.

La piccola Kasia e sua sorella stavano accanto a Suzanna, in piedi vicino alla madre. Abbastanza vicino da udire la mamma che incominciava a dire *Non . . .*, ma aveva le labbra, la gola e la lingua troppo asciutte per formare delle parole compiute.

Suzanna udiva ogni ordine abbaiato dai soldati, ogni singhiozzo, gemito e sussurro strozzato dalla sete dei deportati, così guardò i loro volti man mano che li metteva a fuoco: centinaia di uomini, donne e bambini uscivano dai vagoni, fradici, deboli e sporchi, ciascuno di loro come lei, chiedendosi che cosa sarebbe successo.

Per ragioni che ritenne inspiegabili, i suoi pensieri andarono a Helenka. *Non ho mai comprato la cioccolata che le avevo promesso*, pensò Suzanna, e subito si rimproverò: *Non devi pensare ai dolci. Non devi pensare a casa.* Le consolazioni di Helenka appartenevano al passato, da ricordare con affetto, ma non in quel momento. Le tasche di nonno Hermann non sarebbero più state fonte di dolcetti o monetine; le sue mani di fornaio ruvide ma delicate non avrebbero stretto tanto presto quelle di Suzanna. Non ci sarebbero state gite in carrozza, pranzi della domenica né pagnotte ancora calde. Niente lenzuola fragranti del profumo del sole e dell'aria di montagna, impresso al loro interno dal ferro da stiro. Niente begli abiti puliti. Niente lezioni di piano con madame Camillia, profumata di lavanda e dalla postura perfetta. Niente passeggiate al fiume o al pozzo dei Tre fratelli con le amiche e le loro sorelle maggiori, o alla fontana in piazza Rynek. Niente più visite in famiglia o uscite, segreti fra cugini o la dolcezza delle risate con i parenti. Teschen, la città dov'era nata, non c'era più, e di casa non restava altro che un ricordo, che si sarebbe sbiadito e, infine, dissolto.

Suzanna aveva trascorso gli ultimi dieci mesi pensando a tutto ciò che conosceva e che ora non c'era più. La cosa più importante ad andare distrutta era stato il senso di appartenenza a una grande famiglia sempre presente, che la sosteneva con il suo affetto. Teneva per sé quei pensieri, riproponendosi di non parlarne con nessuno. Aveva capito che era più importante pensare solo a ciò che andava fatto al volgere di ogni ora. Il pericolo onnipresente rendeva difficili anche i compiti più banali. Dopo, sì; dopo... Avrebbe messo su famiglia, la vita quotidiana sarebbe tornata tranquilla e lei avrebbe vissuto la sua vita con gioia e pienezza. *Ci sarà un dopo*, pensò premendo i piedi sul terreno. Qualcuno pronunciò la parola *taiga*, e Suzanna si rese conto di trovarsi nello sconfinato territorio boscoso che una volta aveva visto su una mappa a scuola. Ricordò che aveva studiato la fitta foresta boreale russa, la più grande taiga al mondo, che si estendeva per circa 3.600 miglia, dall'Oceano Pacifico ai monti Urali.

Nella stanchezza, Suzanna ripeté le sillabe: *taiga, taiga, taiga*; e prima di rendersene conto una melodia le si affacciò bisbigliando alla mente. Una delle mazurche di Chopin. "Se il violino è lo strumento più simile alla voce umana," amava dire madame Camillia, "il piano coglie il suono dell'acqua. E dunque Chopin era un compositore di pioggia." La sua insegnante di piano si riferiva alla pioggia in Polonia, comprendeva ora Suzanna sfiorando il terreno con la punta del piede, e ripercorse le note con il pensiero. Madame Camillia pensava senza dubbio alle gocce di pioggia sul lastricato e sui tetti, fra gli alberi e sulla superficie dei fiumi. Quelle note liquide dei notturni erano come ascoltare la pioggia di notte con le finestre aperte, e Suzanna sognò tutta la grande musica che un giorno avrebbe imparato a suonare. Si guardò intorno ma non scorse alcun edificio; nulla all'infuori di una strada sterrata in un paesaggio che inghiottiva la pioggia con la sua gigantesca bocca arida. Quanto le mancavano l'aria montana di casa, i diluvi estivi, i temporali, perfino gli acquazzoni che inzuppavano tutto.

QUANDO I SUOI OCCHI SI furono finalmente abituati, Suzanna vide distintamente dove si trovava. La mamma e Peter erano alle sue spalle. Lei, la madre e il fratello, insieme a tutti i passeggeri del treno, erano finiti in mezzo al nulla: in seguito, qualcuno lo avrebbe chiamato "il lato oscuro della luna". Erano circondati da selve tenebrose. Suzanna respirò il profumo resinoso dell'ombra, quell'aroma che preannuncia l'arrivo dei funghi.

Uno dei sovietici comandò a tutti di sedersi a terra. "Vi verranno a prendere," annunciò il soldato. Qualcuno domandò quando, e quello rispose con tono assente. "Domani o dopodomani." Non gli importava assolutamente nulla dei deportati. Suzanna si chiese come fosse la sua vita, se vi fosse un po' di gentilezza. Se ce ne fosse in quel momento. E se aveva figli, non aveva cura di loro? Com'era possibile avere figli e non piangere di fronte alla fame di un bambino, o alla sua morte, o alla prostrazione disperata della madre?

La gente del treno se ne stava abbrancata come se fosse stata ancora rinchiusa nel vagone. *Non siamo più profughi*, constatò fra sé Suzanna, pensando al modo in cui, prima di quell'orribile viaggio in treno, la gente chiamava lei, la sua famiglia e tutti gli altri ebrei in fuga dalla Germania, dall'Austria, dalla Cecoslovacchia e dalla Polonia. Alla radio o sui giornali, prima che i nazisti o i sovietici si impadronissero delle trasmissioni o della stampa, spesso le notizie parlavano del *problema dei profughi*, che riguardava gli ebrei costretti a fuggire dalla Germania di Hitler e dai territori recentemente occupati dai nazisti. Ora invece erano deportati, senza rifugio, senza un lido, in piedi sotto un cielo sterminato; l'unica fonte luminosa per loro erano le stelle e il pallido bagliore lunare attraverso le nuvole. Prese la mamma per mano. Suzanna sapeva che sua madre aveva già ponderato le circostanze e valutava ora con discrezione che cosa li aspettasse. Aveva osservato la madre, la sua negoziazione con il costante flusso di estranei e le loro bizzarre e spesso orribili interazioni. Suzanna si appuntò mentalmente il comportamento da tenere quando gli adulti che la circondavano agivano in modo crudele o inspiegabile. Come i soldati durante il viaggio in treno per raggiungere quel luogo: uomini adulti, per la maggior parte, benché alcuni non fossero molto più grandi di Peter.

A Teschen, i suoi genitori erano le persone più importanti che Suzanna conoscesse. Il papà dirigeva una fabbrica e gli uomini che vi lavoravano. La mamma era responsabile della casa, della famiglia, dei figli e del cane; perfino di altri adulti, come Helenka, suo nipote Kasimierz e altre persone che lavoravano da loro. I suoi genitori spiegavano a tutti che cosa fare e in che modo, e le persone obbedivano. Ma qui, nel mondo in guerra, Suzanna aveva visto i genitori perdere tutto. Oltre all'arresto e all'incarcerazione del padre, la fine della libertà era la più grave fra le loro perdite.

La mamma e il papà non se n'erano avveduti, ma da sotto le coperte aveva sbirciato il padre mentre si vestiva, la notte in cui i soldati lo avevano arrestato. Aveva visto lo spavento conferire al suo viso un aspetto duro e vinto al tempo stesso. Aveva udito la mamma piangere nel cuscino, nella tarda notte che era seguita. E aveva osservato da vicino quando la madre rispondeva agli altri adulti, come soldati e ufficiali del partito, abbassando lo sguardo a terra mentre quei rozzi sovietici le dicevano cosa fare. Non ne avevano mai parlato, ma Suzanna sapeva che la mamma interpretava un ruolo. Aveva anche capito che l'esperienza a fingere della madre li avrebbe protetti. Probabilmente il padre, trattenuto in una prigione a Leopoli, avrebbe risposto nello stesso modo a quello stesso genere di persone. Quella messinscena confondeva Suzanna, che restava in silenzio: una ragazza che ascoltava, osservava e rifletteva attentamente sulle parole e sulla loro intonazione.

Gli uomini al comando parlavano in russo. Erano armati. Alcuni avevano dei cani, non cagnolini affettuosi come Helmut; grossi cani affamati che abbaiavano mostrando lunghi denti aguzzi. La maggior parte di quegli uomini era trasandata, l'uniforme da riparare, e molti puzzavano di vodka e lana bagnata.

"Non giudicare i meno abbienti," ripetevano sempre i nonni di

Suzanna. Perciò, sebbene i soldati fossero sporchi e volgari, sebbene non mostrassero alcun rispetto per sua madre né per gli altri adulti deportati, per la maggior parte anziani, sebbene fossero più gentili con i loro cagnacci feroci che con le persone, Suzanna si sforzò di non disprezzarli. E in ogni caso, come diceva Peter, quelli che non puzzavano, quelli che indossavano calzoni stirati e cappotti dai bottoni lustri, quelli che fumavano costose sigarette preconfezionate, *quelli* erano i più pericolosi.

Il fratello di Suzanna si era fatto uomo da un giorno all'altro. Aveva opinioni sue su argomenti come la guerra, gli eserciti, i nazisti e i comunisti, nonché sui due uomini di cui parlavano sempre tutti, Adolf Hitler e Joseph Stalin. Quando Peter diceva qualcosa la sua voce era concitata, le mani gesticolanti. Sembrava quasi il loro papà, quando dopo cena parlava di affari o politica con lo zio Ernst. I due uomini fumavano sigari e bevevano brandy nello studio. La mamma e la zia Greta sedevano nel salottino sorseggiando sherry da graziosi bicchierini, con Helmut accoccolato su un piccolo cuscino davanti al fuoco. Quelle notti, Suzanna suonava il pianoforte. Peter osservava gli atlanti o le fotografie di luoghi lontani, attività che sovente svolgeva in compagnia della nonna Ernestyna. Sedevano insieme sul suo divano imbottito, il sabato sera e la domenica pomeriggio. Spesso Suzanna accarezzava il tessuto soffice dello scialle della nonna. A Peter piacevano molto le immagini dei ponti, dei fiumi imponenti e delle montagne dalle vette innevate. Ora il fratello voleva fare il soldato, come il papà a suo tempo. Ma i loro genitori non gli avrebbero permesso di arruolarsi nell'esercito come lo zio Arnold, o di andarsene a Varsavia con l'*Armia Krakowja* come altri giovani uomini. Una mattina, il papà lo aveva preso in disparte per fargli un discorso, con tono severo e viso serio. "Il tuo compito è tenere d'occhio tua madre e tua sorella," aveva detto il papà.

Suzanna premette i piedi sul terreno. Raddrizzò la schiena e inspirò lentamente l'aria fresca della notte, intrisa del profumo dei pini. Quali erano i pensieri del fratello, in quel momento? Stilava anche lui mentalmente un elenco di tutte le cose che doveva sforzarsi di non ricordare? Peter era in piedi all'altro fianco della madre. Era alto e snello, come scolpito in un unico muscolo lungo e compatto. Una barba scura gli ombreggiava il viso, caratterizzato da un po' della spigolosità della mamma e addolcito dal sorriso aperto del papà, che invitava a ridere e a godere del presente; un sorriso che aveva prima della guerra, quando le tensioni non gli avevano teso la fronte o le labbra in un'espressione di perenne prudenza. Peter osservava i soldati da sotto la falda del cappello, uomini burberi armati di fucili che sputavano fra il grido di una parola e l'altro. Dal modo in cui aggrottava le sopracciglia, era evidentemente preoccupato di cosa sarebbe accaduto. Esaminava i soldati, anticipando come Suzanna che cosa riservasse inevitabilmente il futuro incerto, per quanto immediato: ancora fame e sete, maggiori disagi, trattamenti duri, nessuna protezione dagli elementi. La morte avrebbe certamente fatto visita a quello stuolo di infelici e afflitti a cui ora appartenevano anche lei e i suoi familiari più stretti. E poi mestamente si rese conto che se fossero stati in qualunque altro luogo l'espressione del fratello le avrebbe strappato una risatina e il commento che aveva un'aria da scemo. Ma qui non c'era né ci sarebbe stato nulla da ridere. Con quale languore Suzanna avrebbe desiderato ridere di nuovo, sentirsi abbastanza libera e al sicuro da scherzare, abbastanza leggera da sorridere.

"I soldati stanno parlando di un trasporto," sussurrò Peter.

Fra loro era stato il primo a comprendere e a parlare il russo. Quella versatilità per le lingue avrebbe contribuito alla loro sopravvivenza.

La mamma strinse la mano di Suzanna. Suzanna restituì la stretta, una cosa che faceva da piccola, benché trovandosi lì al buio in mezzo al nulla, da qualche parte nella natura selvaggia russa, si sentisse molto più grande dei suoi quattordici anni.

Inaspettatamente, una brezza leggera portò un profumo fruttato, e a Suzanna tornarono alla mente i boschi di casa. La sua memoria fu inondata da un ricordo, quello dell'ultima festa a cui aveva partecipato insieme ai genitori e al fratello. Si trovavano a Teschen. Era giugno, i fiori di magnolia erano appassiti, i lillà avvizzivano. La guerra non era ancora incominciata.

Alla festa c'era anche Peter. Era molto affascinante in giacca e cravatta, sembrava che avesse più dei suoi sedici, quasi diciassette anni. Le ragazze della sua età arrossivano incantevolmente ogni volta che parlava con loro. Suzanna indossava una camicetta candida e una lunga gonna stretta in vita. La madre le aveva permesso di applicare una goccia di Vol de Nuit Guerlain dietro un orecchio. L'aroma del profumo si mescolava all'aria umida montana d'inizio estate, e non avrebbe mai immaginato di provare tanta nostalgia per quell'effluvio in particolare. Aveva i capelli raccolti in un paio di trecce. Un ragazzo più grande di nome Fritz le aveva sorriso dall'altra parte della stanza, e quando era riuscito ad attirare l'attenzione di Suzanna, lei aveva fatto scorrere le dita sul braccialetto d'oro che portava al polso e si era sentita molto carina. Il braccialetto era un regalo della prozia Laura. Era arrivato in una scatolina piena di carta velina rosa.

Ripensando alla festa, Suzanna si toccò il polso . . . La scuola era finita da poco, e nonostante tutti parlassero dei tedeschi di qua e dei cechi di là, e di come la Polonia non avrebbe mai capitolato, Suzanna sognava cose che ora le sembravano assurde: una gita estiva in montagna; un saggio che madame Camillia stava organizzando; quel ragazzo, Fritz; preparare con Helenka conserve di ciliegie e crêpe farcite alla ciliegia, dette *palachinki*; aiutare nonno Hermann in panetteria nei fine settimana. Adesso aveva i capelli corti e indossava calzoni e abiti pesanti della taglia sbagliata. Non poteva ascoltare altra musica se non le melodie che richiamava alla mente. Si domandò se avrebbe mai più aperto un pacchetto o scartato un regalo avvolto in carta velina. Simili inezie sembravano a quel punto talmente fuori dalla sua portata da apparire un lusso, eppure una volta erano *la norma*. Suzanna non osava ripensare a quanto fosse squisita la marmellata nei *palachinki* di Helenka, spalmata sul pane ancora tiepido di nonno Hermann, o al sapore del burro che il nonno acquistava da un contadino suo amico. In quella prima notte nella selva russa, al ricordo di quelle semplici delizie gli occhi le si riempirono di lacrime. Niente mura salvo i corpi dei deportati, così stretti gli uni agli altri da tremare come una sola entità. Niente pavimento oltre alla terra. Niente tetto, tranne l'immensa volta di innumerevoli stelle nel cielo nero come la pece. Niente letti né cuscini, orologi, pane.

Non sapeva che ore fossero, né la data esatta. Sapeva che stagione fosse, e che molto presto l'estate sarebbe finita. Nella loro vita precedente, fra poco sarebbe ricominciata la scuola. Ma anche il periodo delle feste di Rosh Hashanah e Yom Kippur. Suzanna pensò alla scansione del tempo della sua famiglia: il principio dell'anno cadeva in autunno, quando festeggiavano l'inizio dell'anno nuovo. Ogni anno Suzanna, che non vedeva l'ora che arrivasse Rosh Hashanah, attendeva questa ricorrenza facendo passeggiate al fiume con la famiglia per vuotare le tasche nell'acqua. Dopodiché nonno Hermann la portava sempre in panetteria, dove confezionavano i filoni tondi delle challot. Non voleva pensare alla dolcezza del miele con pane e mele: la nostalgia evocata da un pensiero simile sarebbe stata troppo intensa. Così Suzanna rivolse i pensieri alla solennità edificante della melodia del *kol nidre* per la cerimonia dello Yom Kippur. D'inverno, era emozionante accendere le candele della menorah per Chanukkah. Ma fra tutte le feste del suo popolo e della sua famiglia, la preferita di Suzanna era la sontuosa festa di Pesach, in primavera. Ripensò a un Seder in particolare. Doveva essere stato dopo la morte dello zio Arturo, quando la zia Elsa con i figli, Maddalena e Corrado, erano venuti a Teschen per le celebrazioni. Suzanna era incaricata di ispezionare i cassetti della cucina in cerca di *chametz*, compito che svolgeva con la massima serietà. A Maddalena era stata assegnata la credenza. Suzanna adorava quella ragazza, più grande di lei, e avrebbe desiderato averla per sorella. Le due si affaccendavano insieme in cucina, chiacchierando a bassa voce di moda, musica e cinema.

La mamma e la zia Elsa avevano spalancato tutte le finestre per far entrare l'aria fresca della primavera. Avevano imballato le lenzuola e gli abiti da donare in beneficenza. Peter e Corrado dovevano lucidare gli stivali invernali, che tutti speravano di mettere via presto per sostituirli con calzature primaverili. Julius aveva prelevato la scatola delle Haggadot da una mensola nell'armadio. Suzanna e Maddalena avevano apparecchiato la tavola, osservando la corretta piegatura dei tovaglioli, la posizione delle posate e la distribuzione delle Haggadot.

E il cibo: il profumo stuzzicante dell'agnello che arrostiva. Lo sformato di patate era la specialità di nonna Ernestyna. La preparazione delle mazzot con nonno Hermann e lo zio Arnold. Quell'anno li aveva raggiunti anche lo zio Hans. Non aveva esitato a rimboccarsi le maniche per aiutare a preparare le mele, tritate con noci e fichi secchi per la ricetta del *charoset*. Questa miscela veniva servita sul piatto del Seder insieme ad altri cinque elementi tradizionali: maror, un uovo arrostito, il *karpas, chazeret* e lo stinco. Il papà si procurava sempre quest'ultimo dalla macelleria di Jacob Zehngut.

I RICORDI DI SUZANNA FURONO interrotti da un soffio breve ma selvaggio che riecheggiò fra gli alberi intorno alla radura in cui si trovavano i deportati. Come a comando, i deportati, un triste coro di miserabili, risposero al rumore della foresta con mormorii strozzati, gemiti, sospiri. Altrettanto rapidamente tacquero tutti: un momento svuotato, sembrava, del suo stesso respiro. Suzanna fu sopraffatta dalla nostalgia per il padre. Temeva che non avrebbe mai più annusato il profumo arboreo della sua acqua di Colonia Fougère Royale, né mai più visto il suo papillon, sportivo anche se spesso un po' storto, o perfino la sua benda per l'occhio, che quando era piccola innescava un'interminabile sfilza di domande.

"Perché hai quella benda sull'occhio?" aveva domandato quando aveva circa otto o nove anni.

Anziché replicare come al solito con un indovinello o una battuta per sviare la domanda, il padre le aveva risposto apertamente.

"Ho perso un occhio. Lasciare in mostra quella parte del mio viso sarebbe come chiedere agli altri di osservare qualcosa di sgradevole. Potrebbe distoglierli dal vedere chi sono veramente."

Suzanna desiderò aver visto il viso del padre senza la benda, anche solo per una volta. Gli avrebbe detto che era molto più di un uomo senza un occhio. Se il papà fosse stato lì in quel momento si sarebbe sentita più al sicuro. Forse sarebbe perfino riuscito a farla sorridere. La mamma non sarebbe stata costretta a tenere tutto sotto controllo. Peter non sarebbe stato accigliato. Ma il padre non c'era. Suzanna non poteva pensare a lui, altrimenti il vuoto generato dalla sua assenza l'avrebbe fatta crollare. Quando i soldati sovietici erano venuti e lo avevano portato via, aveva avuto più paura che nel primo giorno dei bombardamenti a Varsavia. Il rumore di quegli uomini dell'Armata rossa che chiamavano il nome di suo padre era terribile quanto essersi trovati in cantina all'arrivo dei nazisti, quando avevano fatto del male al signor Kosinski e fracassato tutte le tazze da tè della moglie.

Le sensazioni degli ultimi dieci mesi si mescolavano nella sua mente: la calca nella cantina dell'Hotel Angielski a Varsavia e la puzza rancida della paura generale all'esplosione delle bombe e al fremito della polvere nello spazio fra gli oggetti solidi come i muri e i pilastri. Gli addii alle persone che era certa non avrebbe più rivisto: Helenka, i cui tentativi di celare le lacrime erano stati impercettibili, ma che a Suzanna sembravano proiettati sullo schermo di un cinema, proporzionalmente ingranditi; la zia Greta, con la bocca costantemente sul punto di contrarsi e sciogliersi in pianto; lo zio Ernst, la stessa camicia e cravatta addosso per cinque giorni; la nonna Ernestyna, che era diventata così magra e taciturna. Suzanna rievocò la stanzetta a Leopoli dove lei, la madre e la nonna cucivano alla debole luce della finestrella. Era in quella stanza che aveva visto il papà per l'ultima volta, guardandolo segretamente mentre diceva addio alla madre. Ciascuno di quei momenti sembrava pervaso di disillusione e sventura. Poteva vedersi distintamente, seduta nel carro sulla strada per Lublino, mentre guardava il padre che si premeva il fazzoletto sulla nuca. In quel gesto, un non so che di molto raffinato e sconfitto al tempo stesso aveva fatto sentire debole Suzanna. Quando era piccola e lui la prendeva ancora in braccio le piaceva stuzzicare il fazzoletto ripiegato nel taschino della sua giacca pensando che non la notasse. Ma lui se ne accorgeva sempre, e quando fingeva dispetto, Suzanna scoppiava in risolini.

Da piccola, Suzanna piangeva quando il padre andava via per lavoro, il che accadeva sovente, per recarsi a Varsavia, Leopoli, Cracovia, Praga, Vienna, talvolta Parigi o Londra. Ma al ritorno portava sempre un ninnolo, un dolcetto o un giocattolo nuovo. Dopo le esortazioni della mamma a non piangere e il consiglio di Helenka di provare a indovinare che regalo le avrebbe portato, le lacrime di Suzanna erano cessate. Ma il dolore per la sua mancanza non si era mai placato. Facendosi più grande, il papà le portava cappelli, guanti o graziosi nastri per i capelli. Nascondeva i regali nella valigia e appena arrivato a casa l'apriva e la disfaceva, con Suzanna che lo guardava in piedi sulla soglia della camera da letto dei genitori.

"Oh, cielo," diceva, "ho scordato di prendere un regalo per la mia piccola Suzi. Che devo fare?"

"Papà, stai davvero invecchiando se continui a dimenticare le cose," rispondeva lei.

Lui fingeva di essere un anziano viaggiatore che non ricordava neppure il proprio nome. E Suzanna rideva sempre.

Allora lui rovistava nel bagaglio: "Dov'è il mio panino?" diceva come se ne avesse avuto uno in valigia, e lei rideva ancora più forte. "Ah, ecco un cetriolino!" E a quel punto si voltava con un inchino stravagante, offrendole il regalo acquistato, imballato e incartato nella città da cui era appena tornato.

"Tu la vizi, Julek," aveva detto una volta la mamma.

"Finka, i bambini *vanno* viziati," aveva risposto il papà. "Dovrebbero godersi la vita."

SUZANNA SEDEVA SUL TERRENO DURO tenendo la madre per mano. Non stava arrivando nessun treno per portarli alla destinazione successiva, e all'orizzonte non si scorgevano nemmeno camion sovraffollati né carri trainati da cavalli. Era il momento di mettere da parte tutti i ricordi cari, posare un piede davanti all'altro, ascoltare la madre, osservare il mondo come facevano la mamma e Peter, con la stessa dose di diffidenza, paura e curiosità. *Godersi la vita*, pensò Suzanna: quello sarebbe accaduto più avanti. Per forza.

ALL'ALBA UNA PIOGGERELLINA LEGGERA, FRESCA e pulita si versò sul lugubre ammasso dei deportati. Josefina estrasse dallo zaino una piccola tazza d'alluminio, che posò davanti a sé per raccogliere l'acqua piovana. Rovesciò il capo all'indietro alzando il viso al cielo e si strofinò finché la pelle non le sembrò abbastanza pulita. I figli fecero altrettanto.

"Non sta venendo nessuno per noi," disse un uomo.

"Moriremo di fame. Ci dimenticheranno. Moriremo e marciremo in questo posto." Era un signore emaciato; la prigionia aveva scavato il viso a tutti gli uomini. I vari gradi di magrezza suggerivano la durata e il genere di carcerazione sofferta prima che fossero caricati sui treni. Una volta finita la guerra, parlare di come i deportati fossero stati stipati nei vagoni come i maiali o le mucche sarebbe diventato un luogo comune. Ma a quell'epoca simili trattamenti erano ignoti a chi era appena arrivato in Unione Sovietica. All'uomo che aveva parlato mancava un incisivo e il suo viso era percorso da un tremito. I primi cinque giorni nel vagone aveva continuato a ripetere il racconto della sua deturpazione. "È stato quello dell'NKVD ad arrestarmi," iniziava a raccontare. "Mi ha picchiato e mi ha fatto saltare via il dente." Descriveva la mano enorme dell'uomo, ornata di tatuaggi e di un pesante anello con sigillo sottratto a un altro prigioniero. Il modo in cui per coincidenza il metallo di quel gioiello rubato aveva incontrato il suo dente. Il rumore che aveva prodotto…

Si chiamava herr Auerbach. Era stata Josefina a chiedergli per favore di smettere di ripetere quella storia, non si rendeva conto che spaventava i bambini? Lui si era sciolto fin quasi alle lacrime. Poi aveva detto qualcosa a Josefina a proposito delle sue origini cracoviane, che la moglie era figlia di un rabbi, ma i dettagli della conversazione al momento le sfuggivano. *E comunque queste cose non hanno più importanza*, pensò Josefina.

"Oh Dio, ti prego, salvaci," gridò una donna. "Che cosa ho fatto, Signore, per morire in questo luogo sperduto?"

Josefina diede un'occhiata ai figli. Peter guardava a terra per nascondere l'espressione di disprezzo per l'escandescenza della donna. Era sempre più intollerante nei riguardi di quelle che chiamava scenate. La sete di Suzanna andava spegnendosi mentre teneva la bocca spalancata, il viso rovesciato verso il cielo, gli occhi chiusi. In una situazione normale Josefina avrebbe disapprovato un comportamento simile, ma date le circostanze la lasciò fare. A quel punto, l'evidente esasperazione del figlio e la bocca aperta della figlia per raccogliere l'acqua erano soltanto nuovi modi di abitare un mondo in cui il decoro era stato spazzato via dalla barbarie della guerra.

Portò lo sguardo da herr Auerbach alla donna urlante. All'improvviso Josefina provò una nostalgia struggente per il suo Julek, un dolore talmente profondo da minacciare di farla sprofondare nell'irrilevanza lì dov'era, con la polvere di luglio e il suo profumo umido di pioggia, da qualche parte molto distante da casa. *No*, si disse, *non devi arrenderti*. E fu così che Josefina Kohn chiuse la porta a qualunque ricordo di quella che una volta era la sua casa e a ogni consolazione che derivasse da simili memorie. A meno di non scoprire altrimenti, si disse, non poteva permettersi il genere di sentimenti relativi a ciò che *non c'era*. Di conseguenza per lei Julius era perduto; anche la sua risata, la sua tenera solidità e la sua gentilezza incondizionata erano morte. L'unica cosa che contava era la situazione in cui si trovava e che cosa avrebbe dovuto fare per sopravvivere e tenere in vita di ora in ora i suoi figli.

"Dovresti raccogliere pioggia da bere anziché peggiorare le cose," disse Josefina a herr Auerbach. "Chissà quando ci daranno di nuovo dell'acqua." Evitò intenzionalmente di menzionare il cibo, che evidentemente non era previsto.

Allora tutti i deportati si voltarono per guardarla. O, come raccontò in seguito, la guardarono *senza vederla*. Lei non desiderava altro che non vederli. I loro occhi erano già infossati e le loro bocche erano atteggiate a sottili linee torve. Sperava che il proprio viso non somigliasse al loro, ma aveva dubbi di poter avere un aspetto diverso. Si avviò un movimento collettivo, la ricerca di oggetti in cui raccogliere la pioggia leggera. Non tutti avevano una tazza di alluminio, tutti però avevano qualche cosa: un piattino o una ciotola, le mani giunte a coppa. Chi aveva un recipiente lo poggiava a terra dove sedeva, trasandato, arruffato, esausto, assente e a un passo dalla disperazione. Rivolsero il viso al cielo.

QUANDO FINALMENTE ARRIVARONO I CAMION, i deportati avevano sepolto cinque persone. *Sepolto*, pensò Peter, non era il termine adatto dato che non avevano pale e non potevano scavare le tombe. All'improvviso fu colto dalla nostalgia per la nonna Ernestyna e per le loro visite regolari al cimitero ebraico in via Hażlaska a Teschen. I bisnonni Sigmund e Charlotte Kohn erano sepolti lì. In quel luogo Ernestyna soprintendeva al riordino del terreno circostante le lapidi degli operosi, benestanti e generosi Kohn. Sigmund era il secondo nome di Peter, e in seguito qualche volta lo avrebbe usato come primo nome, con l'ortografia polacca, Zygmunt. Ogni volta che lo scriveva, Peter era orgoglioso di ricordare il bisnonno, un uomo modello che aveva tramandato un'eredità alla sua famiglia e alla comunità.

"Era un uomo gentile, un bravo suocero," aveva raccontato Ernestyna al nipote. "Onesto e rispettabile. Si era guadagnato il diritto di aspettarsi molto dai suoi figli." Non era una donna loquace. Quando parlava, chi la conosceva stava attento a darle ascolto. A Leopoli, alla fine, aveva smesso di parlare del tutto. Peter la immaginò come se fosse entrata in una lunga stagione di assoluto mutismo. Chissà che cosa faceva ora, affidata alle cure delle suore a Brzuchowice, dove l'avevano lasciata? Mangiava pasti caldi e dormiva fra lenzuola pulite? Aveva la certezza che non l'avrebbe mai più rivista. Perché non gli era mai venuto in mente di chiederle come aveva trascorso la sua fanciullezza? O di come avesse conosciuto il nonno Emerich, che ogni anno recitava il Kaddish sulla tomba del capofamiglia?

Questo non era un cimitero. Non c'erano riti, sudari, bare, lapidi. In quella terra i morti erano morti: una specie di decesso animalesco senza nulla di umano. Le pesanti privazioni sommate all'interdizione religiosa inducevano a comportamenti primitivi. I corpi dei defunti erano stati spogliati di ogni indumento utile e coperti con qualche manciata di terriccio strappato dal suolo a mani nude. Peter aveva aiutato a coprire i cadaveri meglio che poteva. Si era fatto da parte e aveva ascoltato i compagni di prigionia mentre intonavano brevi preghiere in polacco, ucraino, yiddish ed ebraico. Come gli aguzzini sovietici, anche la morte aveva viaggiato insieme a loro, senza fare alcuna discriminazione. I bebé che si trovavano nel vagone fin dall'inizio del viaggio non ce l'avevano fatta. I loro piccoli corpi erano stati gettati fuori dal treno; i volti delle madri erano maschere di dolore. Era come se quelle donne fossero fatte di cenere, pensò Peter, che si sarebbero disintegrate se qualcuno le avesse toccate.

Chi sarà il prossimo a morire? si chiese.

Guardò le persone con cui aveva viaggiato nelle ultime due settimane: nonni, ragazzi come lui e Suzi, ma soprattutto uomini e donne dell'età dei suoi genitori. Campagnoli e cittadini, contadini, insegnanti, uomini d'affari, un'infermiera, un rabbino e un prete, i familiari di gente arrestata per reati di ogni genere; qualunque fede e nazionalità, tutti riuniti sotto l'etichetta di "nemici dello Stato sovietico." Nel vagone alcuni avevano pregato; altri taciuto; qualcuno parlava ogni tanto; altri chiacchieravano, e di tanto in tanto urlavano. Molti non dormivano; uno o due russavano; altri gridavano in preda agli incubi, solo per scoprire che la vita reale era peggio di qualunque fantasia notturna.

Avevano sofferto insieme l'umiliazione della deportazione: il vagone affollato, l'aria irrespirabile, la mancanza di riservatezza, il pesce salato distribuito dai soldati che spingeva la loro sete oltre ogni immaginazione. Insieme avevano ascoltato le urla dei bebé, seguite dai lamenti delle madri quando alla fine tacevano. Insieme avevano fiutato la morte che aveva portato via i più piccoli e i più anziani, e anche qualcuno dell'età di sua madre. Insieme avevano condiviso le provviste portate nel bagaglio, pigiate nelle tasche, buttate loro dagli abitanti di Leopoli prima che sbarrassero le porte del vagone. Insieme avevano interpretato quei piccoli gesti di generosità come un macabro addio. Si erano detti l'un l'altro che non ci sarebbe voluto molto prima che fossero liberati, e poi avevano ascoltato quando uno dopo l'altro avevano perso il senno, delirando su come sarebbero morti tutti, chiusi in quel maledetto vagone. Insieme avevano taciuto e pianto. Insieme avevano condiviso il panno incastrato nel tetto del vagone quando si era gonfiato di pioggia. Insieme avevano esultato per l'aria o la luce che filtravano dall'unico finestrino, un finestrino da cui facevano a turno per osservare il paesaggio aprirsi in un imponente panorama. *La terra di Dio,* pensò Peter. Un luogo toccato da Dio un'unica volta, per non tornarci mai più e infine abbandonarlo, pensò poi.

I SOLDATI LI AMMASSARONO NEI camion come bestie. Alcuni deportati vennero mandati nei campi ancora più a oriente, ma il furgone in cui si ritrovarono Peter e la sua famiglia sobbalzò verso settentrione sul terreno impervio. Peter ascoltava i discorsi dei soldati, e dopo numerose menzioni della parola *Mariskaya* concluse che quello dovesse essere il nome del luogo in cui si trovavano. Più avanti Peter scoprì altre cose sulla repubblica che giaceva sulla sponda settentrionale del fiume Volga, e che gli indigeni, i mari, erano perseguitati dai sovietici.

La bambina di nome Kasia era ancora con loro; stava aggrappata a Suzanna, che faceva del suo meglio per distrarre e tenere pulita la piccola. La sorella di Kasia era stata separata dal gruppo; il loro addio era stato straziante. La bambina aveva pianto a dirotto finché uno dei soldati dell'Armata Rossa dall'alito fetido aveva avvicinato la faccia al viso di Suzanna, ammonendola che avrebbe fatto meglio a far star buona la mocciosa. Suzanna aveva circondato la bambina con le braccia e l'aveva consolata mentre superavano dei lunghi alberi. Peter stabilì che quelle ragazze erano coraggiose, ciascuna a modo proprio.

In lontananza si udivano l'ululato dei lupi e il bubbolio dei gufi. I profughi sollevavano il capo all'eco dei versi degli animali nel bosco, con i fusti degli abeti, dei pini e dei larici che torreggiavano su di loro. Il cielo si intravedeva appena attraverso le fitte chiome degli alberi.

Viaggiarono per ore prima che venisse loro comandato di scendere e restare di nuovo dove si trovavano. I deportati rimasero lì per un altro giorno e un'altra notte, fino all'arrivo dei carri trainati dai cavalli. Alle vecchie cavalle da tiro si potevano contare le costole; la fatica annebbiava i loro occhi. Se avesse avuto un fucile, Peter le avrebbe abbattute per pietà. Prese perfino in considerazione la possibilità di provare a convincere uno dei soldati a farlo, un ragazzo della sua età, ma ci ripensò quando vide il modo in cui i sovietici

squadravano la sorella. Suo padre diceva sempre che bisognava scegliere le proprie battaglie. Fino a quel momento, Peter non aveva mai
compreso appieno il significato di quel modo di dire. In precedenza
trovava ironico che in guerra si potessero scegliere le battaglie. Ma
ora l'ironia era stata cancellata dalla faccia della terra. Era tutto semplicemente e assurdamente orribile.

I carri arrancarono oltre, inoltrandosi sempre più a nord. A mezzanotte lo sgangherato gruppo di nemici dello Stato, sorvegliato dai
soldati dell'Armata Rossa, raggiunse l'accampamento.

Vi ci abituerete

I carri si arrestarono con uno scossone. I guardiani gridavano mentre i deportati si avvicinavano all'alto cancello di legno che separava il campo di lavoro dai boschi. Josefina si rianimò di soprassalto, riemergendo non dal sonno vero e proprio ma da un torpore indotto dalla fatica e dalla fame. Esaminò ciò che la circondava. Su un cartello sopra alle porte dell'alto cancello erano scritte delle parole in caratteri cirillici, che Josefina decifrò in un certo slogan relativo al fatto che nell'Unione Sovietica il lavoro fosse un onore e un dovere. Altri deportati erano stati trasportati in quel luogo con vari mezzi sotto una rigida sorveglianza: a piedi, con i carri, sui camion. C'erano uomini, donne e perfino dei bambini, fra cui parecchi dell'età di Kasia o anche più piccoli. Alcuni prigionieri sembravano impazziti, altri parevano sull'orlo del collasso. In un luogo come quello, tutti si controllavano a vicenda. Perfino l'aria sembrava elettrica, carica di sospetto e tensioni. Josefina pensò che il modo migliore per cavarsela fosse di sembrare forte, mai debole o bisognosa, e di unire l'intraprendenza all'astuzia. Ma non intendeva abbassarsi a livelli criminali, così decise di mantenere la bussola morale nella giusta direzione.

Erano stati graziati dalla fortuna: non tutti avevano ancora con sé le proprie cose. Josefina era reticente a credere nei miracoli, almeno finché non fossero sopravvissuti in quel particolare frangente bellico. Sperava che la loro deportazione *fosse* soltanto un frangente, un punto su una linea temporale per il momento ancora imperscrutabile ma che alla fine sarebbe culminata in una vita diversa, in tempi pacifici, in cui sarebbero tornati a uno stile di vita per loro familiare. O per lo meno un'epoca di pace in cui qualcuno riconoscesse l'ingiustizia dell'arresto suo e dei suoi figli per un crimine che non solo non avevano commesso, ma di cui non conoscevano nemmeno l'esistenza. Vista la natura del luogo in cui si trovavano, era un miracolo che lei e i ragazzi avessero ancora i loro zaini, gli scarponi e i cappotti, consumati sì, ma rattoppati con cura. Negli orli degli abiti era cucito del denaro. L'orologio regalato da Julius a Peter per il suo sedicesimo compleanno era nascosto in una tasca segreta che Josefina aveva confezionato nel cappotto, e la fede nuziale era al sicuro nella sua scarpa destra: due reperti di un'altra vita, con un marito di cui non conosceva la sorte. Erano esausti, affamati e spaventati, però non erano ammalati. Nel vagone, l'intraprendenza di Peter aveva alleviato un po' di sofferenza per tutti. Suzanna si era distratta occupandosi di Kasia, ricordando intanto agli altri che era possibile restare umani. Qualcosa era stato loro risparmiato, anche se Josefina non era certa di che cosa si trattasse. Riusciva a malapena a rimanere sveglia quando occorreva stare allerta o dormire quando c'era bisogno di riposare. La fame le aveva ottuso la mente, nonostante si sforzasse di mantenerla limpida.

Dopo l'ordine di smontare dai carri rimasero in piedi al centro di quella che veniva chiamata la *zona,* una vasta porzione di terreno spoglio e pianeggiante su cui erano state costruite delle baracche.

L'amministratore del campo, chiamato colloquialmente lo *zovchoz*, parlava in russo; un altro traduceva le sue parole in polacco. Il sovietico stava ribadendo l'ideologia comunista: il lavoro era la cura per i loro crimini, disse con gravità, "un mezzo di trasformazione". Non lavorare ... Beh, se non si aveva intenzione di trasformarsi, un simile desiderio era considerato sabotaggio e sarebbe stato punito. Mentre parlava, Josefina esaminò il suo volto. Aveva la pelle segnata dal tempo e il suo aspetto non era malvagio, malgrado la propaganda che propugnava loro; proprio a loro, che avrebbero potuto crollare da un momento all'altro. Sembrava il genere di uomo che ci si poteva ingraziare con metodi onesti. Altrimenti, ovviamente, poteva essere il tipo da accettare una mazzetta. C'erano eguali possibilità che arrestasse chiunque tentasse di comprare il suo favore, o che ridesse all'idea che qualcuno dovesse ricevere un trattamento diverso. Nonostante decantasse tutte le virtù dell'Unione Sovietica aveva l'aria stanca, il che, almeno agli occhi di Josefina, gli conferiva una sembianza di consapevolezza. Eppure era difficile continuare a discernere il carattere o le intenzioni degli estranei. Se fosse stata una persona così consapevole, tutti loro si sarebbero trovati fra le lenzuola candide dei letti dell'infermeria, a recuperare le forze dopo essere quasi morti di fame per quasi tre settimane. E invece stava dicendo ai nuovi arrivati, che chiamava *zek,* i prigionieri, che prima di doversi presentare al lavoro avrebbero avuto diritto a tre giorni di riposo.

"Quale sarà il vostro lavoro?" domandò, e si diede subito la risposta. I più forti avrebbero prodotto legname per partecipare alla costruzione della grande e potente Unione Sovietica. I più deboli fra loro avrebbero raccolto le ramaglie. Spiegò che sarebbero stati divisi in squadre, avrebbero dovuto consegnare una quota giornaliera detta "norma", e avrebbero infine ricevuto una razione alimentare corrispondente. Naturalmente tacque il fatto che quasi nessuno si avvicinava neanche lontanamente al raggiungimento delle norme stabilite, e di conseguenza quasi tutti ricevevano da quattordici a diciotto once di "pane" per l'intera giornata e una zuppa molto diluita tre volte al giorno. Disse che il cibo sarebbe stato distrubuito in razioni dette "gavette", variabili in base a quanto ci si avvicinava al completamento della norma. A chi non lavorava adeguatamente, penalizzando la propria squadra e, non bisognava mai dimenticare, l'intero campo, veniva assegnata una gavetta di punizione. Quelle gavette contenevano da dieci a quattordici once di "pane" e un unico pasto di zuppa della più infima qualità. "Lavorate per mangiare," disse, secco. Avrebbero lavorato dalle sei del mattino alle sei di sera. Non spiegò che sarebbero stati svegliati alle 4 del mattino, contati prima del pasto mattutino, che avrebbero marciato nella foresta e poi di nuovo al campo dopo il tramonto, per essere contati di nuovo prima e dopo il pasto serale. Sottolineò però che lo Stato era talmente generoso che li avrebbe dispensati dal lavoro se la temperatura fosse scesa al di sotto dei 60 °C o se fosse loro salita la febbre sopra i 39 °C. Ogni dieci giorni avrebbero avuto diritto a un giorno di riposo; quel giorno si sarebbero lavati, i loro abiti sarebbero stati disinfettati, e avrebbero partecipato a incontri in cui avrebbero appreso delle cose sull'eroico proletariato. I bambini dell'insediamento avrebbero frequentato la scuola. Non si sarebbe praticata alcuna religione, né avrebbero parlato di tornare a casa. *Quella* era la loro casa. La RSSA Mariskaya. La foresta boreale nota come taiga. Dove anche le zanzare e le cimici dei letti morivano di fame. Con i lupi in attesa. Dove il meteo e le condizioni di vita spartane fortificavano gli operosi.

"Non vi preoccupate," disse, "vi ci abituerete." L'interprete aggiunse: "Altrimenti, morirete."

JOSEFINA INTUÌ CHE FOSSE IMPORTANTE garantirsi appena possibile un posto nelle baracche. Avrebbero dovuto sorvegliare con tenacia i loro averi, poiché senza le provviste che erano riusciti a conservare non sarebbero usciti vivi da quel luogo. Avvicinò a sé i figli. Sotto la sua responsabilità si trovava ora anche Kasia che, debole e affamata, stava rannicchiata fra le braccia di Suzanna. Peter era il più abile nel comprendere e parlare il russo, così Josefina lo incaricò del colloquio con lo *zovchoz*. "Peter", disse con voce bassa e sommessa, "prendi questa." Con discrezione, gli spinse in mano una banconota da cento rubli ripiegata, estratta poco prima dall'orlo del cappotto. "Dagliela," sussurrò, "per un giaciglio migliore. Digli . . ."

"Non ti preoccupare, mamma", disse il figlio. "So cosa dire."

Lo *zovchoz* terminò di spiegare le *rezhim*, le regole, e si apprestò ad assegnare a quei nuovi arrivati gli alloggi nelle baracche. Fattosi strada in avanti, Peter prese il primo posto nella fila senza attirare l'attenzione né suscitare proteste. Josefina stette a guardare mentre si rivolgeva all'uomo. In qualunque altro luogo, in circostanze più civili, sarebbe stata raggiante d'orgoglio, ma qui osservò il figlio senza alcuna espressione, distogliendo lo sguardo per non apparire troppo impaziente, troppo prevedibile, troppo disperata. Era soddisfatta: suo figlio stava parlando proprio come avrebbe fatto il padre, con impercettibile fermezza e nondimeno con cordialità. Quando lo *zovchoz* guardò nella sua direzione, Josefina abbassò gli occhi a terra, sperando che quell'uomo la giudicasse una donna modesta. Si scambiarono tuttavia una brevissima occhiata, e in quel momento lui distolse lo sguardo. Peter era riuscito a negoziare per loro un posto migliore nelle baracche.

Migliore, certo, rispetto a condizioni inimmaginabili, ma per Josefina, Suzanna e Kasia *migliore* si tradusse nel piano più alto dei letti a castello nell'angolo vicino alla stufa, in fondo alla stanza, dalla parte opposta rispetto alla porta rudimentale che lasciava entrare la polvere d'estate e, con l'arrivo dell'inverno, il freddo. *Migliore* significava, segno che lo *zovchoz* avrebbe anche potuto essere una persona per bene, l'assegnazione di una rete che li avrebbe protetti dalle zanzare che prosperavano in quella fitta foresta. *Migliore* prevedeva anche un fiasco di kerosene da tamponare sulle assi per tenere lontane le cimici. Infine, *migliore* significava della paglia per foderare il duro tavolato su cui avrebbero dormito. O almeno su cui avrebbero cercato di dormire.

Le cimici tormentavano gli altri deportati alloggiati insieme a loro, almeno in venti nella loro parte di baracca. Gemevano, si grattavano e gemevano più forte, fino al punto di gridare. Uno di loro incominciò a borbottare: così iniziava la febbre della follia, come la chiamava Josefina in privato. E così condivideva il prezioso kerosene con i suoi vicini, un gesto che le fece guadagnare un po' di rispetto e che forse in futuro sarebbe stato ricambiato con un favore, magari in grado di fare la differenza fra la morte e la sopravvivenza. Si distese sulla paglia, con il viso coperto dal quadrato di rete provvisoriamente appuntato con degli spilli a un berretto di lana, un cappello infilato nello zaino tanti mesi prima quando Julius era ancora con loro e vivevano insieme in una stanza a Leopoli. *Sopravvivenza*: Josefina Kohn soppesò quella parola a cui in precedenza non aveva prestato molta attenzione, nonostante il marito le avesse fornito alcune istruzioni pratiche per essere preparati. Lei aveva ascoltato, imparando diligentemente a infilare più roba possibile in un bagaglio piccolo, a portare su di sé le cose necessarie. La prudenza e le spiegazioni di Julius, che a prima vista erano sembrate esagerate, ora si stavano rivelando utili. A Leopoli la sopravvivenza era stata un atto cosciente, che consisteva per lo più nel cavarsela senza farsi notare dall'NKVD, preparandosi nel frattempo mentalmente e fisicamente all'arresto. Prima di allora, a Varsavia e sulla strada, la sopravvivenza era stata un fatto arbitrario: quando cadeva una bomba o arrivavano i nazisti ci si trovava nel posto giusto o in quello sbagliato. Sul treno che li aveva condotti nella taiga la sopravvivenza era stata una sorta di combinazione di fortuna e forza di volontà. Ma lì, in quel campo nella foresta, dove l'inverno sarebbe di certo arrivato più in fretta e sarebbe stato il più rigido che Josefina avesse mai visto, lì la sopravvivenza era una questione materiale. Sarebbe dipesa interamente dalla disponibilità dei mezzi necessari a consumare una quantità sufficiente di calorie e a resistere alle condizioni atmosferiche, ai parassiti e alle malattie che l'esposizione a una situazione del genere avrebbe inevitabilmente provocato. Oltre all'atmosfera deprimente, capace di reclamare il senno delle persone in qualsiasi momento.

Josefina si rese conto che negli ultimi dieci mesi l'unico fattore costante della loro sopravvivenza, ciò che li aveva avvantaggiati ogni volta che le loro vite si erano trovate in bilico, era stato la misericordia altrui. Ripensò ora a quei benefattori: il signor e la signora Kosinski. Vide mentalmente le tazze da tè e i piattini rotti sparsi sul pavimento di quella cucina impeccabile. Josefina si domandò che ne fosse stato della ragazza senza una scarpa nel carro del signor Kosinski e come se la fosse cavata. Il signor Kosinski l'aveva tenuta con sé? Era scappata? Si stavano entrambi nascondendo, feriti; o peggio, erano morti? A Leopoli, la padrona di casa ucraina, benché arcigna e di poche parole, aveva fornito loro una stanza calda e pulita a un prezzo ragionevole. Non li aveva mai denunciati. Eric, Henry e Fred Zehngut avevano condiviso quel poco di Teschen e di buona volontà che avevano portato con sé in esilio senza volere nulla in cambio. Le suore di Brzuchowice, dalle tonache bianche e nere che frusciavano al loro incedere, avevano accolto Ernestyna, la madre di Julius. La gente alla stazione di Leopoli, perfetti estranei con le proprie vite, preoccupazioni e sogni, aveva provato compassione per i deportati e aveva donato le proprie magre razioni di pane, salsicce, sigarette e aspirina. A parte lo *zovchoz*, il cui aiuto era stato comprato, chi li avrebbe aiutati a sopravvivere in quel campo?

Si sistemarono meglio che poterono. Ben presto Josefina cadde in un profondo torpore. Ma prima che il sonno la trascinasse via, promise a sé stessa di non abituarsi mai a quella sottospecie di vita a cui i sovietici erano ormai assuefatti. Una vita a cui si aspettavano che i prigionieri si adattassero, o che ne morissero. *Ce ne andremo da qui*, giurò.

～

I SOGNI OFFRIVANO SCARSO SOLLIEVO. Le ansie represse durante la veglia tornavano a galla, scatenando vividi incubi: in uno, Josefina era rinchiusa in un vagone, completamente sola. In un altro esplodevano le bombe, mentre il treno viaggiava verso oriente. Una fiancata del vagone era completamente aperta, rivelando una dopo l'altra le rovine ancora fumanti di paesaggi urbani e rurali. Quando finalmente il treno si fermava, Josefina si ritrovava a Teschen. La città era intatta; era una bella giornata di primavera, in giro c'era gente, vestita come per un'occasione speciale. Allora Josefina saltava giù dal treno, fuori di sé dalla gioia. Sulla banchina c'erano suo padre e suo fratello Arnold. Milly teneva in braccio la piccola Eva. C'era perfino Helmut, che le andava incontro scodinzolando. Ma non appena si avvicinava ai suoi cari per cercare di salutarli, Josefina si accorgeva che non potevano vederla né udirla perché non era più in vita. Le passavano accanto e allora si rendeva conto di tenere Julius per mano; loro non potevano vederlo, il che significava che anche lui era morto. Cercava di gridare, ma aveva perso la voce. Seguendoli scopriva che si stavano recando a un funerale: quello suo e di Julius.

"Sono partiti da casa in automobile e sono tornati dentro a una cassa", continuava a ripetere suo padre.

"No, papà", cercava di dire, "sono qui!" Ma le parole le rimasero intrappolate in gola, e tossì così forte che si svegliò.

Nell'immediato, Josefina era sicura di essere a casa, e che il respiro accanto a lei fosse quello di Julius. Poi realizzò che addormentate al suo fianco c'erano Suzanna e Kasia, rannicchiate così strette da sembrare un unico corpo. Josefina afferrò con esattezza dove si trovasse e come ci fosse finita. La delusione provocò in lei un dolore tale da minacciare di consumarla. *Fa' pure*, si disse quando non poté più arginare la sofferenza che la opprimeva, *piangi forte, piangi a lungo. Ma questa è l'ultima volta che versi le tue lacrime.*

Contare la propria fortuna

L'ESTATE CEDETTE IL PASSO ALL'AUTUNNO, con le sue notti e mattinate gelide. L'autunno era breve in quelle terre: incominciava con le piogge e il pantano e terminava con i venti novembrini, forieri d'inverno. Josefina e i ragazzi avevano avuto la fortuna di arrivare quando nella foresta c'erano ancora frutti di bosco in abbondanza, e di saper riconoscere i funghi commestibili, altrettanto copiosi. Avevano avuto l'enorme fortuna di avere delle calzature adatte, di non essere troppo affamati e di trovarsi in condizioni di salute relativamente buone. Nessuno era preparato quando arrivò l'inverno, nemmeno gli *zek* abbastanza fortunati da avere cappotti e scarponi. Il lavoro proseguiva come sempre, anche se i detenuti erano esonerati dall'attività e dall'uscire all'aperto se la temperatura scendeva sotto i 51 °C sotto zero. I prigionieri erano afflitti dalle malattie. L'assistenza medica, i farmaci e le scorte erano in gran parte assenti.

Peter era in forma, benché non avesse mai svolto alcun lavoro di fatica. Come il padre, anche lui era un eccellente nuotatore, un esperto tuffatore e giocava a tennis. Sciava come la madre. Faceva escursioni, si arrampicava sugli alberi e andava in bicicletta. Tranne che per le tre settimane di viaggio verso il campo, fin dalla frettolosa partenza da Teschen aveva conservato l'abitudine di svolgere gli esercizi di callistenia quotidiani. A Leopoli, sebbene alcuni alimenti non fossero più abbondanti, si riusciva a mangiare se non bene almeno a sufficienza. Prima che lo arrestassero, Julius aveva preso da parte il figlio per raccomandargli di restare in forze.

"Se i russi dovessero farti prigioniero," aveva detto il padre, "è meglio che tu abbia la pancia piena."

Peter aveva annuito con solennità. Seguendo il consiglio del padre, aveva approfittato ogni volta che c'era da mangiare. Voleva essere il miglior figlio e fratello possibile. I mesi a Leopoli gli erano serviti di prova. Aveva continuato a nutrirsi, a esercitarsi e a non abbassare la guardia. Aveva appreso la lingua dei nuovi amministratori della città e osservato il comportamento dei soldati del nuovo regime. Dopo che il padre era stato portato via aveva vigilato sulla madre, sulla nonna e sulla sorella. La cosa forse più importante era che Peter aveva imparato a scegliere le sue battaglie, ad ascoltare senza dar l'impressione di origliare, a parlare senza fornire troppe informazioni e a valutare le conseguenze delle sue azioni in una prospettiva più strategica possibile.

Ma la vera sfida, quella che avrebbe messo alla prova le sue abilità intellettuali e fisiche, non si sarebbe svolta in autunno, in estate o in primavera, nell'ex Polonia, bensì d'inverno, lì, nel folto della taiga, nel campo adibito a segheria della RSSA Mariskaya. Lì il lavoro principale consisteva nella raccolta del legname. Peter avrebbe avuto l'opportunità di dimostrarsi il migliore. Per fortuna sembrava andare a genio al capo della sua squadra, tal Vladimir Antonovich. Molti anni più tardi, Peter pensò che potesse aver notato la sua sete di eccellenza, una qualità che lui a sua volta avrebbe osservato nei propri figli.

Durante il suo primo giorno al campo, il caposquadra aveva preso da parte Peter. "Sei molto forte," aveva detto l'uomo, "forse abbastanza forte da superare la norma. Più cibo per te. Tanto meglio per tutto il campo."

A luglio, durante il suo primo giorno nella foresta, nel folto del bosco, Peter aveva preso nota delle varietà arboree: prevalentemente pini e abeti, ma anche betulle e, più raramente, olmi e querce. Fra i soggiorni nei monti Beschidi, dove andava a sciare, passeggiare e raccogliere funghi e frutti di bosco con la famiglia, e le gite con i compagni di scuola nelle foreste orientali della Polonia, Peter aveva sviluppato l'occhio per cortecce e aghi, pigne e foglie, linfe e resine. Aveva fatto caso ai punti dove spuntavano i funghi. C'era molto muschio, del tipo da ardere nelle comete, i fornelli trasportabili che il padre aveva insegnato loro a fabbricare. C'erano addirittura alcune varietà di muschio commestibili. Gli aghi di pino, ricchi di vitamina C, avrebbero rappresentato una parte importante della loro dieta. Le zanzare erano un problema, ma la madre gli aveva fissato al berretto di lana un po' di rete da abbassare sul viso. Peter sapeva che gli altri *zek* desideravano la sua roba, e per placare la loro invidia lavorava duramente, rispettava i più anziani e quando poteva aiutava chi ne aveva bisogno.

In quel campo i prigionieri erano incaricati di abbattere principalmente gli alti pini silvestri, che servivano in tutta l'Unione Sovietica come pali del telegrafo e in seguito del telefono. Ciascuna squadra era composta da diversi gruppi: due uomini tagliavano quegli alberi imponenti con una sega ad arco. Un altro gruppo scalzava i ceppi rimasti con i badili. Un altro ancora era incaricato della sramatura. Gran parte degli attrezzi utilizzati dagli uomini era danneggiata, in cattive condizioni o rotta, il che rallentava e talvolta impediva perfino il lavoro, oltre a provocare incidenti. Un'altra squadra formata da donne raccoglieva, smistava, legava in fasci e caricava i rami spiccati. Gli alberi abbattuti venivano trasportati in due modi: spingendoli, un lungo tronco alla volta, o tirati da alcuni gruppi di due o tre uomini con catene di metallo fatte passare intorno ai fusti sinuosi, sotto cui venivano infilati dei pali per far rotolare i giganteschi tronchi. Le catene, molte delle quali avevano anelli arrugginiti, si rompevano spesso, talvolta provocando incidenti fatali. Lunghi furgoni trasportavano il legname fino a una base vicino ai binari della ferrovia. Lì altri prigionieri andavano a impilare i tronchi in una struttura che lasciasse circolare l'aria per asciugarli. I giganteschi tronchi venivano impilati in cataste alte sei piedi. Una volta terminate le dodici ore di lavoro, tutti i prigionieri tornavano al campo a piedi.

DOPO I PRIMI GIORNI DI lavoro nei boschi, Peter era esausto come mai prima di allora. La madre e la sorella erano diligenti e facevano del loro meglio. Benché nessuna delle due si lamentasse, Peter sapeva che non potevano andare avanti a quel ritmo né con quel tipo di lavoro. Entrambe stavano dimagrendo in fretta. Avevano le mani irruvidite dalla raccolta e dalla legatura delle ramaglie (Josefina aveva insistito affinché risparmiassero i guanti per il freddo imminente). Davano l'impressione che bastasse un colpo di brezza per farle cedere. Al sopraggiungere dell'inverno, tutti sapevano che le cose non sarebbero che peggiorate. E la piccola Kasia era molto debole. Dispensata dal lavoro per la tenera età, dipendeva dagli altri affinché la nutrissero, il che significava condividere razioni preziose già insufficienti a sostentare una sola persona.

Il primo giorno libero dal lavoro, Peter si avvicinò a Vladimir Antonovich, il suo caposquadra, per fargli una proposta. Disse all'uomo più anziano di possedere un po' di soldi, che potevano servire per l'acquisto di qualche attrezzo nuovo o per comprare almeno il necessario con cui riparare ciò che avevano. Una volta ottenuta un'attrezzatura adeguata, il capo avrebbe guidato la squadra nella sfida del superamento della norma, per diventare uno stacanovista, come dicevano i sovietici. Nell'agosto del 1935, Aleksej Grigorievich Stachanov era diventato famoso per aver estratto 102 tonnellate di carbone, equivalenti a quattordici volte la norma, in meno di sei ore. La sua prodigiosa produttività aveva dato origine al movimento stacanovista, una competizione diffusa negli insediamenti, nelle fabbriche e nei campi di lavoro correttivi, che garantiva elevate rese produttive. Al di là della gloria di restituire qualcosa all'Unione Sovietica, Peter aveva scoperto che il premio consisteva in un aumento della razione alimentare da quasi nulla a fra ventisei e quarantadue once di pane, zuppa e semolino, oltre a pesce o un panino bianco per la sera.

Vladimir Antonovich sorrise. "Sei intraprendente, Piotr Ilyich," disse, chiamando Peter con il suo nome russo. "Grande iniziativa. Vieni, lascia che ti mostri una cosa."

Condusse Peter al capanno degli attrezzi e ordinò alla guardia di aprire. All'interno erano sparsi tutti gli utensili a disposizione del campo, insieme a un'accozzaglia di pezzi di ricambio, manici, lame, dadi e bulloni.

"Riorganizza questo guazzabuglio e aggiusta quel che puoi", disse Vladimir Antonovich. Promise che, se necessario, sarebbero andati a Yoshkarola, la capitale della Mariskaya, per comprare degli attrezzi nuovi. "Tieniti i soldi per ora," disse il caposquadra.

All'interno sembrava come se il capanno fosse stato rovesciato sottosopra diverse volte, ma Peter non lasciò trapelare la sorpresa. Sebbene non avesse mai condotto una negoziazione con un adulto, men che mai in una lingua straniera e con un caposquadra in un campo di lavoro sovietico, aveva osservato il padre quando si occupava di affari. Sapeva di dover mantenere un'aria inespressiva ma attenta, e al tempo stesso parlare con un tono di voce fermo e deciso. Non doveva sembrare debole, doveva però mostrarsi equo, generoso perfino.

"Forse al cittadino capo Vladimir Antonovich farebbe piacere assegnare un lavoro di cucito a mia madre e a mia sorella," suggerì Peter prima che il caposquadra si allontanasse. Prestò attenzione a non commettere l'errore di chiamare il caposquadra *compagno*, che ai prigionieri non era permesso. "Sono tutte e due abili sarte, cittadino capo," spiegò. Avrebbero potuto confezionare qualsiasi cosa, comprese imbottiture nuove per stivali e cappotti, rivestimenti per i materassi di paglia e fodere per i cuscini. Sapevano rammendare i calzini e gli abiti strappati, oltre a ricamare. Sua madre aveva perfino del filo di seta. Con l'arrivo dell'inverno, disse Peter, se tutti i membri della squadra fossero stati più al caldo, forse dopotutto *sarebbe stato possibile* superare le quote di produzione. La sorella si sarebbe anche occupata dei bambini piccoli e avrebbe pulito gli alloggi del comandante. Così sarebbe stata al sicuro da quegli uomini nel campo che non badavano alla virtù di una giovane. E se al comandante avesse fatto piacere, sua madre avrebbe anche potuto cucinare per lui.

Vladimir Antonovich rispose con una profonda risata. Peter sentì il viso avvampare, ma non abbassò lo sguardo.

"*Davvero* intraprendente!" disse l'uomo.

SUZANNA ERA PREOCCUPATA PER KASIA, che si era fatta chiusa e taciturna. Benché la bambina avesse paura di restare sola, non c'era alternativa: durante il giorno doveva rimanere nella baracca. L'appello mattutino si teneva alle quattro. Prima di uscire per mangiare e andare a lavorare, Suzanna raccolse intorno alla bambina un piccolo nido con la paglia del "materasso". Avrebbe voluto avere un libro o una matita e un foglio di carta da dare a Kasia. Invece raccomandò alla bimba di restare a letto. Le diede una bambola rudimentale fatta con un fazzoletto vecchio e un po' di paglia del giaciglio. Poi Suzanna infilò nella tasca del cappotto della bambina una porzione del suo pane della sera prima e un prezioso cubetto di zucchero sottratto alle scorte nel suo zaino, sempre più scarse.

"Torno più tardi," sussurrò all'orecchio di Kasia. "Promesso".

I prigionieri mangiavano nella *stolovaya*, un grezzo refettorio dai muri disadorni, senza nemmeno l'onnipresente ritratto di Joseph Stalin, visibile nella maggior parte dei luoghi istituzionali in tutta l'Unione Sovietica; ciò nonostante, Suzanna non ne vide uno ancora per diverso tempo. E quando finalmente vide le fotografie di Stalin, si sentì confusa. Com'era possibile che una persona con l'aspetto di un nonno paziente agisse con tanta indifferenza nei confronti dell'umanità del proprio popolo?

Il primo "pasto" della giornata consisteva in una zuppa acquosa e in un'insoddisfacente razione di quello che chiamavano "pane," una poltiglia nera, acida e fradicia, impastata alla svelta e non abbastanza cotta. Nonostante la colazione non fosse una questione di piacere, i prigionieri si attardavano sulle panche il più a lungo possibile per stare seduti anziché in piedi. D'inverno si fermavano più che potevano nel tentativo di stare al caldo. Dopo mangiato era loro permesso di visitare la latrina, se non si erano già serviti della *parasha,* il secchio ripugnante presente in ogni baracca. Poi li facevano schierare fuori dalle baracche per l'appello; li contavano, spesso li ricontavano, e poi via, in marcia per andare a lavorare. La sera quando tornavano venivano contati di nuovo, anche due volte. Ricevevano di nuovo da mangiare ed era loro concessa un'ora per circolare. Poi li contavano ancora e venivano congedati per rientrare alle baracche. A volte li radunavano fuori per essere ricontati, anche dopo che si erano già sistemati nelle cuccette.

La madre aveva detto di non parlare di nulla in particolare con le persone che non conoscevano. Non sapendo bene che cosa dire, Suzanna se ne stava per conto proprio, ma poteva avvertire su di sé lo sguardo degli altri prigionieri. Era alta, il suo portamento impeccabile, frutto di anni di lezioni di pianoforte, sci e dell'esempio della madre. Sembrava più grande della sua età e forse anche più rozza con quel taglio di capelli corto e gli abiti da maschio che indossava a strati. E benché la modestia impedisse a Suzanna di considerarsi carina, a dispetto dei capelli rasati e nonostante la sua freschezza sbiadisse in fretta, era decisamente graziosa.

Al lavoro, Suzanna era affiancata da una giovane mari di Ufa di nome Natalia. Era poco più grande di Suzanna e poco più piccola di Peter. Arrestata per chissà quale violazione dell'articolo 58 del codice penale sovietico relativo alle attività controrivoluzionarie, la ragazza era stata condannata a cinque anni di lavoro correttivo. Più bassa di Suzanna, Natalia era anche più piatta e muscolosa. Indossava sul capo uno scialle dai motivi sgargianti. Sotto, al posto dei capelli, aveva il cranio ricoperto da uno strato di lanugine castano chiaro.

"Sono stata nella prigione di Kazan," aveva raccontato Natalia a Suzanna in un russo dalla forte inflessione. "È lì che mi hanno rasato la testa".

Suzanna voleva dire alla ragazza più grande che a lei avevano tagliato i capelli a Leopoli, quando la nonna era ancora abbastanza lucida da suggerirlo. Poi però si ricordò dell'esortazione della madre a stare attenta a ciò che rivelava agli altri.

"Ti dona," le disse invece. La ragazza mari sorrise. Le mancavano già parecchi denti. Ma il calore del suo viso non era soltanto genuino: era qualcosa di cui Suzanna aveva un disperato bisogno. Le mancava la benevolenza dei volti cordiali. E a casa a Teschen conosceva molti che le rivolgevano spesso un sorriso e un'espressione affettuosa.

Natalia era snella, forte e abile nell'assemblaggio e nel trasporto di fasci di ramaglie tagliate dagli alberi abbattuti. Suzanna era brava a legarli saldamente e in fretta. Lavoravano insieme, per lo più in silenzio. Al pasto di metà giornata, composto da un'altra razione di pane e da una brodaglia di grano saraceno, si sedevano su un ceppo ancora da scalzare.

"La bambina che sta con te è tua sorella?" aveva chiesto Natalia. "Kasia?" Suzanna scosse il capo, masticando minuziosamente l'ultimo boccone di pane.

La ragazza mari proseguì. "Tua figlia?!"

Suzanna sorrise. "*Niet, niet,*" disse, "no". Stava per ridacchiare, ma non voleva attirare l'attenzione del capo della squadra femminile che, benché giusta, era severa e ferrea.

Prima che Suzanna potesse spiegare come Kasia fosse finita sotto la sua custodia si erano rimesse all'opera: raccogliere, legare e trasportare i rami appuntiti, raccogliere, legare e trasportare, ancora e ancora, finché perfino i più timidi sorrisi che si erano scambiate l'un l'altra avrebbero richiesto uno sforzo eccessivo. A fine giornata si eseguivano i conteggi del lavoro dei prigionieri. Nonostante fosse rimasta di nuovo indietro, la squadra di Suzanna rientrava ancora nell'intervallo per la gavetta minima prima della razione di punizione. Soltanto una squadra si era avvicinata al raggiungimento della quota di produzione, quella di Peter.

I detenuti arrancarono fino al campo. Il sole proiettava ombre teatrali attraverso i boschi, e Suzanna comprese la ragione per cui si potesse considerare sacro un boschetto d'alberi, come le aveva spiegato la ragazza mari alcuni giorni prima. Dopo l'appello e prima di mangiare era concesso un ultimo passaggio alla latrina, seguito dalla zuppa serale e da un altro appello, per trascinare infine i propri passi fino alle baracche e al letto. Spesso gli uomini saltavano la sosta alla latrina per mettersi direttamente in fila per il cibo. Più si risaliva la fila, prima si arrivava al pentolone della zuppa e maggiore era la probabilità di ottenere un po' del grasso che galleggiava in superficie.

Natalia era irrobustita da una vita di duro lavoro all'aperto. Veniva da un mondo scandito dai ritmi naturali: la nascita degli animali primaverili, semine e messi, caccia e raccolta. Aveva familiarità con la vita del bosco: piante e funghi medicinali e commestibili; le abitudini delle selvagge creature silvestri; come ripararsi dalla tempesta; dove trovare il miele e come raccoglierlo. I suoi zigomi alti, evidenziati dalla grande magrezza, facevano parte del suo fascino, consumato ma un tempo fuori dall'ordinario. Ad eccezione dello scialle che portava sul capo Natalia indossava gli stracci della prigione. Nelle carceri sovietiche era obbligatorio scambiare i propri vestiti con indumenti macchiati, strappati e infestati da pidocchi. Suzanna non avrebbe mai domandato a Natalia come avesse fatto a tenersi lo scialle; non riusciva a immaginare di non ottemperare agli ordini delle guardie dell'NKVD. La mamma avrebbe potuto disobbedire. Anche il papà e Peter. Ma lei non ci si vedeva a dir di no all'autorità, tanto meno se armata e così volubile. Prima della guerra non aveva mai visto la violenza personale a cui aveva assistito negli ultimi dodici mesi: quella della Gioventù hitleriana, dei nazisti, dell'NKVD e dei soldati dell'Armata rossa. Ma ciò che la sbalordiva di più era quanto i sovietici fossero ormai abituati a simili maltrattamenti. Si aspettavano l'arresto. Chiunque veniva arrestato o deportato: ucraini, lituani, tedeschi, polacchi, ebrei, popolazioni tribali indigene, poeti, economisti, medici, avvocati, agricoltori, contadini, criminali incalliti. Perfino l'eroico proletariato o i comunisti di lunga data finivano nei campi. Nessuno era al sicuro dalle denunce o da un probabile arresto, dalla tortura, dalla deportazione. I campi di lavoro venivano considerati educativi; dopo aver scontato la pena comminata, se ne usciva come cittadini sovietici "rieducati", pronti a partecipare alla vita collettiva. Suzanna aveva inoltre udito le storie di Natalia e di altre prigioniere, racconti di orribili abusi e sevizie, cose che cercava inutilmente di dimenticare. Era terrorizzata di poter subire simili brutalità, e pregava di avere il coraggio di tenere duro se le fosse accaduto.

Natalia, una ragazza non molto più grande di Suzanna, quel coraggio lo aveva; ecco perché possedeva ancora il suo scialle. Ne conosceva il valore di oggetto indispensabile: lottare per tenerlo era ciò che il papà chiamava una battaglia che valeva la pena di combattere. Lo scialle era spesso e molto grande, della taglia di una piccola coperta, una delle sue numerose funzioni. Avvolto intorno al viso serviva a proteggere dalle zanzare e dai moscerini; intorno al collo a evitare il mal di gola; sul capo a tenersi caldi. Natalia avrebbe potuto usarlo per fasciare una ferita a un braccio, o per trasportare oggetti. Forse più di tutto il resto, con i suoi rossi, rosa e bianchi che spiccavano contro il grigio dell'uniforme stracciata e il pallore della pelle, il tessuto mari colorato serviva a ricordare che Natalia veniva da un altro luogo e da un'altra realtà.

"Il tuo scialle è molto bello," aveva detto delicatamente Suzanna. *La bellezza ci dona speranza*, aveva pensato.

Natalia aveva sorriso con quel misto dolce e amaro di chi ricorda con affetto una persona che non c'è più. "Era di mia mamma".

LE DUE RAGAZZE, L'UNA OCCIDENTALE, l'altra orientale, sorbivano la zuppa sedute sulla dura panca di legno a uno dei tavoli nella *stolovaya*. Suzanna passava in rassegna tutte le cose che le erano dovute capitare affinché incontrasse una ragazza come Natalia in un luogo come quello. Si sarebbero mai incontrate se non ci fosse stata una guerra, e se la sua famiglia non fosse fuggita a oriente e poi non fosse stata deportata? O se non fosse stata un'ebrea nata in Polonia da genitori che parlavano il tedesco? Come avrebbero differito le cose se Natalia non fosse provenuta da una famiglia che parlava il mari orientale? O se non ci fosse mai stata la Rivoluzione russa, e se i sovietici non avessero pensato di "rieducare" i popoli dei territori mari e oltre? Suzanna pensò a Joseph Stalin, l'uomo il cui nome tutti i russi temevano di pronunciare, pena essere denunciati per aver detto qualcosa che solo un nemico dello Stato avrebbe potuto dire. E se invece nella vita avesse fatto il poeta, il fabbro o l'ortolano? Suzanna si rese conto che la storia e la vita di ciascuna persona si intersecavano per vie minute, quasi impercettibili.

Le sue fantasticherie furono interrotte dalla chiamata all'appello. Si alzò da sedere per dirigersi con agli altri verso la porta e poi fuori, dove rimasero in piedi per farsi contare, prima di essere congedati per tornare alle baracche. Viene contato tutto, pensò Suzanna: la quantità di pane e zuppa che mangiavano, le ore di sonno, di lavoro e di ricreazione, la mole di lavoro svolta, le possibilità di far sosta alla latrina, quanto si lavassero, il peso consentito dei colli ricevuti, il numero di lettere che era possibile spedire, i gradi di febbre o della temperatura esterna che li esoneravano dal lavoro, gli anni della loro condanna.

Suzanna attese, in piedi. Potevano contare quanto volevano. Importava soltanto una cosa: la fede che un giorno avrebbero lasciato quel posto orribile, alla faccia di tutti quelli che consigliavano di *farci l'abitudine*. Aspettando che chiamassero il suo nome, Suzanna giurò che avrebbe contato tutt'altro quando non fosse più stata una *zek*, una prigioniera dell'Unione Sovietica. Avrebbe contato i petali di una margherita, le stelle nel cielo buio, le note di una notturna di Chopin, i passi dal letto alla cucina. Avrebbe contato i propri figli, nipoti e pronipoti. Raggiungendo la baracca dopo che la guardia ebbe chiamato il suo numero, Suzanna stabilì che non avrebbe mai avuto bisogno di tenere il conto di quanto fosse fortunata, perché la sua fortuna sarebbe stata così grande da non poter essere contata.

Vento d'inverno e lupi

KASIA GEMETTE E SI AGITÒ. Suzanna fu destata dal suo mugolio. Il gelo offuscava la finestrella accanto al loro letto. Fuori, la luna piena nel cielo perfettamente limpido rifletteva il suo bagliore sulla *zona* innevata e dentro alle baracche. Più in là, le ombre degli alberi erano squassate con violenza dal vento che scuoteva porte e finestre, fischiando attraverso ogni crepa dei muri. Piccoli mulinelli di neve si sollevavano dal terreno come nuvole di zucchero filato. Dalla posizione della luna nel cielo Suzanna giudicò che potessero essere le tre, forse le tre e mezza del mattino. Tastò la fronte di Kasia: scottava.

"Mamma," chiamò sottovoce Suzanna.

Josefina inspirò profondamente e si schiarì la gola.

"Mamma, ha la febbre molto alta".

Josefina si puntellò su un gomito. Allungò una mano per sentire la fronte di Kasia. Disse a Suzanna che la bambina poteva avere anche 40 gradi di febbre. Ma a quell'ora nessuno era sveglio oltre ai soldati sulla torretta di sorveglianza. E nessuno sarebbe stato così folle da provocarli cercando di attraversare la *zona* per raggiungere l'infermeria nel cuore della notte.

Suzanna prese Kasia fra le braccia e le tamponò il sudore dalla fronte con una manica. Ora la bimba tremava e si lamentava sommessamente. Aveva le labbra così secche che Suzanna pensò di poterne udire il rumore mentre si spaccavano.

"L'aspirina," disse la madre. "Ne hai ancora nel tuo zaino?"

Non ne aveva più. La mamma si sedette per mettersi a frugare più silenziosamente possibile fra le sue cose. Non ne trovò. Non si poteva fare granché se non consolare la piccola e aspettare.

Kasia bisbigliò qualcosa che né Suzanna né sua madre furono in grado di distinguere. La mamma pensò che la bambina farfugliasse cose prive di senso. Ma a Suzanna sembrò che Kasia dicesse *vento d'inverno e lupi*. La febbre la faceva delirare. Suzanna la cullò, premendo di tanto in tanto con delicatezza una manica sulla fronte della bimba. Kasia tremava violentemente, bisbigliando con una strana voce roca.

La sveglia, di solito un martello percosso contro un pezzo di binario appeso vicino agli alloggi delle guardie, avrebbe suonato dopo circa un'ora, e poi forse avrebbero potuto portare la bambina in infermeria. Fino ad allora, Suzanna fece del suo meglio per tenerla al caldo. Quando qualcuno si ammalava era difficile che si riprendesse. Diverse donne della sua squadra e della sua baracca si erano già ammalate di polmonite; erano andate in infermeria e non erano più tornate. L'unica persona che Suzanna conoscesse a essere sopravvissuta a una malattia era Natalia, la ragazza mari. Preparava dei medicinali con le cose che raccoglieva nel bosco. Forse avrebbe potuto aiutarla. Ma per chiedere il suo aiuto bisognava aspettare che fossero tutti svegli.

Una delle numerose regole non scritte vigenti nelle baracche riguardava il riposo. Molte cose impedivano di riposare bene: i parassiti; gli incubi che facevano rabbrividire e piangere o lasciavano le persone tremanti in un bagno di sudore freddo; la pancia vuota e mai appagata; e un dolore persistente e diffuso in tutto il corpo provocato dalla fame, dal freddo, dalla paura e dalla fatica. Per non parlare delle giornate di lavoro, a volte senza fine perché la manodopera del campo doveva soddisfare quote di produzione impossibili. Suzanna e Josefina erano fortunate. Superando regolarmente la norma, Peter era riuscito a negoziare a loro favore. A gennaio erano stati loro assegnati mestieri cosiddetti "leggeri", ambìti da tutti i prigionieri, che comprendevano compiti di segreteria e cucina o altri lavori che non richiedevano di faticare duramente.

Grazie all'abilità nel cucito, Josefina era presto diventata una delle caposarte del campo; riparava gli abiti laceri degli *zek*, rammendava loro i calzini e ricamava i numeri dei prigionieri sulle giacche e sui cappotti. I corredi da cucito preparati da Helenka alla vigilia dell'esilio dei Kohn, aghi robusti di acciaio inossidabile e una serie di fili, divennero uno dei loro beni più preziosi. Suzanna lavorava nella lavanderia del campo. Aiutava la madre con qualche lavoro di cucito. Sbrigava commissioni varie per Olga Ivanovna, la donna al comando della loro squadra. Fra queste c'erano fare la fila all'arrivo della posta per ritirare le lettere o i pacchi destinati ai membri della sua squadra; riparare l'imbottitura delle giacche, stendere ad asciugare i panni nell'apposito capanno e ritirarli. Faceva tutto ciò che la caposquadra le chiedeva, senza lamentele né smorfie.

Suzanna aveva la sensazione di piacere a Olga, ma che questa non fosse capace di ammetterlo né di mostrare alcun segno di gratitudine. Immaginò che ai capisquadra toccasse comportarsi così. Essere duri ma ben disposti. Una mattina, mentre Suzanna strofinava il pavimento delle baracche mormorando un motivetto, Olga era entrata per recuperare un berretto prima di partire insieme alle altre donne per andare a lavorare nella foresta.

Si era piantata di fronte a Suzanna. "Ero una violinista, una volta," aveva detto la donna russa. "Non sono vecchia come sembro".

Suzanna aveva concentrato l'attenzione sul pavimento e aveva risposto senza smettere di strofinare. "Cittadina capo," aveva detto alla donna, in un russo distinto anche se non impeccabile, "non sembrate vecchia, avete un aspetto forte e vigoroso".

La risata di Olga Ivanovna era appena accennata. Scorgendola per un istante con la coda dell'occhio, Suzanna aveva notato che la donna più anziana sorrideva lievemente. Dopo un momento Olga aveva domandato se la melodia fosse di Chopin. Era una delle mazurche, aveva risposto Suzanna.

KASIA MUGOLÒ, RIPORTANDO SUZANNA ALLA realtà di quella mattina e alle sue difficoltà che, come tutte le dure prove che l'avevano preceduta e l'avrebbero seguita, lei e la madre erano costrette a superare con risorse davvero esigue. Avevano ancora un po' di tempo per dormire. La mamma si era ritirata sotto le coperte. Suzanna sospettava che si fosse già addormentata.

"Ssh," sussurrò, cullando la bimba fra le braccia finché non si assopirono entrambe. In uno di quei sogni frenetici che arrivano la mattina presto dopo aver dormito molto poco, Suzanna si ritrovò a Teschen, a casa, al 10 di via Mennicza. Sapeva, con la consapevolezza dei sogni, che nulla era reale. Era nella sua camera da letto. La finestra era aperta e l'aria della sera la rinfrescava gradevolmente. Helmut scodinzolava sulla soglia, segno che la mamma era nei paraggi. Helenka sedeva accanto al letto di Suzanna. Aveva il cappotto e indossava i guanti e un cappello. Il suo portafogli, un enorme oggetto di cuoio, giaceva sul pavimento. Helenka aveva pianto, ma in quel momento stava raccontando una storia a Suzanna. Tirava su col naso e la congestione smorzava le sue parole.

Suonò la sveglia, destando le donne nelle baracche e strappando all'istante Suzanna dal sogno. Alcune donne gemettero, altre sbadigliarono. Ben poche scendevano dal letto senza emettere qualche suono: brevi borbottii, sbuffi, o si fregavano le mani. A tutte brontolava o gorgogliava la pancia. Le donne facevano presto a vestirsi dato che andavano a letto con calzoni, maglioni e cappotti addosso, se li avevano, perciò si limitavano a risistemarsi gli abiti e a infilarsi i *valenki*, gli stivali di feltro alti fino al ginocchio indossati da tutti gli *zek*. Kasia, ancora febbricitante, fu percorsa da uno spasmo. Reggendola, Suzanna le tamponò dalla fronte il sudore che sapeva di malaticcio. La mamma stava già scendendo dal loro posto nel letto a castello per salutare la caposquadra Olga Ivanovna.

"Cittadina capo," disse la madre, "la ragazzina, Kasia, è molto malata. Chiedo il permesso di portarla in infermeria".

Tutte le donne udirono la domanda della mamma. Si voltarono tutte insieme per alzare lo sguardo in direzione di Suzanna e della bambina ammalata. I loro occhi si inchiodarono sulla piccola come un'accusa. Nel campo la vulnerabilità alle malattie infettive era molto elevata. C'era il rischio di morire di febbre.

"Su, su," bisbigliò Suzanna cullando Kasia.

"Puoi portare la bambina in infermeria dopo l'appello," rispose Olga Ivanovna.

Se non fosse stata una ragazza obbediente che non sfidava mai l'autorità degli adulti, Suzanna avrebbe sospirato contrariata. Ma un sospiro al momento sbagliato in una mattina d'inverno, specialmente davanti a tutte le donne della baracca, avrebbe avuto come unico effetto di irritare Olga Ivanovna. Dopotutto quella donna era responsabile del benessere e della disciplina di tutta la squadra. Suzanna, sua madre e Kasia facevano parte di quella squadra, anche se lei e la mamma erano privilegiate dai loro lavori leggeri e Kasia non lavorava affatto. Per via della speciale assegnazione di mestieri poco faticosi erano loro garantite gavette più grandi, e poiché i loro compiti si svolgevano all'interno del campo erano più protette dalle intemperie. Eppure con quei lavori tanto ambiti erano soggette a una specie di isolamento perché erano disprezzate dalla maggior parte delle altre *zek*.

Per questa ragione Suzanna non sospirò per la contrarietà o l'esasperazione; evitò di mostrare il panico o la paura. Ma dentro di sé, dove nessuno poteva vedere o ascoltare, poteva pensare ciò che preferiva, anche se non poteva esprimere i suoi pensieri o i suoi sentimenti. *Kasia ha davvero bisogno di andare subito dal medico*, pensò. *È evidente.*

Non che il medico aiutasse, né *potesse* aiutare granché. Aveva pochi farmaci a disposizione e di solito i letti dell'infermeria erano tutti occupati. Il suo lavoro, come quello dell'unica infermiera che lavorava con lui, consisteva principalmente nell'assistere i moribondi. Ma almeno, pensò Suzanna, in infermeria Kasia avrebbe potuto riposare in un vero letto, molto più al cado, e avrebbe mangiato zuppa bollente. L'allontanamento dalle baracche avrebbe anche ridotto le possibilità che altri si ammalassero.

"Grazie, cittadina capo," disse Josefina.

Natalia, vestita e pronta per la colazione, si era avvicinata al loro letto e si arrampicò per vedere la bambina, che ora sudava freddo, tremando e rabbrividendo fra le braccia di Suzanna.

"La tengo io mentre ti vesti," disse a Suzanna.

Suzanna si infilò velocemente il cappotto e i *valenki*, riconoscente per la gentilezza dell'amica.

"Se solo facesse un po' più caldo," disse Natalia.

Senza bisogno che aggiungesse altro, Suzanna comprese che Natalia aveva un brutto presentimento sulla malattia di Kasia. Quasi nessuno sopravviveva se si ammalava d'inverno. Ma ora, in quel momento, poteva fare una buona azione. Frugò nello zaino per estrarre l'ultima zolletta di zucchero, che spinse nella mano di Natalia. Dopo l'appello, Suzanna sarebbe andata in infermeria e poi avrebbe fatto il bucato, avrebbe pulito le stanze dei direttori del campo e avrebbe sbrigato le faccende per Olga Ivanovna. Avrebbe trascorso la giornata entrando e uscendo da locali riscaldati. Natalia sarebbe andata a lavorare al freddo nei boschi.

Nella sua baracca, Peter infilò gli scarponi di cuoio sopra i *valenki*. Come tutte le mattine d'inverno, il freddo era . . . Beh, perché tentare di descriverlo? Era come una seconda pelle e perciò impossibile da sconfiggere. Tutta l'attenzione era rivolta alla ricerca del calore. Dopo aver allacciato gli scarponi si mise il cappotto, in cui l'imbottitura fornita dal campo era cucita con i punti fitti e precisi della sorella. Peter si avvolse le mani in uno strato sottile di stracci e poi infilò i guanti di lana che sua madre aveva pensato di mettere nei bagagli il giorno in cui avevano lasciato Teschen.

Sembrava trascorso davvero molto tempo da quel giorno. Ripensava raramente a casa, ma quando succedeva Peter era assalito da una singolare rabbia che gli rivoltava la pancia vuota. Odiava i nazisti per aver costretto la sua famiglia a fuggire dalla propria casa, dalla propria città, dal proprio paese. I tedeschi si fingevano tanto colti e raffinati, ma in verità erano dei barbari. Dai racconti dei profughi emergeva chiaramente che i soldati nazisti erano rozzi quanto un qualunque soldato ignorante dell'Armata rossa. I genitori, i nonni, gli zii e le zie di Peter avevano una predilezione per la cultura tedesca: la letteratura, la musica, il cibo. Lui però aveva trascorso la sua adolescenza in una Polonia nuova. Aveva appreso la lingua, la storia, la letteratura e la musica di quel paese. Si considerava polacco.

Il freddo di quella mattina di metà febbraio non badava all'identità nazionale. Strisciava indiscriminatamente su chiunque, come la morte e la malattia. E quel giorno il gelo si era spinto oltre ogni limite, forse perfino al di sotto della linea che segnava 51 °C sotto zero, che significava la possibilità di una giornata senza lavoro. Peter non lo avrebbe mai confidato a nessuno, ma era stanco che si aspettassero da lui che guidasse la squadra nel superamento della norma. Peter pensò ad Aleksej Grigorievich Stachanov, quell'eroe proletario popolare imitato non molto tempo innanzi. Sarà stato poi vero che quell'operaio minatore aveva estratto quattordici volte la quota di produzione? E anche se fosse stato vero e non semplice propaganda sovietica, Stachanov si stufò mai di essere un operaio esemplare?

Nel 1935 il volto di Stachanov era comparso sulla copertina

della rivista *Time*. La cugina di Peter, Hedwig Auspitz, parlava bene l'inglese e portava spesso dei vecchi numeri di quella rivista da dare ai figli del suo cugino primo preferito, Julius. Peter aveva tredici anni quando era uscito quel numero. Per anni l'aveva conservato sotto il letto in un bauletto che custodiva altri reperti della sua fanciullezza: piume raccolte nel bosco, sassi della riva del fiume, poesie scritte dal padre ai tempi della scuola e una moneta coniata nel 1914 con il profilo del feldmaresciallo l'arciduca Federico, duca di Teschen. La rivista giaceva in compagnia di quei tesori, avvolta nella carta da pacchi in cui era arrivata, intestata all'indirizzo di Hedwig che a quel tempo abitava a Vienna. Il volto di Stachanov toccava Peter nel profondo. Il suo berretto obliquo. Quel sorriso privo di gaiezza.

Naturalmente anche per Peter il superamento della norma comportava dei privilegi, fra cui razioni migliori non solo per sé ma per tutti i suoi compagni di squadra. Lavorando duramente contribuiva a far sì che la madre e la sorella continuassero ad avere lavori leggeri, e grazie a essi razioni più abbondanti e maggiori possibilità di sopravvivenza. Perciò non poteva stancarsi di lavorare; non poteva stancarsi delle aspettative della sua squadra. E soprattutto per il bene della sua famiglia, doveva andare avanti.

Quella mattina di febbraio si vestì in fretta. Doveva accompagnare il caposquadra, Vladimir Antonovich, a controllare l'unico termometro del campo. Quel breve tragitto richiedeva una deviazione fino alla casetta delle guardie prima della zuppa mattutina. Forse la temperatura sarebbe stata abbastanza bassa da impedire loro di lavorare. Gli *zek* non avevano giorni liberi da diverso tempo. Magari quello sarebbe stato il loro giorno fortunato.

I prigionieri non dovevano fare affidamento sulla fortuna. Peter aveva dovuto imparare la lezione da capo ogni volta che aveva nutrito qualche speranza che quel giorno la fortuna gli sorridesse. Bisognava considerarsi fortunati se si dormiva senza essere tormentati dai parassiti. Bisognava considerarsi fortunati se si trascorreva una notte senza incubi. Bisognava considerarsi fortunati se l'appello non veniva ripetuto. Bisognava considerarsi fortunati se nessuno rubava le proprie misere cose. E bisognava considerarsi particolarmente fortunati se oltre ai *valenki* si avevano dei veri scarponi di cuoio, e che a differenza di molti altri campi lì fosse possibile tenere entrambi.

Gli *zek* si affollarono fuori dalle baracche per dirigersi al refettorio dove attesero in fila che il cuoco, un uomo dal viso cinereo e dallo sguardo severo, scodellasse la zuppa annacquata nelle loro ciotole di latta. Peter e il caposquadra attraversarono la *zona* a passi svelti senza parlare, fregandosi le mani e battendo i piedi sulla spianata ghiacciata. Raggiunsero la casa delle guardie, dove si erano radunati altri capisquadra e dove si stava svolgendo una piccola tragedia che, dal tono, minacciava di degenerare in peggio. Il termometro era rotto; sul terreno luccicavano le schegge di vetro. Fuori si erano raccolte le guardie e alcuni capisquadra, impegnati a discutere se lo strumento fosse scoppiato o se fosse stato vandalizzato. Peter non osò far presente che l'alcol impiegato nei termometri da esterni non gela fino a -114 °C. E anche in quel caso sarebbe stato difficile che lo strumento scoppiasse spontaneamente. Faceva molto freddo, ma non fino a quel punto. Vladimir Antonovich gli ordinò di andare alla *stolovaya* per prendere la sua parte di cibo. Lui sarebbe rimasto per vedere come si sarebbe conclusa la discussione.

"Puoi prendere tu la mia razione mattutina," disse a Peter. Era abbastanza frequente che di tanto in tanto i capisquadra lasciassero le proprie razioni ai lavoratori particolarmente bravi.

Davanti alla *stolovaya*, Josefina, Suzanna e gli altri membri della squadra attendevano il loro turno per entrare nell'edificio. L'ingresso era consentito soltanto se erano presenti tutti i membri della squadra, anche se i capisquadra e i loro vice potevano assentarsi e autorizzare un altro *zek* a ritirare la loro razione. Quando Peter si avvicinò, la madre lo informò che Kasia era malata e che dopo l'appello sarebbe andata in infermeria. Naturalmente, gli disse, avrebbe dovuto dare qualcosa al dottore e all'infermiera.

Peter e la madre si erano abituati a conversare con il linguaggio conciso e asciutto dei resoconti. Gli *zek* non avevano tempo per chiacchierare, per aggiornarsi sulle novità, per pensare. Josefina concluse informando il figlio che gli uomini della sua squadra erano già entrati nella *stolovaya* e stavano ricevendo la zuppa. Peter annuì e Josefina sorrise debolmente. Andò dritto alla porta per negoziare l'ingresso con la guardia. Dopo aver recuperato la sua porzione e quella di Vladimir Antonovich si sedette a mangiare a un tavolo affollato. La giornata poteva essere incominciata male ma per fortuna aveva due razioni mattutine. Peter era alto, e il fabbisogno calorico aumentava in proporzione alla statura. Soprattutto per lavorare con un freddo simile.

Non gli era sfuggita la preoccupazione della madre. Anche se aveva riferito le informazioni con scarsa emotività, l'atteggiamento cupo dei suoi occhi e delle sue labbra esprimevano i guai che già presentiva. La sua reazione non era neppure eccessiva. Peter aveva visto uomini giovani e forti soccombere a quelli che non sarebbero stati altro che disturbi invernali di lieve entità, se non fossero stati affamati e infreddoliti, trascurati e sfruttati.

La zuppa mattutina era acquosa e quasi del tutto scremata del grasso. Sulla superficie della scodella galleggiava una coda di pesce. Mezza patata ondeggiava su e giù. Nella ciotola di Peter c'era una polpetta di farina, un lusso riservato alle gavette delle squadre migliori. Anche la razione di pane distribuita alla baracca era stata più sostanziosa. Il giorno innanzi, Peter e la sua squadra avevano abbattuto più alberi di tutte le altre squadre nel campo.

Ci fu l'appello, come al solito. Suzanna pensò che in fondo *c'erano* alcune cose su cui gli *zek* potessero contare: la sveglia ogni mattina; il freddo d'inverno, il caldo d'estate, i parassiti tutto l'anno;

la corsa per mettersi in fila fuori dalla *stolovaya* che serviva soltanto a restare ad aspettare; la misera colazione che a malapena alleviava i morsi della fame; e la prima conta della giornata, con una lunga giornata di lavoro davanti.

Quella mattina di febbraio in particolare l'appello sembrava interminabile. Le guardie continuavano a saltare dei numeri e dovevano ricominciare a contare da capo. *Gli si sarà congelato il cervello*, pensò Suzanna dimenando e contorcendo le dita delle mani e dei piedi. Durante l'appello era proibito strofinarsi le mani e battere i piedi. Con il sole o la pioggia, sotto la neve o i raggi cocenti del sole, gli *zek* erano obbligati a restare immobili in schieramento mentre le guardie li contavano.

Finalmente la conta terminò. All'apertura dei cancelli, Suzanna e gli altri *pridurki* dovevano restare in piedi nella *zona*. Avevano il permesso di allontanarsi per recarsi ovunque gli incarichi dei loro lavori leggeri li conducessero soltanto dopo l'uscita della maggior parte dei prigionieri.

Suzanna e la madre tornarono insieme alle baracche. Kasia grondava sudore acre. Le tolsero i vestiti, che la mamma bruciò nella piccola stufa della baracca. Suzanna avvolse rapidamente la bambina in una coperta e insieme a Josefina la portò in infermeria.

IL DOTTORE CONFERMÒ CIÒ CHE Suzanna e la madre sospettavano e temevano: Kasia aveva una grave forma di polmonite; quando Josefina domandò dei farmaci, l'infermiera scoppiò a ridere.

"Pensavate davvero che avessimo qualcosa del genere qui?" chiese la donna.

Dato che la sua temperatura era così alta e costante, Kasia aveva bisogno di frequenti massaggi con l'alcol. Le sue lenzuola avevano bisogno di essere cambiate e lavate. Se il suo appetito avesse superato l'infezione iniziale, avrebbe avuto bisogno di essere imboccata. Quando Suzanna offrì di prendersi cura di Kasia dopo la conclusione della giornata di lavoro, la madre non si oppose. Nessuno si sarebbe occupato della bambina se non ci avesse pensato una di loro due. L'infermiera e il dottore erano troppo impegnati ad assistere gli altri prigionieri del campo gravemente malati. Anche loro avevano delle quote di produzione da raggiungere.

Dopo circa un'ora riuscirono ad abbassare la febbre a Kasia e a farla bere. Finalmente la bambina si addormentò, la testa riccioluta umida di febbre adagiata su un cuscino, un lusso ignoto alla maggior parte degli *zek*. Suzanna e la madre lasciarono l'infermeria e si diressero verso i rispettivi posti di lavoro.

"Suzanna Ilyinichna, sei in ritardo," disse la soprintendente della lavanderia mentre Suzanna raggiungeva una delle bacinelle vuote nel locale per il bucato. Malgrado l'atteggiamento e il tono rigorosi, Suzanna sapeva che Anna Federovna era una donna buona e giusta.

"Sono desolata, cittadina capo," disse. "Ho ricevuto il permesso di portare Kasia in infermeria."

"È molto malata?" domandò la donna. Kasia aveva conquistato tutte le donne della lavanderia, perfino quelle dal cuore più duro.

Suzanna annuì. "Tutta la notte," rispose. Così dicendo trovò un secchio e uscì di nuovo verso la pompa dell'acqua. Era una giornata pessima per lavare i panni, troppo fredda, ma qualcosa che non andava c'era sempre: le condizioni meteorologiche, le zanzare e i moscerini, la fiacca della fame incessante; e bisognava fare ciò che andava fatto. Andando a prendere l'acqua, Suzanna si ricordò del sogno di quella mattina presto. Di Helenka seduta accanto al suo letto. La memoria del sogno la riportò a un ricordo della vita reale: Helenka che raccontava una storia, una favola popolare polacca che narrava talmente spesso che Suzanna l'aveva imparata a memoria. "Tanto tempo fa c'era una bambina di nome Zosia," incominciava.

Nella storia, Zosia tornava a casa dal mercato del villaggio con un grembiule pieno di cavoli. Viveva nel profondo del bosco e il cammino nella foresta durava tanto, tanto tempo. Dopo alcune ore fece una sosta per riposare sotto a un antico tiglio. Mentre stava con la schiena appoggiata contro il tronco dell'albero, si accorse con spavento che qualcosa si muoveva nel suo grembiule. *Cosa può essere?* si domandò. Zosia stava per lasciar cadere a terra i cavoli quando sentì che alle sue spalle qualcosa le strattonava la gonna. Abbassando lo sguardo vide accanto a sé un grosso lupo. Era uno splendido esemplare, muscoloso e dalla folta pelliccia. Il suo manto era immacolato come il latte. La guardò con i suoi occhi color ambra. Dopodiché ringhiò e mostrò i denti. Ma prima che Zosia potesse gridare, un grosso ratto spaventoso sgusciò fuori dal suo grembiule per sgattaiolare nel sottobosco. Il lupo lo inseguì ed entrambi scomparvero nell'oscurità della foresta.

Suzanna pompò l'acqua fino a riempire il secchio e ritornò lesta in lavanderia. Helenka le aveva sempre assicurato che i lupi non erano creature cattive come li dipingevano altre favole, bensì animali generosi e intelligenti. A Suzanna venne ora in mente che forse era per questo che la mamma voleva così bene a Helenka: entrambe rispettavano i cani, che fossero addomesticati o selvaggi.

Nella storia, Zosia correva a casa. Quando arrivò alla piccola capanna in cui viveva, la nonna era seduta accanto al fuoco, intenta a sgranare i piselli.

"Nonna," esclamò la bambina. "È successa una cosa strana," e raccontò alla nonna del lupo e del ratto.

"Sei fortunata che il lupo sia arrivato in quel momento," disse la nonna. "Il ratto era il diavolo sotto mentite spoglie, e senz'altro stava per giocarti qualche brutto tiro."

Prima di spiegare la morale di quella favola, a Helenka piaceva sempre fermarsi un istante. Suzanna poteva udire la sua voce, ogni sillaba con la sua intonazione, così familiari eppure così distanti.

"Vedi, Suzi, qualche volta un lupo può sembrare malvagio e spaventoso, ma è comunque lì per aiutarti," diceva Helenka. "Perciò non giudicare mai nessuno dall'aspetto."

Mentre l'acqua si riscaldava sul piccolo fornello della lavanderia, Suzanna pensò ai lupi. Gli *zek* udivano gli ululati che provenivano dalla foresta, ma raramente vedevano le bestie. A novembre inoltrato, tuttavia, fuori dall'alto recinto di legno che circondava il campo era stato avvistato un lupo. Dalla torretta di sorveglianza una guardia aveva sparato all'animale che, ferito, era zoppicato via lasciandosi dietro una scia di sangue. Tutti i prigionieri polacchi avevano dato la colpa alla guardia per l'ondata di sfortuna che era seguita all'incidente. Dai topi, che in una sola notte avevano divorato tutta la farina, alla settimana di continua pioggia e melma, ai pacchi schiacciati durante il trasporto: tutte quelle disgrazie erano state provocate da una guardia stupida che, per noia o cattiveria, aveva ferito un lupo. In seguito a quell'episodio il direttore del campo aveva proibito di sparare senza motivo agli animali selvatici.

Suzanna osservò le altre donne nella lavanderia umida e buia mentre strofinavano, strizzavano e stendevano ad asciugare la biancheria. Le altre *pridurki* erano in maggioranza donne anziane che non avrebbero più potuto sopportare le dure condizioni del lavoro all'aperto. Molte di loro avevano già lavorato per anni nel bosco. Si meravigliò di come fossero riuscite a restare intatte. Ciascuna di loro era stata condannata per aver infranto l'articolo 58. Come Suzanna, ciascuna di loro aveva avuto un'altra vita prima di quella, una casa, un letto, una tavola a cui desinare. Forse qualcuna aveva avuto perfino un giardino o dei cavalli o aveva amato fare lunghe passeggiate con i cani. A loro i lupi piacevano, o le spaventavano? Quali favole avevano raccontato ai propri figli o nipoti? Suzanna si ripromise di raccontare a Kasia la storia del lupo e del diavolo non appena fosse tornata all'infermeria. Nel frattempo c'era il bucato da strofinare, strizzare e stendere. L'acqua da pompare e trasportare. Un fornello da alimentare. La biancheria da ripiegare.

Kasia non visse abbastanza per ascoltare la storia. Quando finalmente Suzanna tornò in infermeria, quel giorno di metà febbraio del 1941, la bambina era peggiorata e ardeva di nuovo di febbre. E benché Suzanna se ne prendesse cura con sollecitudine materna facendole spugnature d'alcol, cambiandole le lenzuola, premendole sulle labbra un panno imbevuto d'acqua, Kasia morì.

Suzanna non fu sorpresa quando si ammalò a sua volta, malgrado in seguito cercasse di non ricordare quel periodo terribile. Per settimane fu stravolta dalla febbre e per diversi giorni giacque priva di sensi in una branda dell'infermeria. "Una giovane polacca robusta," la definì l'infermiera quando sopravvisse, un'autentica rarità. Da allora i suoi polmoni rimasero danneggiati in modo permanente. Molti anni più tardi, Suzanna soffrì di ricadute di polmonite, alcune così gravi da mandarla all'ospedale. Durante quei periodi di malattia, che Suzanna chiamava la stagione della morte di Kasia, un inverno di vento e lupi soleva dire in privato, pensava alla bimba a cui aveva voluto bene ma a cui non aveva potuto salvare la vita.

La primavera fu breve e fangosa. Malgrado si fosse rimessa dalla malattia, Suzanna respirava con più difficoltà e si stancava più facilmente. L'estate, con la sua impennata di calore, rinverdì il mondo e portò qualche verdura ogni tanto. Il lavoro proseguiva, interminabile. Erano considerati fortunati: nel loro campo i prigionieri avevano il permesso di ricevere pacchi e lettere. E ogni tanto Josefina recuperava un pacco spedito da Milly, con dentro qualsiasi cosa la cognata fosse in grado di procurarsi durante quei tempi di grande scarsità: salsicce, filo di seta, scampoli di tessuto e, una volta, un limone, un fatto sensazionale ai piani alti del campo che, dicevano, non bevevano una tazza di tè decente da una vita. Le notizie della guerra giungevano in modo frammentario attraverso le lettere il cui contenuto sfuggiva alla censura; con gli ultimi prigionieri arrivati dagli altri campi e insediamenti; dai *pridurki* che lavorando nell'ufficio del direttore origliavano i rapporti trasmessi via radio. Nessuno sapeva a cosa credere. Per gli *zek*, la continua spirale della guerra non significava che una cosa: altro lavoro, quote più alte, meno cibo, più morti. Il mondo al di là dell'URSS era molto distante, ma da esso dipendeva anche ciò che finiva nelle loro pance.

POI I TEDESCHI INVASERO L'UNIONE Sovietica. Ma quando queste notizie finalmente raggiunsero Josefina e i suoi figli, Julius Kohn era già stato fra le prime vittime, assassinato dai sovietici prima che i nazisti raggiungessero Leopoli, il suo corpo abbandonato insieme a quello degli altri prigionieri nel punto in cui erano caduti. I suoi cari non avrebbero saputo quale fosse stata la sua fine. O, se scoprirono che cosa gli accadde, non ne avrebbero mai parlato.

E nessun mondo dietro le sbarre

26 giugno 1941, carcere di Zamarstynivska
(noto anche come prigione n. 2), Leopoli

Julius Kohn attendeva l'esecuzione insieme a centinaia di altri prigionieri. Benché nessuno di loro sapesse perché stessero per essere uccisi, tutti avevano sentito delle voci sulla recente invasione nazista dell'URSS. Erano prigionieri, fino ad alcuni giorni innanzi. Per quel giorno era programmata la loro morte. Mentre aspettava che giungesse la sua ora in una delle celle di detenzione della prigione n. 2, Julius ricordò un giorno di tanto tempo prima, quando suo padre aveva portato lui e la sorella allo Schönbrunn, il giardino zoologico di Vienna, per vedere il primo elefante nato in cattività. Julius aveva undici anni, Greta otto.

Come quasi tutti coloro che vivevano a Teschen, Julius non aveva mai visto dal vivo un elefante. Né un rinoceronte. O delle tigri. Nella sua casa sulla riva occidentale dell'Olza, le giornate ruotavano intorno alla famiglia e agli impegni scolastici e commerciali. La casa di tre piani in Hocheneggergasse 15 in cui Julius aveva trascorso l'infanzia sorgeva su un angolo. Era un austero edificio marrone, decorato con sobrietà.

Nei pomeriggi estivi, Ernestyna Kohn amava sedere nel salottino a sfogliare libri insieme ai figli. Julius non vedeva l'ora che arrivassero quei momenti. Oltre agli atlanti e alle poesie, a sua madre piacevano in particolar modo le immagini, che collezionava visitando regolarmente la libreria di Zygmunt Stuks dall'altra parte del fiume e attraverso una rete di familiari che le spedivano cartoline e opuscoli. Non molto tempo prima della visita allo zoo, infatti, la madre di Julius aveva mostrato a lui e Greta la famosa incisione del Sedicesimo secolo di Albrecht Dürer che ritraeva un rinoceronte di nome Ganda, morto bruscamente in un naufragio sulla rotta per Roma. Aveva letto loro la poesia di Rilke dedicata alla pantera dello zoo di Parigi, una cui frase, "e nessun mondo dietro le sbarre," riecheggiava ora nella mente di Julius in un modo che non si sarebbe mai aspettato. Ernestyina aveva spiegato ai figli che quelle vicende di animali stretti nelle gabbie sotto gli occhi della folla erano racconti dell'ignominia umana.

Ma Julius era stato ragazzo nell'epoca in cui gli uomini si avventuravano in India, in Africa, nelle Americhe, sui ghiacci polari e ritorno. Era assetato della vista degli animali esotici, e ancora di più avrebbe voluto viaggiare fino ai loro remoti habitat. Aveva ascoltato le opinioni della madre sulla cattura e l'esibizione degli animali selvaggi; ci aveva riflettuto, ma aveva continuato ugualmente a desiderare ardentemente di vederli. E non potendo andare nel Serengeti in Africa o sul Gange in India, si sarebbe dovuto accontentare di vedere un elefante allo zoo.

Suo zio Eugen comprendeva la curiosità di Julius. Eugen, eterno scapolo e senza figli, adorava il nipote e ne alimentava l'immaginazione con i racconti dell'autore inglese Rudyard Kipling, che traduceva come passatempo. Quello scrittore, aveva spiegato a Julius, era un uomo degno di ammirazione poiché aveva vissuto in due mondi. Julius non comprese realmente che cosa intendesse fin dopo la Grande guerra, quando l'ex ducato austro-ungarico di Teschen venne spartito fra due paesi, diviso in due, e ribattezzato Cieszyn sul lato polacco e Český Těšín su quello ceco. Dopo il 1920, le visite ai parenti che abitavano al di là del fiume non richiesero più di attraversare soltanto un ponte, bensì un confine, appena istituito.

A Julius mancavano lo zio Eugen, il fumo della sua pipa e i pesanti arredi del suo studio da avvocato nella casa in via Głęboka 54. I volumi in pelle rilegati a mano con i codici delle leggi, riposti sugli alti scaffali. Le dita macchiate di inchiostro e la passione dello zio per il caffè e i pasticcini pomeridiani. Julius adorava far visita allo zio Eugen, soprattutto quando gli leggeva i meravigliosi racconti di Kipling, che abitava in India e le cui storie su come il rinoceronte si fosse procurato la sua pelle e il leopardo le sue macchie ammaliavano Julius.

Ma il cucciolo di elefante Mädi era a Vienna, a quattro ore di distanza a ovest di Teschen. Era una cosa sensazionale, descritta dettagliatamente dalla zia Laura in una lettera arrivata recentemente dalla sua casa nella capitale imperiale. "È talmente nuova," aveva scritto, "da superare ogni aspettativa."

La zia Laura: Julius non voleva immaginare che ne fosse stato di lei. Era rimasta a Vienna, dove prima dell'inizio della guerra erano accadute tante disgrazie. Che donna era: *tonda come un bagel*, si burlava di lei il marito facendo sempre ridacchiare nipotini e nipotine, benché tutti i cugini fossero confortati dalla incondizionata calorosità della zia. Julius e Greta erano altrettanto affascinati dalla figlia di Laura, Hedwig, che, ricordava vagamente, si era trasferita a Londra nel 1939, prima dell'invasione nazista. Era molto difficile ricordare tutti i dettagli, ad esempio dove si trovasse ciascuno di loro all'inizio dei bombardamenti. Come sarebbe stato il mondo se non fosse rimasto più nessuno a ricordare che cosa fosse accaduto agli altri? Ma Laura era a Vienna quando erano fuggiti da Teschen . . . Aveva detto che non poteva andarsene. Aveva detto che se la sarebbe cavata. Aveva ringraziato Julius per il denaro che le aveva inviato.

"Per favore, padre," aveva supplicato da ragazzino dopo aver ascoltato la descrizione dell'animale riferita dalla zia Laura, "per favore, portateci a Vienna a vedere il cucciolo di elefante." Non aveva osato guardare in direzione della madre, che stava esaminando l'ultima lettera della cognata e, Julius sapeva, scuotendo il capo in modo quasi impercettibile a ogni pettegolezzo aggiunto da Laura a beneficio degli adulti.

Dall'altro lato della stanza, Julius aveva potuto avvertire la delusione della madre per la sua volontà di vedere l'elefante, ma il suo era un desiderio irresistibile. Greta aveva strattonato la manica del padre e aveva detto che anche lei voleva andare allo zoo a vedere l'elefante. "Sono la tua piccola ombra, Julek," aveva detto. I suoi occhi scuri erano già illuminati da un certo fuoco, lo stesso che avrebbe scorto vent'anni più tardi nella propria figlia, Suzanna.

A quel punto Julius si domandò come stesse la sua Suzi, e se suo figlio Peter tenesse gli occhi aperti per lei. Pensò alla sorella, Greta, e a suo marito Ernst. Erano vivi o morti? Se erano morti, erano stati sepolti? E dove? Aggiunse quei misteri alla lunga lista delle cose che sarebbero rimaste ignote, un inventario che cercava di non considerare perché, quando iniziava a pensare a tutto ciò che non avrebbe mai saputo, Julius si sentiva sconfitto.

Guarda caso, Ernst aveva avuto ragione: non aveva alcuna importanza quanto denaro investissero nel loro paese e nelle loro comunità, quale fosse il loro grado di istruzione o che parlassero il tedesco alla perfezione; non aveva importanza che fossero andati sotto le armi per l'Impero né che appartenessero ad associazioni sociali non ebraiche, restavano sempre degli ebrei. E come tali, aveva detto Ernst, erano sacrificabili. *Sacrificabili.* Già, era la parola esatta, nonostante la notte in cui l'aveva pronunciata Julius avesse discusso con il cognato. Greta, seduta accanto al fuoco, il capo chino sul cucito, aveva mormorato: "Forse avremmo dovuto imparare meglio a pregare."

In prigione, Julius aveva imparato da solo a pregare. Una notte si era rivolto a oriente e aveva recitato la *Shema.* Fu sorpreso nello scoprire di ricordare ancora la preghiera. Le parole sacre erano ritornate, distinte come la prima volta che le aveva udite pronunciare nella sinagoga, a casa. Quando era ragazzo, lo zio Ferdinand, uno dei fratelli di suo padre, lo aveva portato in sinagoga. Julius si era sentito in imbarazzo perché non sapeva cosa fare. Era in piedi fra gli uomini. Teneva il siddur fra le mani, ma non sapeva leggere né comprendeva l'ebraico.

Julius rimase per settimane nella prima cella nella prigione Brygidki, larga tre passi e mezzo e lunga nove. Prima insieme ad altre dieci persone, poi dodici. Uomini, donne e bambini, tutti insieme. Si spidocchiavano gli abiti, il che all'inizio lo aveva disgustato, ma poi, come tutti in quelle orribili stanze, Julius aveva fatto altrettanto. Un letto a castello. Una finestra fuori dalla quale era proibito guardare. Un secchio. Nessuna riservatezza. La prima notte, il suo unico desiderio era stato di gridare. Soffocare quell'impulso sembrava impossibile. Dal momento in cui fu sbattuto nella piccola cella, Julius sapeva che se non avesse dominato la propria mente sarebbe impazzito. E perché non ubbidire finalmente a Dio, che fino a quel momento era stato un fugace concetto, più vacillante che vivace, come una candela davanti a una finestra aperta?

Per che cosa prega un uomo che aveva tutto e che lo ha perso nell'arco di ventiquattr'ore? Come avrebbe dovuto pregare, non avendo mai pregato granché prima di allora? In che cosa credeva? Dio lo avrebbe accolto e confortato se quest'uomo Gli si fosse avvicinato in preda alla disperazione? Dopo aver recitato la *Shema,* per prima cosa Julius aveva pregato affinché la buona sorte si posasse su coloro che gli erano più cari: che il suo destino non toccasse anche a loro. Aveva pregato affinché la sua famiglia raggiungesse l'Inghilterra, un passaggio a cui Finka era stata così favorevole. Aveva pregato per la sicurezza della moglie e della figlia. Aveva pregato affinché suo figlio Peter avesse la prontezza di spirito necessaria ad agire se si fossero presentati pericoli. Più avanti, Julius aveva pregato per cose differenti: affinché le sofferenze di un compagno di cella terminassero. Affinché l'urlo animalesco di un prigioniero sotto tortura cessasse. Affinché i pidocchi fossero annientati. Per un barlume di cielo. Per più aria, più caldo, più cibo. Per un sorso d'acqua.

Talvolta aveva pregato per la stessa fede.

L'attesa angusta e interminabile, e attesa poi di *che cosa?* si era chiesto spesso, era in definitiva un'incessante sfilata di giorni e notti scandita da interrogatori e torture. Solo ogni tanto i prigionieri avevano una tregua, quando marciavano fuori accompagnati dalle guardie per visitare le latrine. In quei momenti preziosi, quando ai detenuti era concesso il privilegio dell'uso dei bagni, mentre percorrevano il corridoio erano le prigioniere donne a sussurrare loro un incoraggiamento: "Va tutto bene," dicevano. "Vedrete. Andrà tutto bene. Ma non arrendetevi. Mai."

Ora, in piedi in cella, aspettando che si presentasse il suo carnefice, Julius ricordava quel giorno allo zoo di Vienna. *Chissà se gli elefanti pregano?* si domandò nell'ultima ora della sua vita.

COLOR GRIGIO FANGO, IL CUCCIOLO di elefante Mädi vacillava, le orecchie come grandi e soffici petali di un fiore impossibile, gli occhi insonnoliti dall'allattamento. Vedendola, Greta era scoppiata a piangere e non aveva smesso finché quella sera non cadde addormentata in braccio alla zia Laura. Julius non aveva compreso perché la sorella non sopportasse la vista di un cucciolo di elefante.

"Greta, guarda la sua proboscide, guarda come la usa per tastare gli oggetti. Guarda la coda, come la usa per scacciare le mosche," aveva detto cercando di indurla a ignorare la palese tragedia dell'animale in cattività. Ma la sorella si era limitata a singhiozzare più forte. E quando ebbe riconosciuto l'impossibilità di consolarla, Julius aveva fissato gli occhi su Mizzi, la mamma elefante, e, anziché alla tristezza che riconobbe nei suoi occhi, aveva pensato alle nuvole cariche di pioggia, alle foglie lucide degli alberi della gomma e alle avventure che avrebbe potuto vivere nelle terre in cui vagavano quegli animali.

Tali erano stati i suoi pensieri da ragazzo... Tornare a quei ricordi mentre aspettava il suo turno per morire era uno strano sollievo. Durante gli ultimi diciotto mesi, prima a Brygidki e ora qui nella prigione di Zamarstynivska, era la disperazione e non l'idealismo a pervadere i lunghi giorni, ciascuno con la sua interminabile successione di umiliazioni. Aveva vissuto in stanze soffocanti stipato insieme a uomini, donne e bambini distrutti, indeboliti da una fame profonda che rodeva le viscere. Ciascuno di loro abituato all'oscenità eclatante delle persone che un tempo avrebbero potuto considerare amici, vicini di casa o connazionali. L'infanzia di Julius si era svolta in un tempo e in un luogo differenti, ora svaniti, le memorie svuotate di ogni significato poiché non potevano essere tramandate alla generazione successiva affinché le conservasse o le mettesse in discussione. Proprio allora Julius si addolorò per il figlio Peter, che non avrebbe mai conosciuto il padre come uomo perché non sarebbero mai stati adulti insieme.

Mentre i passi del boia riecheggiavano nel corridoio della prigione, l'elefantina Mädi gli sembrò vicina. Se solo fosse potuto tornare come per magia al momento in cui aveva visto per la prima volta il cucciolo. Avrebbe voluto dire ai propri figli quanto avesse appreso fra quel giorno e oggi. Se Julius avesse tenuto un diario, il figlio e la figlia avrebbero avuto un documento sulla sua vita. Ma naturalmente era troppo impegnato, viaggiava troppo. Aveva a malapena il tempo necessario per leggere un libro. I suoi figli avrebbero conosciuto soltanto cose superficiali: che un tempo scriveva poesie. Che giocava a tennis e che apparteneva al comitato organizzativo del suo club. Che aveva guadagnato a sufficienza da avere i domestici e un'automobile. Che era calvo e indossava una benda su un occhio. Che amava far visita alle persone e intrattenerle. Che era stato un membro dell'associazione tedesca per il teatro. Ma loro, perfino Finka in questo caso, forse non avrebbero mai saputo che era morto nella prigione Zamarstynivska di Leopoli, né se avesse sofferto o perché fosse stato ucciso. Di certo non avrebbero mai saputo che effetto facesse a un uomo scorgere il terrore sul viso della moglie o il suono dei singhiozzi smorzati della madre quando i soldati sovietici erano arrivati nel buio della notte per arrestarlo. O che in quel momento aveva pregato, goffamente poiché non lo aveva più fatto da quando da ragazzo aveva imparato la *Shema*: "Ti prego, Adonai," aveva chiesto in silenzio, "fa' che in questo momento i miei figli dormano, fa' che non mi vedano mentre mi arrestano." O che fra tutte le cose di cui sentiva la mancanza, quella che lo addolorava di più era il suono ora assente delle risa della moglie e dei figli nella loro casa a Teschen. Non avrebbero mai saputo se credesse in Dio o nella giustizia, né avrebbero mai saputo che cosa considerasse bello.

Il viso di Finka. Le sue mani. La sua figura che si stagliava sulla neve fresca quando sciava. Il profumo dei folti capelli scuri della figlia quando a maggio la prendeva in braccio per mostrarle più da vicino il fiore appariscente di un castagno. La maniera di Peter di socchiudere gli occhi quando guardava le stelle in una notte d'estate, individuando le costellazioni che conosceva: là il Grande Carro, lì la Cintura di Orione. Peter che scherzava con la sorella Suzi, similmente a quando Julius scherzava con la propria, Greta. L'aroma caldo e terroso dei piroshki di Helenka che proveniva dalla cucina in una sera d'inverno.

"AVEVAMO UNA VITA COSÌ CONFORTEVOLE prima della guerra," aveva detto una sera uno dei compagni di prigionia di Julius senza riferirsi a nulla in particolare, subito prima di essere trascinato fuori dalla cella e scomparire per sempre.

Una vita così confortevole: la sera prima del fidanzamento, quando Julius aveva abbracciato Finka per la prima volta, il profumo di un fiore sobriamente applicato dietro l'orecchio. Si erano tenuti per mano sotto i lillà, avevano bevuto champagne e avevano gioito delle premure piene di speranza dei genitori, desiderosi di vedere i figli promessi. Josefina: lei non camminava, semmai incedeva nelle stanze come un'imperatrice di ritorno da una battuta di caccia. Era *famelica* o *esausta*, *esuberante* o *rinvigorita*, mai semplicemente affamata, stanca, felice o riposata. Amava dirle che il suo nome, Josefina, le calzava a pennello. "La mia imperatrice," la prendeva in giro qualche volta. Anche dopo il corteggiamento, lunghi pomeriggi dello Shabbat sul sofà di crine, sotto l'occhio vigile della madre, Karola Eisner, religiosa osservante, e quello più mite del padre Hermann, Julius si considerava fortunato all'idea di sposare una donna simile. Le diceva che era beato, e Finka lo ignorava, ma pur sempre sorridendo. Dopo essersi sistemati nella residenza della famiglia Kohn in via Głęboka, Finka aveva organizzato un'uscita per vedere il *Don Giovanni* realizzato da Richard Strauss alla Hofoper di Vienna. "Non trovi che Elizabeth Schumann fosse semplicemente strabiliante nel ruolo di Zerlina?" aveva domandato lei mentre cenavano al Tivoli Café, e "Non credi che sarebbe magnifico vivere vicino alla famosa Ringstrasse?"

Non che la sua consorte fosse insoddisfatta di condividere con Julius e i suoi quattro zii la palazzina di quattro piani in una cittadina della Slesia, che tutti chiamavano la piccola Vienna, nella futura Polonia. Compiva escursioni nei vicini monti Beschidi, andava a sciare a Innsbruck, giocava a tennis e organizzava dei ricevimenti a cui invitava i parenti e gli amici.

D'estate si ritiravano sulle colline di Skoczów, dove avevano conosciuto il pittore viennese Sergius Pauser. A metà degli anni '30 Julius aveva commissionato all'artista dei ritratti della sua famiglia. Quando aveva posato per Pauser, Finka era riuscita a rimanere praticamente immobile per ore. Lui e i figli avevano avuto più difficoltà a posare. Appesi nella casa in via Mennicza, i quadri avevano fatto una certa sensazione tra familiari e amici. Julius rievocò ora l'immagine stilizzata di Finka eseguita dal pittore: avvolta in un abito marrone, al collo un fazzoletto parigino giallo, un cappellino rosso in equilibrio sul capo e la giacca del completo drappeggiata su una spalla, il portamento come una sorta di autorevole silenzio. Aveva un'espressione seria, quasi malinconica, e lo sguardo vagamente distante. Il pittore aveva catturato una certa nostalgia nel modo con cui Finka guardava oltre la cornice del quadro, uno sguardo che Julius aveva visto sul suo viso alcuni anni prima, mentre era seduta nel giardino sul retro della loro casa, dopo aver curato le rose. La luce pomeridiana addolciva il profilo del suo viso e conferiva un aspetto ultraterreno alla sua pelle, ma i suoi occhi racchiudevano una tristezza che non aveva ancora mai visto. Era semplicemente una donna moderna sull'orlo dell'affaticamento, ed era *questo* ciò che Pauser aveva ritratto? O immaginava già il futuro tetro che li attendeva?

Finka aveva ragione, come Ernst. Avrebbero dovuto lasciare la Polonia nel 1938, quando avevano ancora tempo e denaro, avrebbero dovuto dare ascolto ai segnali di allarme, così numerosi... Avrebbero dovuto prestare attenzione... Tutto a un tratto, a Julius tornò in mente una conversazione con la moglie, una mattina, su Sigmund Freud, benché non ricordasse nel dettaglio che cosa lei avesse detto. Avrebbe dovuto agire quel giorno. Ma a che serviva rimuginare sulle possibilità delle decisioni mancate? Non c'era alcuna consolazione negli *e se*, solo rimpianto. E poi, Julius e Finka, o perlomeno lui, avevano compiuto molte scelte perché avevano conservato la speranza che nessuno dotato di un qualche senso della decenza avrebbe permesso a Hitler di trionfare. In quell'era moderna la speranza era un'idea evanescente; nutrirla significava credere in qualcosa al di là del proprio sé materiale; nel divino, forse. Quando si verificava l'inevitabile, come la marcia dei nazisti su Teschen, la caduta delle bombe tedesche su Varsavia, la presa di Leopoli da parte dei sovietici, lo stallo del soccorso di Francia e Inghilterra, le loro speranze erano state ovviamente deluse. Come tutti quelli che conoscevano a essere stati colti dalle stesse circostanze, lui e Finka avevano fatto del loro meglio.

JULIUS ASSAGGIÒ IL SAPORE SALATO delle proprie labbra e toccandosi il viso fu sorpreso di quanto fosse sudato. Sentiva l'odore metallico del sangue e il tanfo del terrore emanato dagli uomini e donne esausti in attesa come lui di morire. Uno sparo dietro l'altro, il suono dei sospiri esasperati, dei gemiti soffocati e dei corpi che cadevano sul pavimento. L'NKVD aveva portato i prigionieri nello scantinato della prigione, e la cella di detenzione di Julius era la prossima.

Ivan Shumakov, vice-comandante del reparto investigativo dell'NKVD di Leopoli, comparve davanti alle sbarre di ferro. Leggeva ad alta voce da un elenco il nome e il numero identificativo di ciascun prigioniero. Svolgeva quella azione con espressione sobria, come se le sillabe che pronunciava con tanta cura avessero composto i nomi dei suoi stessi parenti. Non appena il prigioniero faceva un passo avanti, il soldato al fianco di Shumakov puntava la pistola e sparava al detenuto nominato con la stessa sistematicità con cui un operaio qualsiasi inchioda un rivetto. Il vice-comandante tracciava un piccolo segno a matita accanto a ciascun nome.

"Kohn, Ilia Emiritovich," chiamò.

Quel Shumakov aveva la bellezza robusta dei sovietici. Alto, spalle larghe e ben rasato. Occhi castani. Capelli scuri tenuti corti e meticolosamente pettinati. La sua uniforme era impeccabile e aveva lucidato i bottoni del cappotto, forse anche di recente. Ma i suoi stivali erano schizzati di sangue. E solo in quel momento Julius vide che aveva gli occhi iniettati di sangue, come per abbinamento.

Era stato Ivan Shumakov a interrogare Julius nei suoi primi giorni e settimane nella prigione Zamarstynivska. Restavano seduti per ore in uno stanzino umido. La lampadina nuda proiettava una luce intensa sugli squallidi muri di cemento. Più che vestito, Julius era avvolto in stracci grigi. L'ufficiale dell'NKVD indossava una camicia impeccabilmente bianca e calzoni dalle pieghe così acute da sembrare taglienti. La giacca della sua uniforme, ornata di medaglie, era appesa a un gancio, e quel minuscolo stralcio di ordinarietà, più di tutto il resto, era sembrato a Julius del tutto fuori luogo.

Shumakov si era rimboccato lentamente le maniche. Si era alzato per lavarsi le mani in un piccolo lavabo d'angolo. Aveva lasciato scorrere l'acqua, il suo suono un insulto a chiunque fosse imprigionato nella Zamarstynivska, dove era praticamente impossibile lavarsi ed era raro estinguere la sete. Shumakov si era strofinato le mani con la meticolosità di un chirurgo. Poi le aveva sciugate, aveva preso posto a sedere, si era fregato i palmi e aveva scoperchiato un piatto di pollo e patate adagiato sul tavolo. Si era messo a mangiarlo, con Julius seduto a guardare. Quando ebbe finito di tagliare e masticare, azioni che eseguì con ciò che a Julius sembrò un consumato autocontrollo, Shumakov aveva posato coltello e forchetta, piegato il tovagliolo e offerto al suo prigioniero due brandelli unti di cartilagine e osso.

Julius aveva rifiutato. Il suo carceriere aveva posato il piatto a terra, aveva estratto il revolver e aveva premuto la canna contro la tempia di Julius.

"Mettiti a quattro zampe. Mangia, canaglia," aveva ordinato Shumakov. "Oppure aiutami, troverò tua moglie e i tuoi figli e li porterò qui a guardare mentre ti sparo." Aveva sollevato i fogli che giacevano sul tavolo accanto al punto in cui si era trovato il piatto e li aveva esaminati. "Moglie: Josefa. Figli: Piotr Zygmunt e Suzanna." Aveva fatto una pausa, lasciando che le sillabe riecheggiassero nella mente di Julius. "Suzanna: non significa . . . Rosa?" aveva aggiunto il vice-comandante.

A quel punto, Julius aveva obbedito. Trascorse lunghe, lunghissime ore con Shumakov, che continuava a porgli all'infinito le stesse domande: "Perché sei andato a Złoczów? Dove sono i tuoi soldi? Chi sono gli altri nemici dello Stato nel tuo gruppo? Perché stavi sovvertendo una frontiera?" Il sovvertimento della frontiera era ciò di cui i sovietici accusavano coloro che cercavano di attraversare dei confini che fino all'occupazione sovietica della Polonia non erano mai esistiti.

Alle domande di Shumakov, sempre le stesse, Julius ripeteva sempre le stesse risposte: "Sono andato a Złoczów per vedere se potevo combinare qualche affare. Non ho più denaro. Non sono un nemico dello Stato. Quando sono arrivato a Leopoli e sono partito per Złoczów, facevano entrambe parte della Polonia."

Alla parola *Polonia*, Shumakov serrò il pugno e poi la mascella, e subito Julius imparò a dire "il luogo in cui vivevo", pena subirne le conseguenze. Per il sovietico, più giovane di lui, ogni pretesto era valido per assestare un manrovescio ai prigionieri, costringerli a stare in piedi, accovacciati o impedir loro di dormire, o per negar loro le razioni. Il giorno dopo, quello dopo ancora e tutti i seguenti, che finirono per sembrare un unico giorno straordinariamente lungo, Shumakov aveva fatto le stesse domande e aveva ascoltato da Julius le stesse risposte, finché un pomeriggio, guardando il suo interrogante schiacciare una mosca con un pollice, Julius Kohn, figlio di Emerich, aveva ceduto. Benché non fosse la verità, confessò. Sì, disse a Shumakov, era un industriale nemico dello Stato che attraversava i confini per rovesciare la grande e potente Unione Sovietica.

L'interrogante non era soddisfatto di quella confessione. E per un momento Julius credette di vedere l'incertezza plasmare negli occhi di Shumakov qualcosa di diverso dalla vacuità minacciosa caratteristica degli uomini e delle donne che avevano sottomesso la propria volontà alla macchina di Stalin. Fra loro calò il silenzio.

Julius decise di romperlo. Aveva percepito un'opportunità, con la stessa capacità con cui riusciva a leggere gli uomini con cui faceva affari. *E poi, ho "confessato,"* pensò, finalmente sollevato dal peso di negare. "Cittadino capo, da dove venite?" aveva domandato al vice-comandante addetto agli interrogatori.

"Oblast di Saratov, sul Volga," aveva risposto Shumakov con

tono basso. "Dove Caterina la Grande invitò i tedeschi a coltivare, tanto tempo fa."

I due uomini non dissero più nulla. All'ora stabilita un segretario aveva portato il tè per il vice-comandante, che aveva spinto la tazza in direzione di Julius. E proprio come avrebbe fatto un bravo ospite, Shumakov gli aveva offerto la zuccheriera ed era rimasto a sedere, la novità della sua espressione rilassata in contrasto con la perfetta postura militare che aveva mantenuto in ogni momento. Julius aveva dolcificato il tè nero leggero e lo aveva sorseggiato lentamente prima di essere riportato in cella. Fu l'ultima volta che i due si videro.

FINO A QUEL GIORNO.

"Kohn, Ilia Emiritovich," chiamò il soldato. Shumakov sollevò lo sguardo dalla lista.

"Sono qui," disse Julius Kohn, figlio di Emerich.

Doni d'addio

Per gli *zek* le notizie erano una merce rara e spesso frammentaria. Per via della stretta sorveglianza sulle comunicazioni nella Polonia occupata dai nazisti (che ora si chiamava Governatorato Generale) e con la censura da sempre attiva nell'URSS, le informazioni sugli accadimenti giungevano nei luoghi remoti dell'Unione Sovietica prive di accuratezza e tempismo. Perciò, benché fosse al corrente che a giugno i nazisti avevano invaso l'URSS, Josefina non aveva notizie della sorte del marito. Trascorsero due mesi prima che apprendesse che, a causa dell'invasione, Stalin aveva unito le sue forze a quelle degli Alleati, e passò ancora un altro mese prima che udisse dell'amnistia, che accordava il rilascio immediato ai cittadini polacchi che nel corso dell'invasione sovietica avevano subito la deportazione e in seguito la reclusione. La liberazione dei prigionieri era stata negoziata con l'obiettivo di creare un esercito polacco in suolo sovietico, ma questa notizia trapelò a malapena e fu contestata o, in alternativa, non fu riferita affatto.

Amnistia, aveva pensato Josefina udendo quella parola, era un'altra rivoltante assurdità sovietica. Dal termine greco per dimenticanza, era un insulto, come l'espressione nazista per il furto perpetrato ai danni degli ebrei, *arianizzazione*. Nessun cittadino polacco arrestato e deportato dai sovietici aveva commesso il genere di reati che legittimassero la grazia, l'assoluzione o il perdono associati all'idea di amnistia. In seguito, Josefina avrebbe appreso che il diplomatico polacco responsabile della stesura del documento aveva adottato il termine *amnistia* anziché quello più accurato di *liberazione*, ma non c'era stato tempo per apportare modifiche prima della firma, avvenuta nell'agosto del 1941. In ogni caso per i beneficiari ad avere rilevanza era la notizia dell'amnistia e non la parola in sé; e per molti prigionieri quell'informazione fu annunciata troppo tardi, oppure non venne annunciata affatto. Alcuni la seppero al momento opportuno, ma non disponevano dei mezzi necessari ad agire di conseguenza. Un buon numero di comandanti dei campi di lavoro si limitò a non comunicare informazioni che potessero interferire con la manodopera e dunque con le quote di produzione dei loro campi, e gli *zek* sfortunati che non appresero mai la notizia dell'amnistia rimasero imprigionati.

Ai prigionieri del campo di lavoro Mariskaya, la notizia era stata comunicata in modo tale da far sembrare che restare fosse una scelta migliore che andarsene. Stando all'ufficiale dell'NKVD che aveva fatto l'annuncio, i cittadini polacchi internati dovevano ricordare che avrebbero avuto bisogno di documenti e del trasporto, tutte cose che richiedevano denaro e permessi di viaggio. Aveva ammonito minacciosamente che in tempo di guerra erano numerosi i pericoli della traversata, specialmente per le donne e le ragazze. Come se la vita in un campo di lavori forzati con guardie spietate e criminali incalliti e violenti non fosse pericolosa, aveva pensato Josefina ascoltando il discorso dell'uomo.

"E dove potrebbe mai stare un ex *zek*?" aveva domandato per accertarsi che i deportati inclini alla partenza sapessero che ovunque andassero sarebbero stati guardati con sospetto. Dopotutto, aveva ricordato loro, quella non era la Polonia; non c'erano alberghi o pensioni. "Ad ogni modo, da queste parti ci sono più che altro contadini," aveva detto. Non dovevano dimenticare quanto fosse improbabile che il cittadino sovietico medio accogliesse un ex prigioniero o condividesse con lui quel poco che aveva. Chissà di quali crimini avrebbero sospettato gli *zek*? I criminali non piacevano a nessuno, specialmente quelli che non avevano concluso il processo di rieducazione e riabilitazione. E nessuno aveva intenzione di rischiare di essere arrestato, per la prima volta o di nuovo. Perché non fermarsi nel campo in attesa della fine della guerra? "Far parte della grande Unione Sovietica varrà pur qualcosa, per voi?" aveva domandato.

Josefina aveva contato fra sé in inglese, una pratica adottata per soffocare l'ira e la nausea che accompagnavano le lezioni della propaganda comunista che era costretta a sopportare. Quell'ufficiale dell'NKVD era così sicuro di sé, con i suoi baffi e il suo collo taurino. Mentre parlava, Josefina aveva guardato in direzione dei cancelli che separavano la *zona* dal mondo al di là del perimetro di quel miserabile campo di lavoro. Nella sua mente aveva preso forma un unico obiettivo: attraversare quei cancelli insieme al figlio e alla figlia. Non avrebbe avuto bisogno di convincere Peter a unirsi all'esercito polacco; prima della fuga da Teschen, suo figlio aveva sempre voluto arruolarsi. Era diventato un uomo, che le teneva in vita lavorando duramente. Josefina sapeva che sarebbe stato un ottimo soldato. E anche se non fossero riusciti a raggiungere il centro di reclutamento militare, avrebbero potuto abbandonare quel posto gelido per recarsi da qualche parte più a sud, dove faceva più caldo. Dagli altri *zek* del campo Mariskaya aveva sentito parlare dei kolchoz, le grandi aziende agricole collettive nell'Asia centrale sotto il controllo sovietico, dove la gente abitava e lavorava. Col tempo la guerra sarebbe finita, aveva riflettuto Josefina. Qualunque luogo, perfino un'idea nebulosa di altrove, era meglio di dove si trovavano, specialmente dal momento che la salute di Suzanna era stata compromessa dalla malattia. Josefina temeva che un altro inverno si sarebbe rivelato fatale per la figlia.

JOSEFINA ERA PRONTA PER LASCIARE il letto a castello in cui aveva dormito dall'agosto del 1940. Era pronta per lasciare la baracca infestata dai parassiti. Era pronta per lasciarsi alle spalle il materasso imbottito di paglia, gli appelli, la *stolovaya*, il *rezhim*, le guardie, la *zona*. Era pronta ad andarsene, prima che l'inverno peggiorasse e reclamasse i suoi morti. Era stata pronta dall'agosto del 1941, quando per la prima volta erano stati informati dell'amnistia.

Prima che potessero andarsene tuttavia Josefina doveva risolvere due problemi; di uno di essi non sarebbe stata consapevole se non fosse stato per l'intervento di un'altra *pridurki*. Vera Adamova era la segretaria del direttore del campo. Spesso lei e Josefina si trovavano nell'edificio amministrativo nello stesso momento. Non che fossero amiche intime, benché Josefina ammirasse la donna russa e attendesse con impazienza i loro incontri, insieme alle notizie dal mondo di cui Vera Adamova era a conoscenza grazie al suo impiego presso il direttore. In quei brevi momenti insieme, le due donne avevano scoperto la loro reciproca somiglianza: Josefina e Vera avevano approssimativamente la stessa età. Prima dell'arresto, della deportazione e della guerra, erano accomunate da una analoga inclinazione nei confronti del mondo, prediligendo entrambe un movimento lento attraverso la vita ottenuto con la cortesia e la buona educazione. Erano state entrambe appassionate sciatrici. Entrambe amavano la musica e il teatro. Entrambe possedevano senso pratico, efficienza e gioia di vivere. Erano entrambe dotate di un pungente senso dell'umorismo. Avevano entrambe un marito scomparso nel sistema carcerario sovietico, ed entrambe avevano due figli in un mondo in guerra. Alla fine, si erano confidate l'un l'altra di essere entrambe ebree.

Vera Adamova era professoressa di matematica all'Università di Mosca quando lei e il marito erano stati arrestati durante le Grandi purghe nel 1936. Dopo un anno nella infame prigione di Lubyanka a Mosca, era stata condannata a sette anni di lavori forzati a Solovki, il campo tristemente noto sul Mar Bianco che i sovietici avevano adottato nella loro propaganda come vanto dell'efficacia del sistema "rieducativo". Come molti *zek*, dopo l'inizio della condanna Vera Adamova era stata trasferita in un altro campo. Ed è così che si era ritrovata nelle foreste mari. Non seppe mai dove fosse stato mandato il marito o che ne fosse stato dei suoi figli, ma parlando di loro si serviva del presente. È così che li tiene in vita, aveva pensato Josefina.

Un giorno di inizio settembre, Vera Adamova e Josefina aspettavano la distribuzione della posta. Chiacchieravano.

"Bel tempo, oggi," aveva detto Josefina, come se si fossero incontrate alla fontana al centro di piazza Rynek a Teschen. La mattina non era fredda. Non era neanche polverosa o calda. Il breve momento di tregua dalle condizioni atmosferiche della taiga, quel luogo di alberi alti e fitti, rappresentato da un giorno come quello andava sottolineato. Con la liberazione in vista, Josefina sentiva di poter provare nuovamente una certa leggerezza d'animo, nonostante fosse abbastanza lucida da conservare la prudenza. Negli ultimi due anni tante, tantissime mattine si erano rivelate, nel migliore dei casi, deludenti.

Vera Adamova aveva annuito. Il solito sorriso gentile era assente. "Josefina Hermanovna, sono giunte notizie spiacevoli," aveva detto riportando un capello in disordine sotto il fazzoletto che indossava sul capo. Con il mormorio rauco di uno *zek* freddo e inaridito, aveva riferito di aver origliato una conversazione fra il direttore del campo e l'uomo dell'NKVD incaricato di annunciare l'amnistia. "Come al solito, le regole cambiano sotto al nostro naso. Faranno uscire soltanto i 'veri' polacchi," aveva detto Vera Adamova, spiegando che ucraini, ebrei e bielorussi deportati dalla ex Polonia erano ora considerati cittadini sovietici e perciò non idonei alla liberazione concessa dall'amnistia. Benché nessuna delle due donne sapesse che cosa dire, Josefina era consapevole del da farsi.

Lei e i ragazzi avrebbero dovuto fingersi gentili. Josefina era trasalita al solo pensiero, ma era anche orgogliosa della propria razionalità pratica. Sua madre aveva educato i figli in modo che quando c'era in gioco la loro fede ebraica sospendessero l'aspettativa di una prova empirica. Voleva che portassero avanti la loro religione senza metterla in discussione né abbandonarla. Karola Eisner era una donna che non avrebbe mai nascosto la propria ebraicità, né avrebbe mai acconsentito che nella sua famiglia essa si indebolisse.

Cosa avrebbe pensato sua madre della situazione in cui si trovavano? Josefina aveva ponderato le alternative: dichiarare di essere ebrei equivaleva a ridurre le possibilità di andarsene, che significava aumentare le possibilità che non sopravvivessero. Dichiarare di essere gentili significava aumentare la probabilità di partire e ridurre quella di morire. Eppure i pensieri della figlia avrebbero turbato Karola e le avrebbero spezzato il cuore, se li avesse conosciuti. Josefina aveva chiesto silenziosamente perdono alla madre. *Non ci convertiremo,* promise.

Il cognome Kohn li avrebbe potuti tradire, pensò Josefina, e anche in caso contrario un nome dal suono così tedesco avrebbe potuto provocare delle ripercussioni su Peter quando avesse provato ad arruolarsi. Da diverso tempo avevano smesso di parlare tedesco dove potevano essere uditi da qualcuno, ed entrambi i ragazzi erano nati in Polonia e parlavano disinvoltamente il polacco. Ma un'identità da cattolici romani significava avere la presenza di spirito di convincere gli altri a credere che erano dei veri gentili. E se li avessero messi alla prova avrebbero dovuto sapere *qualcosa* a proposito dell'essere cristiani. Non c'erano corsi a cui potessero iscriversi, né libri da leggere, nessuna copia del Nuovo Testamento da cui trarre alcunché. E anche se ci fosse stato qualcosa del genere, nell'Unione Sovietica era proibita ogni pratica religiosa, considerata un reato. Perciò nessuno *zek* parlava di Dio. Nessuno pregava ad alta voce. Chi lo faceva rischiava di essere punito.

Una delle donne polacche anziane, Agatha, che lavorava in lavanderia e viveva nella stessa baracca di Josefina e Suzanna, era stata portata in cella dopo che una guardia l'aveva sorpresa a rendere grazie sottovoce prima di mangiare. Quando era tornata, dopo cinque giorni di isolamento, Agatha era affamata, ma la sua fede era rimasta intatta. Nel periodo che aveva trascorso in cella non le avevano dato che una piccola razione di pane e zuppa una sola volta. Agatha aveva continuato a pregare, ma in segreto. Quando era tornata alla baracca, sia Josefina sia Suzanna avevano dato alla donna una parte delle proprie già magre razioni.

"Ci potresti insegnare qualcosa del tuo credo?" le domandò un giorno Josefina con un sussurro mentre mangiavano la zuppa mattutina. Offrì alla donna metà del suo pane.

Agatha accettò di aiutarle, ma non volle la razione di pane di Josefina. "Lo faccio perché anche voi siete figli di Dio," disse. "E poi, dato che siete ebrei, conoscete già i fondamenti del cristianesimo." Gli altri dettagli, spiegò, "relativi allo svolgimento o ai ruoli della messa, nessuno al potere nell'Unione Sovietica ammetterebbe in ogni caso di ricordarli." Nei mesi che seguirono, Agatha insegnò a Peter e Suzanna la genuflessione e le preghiere cattoliche; e ammiccando al loro indirizzo insegnò loro a fingere di seguire la messa anche se non sapevano con certezza che cosa stesse accadendo o cosa venisse detto.

TARDO AUTUNNO 1941

JOSEFINA AVEVA UN SECONDO PROBLEMA da risolvere, che avrebbe richiesto assai più impegno. Era semplice allenarsi a pensare e parlare in polacco e ripassare silenziosamente le preghiere cattoliche durante la conta, in piedi nella *zona*. Il compito più importante, tuttavia, consisteva nel procurarsi i documenti d'identità e di viaggio necessari, firmati e timbrati con l'approvazione dell'impiegato giusto. Tali documenti erano rilasciati nei paesi e nelle città, e viaggiare fino a quei luoghi fuori dal campo di lavoro significava negoziare l'approvazione del direttore del campo, dopodiché mettersi in lista per i mezzi che ce li portassero. A complicare ulteriormente le cose, le opzioni di trasporto erano limitate; la guerra determinava la priorità delle domande, e non c'era alcuna rete di comunicazione affidabile. I rifornimenti di carta erano limitati, il che rendeva ancora più difficile ottenere i documenti di viaggio necessari. Tutti gli *zek* sapevano come le regole potessero cambiare arbitrariamente, dato che in effetti cambiavano di continuo: le norme venivano costantemente modificate; i privilegi sospesi; i diritti fondamentali cancellati. Di conseguenza, le concessioni fatte ai prigionieri, come la liberazione anticipata dai campi, potevano essere subito revocate.

I mesi fra l'annuncio dell'amnistia e il momento effettivo della partenza furono una terra di nessuno emotiva fra la trepidazione e l'ansia. Josefina si teneva impegnata con una determinazione che cercava di controllare per non essere notata ed essere eventualmente soggetta alle ritorsioni delle guardie o degli *zek* che non sarebbero stati liberati. Raccoglieva frammenti di informazioni, come anche Peter, su chi vedere, quanto pagare e come viaggiare da un punto a quello successivo. Si guadagnò il favore dello *zovchoz* offrendo la propria abilità nel ricamo in cambio di permessi per viaggiare fino a Yoshkar-Ola, la capitale della Repubblica dei Mari. Lo *zovchoz*, in un momento di generosità inaspettata, spinse in mano a Josefina una discreta somma di rubli. Non si dissero nulla. Quel gesto fece sì che chiudendo le dita intorno al dono Josefina avvertisse di nuovo il proprio cuore, l'accelerazione che avviene quando si gonfia o si spezza.

Poco a poco, Josefina racimolò quante più risorse poteva. Ogni volta che le avanzava tempo, Suzanna rammendava calzini, cappotti e zaini. Quando lavorava nel bosco, Peter raccoglieva combustibile per le comete. Finalmente giunse il momento di recarsi a Yoshkar-Ola, un'escursione che Josefina si scoprì ad aspettare con qualcosa di simile all'impazienza, un sentimento elusivo da quando aveva lasciato la sua casa. Percorse il tragitto su un carro trainato da cavalli, condotto da un uomo mari che consegnava i beni al campo di lavoro, un lontano parente di Natalia. All'inizio Josefina fu deliziata di trovarsi in viaggio e poi in un luogo i cui edifici e negozi affermavano l'esistenza di un posto affine alla civiltà. Ma dopo il piacere iniziale di vedere la gente avvolta in cappotti senza numeri cuciti sopra e dopo che il profumo del tè e del fuoco di legna furono dissolti, Josefina notò che a Yoshkar-Ola c'erano molti polacchi impegnati nel disbrigo del suo stesso compito, tutti disperati e affamati.

Josefina entrò nell'edificio dove si rilasciavano i documenti di viaggio. Come si aspettava, la lunga fila si muoveva pigramente. Non importava, però, dato che dentro era tiepido e, benché non si potesse dire che i deportati polacchi in coda fossero contenti, *erano* molto più vicini a lasciare i tristi luoghi in cui erano stati costretti. Era concesso loro anche un breve sollievo dal gelo della foresta, nonostante l'assenza dal lavoro significasse una minore quantità di cibo. Josefina tastò la tasca segreta cucita all'interno del cappotto e poté distinguere il piccolo fascio di rubli che vi aveva nascosto. Aveva acquisito una pratica notevole nel valutare ciò che la circondava senza dare a vedere di starsi guardando attorno; in quel momento individuò i ladruncoli dagli occhi rapaci che frequentavano i luoghi come quello. Considerandolo un gesto sicuro, immerse le dita nella tasca per separare il numero di banconote di cui prevedeva di aver bisogno per il permesso di viaggio.

"Il prossimo," chiamò un'impiegata, il viso impassibile e il tono insondabile. La fila avanzò di qualche centimetro.

Josefina osservò la pressione della coda in direzione degli sportelli in cui i funzionari pubblici decidevano il destino di chi andava a cercarvi i permessi di viaggio. Guardò gli incontri, uno dopo l'altro, in cui pochi fra gli impiegati mettevano in pratica i concetti di civiltà o servizio.

"Perché non hai abbastanza soldi, stupida polacca?" udì chiedere un impiegato a un'anziana, riuscita chissà come a sopravvivere non solo ai treni ma anche alla successiva prigionia nel campo di lavoro. La donna polacca, incoraggiata dalla libera uscita e abbastanza anziana da non curarsi più della punizione che lo Stato sovietico le avrebbe inflitto, fissò semplicemente l'impiegato negli occhi.

"Avevo dimenticato che la libertà va comprata, cittadino capo," disse. "Che sciocca sono stata a pensare che il lavoro che ho svolto qui fosse sufficiente alla mia liberazione."

"Non hai abbastanza soldi per i documenti di viaggio. La tua richiesta per il superamento della frontiera è respinta," rispose l'impiegato.

Josefina rifletté sul fatto che nell'Unione Sovietica gli oneri della quotidianità erano elevati a livelli inauditi. Se per il cittadino medio l'acquisto del pane era una lezione quotidiana di incertezza e scarsità, per uno *zek* chiedere il permesso per andare in un luogo qualsiasi era un esercizio di irrazionalità. Josefina si sentì nauseata. E se *lei* non avesse avuto abbastanza soldi? Non aveva un permesso per trascorrere la notte in città, e anche se lo avesse avuto dove avrebbe pernottato? Sarebbe dovuta tornare al campo come un cane con la coda fra le gambe... Soltanto per escogitare un modo per ottenere altri rubli e riorganizzarsi da capo per tornare in città.

I pensieri di Josefina andarono immediatamente alla fede nuziale che a Leopoli si era rifiutata di vendere a Leonid Petrov. Durante i diciotto mesi di prigionia, l'anello era rimasto nella sua scarpa. Nel punto del piede contro cui premeva l'anello durante le ore quotidiane trascorse in piedi o a camminare si era formato un callo. Josefina si guardò le mani. Le sue dita si erano assottigliate al punto che, anche se Julius fosse stato ancora vivo, anche se un giorno si fossero ritrovati, sapeva che non avrebbe mai potuto tenere l'anello al dito.

Finalmente arrivò il suo turno allo sportello.

L'impiegata davanti a lei aveva l'età di Josefina; aveva le guance rotonde ma ingrigite dall'alimentazione inadeguata e dalla mancanza di esercizio fisico. All'anulare indossava una sottile fascia di rame, e i suoi folti capelli rossi erano tagliati corti. Se si fossero incontrate in circostanze differenti, si domandò Josefina, avrebbero sviluppato, se non un'amicizia, almeno un rapporto di conoscenza non gravato dalle terribili paure accentuate da quella guerra?

"Signora," disse l'impiegata con voce stanca ma non scortese, "come posso esserle utile?"

"Vorrei solamente tornare a casa, cittadina capo," rispose Josefina.

In qualche modo, quell'affermazione così spassionata toccò l'impiegata.

"Mi può chiamare *compagna*," disse, e la bocca le si intenerì in un lieve sorriso. Josefina sapeva che l'altra donna vedeva una rifugiata polacca avvolta in un cappotto sozzo, stracciato e rammendato, ma sospettò che l'impiegata riconoscesse in lei una donna senza marito, una madre di mezza età più o meno come lei, prigioniera delle circostanze storiche, che avrebbe messo in salvo i propri figli con tutti i mezzi necessari.

"Le sue lettere di permesso, prego. Di quanti rubli dispone?" domandò l'impiegata.

Josefina pensò che avrebbe potuto comportarsi come la maggior parte degli uomini e delle donne che lavoravano in quel posto, tutti a presidiare il proprio angolino di macchina comunista, timorosi dell'arresto. Sapeva che quei funzionari potevano essere considerati responsabili di aver erroneamente permesso a un nemico dello Stato di fuggire o evadere dalla "rieducazione." Temendo per la propria libertà, eseguivano meticolosamente anche i compiti apparentemente più banali. Avrebbero negato un permesso, un lasciapassare o un documento d'identità a qualcuno piuttosto che fare uno strappo alla regola e subirne le eventuali conseguenze.

Ma non quell'impiegata, non quella volta. La donna stava agendo ragionevolmente, ammettendo una circostanza anomala, provvedendo a una via di risoluzione. Josefina lo considerò uno di quei piccoli istanti sfiorati dalla provvidenza, che mettevano in risalto una simile bontà e generosità di spirito in un mondo altrimenti immerso nella guerra. Era il genere di incontri che si era ripromessa di rievocare per conservare la propria umanità, e ai quali aveva dedicato un altro filo da annodare, dopo che erano stati fatti scendere dai treni a bordo dei quali erano stati spinti fino alla detenzione. Fino a quel giorno su quel filo aveva legato soltanto quattro nodi, ma ciascuno di essi era un'eccezionale finestra affacciata sul mondo al di là della prigionia.

Josefina premette le banconote umide nella mano dell'impiegata. "È tutto quello che ho, compagna," disse.

La donna contò i rubli. "È sufficiente," disse mettendosi a compilare la richiesta per i documenti di viaggio. Trascrisse i nomi e i cognomi di Josefina e dei ragazzi, quindi segnò la loro nazionalità (polacca), religione (cattolica romana) e destinazione (Tashkent, dove si trovava il quartier generale dell'esercito polacco).

Dopodiché Josefina si diresse alla stazione ferroviaria. Era pomeriggio presto, e una neve leggera aveva iniziato a cadere. Camminò lentamente cercando di non attirare l'attenzione e sperando che il numero di prigionia cucito sul bavero del suo cappotto fosse sufficientemente celato dal semplice scialle che le serviva per coprire il capo rasato, segno distintivo degli *zek*. Per la prima volta da quando era arrivata nell'Unione Sovietica avvertì l'insicurezza che si accompagna alla pubblica umiliazione. Ironico, pensò Josefina, che i reali motivi di vergogna, come l'arresto e la detenzione ingiusti, i lavori forzati e la denutrizione, non suscitassero un briciolo di auto-coscienza nei suoi carcerieri. Perfino lo *zovchoz*, la cui generosità aveva garantito il suo arrivo a Yoshkar-Ola, svolgeva il proprio lavoro come se ridurre in schiavitù uomini e donne in condizioni disumane fosse perfettamente normale, mentre mostrare agli altri compassione, gentilezza e rispetto fosse una cosa aberrante.

L'attenzione di Josefina fu attirata da un trambusto davanti alla stazione ferroviaria. Gli uomini dell'NKVD stavano fermando i polacchi giunti per comprare i biglietti. *Eccolo qui*, pensò, l'ostacolo quotidiano. Nel campo di lavoro Mariskaya, ogni giorno si presentava almeno un ostacolo, spesso molti di più. Guardò mentre uno degli uomini, che non doveva pesare più di un bambino di dieci anni, veniva colpito dal pugno di un alto soldato sovietico che eseguiva gli ordini di un ufficiale dell'NKVD con troppo tempo libero e troppa cattiveria nel cuore, motivato dall'obbligo di dover raggiungere la sua personale quota di produzione. L'uomo si contorse, steso sulla strada. E se da un lato la disgustava assistere a quello spettacolo, Josefina sapeva anche che aiutando quell'uomo o perfino guardandolo, oppure voltandosi e andandosene da lì, avrebbe attirato di più l'attenzione e le sarebbe stato impedito di concludere la sua missione di quel giorno. Meglio andare avanti, provare a nascondersi in piena vista.

Raggiunse la porta della stazione senza essere notata, appena un po' tremante ma vicina all'obiettivo.

"I documenti," disse una voce alle sue spalle.

Si voltò e vide l'uomo dell'NKVD che aveva presieduto alla violenza inflitta al polacco. Lo scialle era scivolato, scoprendo un pezzo del numero di prigionia sul suo cappotto.

"Sì, cittadino capo," rispose docilmente porgendo il documento d'identità e il permesso di transito appena approvato.

"Sei una prigioniera?" domandò lui. Sfogliò i documenti con aria arrogante.

Josefina annuì con il capo.

"Una sporca polacca?" Era più alto di lei e la guardava dall'alto al basso.

Josefina si morse la lingua per farsi salire le lacrime agli occhi, un gesto di cui qualche volta aveva scoperto l'utilità.

"Magari sei anche una stupida ebrea," aggiunse l'uomo. "Significa che non te ne puoi andare, lo sai?"

Josefina scosse il capo. L'uomo domandò se quel *no* riguardasse l'essere ebrea o rispondesse alla domanda se sapesse che agli ebrei polacchi non era permesso andarsene. Cercava di incastrarla, e a quel punto le lacrime, quelle che avevano albergato nel suo cuore fin dagli ultimi giorni di agosto del 1939, presero a bagnarle il viso smunto. Poteva vedere che l'uomo dell'NKVD era tutto preso dal suo astuto interrogatorio. Questi abbassò lo sguardo sui documenti di transito e li tese per esporli alla neve fioca, che sbavò l'inchiostro fresco di una parola o due. Se si fosse imbrattato troppo, avrebbe dovuto ricominciare tutto da capo. Josefina avrebbe voluto gridare. "Vi prego, cittadino capo," disse trattenendo la rabbia e la paura che avrebbero rischiato di alterare il tono della sua voce, "vi prego, lasciatemi spiegare, magari al coperto, dove possiate sedervi."

L'uomo grugnì e le ridiede i fogli, che lei tamponò e ripiegò in fretta ma con cura per infine riporli nel cappotto. "La tua permanenza qui non vale il pane che ti diamo," concluse l'uomo. "Però entra, mi devi pagare."

"Sì, certamente, cittadino capo," rispose lei. Josefina infilò una mano nel cappotto per raggiungere la tasca nascosta e ne estrasse con destrezza alcune banconote, che allungò all'ufficiale dell'NKVD. Lui scoppiò prontamente a ridere. E poi fece qualcosa che non si sarebbe mai aspettata; senza alcun pudore, le spinse una mano nel cappotto per cercare a tentoni la tasca segreta.

"È qui che nascondi i soldi, sporca polacca?" domandò senza più sorridere.

Josefina riuscì a rispondergli di sì. Aveva il viso in fiamme per la vergogna.

"Non ti sento, sporca polacca," disse ancora, proseguendo la ricerca all'interno del cappotto, la mano rude contro il suo corpo ossuto.

"Sì," rispose, quasi urlando. La gente li stava guardando; Josefina poteva avvertire i loro sguardi, le loro accuse silenziose, la loro commiserazione.

L'ufficiale infilò la mano nella tasca nascosta ed estrasse l'intero mazzo di rubli. Abbassò le labbra all'orecchio di Josefina e sussurrò. "Sei fortunata che non prenda altro da te," disse, "sei fortunata a essere tutta sciupata e quasi distrutta." Erigendosi in tutta la sua statura le ordinò di levarsi dai piedi, non vedeva che stava bloccando l'ingresso?

Josefina entrò nella stazione e si diresse immediatamente verso una panchina dove potesse sedersi e ricomporsi. Non doveva piangere; non doveva lasciare che il numero di prigionia si vedesse; non doveva contare in quanti modi era appena stata umiliata. Per un istante chiuse gli occhi e rievocò su di sé l'immagine di una donna più giovane e robusta. *Tu sei questa persona,* si disse, *questa è la donna che si alzerà in piedi e con una fede che tiene nascosta nella scarpa destra comprerà i biglietti del treno per sé e i figli.*

Il che fu esattamente ciò che fece Josefina Kohn dopo essersi alzata dalla panchina. Attese in coda, si sfilò la scarpa, estrasse l'anello e lo strinse saldamente nella mano. Giunto il suo turno chiese pacatamente all'impiegato tre biglietti da Yoshkar-Ola a Totskoye, dove aveva sentito dire che avrebbero dovuto presentarsi a rapporto i futuri soldati. E quando allungò la fascia d'oro, scorse negli occhi dell'impiegato che la prese il desiderio per quell'oggetto luccicante. Josefina si domandò se il bigliettaio potesse vedere sul suo viso quale l'aspetto avesse la possibilità di essere liberi, o che per il prezzo di quel biglietto valeva la pena di separarsi dall'ultima cosa che nella sua mente teneva in vita suo marito.

4 GENNAIO 1942, REPUBBLICA DEI MARI

E ARRIVÒ LA PRIMA DOMENICA di gennaio. Era un giorno libero per gli *zek*, il primo da almeno due mesi.

Per Suzanna, la sua famiglia e gli altri polacchi che avevano ottenuto i documenti necessari alla partenza dal campo, era un giorno di viaggio. Tenevano i documenti e i biglietti infilati dentro ai cappotti. I loro zaini erano allacciati, e indossavano i numerosi strati di abiti. Stavano per lasciare il campo di lavoro nella RSSA Mariskaya, dove erano sopravvissuti con davvero poco. Suzanna sapeva che, una volta partiti, la madre non si sarebbe più voltata indietro. E se fossero entrambe sopravvissute al viaggio, sapeva che nessuna delle due ne avrebbe più parlato.

Quando Suzanna aveva detto che presto se ne sarebbe andata, Natalia aveva sorriso debolmente. Suzanna aveva afferrato la mano della ragazza mari e vi aveva deposto l'unico tesoro che la mamma le aveva permesso di conservare il giorno in cui a Leopoli aveva venduto la maggior parte dei loro gioielli. Era un minuscolo ciondolo, un regalo della zia Greta. Un gioiello grazioso, di latta smaltata, ma di scarso valore. Tuttavia Suzanna sapeva che nel campo di lavoro prima o poi la ragazza mari avrebbe potuto usarlo per ottenere qualcosa che non aveva, qualcosa di cui avesse bisogno. E se non fosse servito per qualcosa di necessario, forse avrebbe ricordato a Natalia che l'amicizia era ancora possibile in quei tempi bui. Il ciondolo era rimasto nascosto prima nella scarpa di Suzanna e poi in un buco scavato in una delle assi del letto a castello.

"Per ricordarti di noi," aveva detto Suzanna. "Guarda, si apre." Aveva mostrato a Natalia come aprire le due metà con un'unghia. All'interno c'erano due piccoli ritratti che rappresentavano Suzanna e Josefina. Erano stati disegnati da herr Sinaiberger, nella sua villa di Skoczów. Era estate e Suzanna sedeva in giardino. La mamma parlava con Ielen, la moglie di herr Sinaiberger. C'erano le api, naturalmente, ed era piacevole stare seduti all'ombra con gli occhi chiusi ad ascoltare il loro ronzio mentre volteggiavano sui fiori. Prima di dover nascondere il ciondolo, a Suzanna piaceva aprirlo ed esaminare le immagini. Aveva memorizzato le espressioni impresse da herr Sinaiberger, illuminate da sorrisi e occhi fiduciosi. Ovunque fossero andate in seguito, era sicura che sarebbe stata in grado di conservare nella sua mente l'immagine dall'aspetto felice di sé e della madre. Non aveva più bisogno di quei ritratti. Oltretutto il ciondolo era un ulteriore legame con il luogo chiamato casa; un luogo, intuiva Suzanna, che non avrebbe mai più rivisto. E poi era una cosa che si sarebbe rivelata più utile a Natalia.

"Sembriamo diverse perché allora sorridevamo molto di più," aveva detto Suzanna.

Natalia l'aveva guardata. "Io non ho che questo da darti," aveva detto estraendo un fagottino dalla tasca. Suzanna aveva riconosciuto il tessuto e aveva compreso che l'amica aveva strappato un quadretto dallo scialle colorato che indossava sempre. All'interno del panno erano avvolte delle foglie di tè, un bene prezioso nei campi. Suzanna stava per dire all'amica che non poteva accettare un dono simile, ma la ragazza più grande aveva insistito. "Nel caso ti ammalassi di nuovo," aveva detto. Natalia aveva preso le mani di Suzanna fra le sue. "Non dimenticarti di me."

PETER DIEDE UN'ULTIMA OCCHIATA IN giro nella baracca in cui avevano abitato negli ultimi diciotto mesi. Gli altri *zek* erano nei loro letti. Alcuni dormivano, altri fumavano o chiacchieravano a bassa voce. Vladimir Antonovich lucidava gli scarponi.

Quando Peter si avvicinò al suo letto si fermò.

"Piotr Ilyich," disse, "ti auguro buona fortuna."

Peter annuì.

"Ho qualcosa che potrebbe servirti," disse l'uomo, ed estrasse un oggetto infilato in un interstizio fra il letto e il materasso.

Consegnò a Peter un blocchetto di pagine bianche, cucite grossolanamente fra loro a formare un quaderno. "Ho trovato questo," disse. "Penso che sia più utile a te che a me."

Peter tenne fra le mani il blocchetto di carta prima di nasconderlo in una tasca cucita nel cappotto dalla madre quando avevano abitato a Leopoli, per quanto brevemente, nella stanza al terzo piano. Sembrava come se quel mondo fosse appartenuto a un altro secolo. Peter sapeva che il loro viaggio per uscire dall'Unione Sovietica non sarebbe stato una passeggiata. Lui, la madre e la sorella avrebbero dovuto spostarsi a piedi, all'aperto, in balìa degli elementi. I treni e i furgoni su cui sarebbero dovuti salire sarebbero stati stipati di altri profughi. Sarebbero stati sospinti sui carri. L'alloggio non sarebbe stato garantito, e il cibo… Certo, nulla sarebbe stato terribile come il cibo del campo, ma sapeva anche che fuori dai suoi cancelli ottenere da mangiare poteva essere arduo.

"Grazie, Vladimir Antonovich. Cittadino capo, è stato un onore aver lavorato con voi. Vorrei che ci fossimo incontrati in altre circostanze."

"*Molto* intraprendente," disse il caposquadra, e sorrise. Raccolse gli scarponi e lo straccio impiegato per lucidarli. "Non devi essere sempre uno stacanovista, Piotr Ilyich. Abbi una bella vita e basta, se puoi."

La prima tappa di quella bella vita sarebbe stata all'incirca a 450 miglia a sud-est, dove l'esercito polacco stava mobilitando gli uomini e le donne che erano stati deportati nei campi sovietici. Josefina, Peter, Suzanna e alcuni altri *zek* viaggiarono fino a Yoshkar-Ola su un carro. Lì presero il treno per Totskoye. La neve cadeva sugli uomini e le donne appena liberati mentre raggiungevano la stazione alla spicciolata. Indossavano abiti malandati e calzature consumate dalle intemperie e stringevano fagotti piccoli e preziosi. Portavano del pane e, se erano fortunati, un inestimabile pezzo di salsiccia o dello zucchero, provviste messe da parte nel tempo o appena ottenute. Erano stracciati e stanchi, ma per la prima volta da tanto, tanto tempo camminavano fra i vivi, più liberi di quanto si fossero mai sentiti, con un guizzo di qualcosa di simile alla speranza nelle loro menti.

Breve soggiorno nel giardino dell'Eden

DAL FINESTRINO DEL TRENO, Peter guardava la neve cadere. Com'era diversa la partenza dall'arrivo: sebbene il treno fosse molto affollato, ora lui, la madre e la sorella stavano viaggiando da passeggeri muniti di biglietti in veri vagoni con sedili e finestre. Quasi tutti gli altri viaggiatori dormivano. Peter non poteva che immaginare cosa sognassero: cose confortevoli, forse, come lenzuola pulite, il pelo morbido di un cane o di un gatto, un pasto caldo. La madre e la sorella erano appoggiate l'una all'altra. Benché negli ultimi anni fossero stati così a stretto contatto, Peter non aveva mai avuto occasione di osservarle entrambe da vicino come in quel momento. Per buona educazione evitava di fissare le persone, specialmente la mamma e Suzi.

La gentilezza e la tranquilla riservatezza della sorella erano al cuore della sua grande compostezza. La modestia rendeva Suzanna ancora più bella. Meritava di meglio di tutto questo, pensò Peter. Avrebbe dovuto essere seduta al piano a suonare Chopin. O ascoltare lo zio Arnold mentre eseguiva un brano di una delle operette che gli piacevano tanto. Avrebbe dovuto ridere sommessamente e arrossire per lo sguardo che un giovanotto le avrebbe rivolto. Scambiare pettegolezzi con le amiche. Suzanna meritava cuscini soffici, abiti graziosi e dolcezza. Peter immaginava che un giorno Suzanna volesse sposarsi e metter su famiglia. Avere una cucina per sé, un pianoforte in un salottino arredato con gusto, fini porcellane, gioielli. O semplicemente un marito buono e gentile e figli diligenti che si impegnassero a scuola.

I lineamenti scolpiti della madre erano resi più affilati dalla forte magrezza del suo viso. Aveva perso i capelli e si copriva il capo con un anonimo scialle. Peter cercò di ricordare il suo aspetto quando erano a Teschen. A quel tempo era stata una signora di gran classe. *Una signora di classe*: queste parole rievocarono una conversazione fra lo zio Arnold e la zia Milly, svoltasi nella cucina dell'appartamento della panetteria. Peter guardava una fotografia incorniciata di loro due scattata a Vienna.

"Risale a prima che ci sposassimo," aveva detto la zia Milly. Aveva sfiorato la guancia di Arnold. Lui le aveva sorriso. "Dieci anni di corteggiamento: chi può immaginarselo? Eravamo così felici."

"Tua zia Milly era una 'classy lady', come si dice in inglese," aveva detto Arnold.

"*Era?*" aveva chiesto Milly con un'espressione di finto scetticismo sul bel viso.

Avevano riso entrambi. Peter aveva sempre trovato che il loro amore fosse tangibile. Sua madre, in ogni caso, aveva avuto molta *classe* una volta: sì, era quella la parola giusta. Adesso, addormentata, in un breve istante di sollievo dalle asperità, sembrava oberata dalla fatica e dalle preoccupazioni.

Peter tirò fuori il quadernetto donatogli da Vladimir Antonovich. Lo tenne fra le mani accarezzando distrattamente la carta. Se solo avesse avuto una matita e avesse saputo disegnare avrebbe tentato di ritrarre i visi addormentati della madre e della sorella. O le avrebbe descritte con le parole. Quanto tempo era trascorso dall'ultima volta che aveva vergato delle parole su una pagina? Mentre erano nel campo, la madre si era occupata di tutta la corrispondenza.

La carta era un vero lusso. Se avesse avuto quel quaderno al campo, Peter avrebbe potuto scambiarlo con del cibo o con degli stivali nuovi. Eppure Vladimir Antonovich non lo aveva fatto. Peter immaginò che l'uomo dovesse essere stato tentato di tenere un resoconto di ciò che stava accadendo nella sua realtà quotidiana. Ma non lo aveva fatto. Ora Peter teneva il quaderno fra le mani ma non aveva penne né matite, né c'era alcun luogo dove potersi procurare simili materiali. Ripose il fascio di fogli nello zaino, poggiò la schiena contro il sedile e chiuse gli occhi.

Come intervento preliminare di un diario, forse Peter avrebbe osservato che viaggiare è sempre potenzialmente pericoloso, in qualsiasi circostanza. I viaggiatori vengono distratti da cose mai viste prima e spesso è impegnativo destreggiarsi fra lingue e costumi sconosciuti. Ma circolare in tempo di guerra, in un paese governato con il pugno di ferro . . . Un viaggio del genere è certamente irto di pericoli impossibili da prevedere. Forse avrebbe scritto una dichiarazione: *devo essere vigile*, o qualcosa del genere.

È vero, pensò Peter prima di essere finalmente rapito dal sonno, *devo essere vigile*.

DIVERSE ORE PIÙ TARDI IL treno arrivò a Kazan, superando il punto in cui il fiume Kazanka affluiva nel Volga, dove fece salire altri passeggeri a bordo. Dopodiché il convoglio si diresse a meridione, oltre Ul'janovsk, dove il fiume si faceva più stretto, e a Syzran, dove attraversò il Volga, poi voltò a oriente verso Samara e nuovamente a meridione, giungendo infine a Buzuluk. In poco più di ventiquattr'ore avevano percorso oltre 420 miglia.

Tutti i passeggeri polacchi scesero dal treno. Molti di loro indossavano stracci. Altrettanti erano infestati dai pidocchi o erano affetti da disturbi di vario genere. Erano tutti affamati e affaticati. Molti non riuscivano ad avvertire granché all'infuori della sventura incombente provocata dall'enorme stanchezza e dalla sofferenza, a cui non avevano ceduto durante la prigionia ma che, ora che erano liberi, avevano la possibilità di contemplare. Ciascuno di loro, pensò Peter, voleva tornare a qualcosa che assomigliasse a una vita normale: un vero letto, nutrimento adeguato, cure e medicine in caso di infermità. Furono accolti dai rappresentanti dell'esercito polacco e dalle organizzazioni di assistenza e soccorso, che li introdussero nei camion per portarli al quartier generale militare polacco di Kultubanka.

Ritrovarsi ripetutamente in una tenda o in una baracca in un qualunque campo nell'Unione Sovietica, specialmente con l'ombra della prigionia che incombeva nelle loro menti, costituiva soltanto una vaga approssimazione di una vita normale. Però, pensò Peter, almeno erano in una regione più temperata, dove la pioggia e il fango, per quanto esasperanti, non erano nulla in confronto alla neve e al ghiaccio della Mariskaya. I numerosi ammalati fra loro furono trasportati all'infermeria provvisoria. A chi non stava male veniva consegnata una coperta per poi essere indirizzato alle tende. I loro abiti furono disinfestati. Si lavarono nelle docce. Le donne polacche che servivano da mangiare, anch'esse liberate dai campi, si affaccendavano ai calderoni e scodellavano una densa zuppa calda con patate e perfino un po' di carne. Mangiarono delle razioni di vero pane.

Il giorno dopo il loro arrivo, il sette gennaio 1942, Peter si arruolò nel 26esimo battaglione di fanteria, appena istituito, che faceva parte della nona divisione. A quel punto era un membro dell'esercito di Anders, intitolato al generale che li comandava, Władysław Anders, anche lui in precedenza imprigionato dai sovietici. Poiché Peter era un soldato di quell'esercito, la madre e la sorella avevano il permesso, insieme a un piccolo contingente civile, di viaggiare insieme al battaglione al di fuori dell'Unione Sovietica.

Alle cinque del mattino del quattordici gennaio il battaglione di Peter si mise in marcia. Se si fosse potuta osservare dall'alto la piattaforma della stazione ferroviaria, i cappelli di pelliccia degli ufficiali sarebbero sembrati un largo nastro di pelli di castoro. Soldati e civili si muovevano sotto i fiocchi di neve. La locomotiva torreggiava nera e imponente, una grandiosa macchina fiera e oscura per la quale Peter provò un'immensa tenerezza, come se si fosse trattato di un animale anziché di un oggetto di metallo. La legna era già stata caricata a bordo. E anche il cibo. Quando fu il turno dei beni pesanti e del trasporto passeggeri, Peter fu sollevato di sottrarsi all'aria gelida. La loro destinazione: l'Uzbekistan.

Viaggiarono per una settimana, dapprima attraverso le steppe ammantate di neve del Kazakistan. Di tanto in tanto all'orizzonte comparivano capanne di argilla e slitte trainate da cammelli. Ad Aktyubinsk scesero dal treno e mangiarono in una immensa sala con file e file di tavoli. Furono serviti loro pasta in brodo di pollo e semolino di grano saraceno con il pesce.

"È quasi civiltà," disse sua madre posando una forchetta, un utensile che gli *zek* non avevano mai visto nei campi.

A Tashkent, mentre mangiavano si esibì un'orchestra sovietica. Peter si guardò intorno. Ora gli ufficiali indossavano linde uniformi fornite dagli inglesi. Sui volti di quasi tutti i cittadini polacchi deportati dai sovietici nell'inferno dei campi di lavoro in seguito noti come gulag, campeggiava l'incredulità. Erano tutti arrovellati dalla stessa domanda: com'era possibile che lo stesso governo che li aveva stipati in un vagone strapieno, che li aveva affamati e costretti a lavorare come schiavi in condizioni abominevoli, inviasse poi un'orchestra per celebrare il loro arrivo una volta liberati? Quella domanda probabilmente non avrebbe mai ricevuto risposta.

Gli abitanti uzbeki del posto arrivarono per offrire uva passa, mele, noci e melagrane. Peter era ipnotizzato dai colori sgargianti dei loro abiti e dalle *tubeteika* ricamate, gli zuccotti tetraedrici di forma vagamente conica indossati sia dagli uomini che dalle donne. Era gente forte e di bell'aspetto; Peter fu commosso dalla loro generosità.

Il treno attraversò villaggi e frutteti di albicocchi innevati. Soldati e civili furono sbalorditi nel vedere i cammelli carichi di merce condotti al mercato. Indicarono le case costruite con l'argilla con porticine di legno ma senza finestre su entrambi i lati di una larga strada. Chissà com'erano quelle abitazioni al loro interno? Giunti a Margilan alle otto del mattino del venti gennaio, il tenente colonnello Gudakowski ordinò alle reclute di lavarsi e radersi.

"Bisogna che rappresentiate decorosamente la nostra amata Polonia," disse loro.

A ogni nuova ondata di neve, nevischio o pioggia, il fango inondava tutto complicando gli spostamenti, per non parlare della possibilità di osservare una pulizia decente. Ciò nonostante, il tenente colonnello esigeva che si comportassero in maniera esemplare. Perciò avrebbero dovuto tenere in ordine non solo sé stessi, ma anche i dintorni. "Se vedete delle macerie, portatele via," disse Gudakowski. Dopo le sei di sera a nessuno era consentito di attardarsi in città. "Per andare in paese dovrete rivolgervi a me o al mio vice per procurarvi un permesso," aggiunse. I ladri sarebbero stati processati da un tribunale militare. I soldati avrebbero dovuto dimostrare buona educazione nei confronti delle truppe sovietiche. C'erano in programma l'allestimento di un'infermeria e di sale comunitarie per i soldati semplici. Gli ufficiali e i soldati avrebbero dovuto partecipare alla messa e ad altre funzioni religiose.

La madre e la sorella di Peter furono alloggiate insieme agli altri civili, per la maggior parte in tende fornite dall'esercito. Si procurarono tappeti e coperte e fecero del loro meglio con quello che potevano. Suzanna trovò impiego nelle cucine del campo, e Josefina andò a lavorare al confezionamento dei paracadute di seta. Da secoli a Margilan si coltivava, filava e tesseva la seta, e la città, fondata da Alessandro Magno, era diventata una tappa nota sulla famosa via della seta che collegava la Cina all'Europa.

A FEBBRAIO CADDERO ALTRA NEVE e pioggia, rinnovando l'afflizione del fango perenne. I soldati seguivano l'addestramento ed erano incaricati di scaricare gli approvvigionamenti; spesso lavoravano dieci ore al giorno. Gli ufficiali frequentavano delle lezioni. Ogni tanto c'erano dei concerti. Quando andavano in città, i soldati bevevano birra ricavata dalle albicocche e mangiavano polpette arrostite acquistate dai venditori di strada. Le reclute arrivavano a centinaia. Le tende furono montate in un campo e anziché nei letti a castello le nuove reclute dormivano su stuoie di foglie di arancio o di eucalipto. Avevano freddo, ma il tempo andava intiepidendosi, ed erano ben nutriti. Ancora più importante, erano spiritualmente rincuorati dalla presenza di altri cittadini polacchi sfollati. Nonostante le uniformi inglesi e il saluto britannico, parlavano, cantavano e recitavano poesie in polacco. Partecipavano alla messa e ascoltavano i discorsi dei comandanti del reggimento. Gli uomini si radevano. Lavavano le loro calzature e pensavano a quando avevano cose come il lucido da scarpe. Assistettero all'arrivo della primavera: prima l'aratura, lo spuntare dei germogli nei campi e delle gemme sugli albicocchi, il grano color smeraldo, poi il canto delle rane, come a casa, seguito dalla profonda malinconia della consapevolezza di non trovarvisi. Ammiravano la catena frastagliata dei monti Tien Shan incappucciata di neve, ascoltavano il cinguettio arioso e complesso degli usignoli, e si deliziavano della luce radiosa della primavera che rendeva più nitide le cose. Erano nella valle di Fergana, dove si diceva che presumibilmente si trovasse il giardino dell'Eden. Il pensiero di Adamo ed Eva che incespicavano in giro con il fango fino alle ginocchia generava ilarità in qualcuno di loro. Si seccava e poi, allo scioglimento della neve fresca, si trasformava in quella che un ufficiale chiamava la "cioccolata diabolica."

Il ventitré marzo ricevettero l'ordine di abbandonare Margilan nell'arco di due giorni. L'ordine di quella frettolosa partenza dall'Unione Sovietica era stato impartito dal generale Władysław Anders in persona. All'inizio dell'amnistia aveva incontrato Stalin, e aveva dedotto che stesse negoziando il rilascio dei polacchi per esclusivo tornaconto sovietico. Oltre a questo, Anders sapeva che Stalin voleva che l'esercito polacco fosse inviato al fronte fra la Germania e l'Unione Sovietica. Sapeva anche che una simile manovra avrebbe significato la morte per quasi tutti i soldati polacchi. Anders era stato prigioniero nell'infame prigione di Lubyanka, e al momento della liberazione era terribilmente affamato, come la maggioranza delle reclute del suo esercito. Gli uomini non erano pronti per andare al fronte. Così aveva insistito affinché le truppe polacche lasciassero il suolo sovietico. La Persia, occupata nel 1941 dai sovietici e dai britannici da poco alleati, rappresentava l'opzione più logica, e gli inglesi avevano accettato di offrire la loro assistenza per l'equipaggiamento e l'addestramento del lacero esercito polacco. All'inizio soltanto i quadri militari sapevano che erano diretti in Persia, da cui sarebbero stati distaccati verso altri luoghi: i soldati nel teatro di guerra, i civili nei campi profughi a Teheran. Gli ufficiali responsabili delle nuove reclute dovettero lavorare alacremente per organizzare la partenza. I sovietici si aspettavano la restituzione delle loro attrezzature. Bisognava inviare delle copie degli elenchi di tutti i soldati del reggimento. C'erano da distribuire le uniformi. Non avevano granché da portare con sé, perciò furono pronti quasi subito.

A Peter tornò in mente la cura con cui la sua famiglia aveva preparato i bagagli prima di lasciare Teschen, decidendo le cose da portare e quelle da abbandonare. Avevano trascorso almeno due giorni a riempire le valige, i cesti del cibo e gli zaini. Adesso che se ne stavano andando, in meno di un'ora avevano imballato e infagottato ordinatamente i loro averi. Gli ricordò una cosa che lo zio Ernst diceva spesso a proposito del partire per le vacanze: "Prima di partire ci vogliono settimane per preparare per bene un bagaglio. Quando sei pronto per tornare a casa invece riempi la valigia in tutta fretta, come se l'esercito russo fosse appena entrato in città."

Fuga dall'Egitto

25 MARZO 1942, DA MARGILAN A MARY

IN VIAGGIO VERSO LA STAZIONE Gorczakowo di Margilan con gli altri profughi civili in compagnia dei soldati appena arruolati, Suzanna considerò il cinguettio mattutino degli uccelli come un segno della fortuna propizia. Notò gli abitanti uzbeki del luogo, che chiacchieravano a bassa voce seduti sui tappeti davanti alle loro case, osservando gli uomini polacchi che caricavano il treno mentre le donne e i bambini salivano a bordo. Un'orchestra sovietica suonava la sinfonia n° 7 di Šostakóvič.

Era finalmente primavera e mancavano due settimane a Pesach. Suzanna pensò a Mosè e a Miriam, sua sorella maggiore, e a come dovessero essere stati per loro gli ultimi momenti prima di lasciare l'Egitto. Probabilmente, ragionò, la partenza degli schiavi ebrei era stata più frenetica di quanto si potesse immaginare leggendo le Haggadot durante il Seder. Anzitutto c'era la domanda se gli ebrei sapessero o meno della loro liberazione. Come avevano fatto a sapere quando sarebbero partiti e in che direzione avrebbero viaggiato? Non c'erano la posta né carta, niente telefoni o telegrafi. Suzanna immaginò che ciascuna persona lo dicesse a un'altra, da una casa a quella successiva, comunicando in un unico gesto ai vicini di casa la benedetta notizia della loro libertà.

Naturalmente non erano soltanto i mezzi di comunicazione moderni a mancare, ma anche i treni, i furgoni, le biciclette e i carri. Solo i piedi e le gambe potevano portare via gli ebrei d'Egitto dalla schiavitù.

Suzanna rifletté che se non ci avesse fatto caso il suo stesso passaggio verso la libertà sarebbe quasi potuto passare inosservato. Fitto di piani che potevano fallire in continuazione e tinto della natura arbitraria della violenza e della morte caratteristiche della guerra, unito alla costante incertezza di tutto ciò che trascendeva l'istante attuale, l'atto di emancipazione dalla schiavitù non era un momento di giubilo come avrebbe immaginato. In effetti, pensò, probabilmente non si sarebbe mai più sentita al sicuro: la sicurezza era una cosa che aveva dato per scontata, che apparteneva al passato, ora svanito, come suo padre, la nonna, lo zio e la zia. Quella libertà sembrava così fluttuante. Come poteva farvi affidamento? Peter stava partendo per la guerra; Suzanna non voleva neppure immaginare di perderlo. E lei e la madre erano dirette a occidente, ma non sapeva ancora verso quale meta.

Inoltre, la frenesia di lasciare l'Unione Sovietica era quasi tangibile nella pressione verso ovest, di città in città, di ora in ora. Le notizie raggiungevano le reclute e i civili con il contagocce: andavano in Persia, il che richiedeva di attraversare il mar Caspio. Suzanna si era accorta che, nonostante la timida felicità promessa dalla liberazione, aleggiava un qualche spettro malevolo, che li spingeva più in fretta verso la loro destinazione. Similmente al mare di Giunco nel racconto dell'esodo, il mar Caspio era tutto ciò che si frapponeva fra i loro aguzzini e la libertà. Suzanna intuì che era ancora possibile, perfino probabile, che i sovietici arrestassero, processassero di nuovo e naturalmente riconducessero chiunque fra loro ai campi di lavoro in cui erano stati imprigionati fino ad allora.

Quando il treno fu carico di persone e cose, una tromba squillò. A quel segnale la locomotiva si mise in moto, trascinando verso occidente il suo disordinato ma nuovamente speranzoso carico umano. La giornata era tiepida e il morale dei passeggeri oscillava fra il sollievo e il timore. Si lasciavano alle spalle il dolore della prigionia solamente per gettarsi per l'ennesima volta nell'incertezza in un paese straniero, dove tutto ciò che nella vita quotidiana si dava per scontato era complicato dall'ulteriore diversità di costumi e da un'altra lingua ancora. Suzanna guardò scivolare via il paesaggio uzbeko, punteggiato di case di argilla dai tetti piatti. Filari di gelsi costeggiavano i ruscelli. Aratri di legno tirati da buoi solcavano lo scuro terreno primaverile; ogni cosa sembrava appartenere a un'altra epoca. Il viaggio li condusse ai piedi dei monti Alaj, dalle cime affastellate simili a piramidi egizie. Il territorio era vasto e ampiamente disabitato, però non era stato colpito dai bombardamenti. In quel momento, il passaggio del convoglio dei soldati aggiungeva una pennellata di guerra alla scena. Ancora una volta i pensieri di Suzanna andarono alla vicenda di Pesach.

Le era sempre piaciuta in particolar modo la parte di Miriam: aveva guidato le donne ebree attraverso il mar Rosso, e nel farlo aveva danzato e suonato il tamburello. A Suzanna pareva che la mamma e Miriam avessero numerosi tratti in comune: amavano la musica, avevano a cuore la libertà e sapevano trovare l'acqua dove non ce n'era. La mamma li aveva tenuti in vita durante l'internamento nei campi e benché ora fosse esausta aveva fatto sì che il loro esodo per allontanarsi dalla prigionia si realizzasse. Suzanna prese la mano della madre e la strinse delicatamente. Nello stesso momento si ripromise di tornare ad apparecchiare la tavola per il Seder, anche se le fosse toccato farlo di nascosto.

La tavola del Seder e la sua famiglia seduta intorno a esso rappresentavano per Suzanna tutto ciò che era andato perduto, dal diritto di stare insieme ai propri cari alla possibilità di onorare apertamente una tradizione tramandata così a lungo, senza temere la violenza o l'arresto. Mentre attraversavano l'Unione Sovietica, Suzanna aveva imparato a non parlare del fatto che erano ebrei. Aveva imparato a chiamare la loro città con il nome polacco, Cieszyn. Ma in ogni caso poteva pensare ciò che voleva. Nessuno sorvegliava la sua mente. Perciò il ricordo della sua famiglia ebrea raccolta intorno al tavolo, a cui anche gli estranei erano i benvenuti, per celebrare la grande storia del loro popolo le aveva donato conforto durante il periodo trascorso nei campi, e gliene offriva ora, nella loro personale fuga dall'Egitto. *In schiavitù*, pensò, perché anche loro erano stati ridotti in quella condizione e costretti a lavorare duramente. Anche loro erano stati proprietà dello Stato, come degli oggetti. Erano stati sfruttati fino all'osso, alcuni perfino eliminati, e ora lei, la mamma e Peter erano in cammino verso la libertà. Era fin troppo da dover capire.

Le capre pascolavano sulle pendici rocciose dei monti. Nella città di Türkmenabat attraversarono i confini del Turkmenistan. Gli edifici si fecero sempre più rari e il treno proseguì attraverso il deserto del Karakum, dalle dune sabbiose punteggiate di bassi arbusti spinosi. Era detta "steppa bianca", poiché i sedimenti di sale formavano grosse macchie bianche sul terreno. Le poche case avevano una pianta circolare o rettangolare. I montoni erano custoditi in semplici recinti. Al passaggio del treno, i cammelli sollevavano la testa senza alterare la loro espressione docile. Suzanna aveva l'impressione di viaggiare attraverso un paesaggio onirico in cui tutto era pallido e desolato, e dove i movimenti degli animali sembravano rallentati.

Nel villaggio di Mary, i passeggeri dell'intero convoglio scesero a terra e consumarono una cena a base di pasta in brodo, semolino di grano saraceno e carne in scatola. L'orchestra militare camminava lungo i binari eseguendo diverse variazioni sul tema di un'allegra e vivace danza polacca. Suonavano un oberek, una delle cinque danze nazionali polacche insieme alla polonaise, la mazurca, la kujawiak e la cracoviana. Chopin aveva trasposto nelle sue composizioni alcuni di quei ritmi. I musicisti fecero una breve pausa. Suzanna guardò i soldati che producevano quella musica sublime, uomini in precedenza denutriti e schiavizzati. Avvertì un moto di gratitudine, e addirittura qualcosa di simile ad affetto nei loro confronti, per il privilegio di aver un tempo suonato il piano, per la musica stessa. Le canzoni della Polonia in un luogo deserto così distante da casa. Suzanna avrebbe voluto poter chiudere gli occhi e lasciarsi trasportare fino a Varsavia o a Cracovia, a un festeggiamento di qualche genere, in una sala dove la luce si rifrangeva sul cristallo dei lampadari. Dove volteggiare con un compagno di danza senza badare granché se gli altri sapessero o meno che era una ragazza ebrea originaria di una cittadina polacca.

26 MARZO 1942, AŞGABAT

LA NOTTE SEGUENTE IL TRENO si arrestò ad Aşgabat per alcune ore. Josefina si destò dall'assopimento intermittente del lungo viaggio. Vide dal finestrino i soldati che caricavano a bordo pane e zuppa. Peter era da qualche parte in mezzo a loro. Era fiera di suo figlio: aveva lavorato sodo. Grazie al suo arruolamento adesso erano finalmente avviati verso una nuova vita. Josefina non era sicura di dove si sarebbero sistemate esattamente. Per lei e Suzanna la Persia sarebbe stata una casa solo temporanea. La sarebbe servito tempo per racimolare le risorse necessarie alla partenza, come i soldi, i visti, i biglietti e altre cose del genere. Benché la rendesse inquieta il pensiero di come avrebbe fatto a lavorare nella terra verso cui erano diretti, Josefina era piuttosto determinata a raggiungere l'Inghilterra. Le tornò in mente un articolo sulla partenza di Sigmund Freud per Londra che aveva letto nel 1938, seduta al tavolo da pranzo nella casa in via Mennicza. Ancora non sapeva che Freud era morto tre settimane dopo l'inizio della guerra, a settembre del 1939, nello stesso periodo del loro arrivo a Leopoli. Josefina immaginava Londra come un luogo dove avrebbe potuto ricostruirsi una vita, orgogliosa di essere una cittadina inglese. Immaginava una casetta ordinata con un giardino. Le rose d'estate. Un cane le avrebbe fatto le feste ogni mattina, il naso umido e le orecchie morbide. Tende di pizzo. Teatro e concerti. Passeggiate nel parco. Cioccolata calda d'inverno. Una cartoleria come si deve.

Nei loro viaggi insieme, a lei e Julius piaceva sempre visitare nuove cartolerie. Avevano trovato della carta affascinante su cui si erano scritti l'un l'altra o alla famiglia durante il corteggiamento e il matrimonio. Tutti quei fogli graziosi, l'inchiostro uniforme, le parole ricevute e i loro sentimenti. Quel passato, pensava ora Josefina, apparteneva al vocabolario che compone il minuto linguaggio coniato da chi condivide una profonda confidenza per molto tempo. Quel linguaggio . . . Lo stava dimenticando. Josefina si domandò se avrebbe mai scoperto che ne fosse stato di suo marito. Benché si fosse ripromessa di non soffermarsi mai sulla perdita di Julius, sembrava che non riuscisse a pensare ad altro che a lui. Avevano riso insieme di tantissime cose. Avevano percorso insieme così tanti sentieri forestali, viali e corridoi; luoghi in cui Josefina sospettava non avrebbero mai più rimesso piede. Le loro interazioni erano pervase di tenerezza e generosità. Proprio come il piccolo linguaggio con cui avevano comunicato per vent'anni, le immagini legate a quei momenti incominciavano a sbiadire. Una mattina, quando non riuscì a ricordare le parole di una poesia scritta dal marito, Josefina non poté fare altro che cercare di non piegarsi dal dolore.

Il movimento verso occidente di soldati e civili guadagnava slancio. *Come finirà tutto questo?* si domandò Josefina. Raccoglieva stralci di notizie e informazioni dagli altri viaggiatori, ma l'unica cosa che sapevano dire era che erano diretti in Persia. Ogni volta che notava un ufficiale muoversi avanti e indietro, Josefina avvertiva una certa tensione. C'era qualcosa nell'atteggiamento delle loro spalle e nel modo di affrettarsi in giro nelle uniformi fuori misura, le fronti dal piglio deciso. All'arrivo al centro di arruolamento tutti gli uomini attualmente in posizioni di responsabilità avevano addosso stracci o indumenti logori. Tutti avevano visto la morte da vicino e avevano sofferto la fame, le infezioni, le infestazioni. Adesso davano istruzioni ai subordinati e risolvevano il problema sempre più impellente delle limitate razioni di cibo. Josefina scoprì ben presto che l'esercito polacco non stava semplicemente spostando soldati e civili in un luogo più spazioso e ospitale rispetto all'affollata e melmosa Margilan, bensì stava mettendo in atto un trasporto di evacuazione. Non sarebbe stata sorpresa se avesse scoperto, come in effetti avvenne in seguito, che i sovietici indugiavano a consegnare ciò che avevano promesso all'esiliato governo polacco e al comandante sul campo della sua armata, il generale Władysław Anders.

Per il momento però proseguivano, allontanandosi da dove erano stati, e Josefina era libera di lasciar vagare i pensieri fra le molteplici impressioni suscitate da questa tumultuosa pressione verso occidente attraverso l'Asia centrale. Componeva mentalmente una lettera per la sorella, Elsa. *Mia cara*, iniziava, *eccomi qui, in una terra di stoffe variopinte, cammelli dalle lunghe ciglia, melagrane e albicocche, abitazioni di argilla. Le orchestre militari suonano per noi quando scendiamo e risaliamo sul treno. Qui fa più caldo rispetto a dove eravamo prima. Non immagineresti mai le ultime stagioni. Ho visto più neve in una settimana di quanta a casa ne cadesse in un mese. Il fango è indescrivibile. Una notte senza cimici è un miracolo che può indurre a credere in Dio in modo diverso.*

Naturalmente non avrebbe mai scritto quella lettera. Né avrebbe mai raccontato alla sorella che, quando si è costantemente affamati, si incomincia a perdere qualcos'altro oltre al peso. Capelli. Denti. Ricordi. Non le avrebbe raccontato la vicenda della piccola Kasia, febbricitante nella notte, né che Suzanna era quasi stata vinta dalla stessa malattia. Non avrebbe lasciato trasparire quanto avesse paura di arrendersi, di abbandonare la speranza.

Semmai, se avesse scritto una lettera a Elsa, avrebbe descritto una ragazza uzbeka che aveva visto, con tante trecce fra i folti capelli neri. Era in un gruppo di gente del posto giunta per ascoltare la musica dell'orchestra militare polacca alla stazione ferroviaria in una delle varie soste sul loro percorso. Gli uomini uzbeki sfoggiavano cappelli ricamati e fasce di seta sgargiante avvolte intorno alla vita. Le donne indossavano giacche di velluto color amaranto sopra a gonne di seta blu o bianche, ma quella della ragazza era verde pallido. Josefina aveva pensato che le altre donne fossero già per la maggior parte madri, ma lei era la più giovane, non ancora sposa. Mentre il treno si allontanava sempre di più dall'Uzbekistan, le montagne sulla sinistra, la steppa sconfinata sulla destra, richiamò l'immagine del viso liscio color nocciola della giovane. Specialmente i suoi grandi occhi neri che, senza orecchini né altri ornamenti, erano più luminosi e perfetti di qualsiasi gioiello che Josefina avesse mai visto.

27–31 MARZO 1942, DA ISKANDER A KRASNOVODSK E BANDAR-E PAHLAVI

UNA CONSEGUENZA DELLA RIGOROSA TABELLA di marcia era che gli ufficiali e i soldati dormivano poco. Erano incaricati della supervisione del regolare spostamento verso il mar Caspio e della salvaguardia del decoro, mentre si distribuivano razioni limitate a gente che fino a poco tempo innanzi moriva di fame. La nave che li avrebbe trasportati dall'Unione Sovietica alla Persia sarebbe partita dopo qualche giorno da Krasnovodsk.

Nel frattempo il treno sbuffava lento e costante, all'ombra delle vette grigie alte e scoscese, spingendosi verso Iskander, un villaggio all'ombra della catena montuosa Kopet Dag. Peter scorse il paesino in lontananza, e apparendo alla vista gli ricordò una costruzione fatta col fango da un bambino, con l'erba verde che spuntava dalle pozzanghere. A quel punto gli ufficiali si affrettarono a convocare le reclute per quelle che il capitano chiamava le "presentazioni efficienti". Scendendo dal treno avrebbero dovuto schierarsi in formazione. Dovevano indossare gli elmi, posare silenziosamente e ordinatamente le loro cose sulla banchina e mettersi sull'attenti. Niente ciance, niente bevute. Sarebbe stato scaricato innanzitutto il cibo. Se le signore avessero avuto bisogno di aiuto per scaricare le loro cose, i soldati avrebbero dovuto provvedere. Sarebbero state organizzate delle squadre di sorveglianza. I soldati si prepararono. E fu ricordato loro di non dimenticare il saluto militare agli ufficiali sovietici.

Alle 11.30 del mattino del ventisette marzo 1942, il convoglio arrivò a Krasnovodsk. I soldati scesero dal treno con rapidità ed efficienza, e furono portati insieme ai passeggeri civili in un edificio simile a un magazzino dove cenarono con zuppa e pesce e bevvero tè. Peter fu fortunato a trovare la madre e la sorella in mezzo alla ressa. Per un attimo i tre sedettero in silenzio, come per assorbire il baccano del grande edificio e la concitazione al suo interno. Le persone sedute in quel luogo stavano condividendo un particolare istante della storia che, quando tutto fu detto e fatto, sarebbe stato semplicemente un altro giorno di una serie poi chiamata Seconda guerra mondiale. Peter sarebbe presto partito per combattere. Nonostante da piccolo avesse immaginato la guerra, avesse ascoltato attentamente i racconti del padre sui combattimenti della Grande guerra e sulla sua prigionia in mano ai russi, Peter non sapeva cosa aspettarsi. In realtà non sapeva nemmeno come si sentisse a proposito di tutto questo, nonostante la paura e l'emozione si mescolassero, rendendolo allo stesso tempo esageratamente all'erta e leggermente tremante.

Sapeva che la mamma e Suzi andavano incontro a ulteriore incertezza, e sebbene temesse per loro conto quella mancanza di certezze, sapeva anche che ormai vi erano abituate. Non sapeva che cosa dire alla madre e alla sorella per dir loro addio. Che cosa si può dire a coloro con cui si ha condiviso la più intima disperazione? *Fate buon viaggio? Ci vediamo fra un mese?* Restare improvvisamente a corto di parole lo faceva diventare matto, ma tutto ciò a cui Peter riusciva a pensare erano gli eventi che lo avevano privato della capacità di dare un addio decente. Si erano nascosti nelle cantine, erano stati trasportati in carri e spediti nelle terre selvagge come pacchi, avevano lavorato nella taiga fino a consumarsi le ossa. Fra tutta la gente che Peter conoscesse o avesse incontrato, quelle erano le due persone che lo conoscevano meglio. Avevano assistito molto da vicino alla sua trasformazione da ragazzo a uomo. Avevano guardato il terrore distorcere la sua espressione e lo avevano visto imparare a distogliere lo sguardo e sembrare temerario.

Prese le mani della madre e la guardò negli occhi.

"Ci ritroveremo in Inghilterra quando sarà tutto finito," mormorò.

Josefina sorrise. Aveva a malapena la forza per imprimere un'espressione al proprio viso. Tale era la fatica che aveva travolto molte donne, compresa sua madre. "Ricorda che tua cugina Hedwig abita a Londra," rispose lei, stando attenta a non parlare troppo di un futuro che non poteva prevedere, offrendo però a Peter una possibilità per ritrovare lei e Suzi.

Quando si abbracciarono per salutarsi, sua sorella pianse senza emettere un suono. *E se non ci rivedessimo più?* si domandò. "Sii prudente, Suzi," disse. Benché cercasse di sembrare disinvolto per non spaventare la sorella, tutt'a un tratto Peter ebbe paura che senza di lui a proteggerla le potesse accadere qualcosa di male. "Vorrei poter restare con voi," le sussurrò in un orecchio. A quelle parole Suzanna iniziò a singhiozzare, il suo corpo sottile scosso dal pianto fra le braccia del fratello. Era la prima volta da moltissimo tempo che uno di loro lasciava emergere ed esprimeva simili sentimenti. Peter guardò la madre e d'un tratto fu consapevole del terribile peso sostenuto da un genitore costretto a vedere la sofferenza di un figlio.

"Sarò attentissima," disse alla fine Suzanna scostandosi da Peter e asciugandosi il viso con una manica. "Mi mancherai, fratello mio."

LA MATTINA SEGUENTE INIZIÒ CON una pioggia leggera. Dalle montagne spirava un forte vento. *Il sole se n'è andato per ora*, pensò Peter, nonostante sapesse che la loro destinazione sarebbe stata molto migliore di dove si trovavano in quel momento. Altri soldati parlavano della Persia; molti fra loro confessavano di non riuscire a immaginarla. Ma lui sì. Da piccolo, all'inizio degli anni '30, aveva seguito con attenzione insieme al padre, altrettanto interessato, le notizie degli scavi di Persepolis, la città risalente al sesto secolo vicino a Shiraz. L'archeologo a capo della spedizione era stato un ebreo tedesco di nome Ernst Herzfeld, residente a Teheran, fino a quando non era stato costretto dai nazisti a ritirarsi dall'incarico. Peter leggeva con avidità dei ritrovamenti nella grande città di Dario: le tavolette cuneiformi, gli acquedotti, i bassorilievi. L'archeologia lo affascinava.

Quando Peter era piccolo, suo padre gli aveva letto una traduzione inglese del grande poema epico persiano, *Mantq Al-Tayr*, o *Il verbo degli uccelli*. Peter adorava quella storia. All'inizio della sua vita adulta l'autore, Attar di Nishapur, era stato uno speziale. Dopo aver ascoltato per molti anni i clienti confidargli gioie, segreti e guai, aveva lasciato la farmacia per viaggiare in lungo e in largo, incontrando diversi mistici sufi. La storia gli era sembrata enigmatica. Ma ora Peter capiva che era una favola profonda sulle fasi dell'illuminazione. Avrebbe voluto poter dire al padre di aver finalmente compreso un po' della saggezza di quella vicenda. Se si sforzava, poteva quasi udire Julius raccontargliela. Il suono della voce di suo padre, un tono baritonale chiaro e morbido, iniziava ad affievolirsi, e Peter si domandò come fosse possibile che una cosa così unica come la voce di una persona potesse dissolversi.

"C'era una volta," iniziava il racconto degli uccelli, come tutte le favole che i bambini nella loro vita imparano dai narratori. "Un'upupa, incaricata di guidare tutti gli uccelli del mondo alla ricerca del loro leggendario sovrano, Simurgh." Avendone vista una in Polonia una volta, Peter sapeva che l'upupa era un uccello migratore dall'aspetto singolare. Aveva una coroncina di penne sul capo, che dispiegava come un ventaglio nelle parate di corteggiamento o in segno di difesa. Le sue ali erano bianche, beige o marroni con larghe strisce marroni o nere. Il suo richiamo caratteristico suonava proprio come il suo nome.

Nella loro avventura, gli uccelli dovevano superare le prove che si presentavano loro in sette diverse valli. Nella prima valle era loro richiesto di sbarazzarsi di ciò che stimavano di più. Come gli uccelli, anche Peter e la sua famiglia avevano dovuto abbandonare le cose che custodivano come tesori. Nella seconda valle, gli uccelli dovevano rinunciare alla razionalità e abbracciare invece l'amore. Peter e la sua famiglia avevano incontrato degli estranei che li avevano accolti, aiutati o salvati, mossi dall'amore nella forma della più basilare decenza. Abbracciare l'amore significava anche avere fede, e a dispetto di ogni ragionevole evidenza del contrario, lui, la madre e Suzi avevano creduto che sarebbero sopravvissuti e che un giorno avrebbero lasciato il campo di lavoro nella Repubblica dei Mari.

"Come potrai immaginare," diceva sempre Julius raccontando la storia, "quando giunsero alla prova successiva il numero degli uccelli era già diminuito." Nella terza valle scoprivano che la conoscenza terrena era inutile. Alcuni erano gettati nella confusione da questa rivelazione e smarrivano la via. Quante volte Peter aveva visto uomini e donne istruiti fra i deportati, docenti e professori, impiegati e avvocati, preti e rabbini, morire perché non avevano mai usato le mani o il buonsenso prima di allora?

La quarta valle era detta del distacco, e lì gli uccelli, se intendevano proseguire la loro comune ricerca, dovevano rinunciare alla proprietà e alla scoperta. La ricchezza materiale e i metodi empirici non erano necessari di fronte al divino. Se le prime quattro valli servivano per prepararsi a ricevere Dio, la quinta e la sesta valle riguardavano la fede in sé. A questo punto Peter aveva sempre trovato oscuro il significato del racconto. Quando raggiungevano la quinta valle, in numero decisamente inferiore, gli uccelli scoprivano che Dio è al di là dell'eternità.

"Che cosa significa, papà?" aveva chiesto Peter a Julius la prima volta che gli aveva raccontato la storia.

Il padre gli aveva posato una mano sulla spalla. "Forse significa che Dio non può esistere nel tempo come lo concepiamo noi."

Perfino dopo le prime cinque prove alcuni uccelli avevano ancora il coraggio di proseguire; nella sesta valle incontravano Dio ed erano stravolti dalla scoperta di non avere saputo né capito nulla fino a quel momento.

"Non sono nemmeno consapevoli di sé stessi," diceva sempre Julius a quel punto del racconto. Quando era piccolo, Peter non riusciva a capire cosa significasse. Ma nel campo di lavoro, quando aveva lavorato molto duramente per abbattere un albero dopo l'altro, con il freddo, la fame e la fatica mitigati dall'adrenalina, a un certo punto gli succedeva di dimenticare come fosse finito a lavorare nella foresta.

Fra tutti gli uccelli del mondo, soltanto trenta raggiungevano la dimora di Simurgh, ma quando arrivavano il re non c'era. Aspettavano. E aspettavano. Alla fine, dopo una lunga attesa, scoprivano di essere *loro* Simurgh, colui che stavano cercando. E così gli uccelli finivano per capire che la settima valle era un luogo di oblio e deliquio.

"Cercavano Dio ma non riuscivano a vederlo, nonostante fosse dentro di loro e proprio davanti ai loro occhi. Tutti hanno un po' di Dio dentro di sé," diceva Julius concludendo la storia. Aveva sempre un'espressione seria in quel momento. Né triste né timorosa, bensì profondamente contemplativa. Sul viso di suo padre era dipinta anche una solida gentilezza, e Peter avrebbe voluto poterla disegnare per risparmiarla dall'oblio dei ricordi svaniti.

Avrebbe voluto che suo padre fosse insieme a lui per vedere quelle antiche terre le cui storie avevano rapito entrambi. Ma Peter sapeva, in un certo qual modo che non era possibile spiegare razionalmente, che Julius era morto, che si trovava, per così dire, nella settima valle degli uccelli. Sentiva la mancanza del padre, specialmente per tutte le cose che non aveva ascoltato con maggiore attenzione, come i racconti sull'infanzia di Julius, le sue idee sul futuro e le sue opinioni sul mondo. Questi rimpianti assumevano la forma di un dolore vacuo nello stomaco di Peter. Avrebbe voluto che suo padre fosse stato per lo meno sepolto a casa. Che razza di mondo, si domandò, strappa agli uomini il diritto alla dignità di una sepoltura decorosa?

Prima di essere imbarcati sulla nave che avrebbe attraversato il mar Caspio, ai soldati furono distribuite delle uniformi in più. Le truppe furono contate. Poiché i polacchi in partenza non potevano lasciare l'URSS portando con sé denaro sovietico, gli ufficiali raccolsero i loro rubli, che sarebbero stati impiegati, dissero loro, per prestare assistenza alle famiglie rimaste. Peter ebbe difficoltà a pensare alla gente che non sarebbe partita quel giorno o a chi sarebbe stato escluso in caso di un'eventuale evacuazione successiva. Da alcune reclute apprese che molti deportati polacchi non avevano nemmeno ricevuto la notizia dell'amnistia. Il numero di coloro che erano stati deportati non era ancora stato calcolato, perciò non sapeva come sarebbe stato conteso dopo la guerra: era un milione o un milione e mezzo oppure, secondo alcune stime al ribasso, si trattava "solo" di alcune centinaia di migliaia? Alcuni deportati avevano viaggiato dall'estremità più remota della Siberia e del circolo artico. Alcuni fra quelli che avevano raggiunto i centri di arruolamento dell'esercito erano stati respinti. Altri erano arrivati un giorno troppo tardi. O una settimana, o un mese. Dovettero abbandonare quei profughi sfortunati, obbligati ad adattarsi velocemente alla situazione, com'erano stati costretti a fare fin da quando gli sportelli del treno si erano serrati, rinchiudendoli nell'oscurità e portandoli a oriente. In seguito Peter scoprì che ci sarebbero state soltanto due ondate di evacuazioni, la prima dal 24 marzo al 2 aprile 1942, e la seconda dal 10 agosto al primo settembre 1942. Dopo l'ultima evacuazione, i sovietici chiusero la frontiera. In quelle evacuazioni, oltre 78.000 soldati e 38.000 civili fuggirono dall'Unione Sovietica. Più avanti, Peter rammentò a se stesso quanto lui, la madre e la sorella fossero stati fortunati a essere inclusi nel dieci percento che ce l'aveva fatta ad andarsene.

Alle quattro del pomeriggio furono serviti tè e zuppa. Gli ufficiali diedero istruzioni ai soldati. In lontananza, le montagne assomigliavano più che altro a giganteschi crateri in quello che Peter immaginava come un paesaggio lunare. Il vento si affievolì. Sorse una luna inizialmente pallida, come un cerchio imperfetto di metallo sottile incollato alla superficie del cielo sempre più buio. L'orchestra militare polacca attaccò la musica, e Peter desiderò di poter chiedere a Suzi cosa stessero suonando. Lei e la mamma si erano imbarcate sulla nave con le altre donne civili. Ora a riempire le balconate erano il verde e il grigio delle uniformi e degli elmi dei soldati. Le reclute, avvolte in coperte e strette le une alle altre, rabbrividivano in attesa. Era bello essere circondati così stretti dall'umanità, pensò Peter.

"Come le donne al mercato," disse uno di loro. Un altro rise.

Ma Peter si sentiva solenne. Si domandò se all'arrivo in Persia ci sarebbe stato un altro addestramento. O se sarebbero stati scagliati di punto in bianco sul campo di battaglia. Nessuno di loro poteva indovinare i piani di Hitler per i suoi due più grandi nemici, gli ebrei e i polacchi. Nessuno poteva immaginare gli anni di agonia a venire. Le fondamenta per il lavoro coatto e lo sterminio venivano costruite con il sangue ovunque nella loro patria devastata e in Europa, ma la guerra era il loro presente e non potevano ancora prevedere che cosa ci fosse ancora in serbo.

Nell'immediato, tuttavia, il passaggio attraverso il mar Caspio verso Bandar-e Pahlavi fu relativamente breve e senza sorprese, eccetto per la mancanza d'acqua e la scarsità di cibo a bordo della nave. Nella notte si alzò un vento freddo. Giunsero in porto all'1.30 del mattino. Con le prime luci, insieme a tutti gli altri stanchi profughi svegli, Peter poté ammirare le case candide come la neve affacciate sulla baia. Erano arrivati in Persia. Lo sbarco avvenne rapidamente.

In mattinata misero piede su quella terra antica ma nuova per loro e si incamminarono per un largo viale in stile europeo fino a una piazza con i negozi aperti. La vista della normalità del commercio scosse i polacchi. Non c'erano code per l'acquisto delle merci in vendita: frutta, pan di zenzero, halva, pesce affumicato, caramelle, biscotti. E c'era tutto in abbondanza. La gente rivolgeva loro sorrisi. Il sole riscaldava loro la schiena e il viso. Un uomo vendeva sigarette, i pacchetti bianchi rilucenti nella luce del primo mattino. Le rondini sfrecciavano scomparendo alla vista. I commercianti persiani non volevano i pochi rubli che alcuni erano riusciti a portarsi dietro di nascosto, ma li presero lo stesso, scambiando le banconote sovietiche con la propria valuta, *toman* e *quiran*.

La loro imbarcazione fu portata a riva, dove sedettero sulle spiagge di sabbia, bagnati dal mare. I soldati britannici portarono acqua potabile e distribuirono enormi boccali di ottone colmi di tè con latte condensato. Folle di signore persiane giunsero portando canestri colmi di uova, datteri, pesce e grosse arance. L'acqua bolliva nei samovar. Mangiarono razioni di carne in scatola e formaggio australiano conservato in lattine.

I soldati ricevettero un anticipo sulla paga di trenta *toman*. Peter andò in città con un gruppo di reclute, dove mangiarono del succulento agnello aromatizzato con le spezie arrostito sugli spiedi, che chiamavano kebab. Bevvero vino dal sapore di dattero. Alcuni si lamentarono di avere lo stomaco in subbuglio per aver mangiato troppo. In seguito Peter sentì dire che alcuni erano stati così voraci e avevano mangiato talmente in fretta che erano morti. E il tifo mieté un numero cospicuo di vittime fra i civili, soprattutto bambini, sepolti nel cimitero polacco a Bandar-e Pahlavi.

Dormirono sotto il cielo limpido nell'aria tiepida della notte. Si lavarono e furono disinfestati e nutriti. Gli ufficiali registrarono i nomi dei soldati al chiaro di luna. Furono stilati degli elenchi. Venne distribuito da mangiare. Si fecero le esercitazioni.

"Ci aspetta una nuova vita," Peter udì qualcuno commentare, "il genere di vita che avevamo non molto tempo fa."

Non molto tempo fa: Peter fu sorpreso nel contare trentun mesi dal giorno della loro partenza da Teschen. Sarebbe tornato in Europa, impegnato nel teatro di guerra. La madre e la sorella sarebbero andate a Teheran. Non aveva idea di come sarebbe andata a finire: sapeva solo che quando erano fuggiti era un ragazzo di sedici anni sul volgere dei diciassette. E adesso era un uomo di quasi vent'anni.

"Non molto tempo fa," disse ad alta voce rivolto a quello che aveva parlato, "*era* molto tempo fa."

III PARTE

Nella terra dei figli di Ester

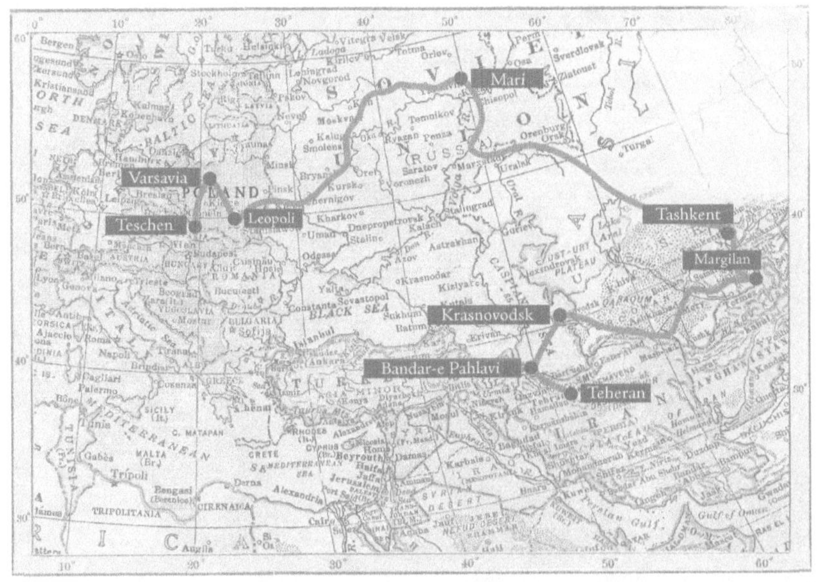

Ritratto di gentiluomo con decappottabile color castagna, Teheran

2 aprile 1942 / Pesach 5702, Teheran

LA MATTINA PRESTO DEL PRIMO GIORNO di Pesach, Soleiman Cohen guidava la sua decappottabile color castagna per le strade di Teheran, ancora tranquille. Nonché oggetto di particolare ammirazione nella comunità ebraica, il signore al volante dell'auto era conosciuto e rispettato in tutta la città. Chiunque poteva vedere che Soleiman, Soli per gli amici intimi e i familiari, si vestiva alla moda, si pettinava con cura, era elegante e squisitamente cortese in società. Ma, conoscendolo bene, si scopriva che l'opera della sua vita, quella che conduce gli uomini a farsi un nome, consisteva nel portare felicità e armonia alla gente intorno a sé. A trentasette anni si era guadagnato il titolo onorifico di *khan*, che significava che sarebbe stato ricordato con profondo rispetto. La sua meticolosità era motivata dalla grande importanza che attribuiva alla bellezza nelle sue forme più intime e personali. E così, Soleiman aveva fatto della sua dimora un luogo in cui gli amici e i familiari potessero recarsi per assaporare pietanze sopraffine, raccolti nelle accoglienti stanze della casa di via Pahlavi in cui abitava. Era un uomo la cui generosità travalicava i confini della famiglia e della parentela: elargiva laute mance, pagava i dipendenti con puntualità e talvolta anche in anticipo, e si assicurava che ci fosse sempre cibo a sufficienza da condividere con i domestici e i vicini. Soleiman era convinto che si dovesse tener fede alla parola data, che fosse importante trattare le persone con gentilezza e onore. Coltivava senza fretta l'amicizia con i bottegai, i dirigenti e con chiunque lavorasse per lui. Gli uomini più giovani e tutti i membri della sua famiglia si rivolgevano a lui in cerca di consigli.

La berlina Ford quattro porte che guidava era un oggetto mirabile. Le gomme con le fasce bianche e la lucidatura smagliante annunciavano un uomo dal gusto impeccabile. Chiunque vedesse la vettura si fermava per guardarla passare. I bambini salutavano chiamando per nome il conducente, lustro e affascinante quanto la sua automobile. Un giro a bordo insieme a lui faceva sentire il passeggero come un re. Quella fresca mattina, però, Soleiman era solo in macchina. Il tettuccio era chiuso, nonostante di solito preferisse tenerlo abbassato per sentire l'aria e il sole sul viso. Ma la prima luce non era ancora sorta sulla città e nelle mattine fredde o umide a Soleiman piaceva anche stare riparato nel tepore dell'auto. I venditori di via Naderi non avevano ancora aperto; tuttavia, mentre le persiane si sollevavano e le porte si aprivano, udiva i suoni del risveglio pronti a prorompere. In quel momento la gente sognava ancora, o stava aprendo gli occhi proprio in quell'istante. Quella era l'ora della giornata che preferiva: gli piaceva essere presente in quei momenti di raccoglimento dei pensieri in cui il mondo tornava a essere nitido, riemergendo dall'oscurità nella tenue luce mattutina.

Amava i numerosi festeggiamenti che preannunciavano la primavera. Appena un mese prima gli ebrei iraniani avevano celebrato la festa di Purim, recitando la vicenda del coraggio di Ester quando aveva salvato gli ebrei persiani. Alcuni partivano in pellegrinaggio per far visita alla sua tomba ad Hamadan. La generosità sgorgava copiosa: la gente compiva donazioni di beneficenza. Gli adulti regalavano monetine ai bambini. Le donne si scambiavano piatti di halvah come *mishloach manot*, doni alimentari inviati agli amici. Ciascuna aveva una ricetta di famiglia, e Soleiman adorava l'avvicendarsi dei profumi di zafferano, cardamomo, pistacchi, mandorle e acqua di rose che invadevano le case di parenti e amici.

Soltanto otto giorni innanzi i persiani di tutte le religioni avevano festeggiato Nowruz, il Capodanno. Avevano acceso i falò nei cortili dietro alle case e avevano giocato ad attraversare con un balzo le fiamme di fuochi più piccoli. I bambini si erano entusiasmati per i petardi che scoppiavano, fischiavano e sibilavano nelle strade e nei giardinetti di proprietà. Come di consueto, durante quelle celebrazioni Soleiman era andato a far visita a tutti i suoi numerosi conoscenti. A ciascuna visita lodava gli *haft-sin*, gli ornamenti delle tavole da esposizione, si chinava ad annusare il profumo dei giacinti che sbocciavano nei vasi disposti su di esse e commentava le cassette erbose che decoravano i davanzali.

Anche il cibo delle feste gli piaceva. Le offerte comprendevano numerose varianti di *ash-e reshteh*, la zuppa di pasta di Capodanno; la miglior ricetta di *khoresh* di ciascuna famiglia; pollo arrostito e melanzane, kebab e una stupefacente varietà di piatti a base di riso. Aveva assaggiato tutte queste pietanze alla tavola dei suoi numerosi fratelli e sorelle e dei rispettivi coniugi. Soleiman si complimentava con chiunque avesse cucinato qualcosa, chiedendo come avesse fatto a rendere così teneri il pollo o l'agnello o a condire le melanzane arrosto per renderle tanto dolci e affumicate, o elogiando un favoloso *faludeh*.

QUELLO ERA IL PRIMO GIORNO di Pesach, l'ultima fra le feste primaverili. Soleiman guidava in direzione di via Istanbul per andare a prendere la madre, la vedova Gohar Khanoum, e accompagnarla al Seder di famiglia che si sarebbe tenuto a casa di suo fratello maggiore. Gohar abitava in un'ampia stanza al primo piano, divisa in zone adibite a soggiorno, pranzo e notte. Un voluminoso samovar alimentato a legna dominava un angolo della cucina. Le finestre si affacciavano su un giardino sul retro della casa. "Sono rimasta solo io, adesso," gli aveva detto una volta quando le aveva domandato se desiderasse utilizzare altre parti della casa. "Tutto ciò di cui ho bisogno e che desidero l'ho qui."

Soleiman aveva imparato a rispettare la volontà della madre. Aveva sempre ragione, il che gli aveva insegnato che la saggezza spesso risiede nelle decisioni apparentemente umili. Benché Gohar rispettasse i venerabili costumi degli ebrei persiani, avendo sposato un uomo che aveva abbracciato la cultura occidentale aveva finito col muoversi nel mondo moderno con una prospettiva mutata. Perciò aveva insegnato alle figlie a prendersi cura dei propri mariti, dei figli e della casa e a cucinare piatti tradizionali, ma le aveva anche incoraggiate a imparare, a leggere e a parlare lingue straniere, e a servirsi di qualsiasi risorsa disponibile per migliorare le loro vite. Era modesta e parlava con voce morbida, senza però aver mai timore di ridere o di affermare le sue opinioni.

La madre lo avrebbe aspettato nella zona soggiorno della sua casa, pulita ed essenziale. I pavimenti erano stati puliti con la scopa, spruzzati con un po' d'acqua e spazzati; i tappeti battuti, le superfici spolverate. Nemmeno una briciola di pane lievitato era sopravvissuta allo scrutinio della madre in occasione delle pulizie domestiche precedenti Pesach, che lei spesso avviava subito dopo Purim. Naturalmente le sue cinque figlie, tutte sposate, le davano una mano. Qualche volta, al suo arrivo Soleiman trovava in casa una sorella, o più di una, o anche tutte e cinque. Udiva le loro voci prima ancora di aprire la porta: si scambiavano aneddoti su bambini o cibo, vicini o cugini, e in quei giorni parlavano della guerra. Quando una di loro rideva, le altre la imitavano. Quando Gohar parlava, le figlie ascoltavano.

Benché fosse ancora buio la lampada sarebbe stata spenta, Gohar lievemente assopita, diritta nell'abbraccio morbido della sua seggiola preferita, stracolma d'imbottitura. Avrebbe avuto il soprabito abbottonato, i folti capelli bianchi coperti da un hijab di seta decorata, le mani adagiate su un pacchetto posato in grembo, avvolto nella carta marrone e legato con un filo. Dentro c'erano le leccornie di Pesach, di cui ogni tanto sussurrava la ricetta all'orecchio delle nipoti. Chi fra loro l'avrebbe ricordata? Per un attimo Soleiman percepì il proprio celibato come una condizione di enorme solitudine; di recente, questo sentimento si era affacciato più spesso. Sapeva che se avesse avuto una figlia, e se sua madre le avesse bisbigliato dei segreti, lei avrebbe ricordato che cosa le era stato detto.

In una coppa sul tavolino antico accanto al sofà e alla seggiola di Gohar era sistemata della frutta fresca e secca. Soleiman assaggiava sempre una o due di quelle offerte golose. In quel periodo dell'anno avrebbe trovato fichi secchi e datteri, mele, arance e pistacchi.

"Soli, non mangiare tutto," lo rimproverava la madre, anche se entrambi sapevano che il suo era solo uno scherzo, e che, anche se avesse divorato tutta la frutta, a lei non sarebbe dispiaciuto. Suo padre, il defunto Haji Rahim Cohen, faceva esattamente nello stesso modo: spiluccava dalla coppa decorativa uva e ciliegie, mandorle e albicocche, qualunque cosa offrisse la stagione. Ma né il padre né il figlio avevano mai preso troppo.

Soleiman sorrise. *Sei fortunato ad avere una madre così*, si disse. E lo era davvero. La saggezza pacata di Gohar, detta nonna Jan, era leggendaria nella famiglia Cohen. Era giusta e pia, riservata e rispettabile. Le nuore ammiravano il suo contegno aggraziato e avevano a cuore i suoi ottimi consigli. La invitavano sempre nelle loro case, tuttavia lei era riluttante a imporre la sua presenza. Tutti i nipoti amavano le sue storie. Nonna Jan era il cuore pulsante della famiglia. Aveva amato loro padre, Haji Rahim Cohen, con una bontà copiosa e sostanziale. E lui, Soleiman, la adorava e le era devoto.

La madre non gli aveva mai criticato di essere ancora scapolo a trentasette anni. Gohar apprezzava la compagnia del figlio, senza però mai nutrire un attaccamento eccessivo. Di rado menzionava le numerose domande sulla sua disponibilità come potenziale marito. Da quando, dieci anni prima, era rimasta vedova, Gohar riceveva numerose visite a casa sua, fra le quali c'erano anche madri di giovani donne attraenti in età da matrimonio.

Soleiman immaginava che sua madre dicesse: "È solo che non ha ancora trovato la compagna prescelta dal cielo," e la vedeva agitare una mano per respingere il pensiero che il figlio sposasse una di quelle ragazze quando venivano proposte per un'eventuale unione. Era allora che con ogni probabilità offriva la coppa di frutta, invitando i suoi ospiti ad assaggiare quella splendida arancia, pesca o albicocca. "Dolcissima e succosa," diceva con un largo sorriso, gli occhi atteggiati a suggerire che magari si sarebbe potuto cambiare argomento.

Soleiman supponeva che la madre desiderasse che lui trovasse una moglie. Sospettava anche che nel suo cuore lei sapesse che il suo terzo figlio era combattuto fra la tradizione e la modernità, l'Oriente e l'Occidente, l'europeo e il mediorientale. Trovare la giusta sposa non era una questione di abbinamenti, bensì qualcosa di più simile alla provvidenza divina.

Guidando, Soleiman passò accanto a due soldati britannici. L'interesse dei nazisti per le vaste riserve petrolifere iraniane aveva innervosito gli alleati. Nel 1941, i sovietici e gli inglesi avevano invaso e occupato la Persia, avevano deposto Reza Shah e al suo posto avevano insediato il figlio Mohammed alla guida del paese. La politica era così complicata, pensava Soleiman.

A quell'ora del crepuscolo i soldati erano senz'altro diretti verso qualche faccenda legata alla guerra. Era forse vero quel che aveva udito e letto nelle sue uscite per caffè e negozi del vicinato a proposito degli ebrei europei, rastrellati come bestie da allevamento e spediti nei campi? O peggio? Una sera, poco tempo prima, aveva udito le parole di un ufficiale dell'Armata rossa, un personaggio attempato che parlava in francese alle persone che gli si raccoglievano intorno. Seduto al tavolo accanto ed esperto conoscitore del francese, Soleiman aveva ascoltato con attenzione. Malgrado l'uniforme sovietica che indossava, l'uomo era riuscito in qualche modo a conservare alcune tracce dell'antica Russia aristocratica. Soleiman notò l'eccentricità precisa e misurata delle sue maniere, il suo modo di posare un bicchiere o accendersi una sigaretta. Sfoggiava un paio di baffi bianchi rifilati con cura. Era un uomo che ci si sarebbe aspettati di incontrare in una stanza arredata con un samovar d'argento su una tavola di marmo coperta di velluto. Una stanza in cui si bevesse tè da bicchieri incastonati in supporti filigranati, sedendo su arredi di mogano imbottiti. A un uomo simile si prestava ascolto quando parlava, e in quel momento stava parlando di una fucilazione di massa di cui aveva sentito dire. Raccontava una macabra vicenda di nazisti che avevano fatto scavare agli ebrei le fosse in cui sarebbero caduti dopo che i soldati tedeschi avessero sparato loro a bruciapelo.

"Migliaia di ebrei," aveva detto l'uomo. "Uccisi uno dopo l'altro, un proiettile alla nuca."

Non aveva detto come facesse a saperlo, ma senza dubbio come ufficiale aveva accesso a più informazioni dell'ordinario.

Due sere prima Soleiman era seduto al Café Naderi, aspettando, come capitava spesso, l'arrivo di amici e compari. Casualmente aveva udito due tenenti inglesi. Avendo studiato ed esercitato l'inglese per affari, era stato in grado di seguire la conversazione. Suo padre aveva insistito affinché tutti i figli apprendessero lingue diverse. "A prescindere da cosa accadrà o da dove andrete," piaceva ripetere ad Haji Rahim, "è vantaggioso saper parlare una lingua straniera." Gli ufficiali britannici stavano parlando del gruppo di soldati e profughi polacchi arrivato di recente a Bandar-e Pahlavi. Migliaia di uomini, donne e bambini, in precedenza tutti quanti internati nei campi di lavoro sovietici.

"Stavano tutti morendo di fame," aveva detto uno dei soldati britannici.

"Ho sentito dire che quei sovietici fanno lavorare le signore duramente quanto i figli e mariti," aveva aggiunto l'altro.

Il primo aveva scosso il capo. Aveva un'espressione mesta. "E adesso dovremmo essere amiconi di Joe Stalin," aveva replicato il secondo, "proprio quello che li ha mandati nei campi."

Dopo aver bevuto un lungo sorso d'acqua, l'altro uomo aveva rimescolato il bicchiere di tè che aveva davanti con i movimenti precisi di qualcuno che ricarica un piccolo orologio. "Immagino che siamo fortunati," aveva detto.

Entrambi rimasero in silenzio.

SOLEIMAN PARCHEGGIÒ DAVANTI ALL'APPARTAMENTO DELLA madre e spense l'auto. Il relativo silenzio dell'alba stava cedendo il passo ai primi suoni del giorno. Adorava i gorgheggi degli uccelli e la luce vivificante.

"Chi, dopo aver ascoltato la musica del mondo che si risveglia, assiste all'infiammarsi dell'alba," diceva sempre suo padre, "costui compirà grandi cose." Haji Rahim Cohen era uno di quegli uomini che sempre si svegliano, si vestono, fanno colazione e via, fuori dall'uscio prima che il sole sorga del tutto per risplendere sull'orchestra mattutina di gente, macchine, animali e oggetti. Era un modo eccellente per orientarsi prima che qualsiasi cosa venisse detta o fatta, prima che venisse presa alcuna decisione.

Seduto nella sua auto con una mano guantata sul volante, Soleiman meditava su quanto fosse cambiato il mondo, e quanto stesse ancora cambiando. Nel corso della sua vita, inferiore a quattro decadi, gli ebrei iraniani erano stati separati dai loro connazionali a colpi di decreti e mura di ghetti. Quando aveva vent'anni, gli ebrei erano stati liberati dalle restrizioni che li avevano costretti a vivere nel *mahalleh*, il quartiere ebraico. Soleiman era cresciuto lì, insieme a nove fratelli e sorelle, in una casa di due stanze senza elettricità né acqua corrente. Nel *mahalleh* l'acqua era aleatoria, una cosa mai priva di difficoltà (doveva essere trasportata, immagazzinata, conservata in condizioni igieniche, distribuita e bollita). Al mutare delle leggi, a metà degli anni '20, la sua famiglia si era trasferita in una casa spaziosa all'angolo fra strada Saadi nord e via Hadayat.

Alla fine, Soleiman e i suoi fratelli erano andati ad abitare per conto proprio nelle vie più affascinanti della città, nei quartieri un tempo proibiti agli ebrei d'Iran. L'interno delle loro nuove case era provvisto di tubature e luce elettrica, ed era arredato con tappeti e oggetti d'antiquariato. Avevano impiantato splendidi giardini. Avevano assunto giardinieri, cuochi, domestici, autisti e, a eccezione della casa di Soleiman, bambinaie per la generazione successiva, in continua espansione.

Benché ora vivesse agiatamente, la sua famiglia era memore dei giorni in cui aveva patito la fame. Avevano assistito personalmente alle condizioni in cui il dilagare della Grande guerra aveva lasciato il loro paese: le campagne erano state devastate dagli eserciti invasori russo e turco, i sistemi d'irrigazione erano distrutti, il bestiame era stato depredato, i magazzini alimentari erano stati abbandonati a marcire. Inevitabilmente, tutto questo aveva condotto a una carestia che aveva ucciso un quinto della popolazione iraniana. E prima di allora, affamati e impoveriti, gli ebrei erano stati braccati da chi li accusava falsamente di essere cagione di morti, tempeste e della decimazione del bestiame. Erano scappati attraverso gli stretti vicoli del *mahalleh* fino alle porte delle loro abitazioni. Porte talmente basse che bisognava chinarsi per attraversarle. Porte costruite appositamente basse in modo da poter essere facilmente barricate quando subivano un attacco.

Dopo la fine della guerra, nel 1918, i britannici e i russi si erano no fermati in Persia. C'era la questione del petrolio, rinvenuto dieci anni prima nell'area sud-occidentale del paese, su cui gli inglesi volevano detenere il controllo. C'era inoltre il problema della frontiera nord-orientale, via d'accesso per quella che allora veniva chiamata la Repubblica Socialista Federativa Sovietica, ora Unione Sovietica. A quell'epoca Soleiman era un giovanotto di tredici anni, senza ancora alcuna onorificenza legata al suo nome. Nonostante abitasse nel *mahalleh*, frequentava una delle scuole fondate a Teheran dall'Alliance israelite universelle, un'organizzazione la cui missione consisteva nel migliorare le condizioni di vita degli ebrei in paesi come l'Iran, dove questo popolo continuava a essere vittima di segregazione e ineguaglianza.

Soleiman era molto bravo in francese, la lingua d'insegnamento nelle scuole dell'Alliance. Il francese era anche la lingua del commercio di suo padre: la Francia era il paese in cui Haji Rahim e Dai Yousef, suo socio e cognato, acquistavano i tessuti che vendevano a Teheran. Dopo la fine della Grande guerra nel 1918, Haji Rahim aveva preso atto dell'acume di pensiero del figlio e della sua abilità negli affari. Fin da piccolo, Soli era attento, obbediente e curioso. Poneva le domande giuste e ne comprendeva le risposte. Il suo ingegno guizzava rapido come l'acqua. Con la tanto attesa dichiarazione di pace, Haji Rahim aveva intuito che fosse in arrivo un cambiamento. La modernizzazione costituiva il primo passo verso la liberazione sia dalla povertà sia dall'antisemitismo, persistente a dispetto delle migliaia di anni di residenza ebraica in Persia. Era cosciente che per la sua famiglia traghettare gli affari nel nuovo secolo rappresentava una necessità inderogabile. Per avere successo avrebbero avuto bisogno di comprendere i costumi occidentali. Soleiman era giovane, zelante, leale e, soprattutto, particolarmente intelligente. Per questa ragione fu lui il figlio prescelto per frequentare le scuole all'estero; così Haji Rahim aveva mandato Soli alla École Pigier di Parigi, dove ottenne un diploma in studi commerciali e lingua inglese per il commercio.

Fin dal primo assaggio di modernità europea, Soleiman fu determinato non soltanto a portarla con sé a casa, ma anche a modellare la sua vita conformemente a essa. Al ritorno da Parigi portò con sé le immagini e i racconti di una moderna metropoli europea: un luogo abitato da gente interessata più alla conoscenza e alla cultura che a superstizioni e tradizioni ormai superate. Gli uomini si vestivano con abiti occidentali, si radevano dal barbiere, giocavano a carte. Le donne non indossavano il velo e portavano abiti e capelli corti. La gente sposava al tempo stesso sia la modernità sia l'eleganza dei secoli passati. Danzavano, bevevano vino e liquori da bicchieri di cristallo cesellato, desinavano con pietanze squisite, fumavano sigarette. Dibattevano di politica e di temi internazionali in spazi pubblici come caffè e salotti. Si vestivano eleganti per uscire: i capi per signori erano confezionati con tessuti pregiatissimi, gli abiti delle signore erano di raso o velluto. Queste ultime indossavano orecchini e lunghe collane di perle. Se fumavano, si servivano di accessori come bocchini dalle fogge intricate. Fra loro intrattenevano discorsi intelligenti, garbatamente ma con fervore.

Soleiman portò a casa con sé anche una macchina da scrivere, primo passo verso un'efficiente meccanizzazione dell'attività di famiglia. Si potevano battere a macchina le lettere per i fornitori europei, si potevano preparare inventari e fatture in altre lingue. Quei piccoli dettagli avrebbero permesso loro di distinguersi negli affari. Proprio come la berlina Ford decappottabile, anche la macchina da scrivere aveva suscitato curiosità e rispetto negli amici e nei familiari. Il padre, naturalmente, era deliziato dall'ingenuità del figlio. Dopodiché ci fu l'apprendistato di Soleiman, che proseguì al fianco di Haji Rahim.

Nel corso della sua vita, il capofamiglia Cohen era stato testimone di grandi mutamenti. Haji Rahim aveva avviato la sua attività commerciando con altri ebrei del *mahalleh*, coltivando la reputazione e le risorse necessarie a procurarsi un *hojreh*, uno spazio adibito a ufficio, nello storico gran bazar di Teheran. Per molti anni aveva viaggiato insieme al socio Dai Yousef alla volta di Parigi, con le carovane e in treno. Nel primo periodo del secolo, per percorrere questo itinerario all'andata e al ritorno spesso ci volevano fino a nove mesi. Si procuravano documenti falsi che permettessero loro di uscire dal *mahalleh* e viaggiare all'estero. Nel viaggio di andata, Haji Rahim e Dai Yousef stipavano le valige con tappeti persiani e oggetti d'antiquariato e d'artigianato. Venduti questi articoli, acquistavano ricche stoffe da vendere a Teheran.

Fu allora che Haji Rahim cambiò il cognome da Kohan nella versione maggiormente ashkenazita Cohen, di cui si serviva per svolgere la sua attività in Europa. Haji Rahim risparmiava il suo denaro. Insisteva affinché la qualità fosse alta, e ben presto i tessuti che riportava con sé dalla Francia, impiegati prevalentemente per confezionare chador da donna, divennero rinomati.

Quando gli ebrei furono liberati dalle restrizioni del ghetto, Haji Rahim fu tra i primi ad approfittare delle opportunità in precedenza precluse. Rilevò una proprietà e allestì un negozio spazioso e moderno nel bel mezzo di un quartiere commerciale in via di sviluppo. Lo chiamò Magasin Kohan, servendosi dell'ortografia del proprio cognome più familiare ai persiani, e lo aprì in via Lalezar, la cui stretta configurazione incoraggiava i passanti intenti a far compere a muoversi da un lato all'altro della strada, contribuendo a un maggiore passaggio per gli esercizi commerciali di entrambi i lati. Lì insieme ai figli serviva le famiglie dell'alta società che abitavano nell'area settentrionale della città, sotto l'arco innevato dei monti Alborz. Vendevano la migliore seta francese al centimetro. Quando una famiglia doveva approvvigionare il guardaroba delle figlie, le ragazze ci andavano tutte insieme. Anche le madri e le zie, tutte quante coperte con il chador dalla testa ai piedi. Il Magasin Kohan era stracolmo di rotoli di tessuto. Quando venivano consegnate le ordinazioni, le signore accorrevano in negozio, ansiose di vedere e aggiudicarsi per prime i nuovi arrivi. Anche dopo il 1937, quando Reza Shah emanò le leggi che consentivano alle donne di non portare il velo, figlie e matrone di Teheran continuarono a volere per i loro nuovi abiti alla moda le stoffe lussuose che si trovavano solo al Magasin Kohan.

In numerose occasioni, Haji Rahim fu convocato al palazzo di Reza Shah, dove esponeva per le dame della corte soltanto le sete migliori. Alla fine, Haji Rahim, fornitore di stoffa della famiglia reale, ebbe l'onore di diventare uno dei pochi rappresentanti della comunità ebraica a partecipare al giorno del Salaam, in occasione del compleanno dello scià, che si teneva a palazzo. Perciò era protetto, gli venivano offerte opportunità e aveva la possibilità di prosperare. Ma come Mordecai, il biblico cugino di Ester che come lui aveva servito un re persiano, Haji Rahim aveva continuato a tenere le orecchie ben aperte.

La famiglia ottenne grande successo in quella nuova era di riforma e di emancipazione ebraica. I figli Cohen più anziani si sposarono e lasciarono la casa di famiglia. Acquistarono appezzamenti liberi, demolirono le eventuali strutture presenti su quelle proprietà e costruirono nuove case. Quando il terzo figlio Soleiman, senza moglie, ventilò la possibilità di costruire una casa per sé e viverci da celibe, Haji Rahim accordò la sua approvazione. Era un fatto senza precedenti, e sebbene Gohar sperasse segretamente che il figlio venisse benedetto da una moglie e dei figli, Haji Rahim la convinse che una simile mentalità all'avanguardia avrebbe portato grande prosperità. "Moglie e figli arriveranno," le assicurò, "ma Soli deve prima trovare la sua strada per conto proprio."

POI LA TRAGEDIA COLPÌ. NEL 1932, Haji Rahim Cohen si ammalò. Una notte, molto tardi, Gohar si svegliò e trovò il marito febbricitante.

"Sento freddo," le aveva detto.

La moglie lo aveva infagottato nelle coperte. Un attimo dopo lui si era spogliato delle coltri, sudato e dolorante. Dopodiché lei lo aveva avvolto di nuovo. Lo faceva bere a piccoli sorsi, gli applicava gli impacchi, lo assisteva senza posa. Quando sul torso gli comparve l'eruzione cutanea, lei capì che si trattava di tifo. La piaga avanzò giorno dopo giorno, risparmiando solamente il viso, le piante dei piedi e i palmi delle mani di Haji Rahim. Gohar non poteva far nulla per farlo migliorare. Man mano che la malattia avanzava, Haji Rahim divenne sensibile alla luce e prese a delirare. Una notte guardò in su verso la moglie per l'ultima volta, sorrise e chiuse gli occhi. Quando la mattina seguente Soleiman arrivò a casa loro, trovò la madre che cullava la testa del padre fra le braccia. Benché l'aspetto di Haji Rahim fosse sereno, Soleiman avvertì il peso doloroso della sua morte.

A porgere le condoglianze giunsero persone da vicino e da lontano, rendendo omaggio al punto di riferimento della comunità ebraica e della famiglia Cohen. Soleiman pensò che fosse proprio vero il detto che "una persona che muore è una biblioteca che brucia". Con la scomparsa di Haji Rahim, volumi su volumi si erano tramutati in polvere: la storia di un uomo ebreo in un paese islamico. La storia di un uomo e della sua visione. Una storia composta da lunghe storie, cose insensate come l'odio e cose cui era sottintesa la perseveranza, come l'amore. Essendo uno dei cinque figli maschi di Haji Rahim, Soleiman aveva la responsabilità di vivere nuove storie, creare nuove pagine, capitoli e libri; di raccogliere e conservare nuove collezioni.

Per questa ragione visse secondo un codice etico appreso dal padre, dai fratelli maggiori e da alcuni anziani della comunità. Aveva ereditato soprattutto un modo di essere, di essere presente ovunque si trovasse. Prestando attenzione, si occupava delle cose quando si accorgeva che andavano fatte. Se vedeva la sofferenza, offriva consolazione con grazia e discrezione. Se incontrava l'indigenza, condivideva quello che aveva. Se vedeva qualcosa di rotto, si assicurava che venisse riparato. E quando incontrava la bellezza, la proteggeva e la alimentava.

Parlava varie lingue occidentali, si teneva aggiornato sulla cultura moderna e conduceva una vita raffinata. Aveva imparato dalla sua famiglia a dare valore all'onestà delle buone relazioni e alla lealtà che ispiravano. La permanenza a Parigi aveva permesso a Soleiman di stringere alleanze profonde e durature con altri ebrei persiani che si erano recati in Francia o che vi erano stati mandati dalla famiglia per esplorare le opportunità economiche. La grande distanza da casa gli aveva insegnato a ricordare sempre tutto quanto c'era di buono in lui e nelle sue origini. Dai soggiorni in Francia aveva anche imparato l'arte della socialità e dell'intrattenimento: aveva sviluppato un grande fascino e, insieme a esso, un gusto per i giochi di carte, la musica, la danza, il buon cibo e i liquori. Essendo sia persiano sia ebreo, il suo piacere era temperato dalla moderazione. Dunque gli piaceva giocare a carte, ma solo per piccole somme; non era una questione di vittoria o sconfitta, bensì un'occasione di raccoglimento con gli amici per celebrare la bontà della vita. Si distingueva per una combinazione di gioia di vivere e senso del decoro.

Soleiman conosceva l'importanza della distinzione: era una cosa in cui non si poteva eccedere senza diventare ipocriti o bruschi. Senza di essa si veniva ignorati; troppa, e si veniva evitati. Ma comportarsi in modo distinto, nell'esatta misura, quello sì era il segno caratteristico degli uomini per bene. Ma poiché aveva viaggiato, vissuto e studiato all'estero, Soleiman sapeva che la distinzione era differente nei due mondi cui apparteneva. Aveva afferrato che per gli ebrei ashkenaziti la distinzione era legata all'assimilazione, mentre per gli ebrei mizrahi riguardava la conservazione della tradizione, seppur nell'ambito di un ambiente tollerante. Nella cultura iraniana, inoltre, la distinzione aveva a che fare soprattutto con l'onorabilità di un uomo, e in particolare con le sue buone azioni; spesso in Europa i traguardi erano definiti dal benessere materiale.

Per negoziare fra queste due sfere, Soleiman ebbe cura di essere un uomo d'affari dalla reputazione equa, onesta e conviviale. Sviluppò una proprietà, un lotto all'angolo di via Pahlavi, che chiamò la sua "piccola Parigi." Lì sovrintese alla costruzione di un complesso che progettò lui stesso, influenzato dall'architettura che aveva visto nelle città francesi. Sulla porzione di proprietà rivolta verso la strada fu costruita una struttura commerciale, con negozi in facciata e appartamenti ai piani superiori. Sopra c'erano due piani di spaziosi appartamenti, dotati di tubature interne, cucine economiche a legna o a carbone ed enormi caminetti. Dall'altro lato, gli appartamenti si affacciavano su un cortile.

La casa di Soleiman era ubicata sul retro della proprietà di via Pahlavi; al centro di un rigoglioso giardino si trovava una vasca circolare. Ampie porte e finestre scandivano il tono della casa; le scale erano larghe e i gradini poco ripidi. L'automobile era custodita vicino alla stanza del portiere, dove abitava il giardiniere Rahman. In inglese, il colore bruno cremisi dell'auto era chiamato *maroon*, dal termine francese *marron*, castagna. Soleiman amava quella tonalità quanto l'espressione in qualsiasi lingua per descriverla. La parola *maroon* ricordava il chiaretto, e proprio come quel vino suggeriva il romanticismo sofisticato dei territori in cui era coltivata la vite. La decappottabile era sempre lucida e in ottimo stato di manutenzione: Soleiman la guidava solo se era immacolata all'interno e scintillante all'esterno. Sperava che la gente avrebbe ricordato quell'auto come il faro di una nuova epoca e come il simbolo di un uomo eccellente in tutti i sensi.

L'unico altro abitante fisso della casa di via Pahlavi era Bijou, una cagnetta di taglia media bianca e bruna. Salutava ogni mattina il suo padrone quando si svegliava e ogni sera quando tornava dal lavoro. Lo accompagnava nella maggior parte delle uscite in giro per Teheran e amava andare a trovare la madre di Soleiman. Gohar conservava sempre qualche avanzo per il cane su un piattino.

"Non si allontana mai da me, ma non mi segue se mi allontano io," aveva spiegato una volta Soleiman alla madre. "È felice di vedermi quando torno a casa. Andiamo a passeggio insieme, e sono libero di seguire il filo dei miei pensieri. Se voglio compagnia, lei mi asseconda. Perché mai dovrei aver bisogno di una moglie, nonna Jan?" domandava ridendo. "Ho Bijou."

Seduto in auto, Soleiman pensava alla cagnolina. Quel giorno Bijou era rimasta a casa: con ogni probabilità era sdraiata sul pavimento, sulla soglia della cucina, il muso sulle zampe, le sopracciglia guizzanti mentre osservava il cuoco intento a preparare la colazione per gli altri collaboratori della casa in via Pahlavi. Era una cagnolina paziente, beneducata e versata nell'arte del mendicare senza darlo a notare. Alla fine avrebbe ricevuto un buon bocconcino.

Il giorno si distese sulla città. L'aria aveva il profumo che Soleiman considerava caratteristico del mese di aprile: di gemme e germogli, ma con i monti Alborz ancora incappucciati di neve. Oltre le loro vette impressionanti giaceva il mar Caspio, e al di là delle sue acque un mondo intero, ora reso pericoloso dal conflitto. Soleiman aveva sette o otto anni la prima volta che aveva attraversato quelle montagne, prima della Grande guerra. Aveva percorso l'intero tragitto fino a Parigi, in compagnia del padre e dello zio. Il mondo non era ancora in battaglia.

Soleiman scese dall'auto. Non appena fosse entrato nell'appartamento della madre, lei gli avrebbe sorriso. Un giorno si sarebbe sentita la mancanza del viso familiare e accogliente di Gohar. Lui soprattutto l'avrebbe avvertita. *Però*, si disse, *è ancora qui, il momento di provare nostalgia per il suo sorriso non è ancora giunto; e, in ogni caso, oggi è un giorno in cui godersi la vita.* "Nonna Jan," disse aprendo l'uscio della casa della madre, "eccomi, sono qui."

Va' a dirlo alla montagna

SOLEIMAN AIUTÒ LA MADRE A SALIRE a bordo della decappottabile color castagna, parcheggiata davanti al suo appartamento. Contemporaneamente, all'interno di una tenda in un campo profughi, una fanciulla polacca si stirava le lunghe gambe. Quelle due piccole azioni accaddero il primo giorno di Pesach, in zone diverse di Teheran. In un angolino del rifugio, la ragazza sistemò una serie di oggetti dentro un piccolo cerchio. Benché la settimana successiva compisse sedici anni, aveva già la saggezza di una nonna.

A Bandar-e Pahlavi, durante le sue brevi passeggiate lungo la sponda a cui i profughi erano approdati prima di essere inviati a Teheran e in altre città persiane, Suzanna Kohn aveva raccolto una piuma, una conchiglia, un pezzetto d'erba, il nocciolo di un dattero, qualche alga e una foglia d'albero. Per tutto il giorno precedente, mentre sedeva sul pulmino che pian piano sobbalzava lungo la strada insidiosa che conduceva a Teheran, quegli articoli avevano ticchettato nella sua tasca. Per lei rappresentavano simbolicamente gli oggetti disposti sul piatto del Seder: lo stinco, l'uovo, le erbe amare, il *charoset*, le verdure e la lattuga. Chiunque avesse sbirciato nella tenda non avrebbe riconosciuto nella sua composizione il senso che lei le attribuiva. Soltanto alcuni oggetti casuali, prelevati sulla spiaggia, raccolti da una ragazza sopravvissuta a un campo di lavori forzati sovietico e ora profuga liberata. Ma per Suzanna, che soffriva l'esilio come una pugnalata, le piccole cose disposte nel cerchio appartenevano alla promessa di apparecchiare, ovunque si trovasse, un tavolo del Seder per la sua prima Pesach in libertà.

SUZANNA AVEVA OSSERVATO LA MADRE addormentata per quasi tutto il tragitto attraverso i monti Alborz. Tuttavia non l'aveva svegliata, perché era meglio che la mamma non vedesse dal finestrino le strade impervie e tortuose. In alcuni momenti, Suzanna avrebbe preferito viaggiare in uno dei numerosi furgoni coperti che dal mar Caspio trasportavano i profughi civili nella capitale iraniana. Loro non vedevano la strada pericolosa che percorrevano. La carovana di pulmini e furgoni avanzava lentamente in fila indiana per le strade strette che attraversavano le montagne. Chiazze di neve e ghiaccio rendevano il viaggio ancora più imprevedibile e pericoloso.

Avrebbe voluto che Peter fosse stato ancora insieme a loro. Suzanna era abituata alla sua presenza, alla sicurezza e alla garanzia di una persona buona e forte di indole piacevole, con buonsenso e presenza di spirito. Se fosse stato lì, forse avrebbe indicato il nome dell'uccello che volteggiava sulle loro teste, e che Suzanna osservava attraverso il finestrino. O magari avrebbe recitato alcuni passaggi di storia persiana. O le avrebbe raccontato la leggenda di Simurgh, che salvò un bambino abbandonato a morire su una di quelle vette. Se la sua famiglia avesse viaggiato per quelle terre prima della guerra e in circostanze differenti, sarebbero stati tutti entusiasti delle montagne. Le trovava mozzafiato, anche se viaggiare con un mezzo di trasporto lungo i loro pendii angusti e sdrucciolevoli le faceva un po' paura. Dio albergava nei luoghi scoscesi e scenografici come quello. Ma benché si trovassero in un luogo vicino alla divinità, Suzanna era rimasta vigile durante il viaggio, come avrebbe fatto suo fratello. Come avrebbe fatto la mamma se non fosse stata addormentata.

Quando si incominciò a scorgere il monte Damavand, i profughi furono invitati a scendere dai mezzi di trasporto per sgranchirsi le gambe e ammirare la leggendaria montagna. Osservando il paesaggio, Suzanna aveva provato un'attrazione magnetica verso la vetta sacra e iconica ammantata di neve che sorgeva dai monti Alborz centrali, spettacolare sfondo della città di Teheran. Voleva parlare a quelle montagne, raccontar loro i suoi dolori e i suoi trionfi come un tempo aveva fatto con i monti Beschidi in Polonia, quando era piccola. Soltanto che in quel momento le confidenze che avrebbe voluto confessare alla catena di maestose cime innevate erano assai più gravi. Col tempo avrebbe finito per considerare quel momento specifico come un punto di rottura dagli orrori del passato recente, un momento che l'aveva benedetta con la forza d'animo che le serviva per iniziare una nuova vita in un paese straniero.

Raggiunsero il principale campo profughi di Teheran, il caos ordinato dei luoghi in cui alla miseria si fa fronte con offerte di aiuto. I gruppi ausiliari dell'esercito polacco, l'esercito britannico e una serie di organizzazioni umanitarie internazionali ed ebraiche agevolavano il disbrigo degli arrivi. Mentre aspettava in una coda dopo l'altra, Suzanna aveva osservato gli altri rifugiati alla ricerca dei propri cari. Troppi volti sprofondavano nella delusione quando fra i civili appena arrivati non trovavano un figlio, un coniuge, un genitore, un promesso sposo o un altro parente o amico. Si vedeva così tanto dispiacere. E a che scopo? Perché non si poteva finire quella guerra, con tutta la sofferenza che arrecava? Suzanna sapeva che non le era dato di conoscere le risposte. Ma la sua umanità sarebbe stata sminuita se non si fosse posta simili domande.

Una volta che fu loro assegnata una tenda, si sistemarono e dormirono. Ma prima di chiudere gli occhi, Suzanna preparò il suo simbolico "piatto" del Seder segreto e lo nascose con l'angolo della coperta. L'indomani sarebbe stato il primo giorno di Pesach.

LA MATTINA, JOSEFINA E SUZANNA si fecero strada fino alla mensa. In coda davanti a loro c'erano un padre con il figlioletto. Josefina provò a indovinare l'età del padre, simile a quella di Julius; il bambino aveva circa dieci o undici anni. Quando voltandosi videro le due donne in piedi dietro di loro, l'uomo offrì con galanteria di farle passare avanti. "Molto gentile da parte sua," disse Josefina. La sua stanchezza era enormemente aumentata. Era come se adesso tutto l'orrore l'avesse raggiunta, pesando sui suoi occhi, sul suo viso e sul suo cuore con un profondo affaticamento.

Aveva bisogno di riposare, e a lungo. Prese atto della generosità di quella piccola gentilezza, offerta da un estraneo.

"Signora," disse l'uomo porgendole la mano. "Dott. Naftali Lekarz, al suo servizio. Ma la prego di chiamarmi Nick." Sorrise. Il bambino stava aggrappato alla manica della sua giacca. "Questo è mio figlio Alec," aggiunse. Come tutti i bambini e le bambine fra i profughi, fino a poco tempo innanzi quel fanciullo aveva sofferto la fame.

A Josefina fece piacere quando Suzanna si fece avanti. "È molto generoso a cederci il suo posto in coda," disse. Si inginocchiò, in modo da rivolgersi al bambino dalla stessa altezza. "Grazie anche a te, Alec. Mmm," disse. "Pensi che abbiano dei dolci, qui?"

Il bambino guardò a terra e scosse il capo con stanca delusione, come a dire che in nessun posto dove fosse stato di recente erano disponibili dolci, e di sicuro in nessun posto dove fosse mai stato li regalavano.

Josefina guardò la figlia estrarre dalla tasca del cappotto un pezzetto di delizia turca. In precedenza, una generosa signora persiana aveva donato loro una scatolina ricolma di quel dolce. Prima che

Josefina o Suzanna potessero ringraziarla, la guardia del campo aveva scacciato la donna iraniana.

"Ho qui qualcosa che credo possa piacerti," disse Suzanna porgendo il dolce ad Alec.

Gli occhi del bambino si spalancarono quando aprì la carta oleata in cui era avvolta la delizia turca. All'esterno era cosparsa di zucchero a velo e farina impalpabile, mentre l'interno era dolce, omogeneo e profumato di limone. "Grazie," disse con la sua vocina. Era evidente che il bambino non era abituato a gesti simili. Nel campo in cui era stato insieme al padre gli sconosciuti non condividevano il proprio cibo.

"Da dove venite?" domandò Josefina all'uomo.

"Siamo originari di Varsavia," rispose Nick. Aveva gli occhi tristi, ma al loro interno brillava ancora una luce. Josefina aveva incominciato a notare queste cose nei polacchi usciti dall'Unione Sovietica. Aveva visto tante persone dagli occhi spenti o smorti, che guardavano senza vedere nulla con sguardi opachi, smarriti in lontananza.

"Siamo stati mandati ad Asino," disse Nick. "Al di là degli Urali, oltre Novosibirsk . . . in Siberia."

Asino era leggendaria, non in senso positivo. Un viaggio terribile di quattro settimane in uno di quei vagoni, peggiore del loro (se una cosa simile era immaginabile), in un luogo più freddo, dove gli agenti atmosferici, le malattie e la brutalità dei carcerieri consumavano più voracemente le persone, che lì morivano più in fretta. Josefina parlò dopo un breve silenzio. "Riesce a immaginare ciò che penserà la gente?" domandò. "Ci crederanno quando racconteremo loro dei posti in cui siamo stati, delle cose che abbiamo visto, del comportamento delle persone?"

"È probabile che non saranno in grado di immaginare nulla di tutto questo," disse Nick. "Però può vederla in questo modo: ne siete uscite. A meno che non siate moribonde, o gravemente malate e in quarantena, siete dirette verso un posto migliore. Alla fine." Sorrise.

Josefina sperava che avesse ragione. Da quella breve conversazione aveva anche capito che se mai avesse parlato di dove era stata insieme ai suoi figli o di quello che avevano passato o visto, lo avrebbe fatto soltanto con chi aveva vissuto la stessa esperienza. In caso contrario, per affrontare l'argomento avrebbe intrapreso delle scorciatoie, stringando l'esperienza per celare le parti insopportabili.

Durante una colazione a base di tè e pappa di cereali, appresero che il dottor Lekarz era un ostetrico: lì a Teheran era l'ufficiale sanitario responsabile dell'ospedale del campo profughi polacco. Era rimasto vedovo diversi anni prima che iniziasse la guerra. Alec aveva appena otto anni quando le prime bombe tedesche erano state sganciate su Varsavia. Proprio come i Kohn, Nick e il figlio erano fuggiti dall'invasione nazista soltanto per finire nelle mani spietate dei sovietici. Avevano subito la deportazione a febbraio del 1940. Erano sopravvissuti per miracolo, come Josefina e i suoi figli. E, come Josefina, Nick era determinato a raggiungere l'Inghilterra.

Mentre parlavano, il dottor Lekarz espresse un'osservazione casuale sul fatto che non prediligesse il maiale. Josefina si disse d'accordo, e attraverso l'alimentazione proseguirono la conversazione parlando della loro ebraicità, senza tuttavia ammettere di essere ebrei. "Ho mangiato per l'ultima volta mele e miele a Varsavia, a settembre . . . ," disse Nick; "A dicembre mia madre preparava delle deliziose frittelle di patate e cipolle . . . ," disse Josefina. Nonostante dalle loro parole sembrasse che si stessero scambiando delle ricette, Josefina gradiva quella bizzarra conversazione. L'assurdità, così frivola e deliziosa, la fece sorridere per un istante. Alla fine, entrambi rivelarono di essere ebrei.

"Buffo, non trova? Sembra che noi ebrei ci ritroviamo sempre fra di noi" disse Nick. Raccontò a Josefina e Suzanna ciò che aveva udito a proposito di Varsavia e del ghetto ebraico della città. Alcuni suoi familiari vivevano ancora lì.

"Se si può chiamare vita," disse. "Decine di migliaia di persone nel ghetto di Varsavia stanno morendo di fame." Oltre 400.000 ebrei erano stati costretti a vivere in un'area di 1,3 miglia quadrate, in sette per ogni stanza, a volte di più. Erano state erette mura alte dieci piedi per confinarvi la popolazione ebraica. "Non può che andare peggio," disse Nick.

Naturalmente non potevano sapere quanto peggio potesse andare. Ma in quel momento Josefina fu colta da una grande riconoscenza per la tenda in cui si trovava e per il tavolo a cui sedeva, per il cibo caldo e adeguato che aveva di fronte, per il trambusto di Teheran al di fuori del campo. Pensò a Greta, la sorella di Julius, e a suo marito Ernst, e si augurò che non si trovassero fra le centinaia di migliaia di persone dietro alle alte mura del ghetto di Varsavia.

Josefina avvertì un senso di affinità nei confronti di quell'estraneo, e che il suo sentimento era ricambiato. E quando rivelò di essere anche lei un'ebrea polacca, lo fece con un sussurro. Che sollievo non dover più sostenere il peso di quel segreto. Confessare di essere ebrea fu come lasciar andare un respiro trattenuto troppo a lungo. Anche Suzanna sembrava sollevata.

"Il tè è caldo e forte," disse Nick. "È stato preparato in quel samovar laggiù." Indicò un angolo in cui, glorioso e imponente, troneggiava un gigantesco samovar d'argento. Josefina ebbe il sospetto che appartenesse alla dote di una sposa.

"Sono piccoli lussi: un'ora dedicata appositamente a sorseggiare il tè e fare merenda. Una conversazione . . . Semplici inezie. Eppure ci tengono saldamente avvinti alle nostre vite, ne scandiscono il ritmo," disse Josefina. *Attraverso tutto il viavai*, pensò.

Nick la guardò e sorrise. "Alcuni ebrei di Teheran hanno aiutato ad allestire un campo per i profughi ebrei," disse a Josefina. "Ci porto Alec. Credo che il cibo possa essere migliore delle razioni di qui. Probabilmente l'atmosfera è anche più familiare."

Nick disse che l'ospitalità persiana era rinomata, sebbene in Iran

Josefina avesse già avuto occasione di saggiare e apprezzare la generosità degli sconosciuti. Le organizzazioni umanitarie ebraiche, spiegò ancora Nick, stanziavano risorse per assistere i fratelli ebrei a Teheran. "Magari voi due potreste venire," disse.

Mentre parlava Josefina annuì, grata dell'informazione e del suggerimento. Ma in verità pensava a quanto talvolta fosse ironico il destino. Proprio in quel momento suo figlio Peter era diretto in Palestina insieme ai suoi compatrioti, camuffato sui documenti da cattolico romano, mentre lei e Suzanna erano a Teheran fra gli iraniani, in procinto di rinunciare a quello stesso travestimento per beneficiare della carità destinata agli ebrei.

"Certo," disse infine Josefina. "Certo, ci andremo anche noi." Dopotutto, la speranza era molto meno faticosa della disperazione.

Una piccola riparazione del mondo

13 APRILE 1942, TEHERAN

UNDICI GIORNI DOPO PESACH, Soleiman sorseggiava il suo caffè mattutino al Patisserie Park quando scorse il suo amico Haji Aziz Elghanian che gli andava incontro. In doppiopetto e cravatta, Haji Aziz si recava dappertutto a piedi e quando andava a trovare gli amici e la famiglia si presentava sempre con dei fiori. Quel giorno aveva in mano una mazzetto di gelsomini. I boccioli delicati contrastavano con la sua espressione seria.

"*Kwush-āmadi*, amico mio," disse Soleiman alzandosi in piedi per salutare e dare il benvenuto ad Haji Aziz. Scambiati i convenevoli, Haji Aziz disse che dovevano discutere di cose importanti, e i due tornarono a casa di Soleiman. Il cuoco sistemò i fiori fragranti in una ciotola piena d'acqua sulla tavola della colazione. Sorseggiarono il tè e mangiarono del pane bianco leggero e vaporoso detto *nan barberi* con formaggio feta e conserva di visciole. Haji Aziz espresse la sua preoccupazione per i profughi polacchi.

"Dicono che ne arriveranno altri," disse. "Prima a Bandar-e Pahlavi e poi a Teheran." Haji Aziz spiegò che le difficoltà organizzative erano immense. Se la gente non fosse intervenuta per aiutare si sarebbe scatenata una crisi.

Rispettato nella comunità ebraica persiana, Haji Aziz aveva già incominciato a mobilitare gli ebrei benestanti di Teheran per assistere i profughi ebrei con cibo e riparo.

"I soldati proseguiranno oltre," disse all'amico. "Ma gli anziani e gli infermi, le donne e i bambini, per il momento si fermeranno qui." Haji Aziz riferì a Soleiman che erano in cattivo stato di nutrizione. Alcuni erano moribondi. C'era un gran numero di orfani. Alcuni erano stati o erano tuttora ammalati di tifo e vaiolo. I profughi avevano bisogno di tutto: nutrimento, vestiti, assistenza medica, sapone, coperte, denaro.

"Soprattutto, Soli," disse scorrendo con lo sguardo sulla casa spaziosa e accogliente dell'amico, "ci sono molte donne e bambini che hanno bisogno di una casa. Non va bene che vivano nelle tende come i soldati, specialmente le signore e le signorine ebree."

Soleiman non solo comprese al volo il suggerimento dell'amico; come sanno le persone sinceramente caritatevoli, sapeva anche che avrebbe offerto il proprio aiuto prima ancora che ci fosse bisogno di chiederglielo. Da ricco scapolo, Soleiman aveva risorse moderne, spazio e cibo in abbondanza. "Ma certo, Haji Aziz," esclamò. "Ma certo che darò una mano . . . Posso anche accogliere una famiglia."

Finirono di fare colazione. La conserva di visciole lasciò nella bocca di Soleiman un sapore pulito di inizio estate. Rahman il giardiniere aveva comprato il *nan barberi* in panetteria poco prima dell'apertura; sceglieva sempre quello più caldo e cotto meglio. Erano fortunati ad avere tanta abbondanza in un periodo in cui altri erano sfollati e affamati.

Certo, rifletté, la famiglia che avrebbe accolto in casa sua avrebbe avuto nostalgia del cibo del proprio paese. Soleiman sapeva che nella cucina polacca si usavano le ciliegie, che anche a lui piacevano molto. Forse i profughi si sarebbero fermati per l'incipiente stagione delle ciliegie. Nel frattempo, per la prima colazione dei suoi ospiti avrebbe offerto loro un vaso di conserva di visciole fatta in casa per confortarli con un piccolo assaggio della loro patria. Avrebbe decorato la tavola con fiori freschi del suo giardino. Avrebbe mandato la governante a rinfrescare le camere degli ospiti e ad assicurarsi che gli asciugamani venissero ritirati e piegati proprio quando profumavano più intensamente di sole. In bagno, Soleiman avrebbe disposto personalmente una saponetta, una di quelle speciali francesi alla lavanda.

"Sto già facendo una lista mentale del necessario," disse Soleiman.

Haji Aziz diede una pacca sulla spalla dell'amico e sorrise. "Il *nan barberi* è freschissimo," disse. Si tamponò il mento e le labbra con il tovagliolo di stoffa, lo piegò e lo ripose accanto al piatto. "*Mersi. Khaylī mamnūn . . . tashakkur. Moteshakeram . . . bisiyār moteshakeram*, Soleiman," disse, servendosi di tutte le forme di ringraziamento in farsi per esprimere profonda gratitudine.

Il sole splendeva. I due uomini si alzarono per avviarsi alla porta e raggiungere la decappottabile color castagna di Soleiman. Benché fosse una deliziosa giornata di primavera, per quel tragitto Soleiman tenne il tettuccio chiuso. Presumeva che i passeggeri che tornavano indietro insieme a lui desiderassero un po' di riservatezza.

Soleiman guidò fino alla proprietà di Haji Aziz e del cognato Haji Mirzagha. Nel frattempo, Haji Aziz spiegò alcune faccende pratiche. Gli operai avevano allestito delle tende sui terreni della proprietà. Nei rifugi temporanei vivevano sia giovani che anziani. Erano stati distribuiti degli abiti donati da organizzazioni umanitarie americane ed europee. Naturalmente nulla era presente in quantità sufficienti. Gli ammalati avevano ricevuto o stavano ricevendo cure mediche. Le infermiere e i dottori lavoravano giorno e notte senza sosta. I fratelli Elghanian volevano rifornire i profughi di alimenti salutari freschi: frutta e verdura, piatti di riso e pollo e ogni genere di *khoresh*. Ma per quanto cibo venisse preparato, sembrava non bastasse mai. Ciononostante, disse Haji Aziz nel suo modo riflessivo, benché ogni giorno fosse incerto, nello stile di vita dei profughi si stava lentamente ristabilendo una sorta di normalità. Erano al vaglio dei piani per mandare gli orfani ebrei in Palestina.

Haji Aziz disse che l'esperienza nei campi aveva turbato profondamente quei bambini. La maggior parte non si fidava di nessuno. Molti accumulavano il cibo. Alcuni scappavano e si nascondevano quando era il momento di salire su un mezzo di trasporto o di incontrare il medico. Alcuni erano sfrenati, disorientati, menomati. Erano tutti feriti, in un modo o nell'altro. Si parlava di avviare una scuola, anche se si sarebbe trattato di una misura temporanea. Per il momento i bambini seguivano le lezioni in una classe del tutto provvisoria in una tenda. Molti di loro avevano difficoltà a concentrarsi.

Soleiman parcheggiò l'auto davanti al cancello della proprietà degli Elghanian, e i due si avviarono a piedi verso casa. Alcuni profughi si sporsero dalle tende per vedere colui che chiamavano il salvatore. Un'anziana con un fazzoletto sulla testa calva, con indosso un abito su cui era abbottonato un maglione troppo stretto, lo chiamò. "Pan Aziz," disse, servendosi della forma polacca per rivolgersi a un gentiluomo, "*mersi, mersi.*"

Nella casa principale, il piano terra e la cucina erano stati trasformati in un'area comune in cui i profughi potessero riunirsi, bere il tè e cercare assistenza dai rappresentanti dell'agenzia ebraica giunti a offrire aiuto. Soleiman udì gente parlare in farsi, polacco, francese, inglese e, raramente, in russo. Riconobbe delle parole in yiddish e perfino un po' di tedesco. *La torre di Babele è arrivata a Teheran,* pensò. Il numero delle lingue parlate nella sua città dimostrava la vastità della portata della guerra. Nessuno era stato risparmiato. L'avvilimento dei profughi, le loro figure smagrite, gli abiti smessi, i miseri averi, l'incertezza e la tragedia della loro migrazione, indussero in Soleiman il desiderio di prendersi cura di loro offrendo non soltanto vitto e alloggio, conserve fatte in casa e sapone profumato, ma anche consolazione. Benché desiderasse aiutarli tutti, sapeva di poter aiutare soltanto alcuni fra loro.

Passarono accanto a una stanza oltre l'area principale. Soleiman intravide una giovane donna alta e composta intenta a leggere per un gruppo di bambini piccoli seduti davanti a lei. La maggior parte di essi si agitava o rideva rumorosamente, come se avesse dimenticato come si ascoltano le storie. Uno o due dormivano. Erano puliti e indossavano abiti nuovi, ma le teste rasate e la pelle giallastra raccontavano un'altra vicenda. E i loro occhi spalancati, abbattuti, saettanti, alcuni vacui, ne rivelavano un'altra ancora.

"Quei bambini sono ancora troppo piccoli per la scuola," disse Haji Aziz. "E quella signorina straordinaria che legge per loro è la figlia della signora che vorrei presentarti."

Josefina Kohn sedeva su un divanetto in una stanza adibita a salotto. Su una seggiola accanto a lei era seduta Heshmat Khanoum, la moglie di Haji Aziz. Le due donne bevevano il tè, scambiandosi ogni tanto qualche piacevolezza in francese, ma stando per lo più in silenzio dato che nessuna delle due parlava la lingua dell'altra. Eppure era una cosa così civile trovarsi in un salotto, con tappeti sotto i piedi, a sorseggiare un vero tè da un autentico servizio di porcellana. Josefina ammirò la forma della zuccheriera; prelevò una zolletta con le pinzette d'argento, ma anziché lasciarlo cadere nella tazza se lo portò con discrezione alle labbra. Poi prese un sorso di tè, nero e carico. Sapeva che la sua ospite persiana l'aveva vista, fingendo cortesemente di non averla notata. "*C'est plus doux comme ça*," disse Josefina, "così è più dolce." Dall'arrivo a Teheran lei e Suzanna si erano esercitate a parlare in francese.

"*Oui, on fait pareil ici*," disse Heshmat Khanoum. Anche in Iran si dolcificava il tè in quel modo. Josefina sorrise, lieta di trovarsi in compagnia di una donna che la faceva sentire tanto ben accolta. Sentì le spalle rilassarsi per la prima volta dall'inizio della guerra.

La porta si aprì.

Haji Aziz presentò il gentiluomo che lo aveva accompagnato.

"Madame Kohn, *je vous présente* monsieur Cohen," disse. Il suo accento era eccellente, grazie agli anni di collaborazione con l'Alliance israelite universelle.

A nessuno sfuggì che i loro nomi coincidessero, due modi diversi per dire *kohen*. La corrispondenza dei loro nomi era semplicemente una di quelle piccole combinazioni di cui bisogna tener conto.

"*Mesdames, bonjour*," disse Soleiman. Prese la mano a ciascuna delle due donne per baciarla, partendo da quella di Heshmat Khanoum. *Come se fossimo tutti nobili*, pensò Josefina sorridendo.

Quell'attimo dava l'impressione di essere molto significativo. Ma a Josefina non era chiaro se fosse diventata capace di riconoscere i momenti cruciali di una vita in tempo di guerra o se piuttosto la loro recente liberazione dai campi proiettasse un'aura di fascino e rispettabilità su tutto ciò che accadeva. Poteva vedere con chiarezza che in quella stanza si trovavano persone di grosso calibro. Per un istante avrebbe potuto sciogliersi in lacrime, ma naturalmente il suo senso del decoro fu all'altezza della situazione.

"*Messieurs*," rispose. Quando Soleiman ebbe lasciato la sua mano, tornò a sedersi. "*Enchantée*," disse, rivolta a lui. Ed era davvero incantata. Josefina ebbe l'impressione che quell'uomo avrebbe assunto un ruolo importante per il futuro immediato suo e di Suzanna. Per la prima volta da moltissimo tempo non aveva bisogno di fare educati pronostici su cosa sarebbe successo. In quegli anni di tentativi di calcolare le conseguenze di ciascuna minima decisione, aveva scoperto che prima della guerra erano i piccoli misteri a rendere la vita interessante. Si mise comoda e lasciò che le cose seguissero il loro corso.

I due uomini si misero a sedere, parlando in francese per buona educazione nei confronti di Josefina. Heshmat Khanoum versò il tè. Chiamò la domestica e in poco più che un sussurro si rivolse a lei in farsi. La ragazza lasciò la stanza e ritornò con un vassoio di frutta, pasticcini, cioccolatini e noccioline.

"La prego, madame," disse Haji Aziz indicando a gesti il vassoio di dolciumi, elegantemente decorato ai bordi con petali di fiori. "Si serva pure."

Josefina scelse uno dei dolcetti e un'arancia. *Le monde est rond, comme une orange*, pensò. *Il mondo è rotondo come un'arancia*, una buffa filastrocca che un tempo lei e i suoi amici usavano per esercitare il francese. Quel gradevole ricordo di fanciullezza fece piacere a Josefina, e il suo assurdo ingresso nella vita presente la fece sorridere mentalmente. Guardò l'arancia nel suo piatto, la buccia porosa, la polpa senza dubbio succosa e profumata. Non era la prima volta che mangiava quel frutto, ultimamente, ma in qualche modo sapeva che questo sarebbe stato il migliore.

Lei e Suzanna si trovavano in Persia da appena due settimane. A ciascuna tappa, Josefina aveva provato gratitudine per qualcosa. Come la maggior parte dei profughi polacchi, lei e la figlia avevano appreso e adottato la parola *mersi* per ringraziare gli iraniani che incontravano. Dal campo a Bandar-e Pahlavi al primo campo a Teheran, e ora in quel luogo, non avevano mai smesso di esprimere la loro gratitudine in una serie di lingue, in inglese con gli intermediari britannici, polacco con le ausiliarie femminili, francese e talvolta inglese con i rappresentanti delle organizzazioni umanitarie ebraiche. Ma i più generosi erano i loro ospiti persiani, che donavano perché volevano o potevano, non perché fossero incaricati di portare aiuto in quanto membri di un esercito, di corpi diplomatici o di un'organizzazione. Le donne iraniane sia ebree che musulmane uscivano dalle loro case di spontanea iniziativa porgendo canestri di frutta e altri generi alimentari. Gli uomini aiutavano in tutti i compiti, dall'allestimento delle tende a riportare in carreggiata i camion impantanati nei fossi e al trasporto dei passeggeri.

C'erano molti modi per ringraziare in farsi, rifletté Josefina soppesando l'arancia nella mano e annusandone il profumo pulito. *Moteshakeram* significava "sono grato." *Bisiyār motesha- keram* era "sono molto grato." *Khaylī mamnūn* voleva dire "molto obbligato."

E *tashakkur* equivaleva a "grazie," puro e semplice. "*Moteshakeram*," disse, pronunciando la parola meglio che poteva.

Soleiman Cohen osservò Haji Aziz posare la tazza sul piattino dopo avervi sorbito il tè. "Madame," disse, "il signor Cohen si è offerto di alloggiare una famiglia sfollata." Spiegò che nessuno sapeva con certezza quando sarebbe stato possibile emigrare verso altre destinazioni, ma poiché a Teheran sarebbero arrivati moltissimi altri profughi, stavano cercando di collocarne il più possibile nelle abitazioni private per tutto il tempo necessario. "Speravo che lei e sua figlia poteste essere la famiglia prescelta," disse.

"Sareste mie ospiti, madame," disse Soleiman. "Vi assisterò in tutti i modi." Guardò la donna polacca. Come a quasi tutti gli altri profughi che aveva visto nella proprietà degli Elghanian, a Josefina Kohn era stato rasato il capo di recente. Non indossava nulla per coprirsi la testa, e i capelli avevano ricominciato a crescerle in una sottile peluria scura. Notò che un tempo il suo viso era stato signorile e raffinato, ma tutto ciò che le era accaduto dall'inizio della guerra, due anni e mezzo innanzi, l'aveva trasformato. Ora aveva un aspetto esausto, come se nessun riposo potesse durare abbastanza da addolcire le linee incise intorno agli occhi e alla bocca, ciascuna di esse disegnata da un dispiacere e da una fatica che lui non avrebbe mai conosciuto. D'altro canto, il suo portamento era assolutamente perfetto, segno che Josefina rifiutava di lasciarsi spezzare dalla tragicità delle circostanze. La sua perseveranza commosse Soleiman.

"Sarei onorata di accettare il suo cortese invito, signor Cohen," disse Josefina Kohn. Riuscì a sorridere con sincerità.

Haji Aziz si alzò in piedi e si lisciò una falda della giacca. "Vado a chiamare mademoiselle Suzanna, così da poterti presentare anche lei," disse. Guardò l'orologio che portava al polso. "Credo che abbia finito di leggere ai bambini."

Dopo che Haji Aziz ebbe lasciato la stanza, la signora straniera parlò. "Per coincidenza, oggi è il compleanno di mia figlia," disse. "Credo che non ci sia nulla che apprezzerebbe di più della sua generosa offerta di ospitalità."

Soleiman sorrise. "Quanti anni compie?" chiese.

"Sedici."

Haji Aziz ritornò insieme alla figlia di madame Kohn. Benché molto corti, i suoi capelli erano lucidi e scuri. Come la madre, Suzanna Kohn aveva conservato una postura perfetta. Si muoveva con fluida grazia e autocontrollo.

"Mademoiselle Suzanna ha rubato il cuore a tutti noi," disse Haji Aziz.

Non era difficile comprenderne il motivo. La giovane era alta e molto bella. Quando si sedette accanto alla madre, Soleiman rinvenne le tracce di quando Josefina Kohn era stata una giovane donna. A quali orrori avevano assistito; in quali circostanze avevano sofferto? Provò disprezzo per chiunque avesse fatto loro del male. Dovevano essere piuttosto intelligenti per essere riuscite a sopravvivere fino a quel punto. E piene di risorse.

"Sono stato straniero in terra straniera," disse Soleiman. "Benché senza dubbio, madame, non abbia mai avuto bisogno di dimostrarmi coraggioso e ingegnoso come lei o sua figlia."

I cinque bevvero il tè, mangiarono frutta e dolci e chiacchierarono; sebbene il francese di Suzanna fosse arrugginito, Soleiman si accorse della rapidità con cui afferrava l'essenza della loro conversazione. Ciononostante, la madre spiegò alla ragazza in un misto di polacco e tedesco che stavano lasciando il campo profughi. A quella notizia, il viso di Suzanna si illuminò, e quando la signora Kohn pronunciò il nome di Soleiman con un gesto al suo indirizzo, la figlia lo guardò per un istante.

"I bambini sentiranno la mancanza di mademoiselle Suzanna," disse Haji Aziz.

"Sono sicura che anche a lei mancheranno," rispose Josefina Kohn.

Seguì un breve silenzio, uno di quei silenzi fitti di pensieri formulati ma non espressi. Soleiman fu colto improvvisamente da una sensazione interrogativa, che gli capitava raramente di provare. Non aveva consultato la madre, Gohar, prima di acconsentire ad accogliere in casa propria quelle due donne europee. Stava facendo la cosa giusta? Cosa avrebbe detto o pensato la gente? Haji Aziz sembrava credere che non ci fosse nulla di anomalo, e ovviamente lui sposava quell'idea. L'uomo più anziano sapeva quanto l'amico amasse aprire la propria casa agli ospiti, e che per un figlio di Rahim Cohen portare i profughi nella propria casa in via Pahlavi fosse come una seconda natura.

Più Soleiman immaginava di parlarne con la madre, più la sentiva incoraggiarlo ad agire con carità e grazia. Nella sua mente, la voce tenue ma determinata di Gohar gli diceva che non solo era la cosa giusta da fare, ma anche l'azione più importante che potesse intraprendere per aiutare a riparare un mondo incrinato dalla guerra e dall'odio. Allora gli venne in mente una storia che Gohar aveva inventato per i figli e nipoti. La chiamava "il racconto di tutti i bellissimi pezzi," e vi aggiungeva nuovi dettagli ogni volta che la raccontava, cosicché, all'epoca in cui i nipoti ascoltarono quella narrazione epica, era ormai diventata molto lunga e complessa.

La storia incominciava così: "C'era una volta un bambino che viveva nel *mahalleh* e collezionava i cocci di vetro e vasellame che trovava in tutti i luoghi in cui andava". Gohar dilettava i suoi ascoltatori con la descrizione dei viaggi fantastici del bambino, o della bambina, a seconda di chi la ascoltava, dai profumi dello zafferano e dell'acqua di rose, ai tappeti e ai tessuti del grand bazar di Teheran, alle vasche e ai canali del giardino Eram a Shiraz, fino alle fette di melone e al tè forte offerti nelle tende del mercato sulla grande piazza Naqsh-e Jahan a Isfahan e alle rovine scenograficamente desolate di Persepolis. In ciascun posto, il bambino protagonista del racconto raccoglieva frammenti di porcellane rotte da tempo immemore, pezzi infranti di piastrelle, finestre e specchi: ognuno di essi era intriso della storia di una vita, di cui era diventata sua responsabilità preservare la memoria. Diventando grande, il bambino scopriva di aver raccolto così tanti pezzi che avrebbe dovuto farci qualcosa. Così costruiva un mosaico magistrale. La gente veniva da oltre i mari e i monti per ammirare il magnifico monumento commemorativo che aveva costruito in onore dei racconti delle persone i cui nomi erano andati perduti.

"Tenere in vita un nome," diceva sempre Gohar alla fine della storia, "significa apportare una piccola riparazione al mondo."

Una volta finito il tè, madre e figlia andarono a recuperare le loro cose. Ma prima, Josefina andò a dire addio a Nick Lekarz. Sapeva che Suzanna voleva dare ad Alec il pezzo di cioccolata che aveva chiesto di prendere dal generoso vassoio di dolci offerto dai loro ospiti. Ripensava alla proposta del signor Cohen: una stanza tutta per loro in una casa con elettricità e acqua corrente, *quella* sì era fortuna. Si sorprese di non veder l'ora che qualcosa accadesse. E subito Josefina sentì altalenare il suo cuore e la sua mente, prima per l'idea di essere destinataria di carità, poi per il peso di dover dire ancora addio. Indipendentemente da quante volte si fosse esercitata in simili partenze, le trovava sempre destabilizzanti. Specialmente perché ciascun addio si era svolto nelle circostanze peggiori ed era probabilmente un addio per sempre, contornato di pericolo e potenzialmente fatale. Si struggeva dolorosamente per trovare un insediamento, per forgiare un senso di appartenenza a un luogo. Non le serviva molto: con una seggiola confortevole, un letto, una vasca da bagno e una cucina sarebbe stata a posto. Un cane. Abiti a sufficienza per le stagioni. Un posto per accendere il fuoco. Qualche libro da leggere e una radio. All'improvviso sentì il desiderio di ridere, non solo perché sarebbe stato sublime, ma anche perché nell'enumerare i suoi bisogni aveva scoperto di essere diventata davvero molto meno esigente. Significava forse che il suo carattere era stato consumato? Avrebbe dovuto accettare passivamente la carità, o avrebbe potuto guadagnarsi la sua strada, come le donne moderne che ammirava? E sua figlia? Non avrebbe dovuto imparare anche Suzanna a essere autosufficiente?

Per il momento, Josefina mise da parte quei pensieri. Era trascorso troppo tempo da quando qualcuno nella sua famiglia si era imbattuto in qualcosa come una buona notizia. Proseguì verso uno degli edifici esterni che serviva da reparto medico, dove era probabile trovare Nick Lekarz. Suzanna andò a prendere i loro zaini nella tenda. Era strano pensare che avevano preparato quelle due sacche di tela per la prima volta a Leopoli, quando Julius era ancora vivo. Ora erano semivuote, con solo gli abiti ricevuti in donazione. Non c'erano libri. Niente spazzole o pettini. Nessuna lettera, o diario. Nessuna fotografia. Nessun oggetto di valore.

Nick era fuori quando vide avvicinarsi Josefina.

"È il nostro giorno fortunato," disse lei. "Un signore generoso ci ospita in casa sua."

"Mazel tov," disse Nick. "Spero che vi ricorderete di noi." Josefina sorrise. Avrebbe sentito la sua mancanza. Avevano assunto l'abitudine di fare colazione e prendere il tè insieme, chiacchierando, conoscendosi meglio. *Un esercizio di convivialità*, pensò Josefina a proposito dei loro incontri brevi ma rassicuranti. Allora capì che stavano facendo amicizia, cosa che a nessuno dei due era riuscita in modo duraturo nei campi di lavoro.

"Non immalinconirti così, Finka," disse Nick.

Nel sentire il proprio soprannome, lei si sentì confortata. Sapeva che lui la stava canzonando, magari soltanto un pochino. Ma il suo commento condusse Josefina ad accorgersi di non essere più tanto abile a nascondere le emozioni.

"Mandami il tuo nuovo indirizzo," disse Nick allegramente, "ci terremo in contatto. Non è poi *così* difficile."

"Dov'è Alec?" domandò Josefina. "Credo che Suzanna abbia una cosa per lui."

"Può trovarlo in classe. La cosiddetta classe."

"A dopo, Nick," disse Josefina. Parlò con una tenerezza che non aveva più provato da molto tempo.

IL BREVE TRAGITTO DAL CAMPO profughi ebraico nella proprietà degli Elghanian alla casa di Soleiman Cohen in via Pahlavi offrì alle due profughe polacche uno scorcio di uno dei più eminenti quartieri residenziali di Teheran. Il signor Cohen spiegò che dietro alle alte mura c'erano case private con piscine e sfarzosi giardini. Superarono dei carretti trainati da asinelli. Per lo più trasportavano botti piene d'acqua, da consegnare a domicilio ai residenti lungo quelle strade. I lattai si spostavano in bicicletta, e i mestoli appesi ai grossi recipienti metallici tintinnavano su entrambi i lati della ruota posteriore.

Per Suzanna, essere di nuovo a bordo di un'automobile privata, e così bella per giunta, era un po' come tornare indietro nel tempo. Le venne in mente il viaggio da Varsavia alla casa dei Kosinski, nell'auto di suo padre. Com'era spaventata allora, nonostante ci fosse stato il papà al volante. Sembrava così sciocco adesso aver avuto paura di quel viaggio, che era stato uno degli ultimi momenti trascorsi insieme al suo nucleo familiare ancora integro. Le mancava terribilmente il padre, ma sapeva che lui avrebbe voluto che lei ora si trovasse in quell'auto, diretta verso un luogo migliore. L'ultimo viaggio in auto l'aveva portata via da casa; questo, invece, stava conducendo Suzanna *verso* una casa.

Proprio in quel momento pensò ad Alec. Aveva cinque anni in meno di Suzanna, proprio come Kasia. Come tutti i bambini sopravvissuti alla prigionia sovietica, anche lui era già molto più grande, con una durezza negli occhi che soltanto l'amore incondizionato avrebbe potuto sciogliere. Prima di lasciare il campo profughi, Suzanna era andata nella tenda adibita a classe e aveva chiesto all'insegnante di poter scambiare due parole con Alec. Il suo viso si era afflosciato quando lo aveva informato della loro partenza, specialmente quando aveva precisato che sarebbe avvenuta immediatamente.

"Guarda che cosa ti ho portato, sciocchino," gli aveva detto dolcemente. Aveva estratto dalla tasca la cioccolata. Alec aveva sorriso.

"Dovrò mangiarla poco per volta," aveva detto il bambino. "Dato che nessun altro mi dà i dolci."

Suzanna lo aveva abbracciato. Nessuno dei due avrebbe potuto indovinare il futuro. Quel giorno non potevano prevedere che i loro genitori, entrambi vedovi, si sarebbero risposati, né riuscivano a immaginare che si sarebbero mai sistemati, figuriamoci poi in una casa accogliente in un paese che non fosse la Polonia, dove avevano entrambi trascorso l'infanzia. Quel futuro sarebbe sopraggiunto in seguito a numerose digressioni. Suzanna non si era data troppo pensiero su dove sarebbe finita, ma sfilando lungo le vie di Teheran a bordo della splendida automobile del suo ospite ebbe la certezza che se da un lato un modo di vivere giungeva al termine, dall'altro uno nuovo era al principio.

Esaminò che cosa significasse. Presumette che per poter accogliere una famiglia di profughi il signor Cohen fosse piuttosto facoltoso. La madre le aveva spiegato che sarebbero state in casa di quel gentiluomo, benché non si sapesse quanto a lungo potesse durare una simile sistemazione. Era un compleanno che Suzanna non avrebbe mai dimenticato. Si sarebbe lavata in un vero bagno. Avrebbe dormito in un vero letto. Avrebbe mangiato a una vera tavola. Si sarebbe svegliata il giorno seguente e avrebbe rifatto tutto da capo. Non riusciva a immaginare quanto sarebbe stato bello, o cosa sarebbe successo dopo, così decise di assaporare il presente senza dover pensare per forza al futuro.

QUANDO ARRIVARONO ALLA CASA DI Soleiman Cohen in via Pahlavi, un cane scese dalla scalinata, colmando a tal punto la mamma di gioia che scoppiò immediatamente a piangere. Suzanna non aveva mai visto la madre manifestare apertamente le sue emozioni. Ma fra tutte le cose che la mamma era stata costretta a dimenticare dagli ultimi giorni di agosto del 1939 c'era anche il ricordo del suo adorato cagnolino Helmut.

"Bijou," la rimproverò Soleiman Cohen. Ciò nonostante, la cagnetta capì che la madre di Suzanna aveva bisogno di vedere una coda scodinzolante e di sentire sulla pelle un tartufo umido.

"Che cagnolina dolce," disse la mamma accarezzandole la testa morbida. E sebbene avesse il viso bagnato di lacrime, sorrideva senza alcuno sforzo.

Il signor Cohen sembrò felice di vedere che una delle sue ospiti si trovava già a suo agio. Convocò la governante e le impartì istruzioni in farsi. Questa accompagnò Suzanna e Josefina alle loro stanze, adiacenti, e si allontanò con gran premura. Tornò con due uniformi da cameriera, l'unico abbigliamento femminile disponibile nella casa di uno scapolo. La governante non parlava francese, e le due donne non conoscevano il farsi. Perciò Suzanna e la madre non compresero quando la donna spiegò che quelle tenute erano soltanto provvisorie.

Suzanna era confusa. La mamma non aveva parlato di lavorare come domestiche per quel signore. Ma forse aveva capito male. Non sarebbe stata la prima volta che scopriva di essersi in qualche modo sbagliata proprio quando stava per afferrare le aspettative, le regole o la geografia di ciò che la circondava. Durante tutto il loro girovagare a oriente, sempre più a oriente, poi verso occidente e verso sud, il significato delle cose era stato indistinto. Durante il loro esilio bellico, per esempio, i cani, uno dei lussi più amati che avevano lasciato a casa, erano diventati bestie randagie in competizione con loro per il cibo. Nei campi erano feroci, con lunghe zanne. E ora, a Teheran, i cani erano tornati a essere dei compagni fidati.

In ogni caso, che importava se non aveva compreso completamente la loro situazione? La sua stanza era incantevole e pulita e non era costretta a condividerla con nessuno. In quella casa non doveva temere che qualcuno rubasse le sue cose; non che avesse molto da rubare. Suzanna non avrebbe dovuto preoccuparsi dei bambini profughi, soli e spaventati, che graffiavano, mordevano o fuggivano via. Non c'erano soldati da cui tenersi alla larga né ordini a cui obbedire. Non c'erano difficoltà impossibili da sormontare. E la cosa migliore era che lì poteva dire di essere sia ebrea sia polacca, ovvero poteva essere sé stessa, una ragazza ebrea di sedici anni sfollata dalla sua casa in Polonia occidentale.

Lei e la madre si lavarono, si vestirono e trovarono la strada per la cucina. In seguito Suzanna avrebbe riso al pensiero del loro primo giorno nella casa in via Pahlavi. Lei e la mamma indossavano le semplici uniformi inamidate da domestiche. Entrarono in cucina, con grande sorpresa del cuoco e dei suoi aiutanti. Nessuno sapeva che cosa dire alle due donne straniere, figuriamoci come dirlo. La mamma andò dritta al banco da lavoro, afferrò un coltello da accanto alla cesta delle cipolle e procedette ad affettarle. Suzanna prese posto al lavello e iniziò a lavare pentole e padelle. Alla fine, tutti in cucina si stabilizzarono in un ritmo di lavoro.

Finché, naturalmente, il signor Cohen scoprì dove si trovavano. Più avanti, Suzanna scoprì che cosa fosse successo dall'altro lato del muro della cucina. Il loro ospite, in giacca e cravatta, era rimasto seduto al grande tavolo da pranzo, sempre più perplesso quando le sue ospiti non si erano presentate per cena. Dopo mezz'ora di attesa aveva mandato la governante a cercarle. Questa aveva controllato anzitutto le camere da letto al piano superiore, guardando addirittura negli armadi. Esasperata, aveva perlustrato insieme agli altri domestici le camere del piano di sotto, cosicché alla fine la governante aveva raggiunto la cucina. Lì naturalmente c'erano le due profughe, che lavoravano alla preparazione di quello che doveva essere il loro stesso banchetto di benvenuto. Una volta informato, Soleiman Cohen era accorso immediatamente.

"*Non, mesdames,*" aveva detto gentilmente. "Finché sarete a casa mia, finché vi troverete a Teheran, per tutto il tempo della vostra permanenza in Iran, sarete mie ospiti. *Les invitées ne travaillent pas.* Gli ospiti non devono lavorare."

Suzanna aveva udito parlare la madre, prima ringraziando il signore, poi dicendo qualcosa a proposito di non poter accettare la carità che le era offerta senza perdere la propria dignità. *"Nous avons besoin de travailler. Nous voulons être independentes. Surtout pour ma fille."* In quel momento Suzanna non aveva compreso: in effetti era piuttosto confusa, visto l'episodio delle uniformi, ma alcuni giorni più tardi la mamma le diede spiegazioni. Era importante non dipendere dagli altri, specialmente da uomini non sposati. Inoltre, sia lei che Suzanna avevano bisogno di lavorare per potersi mantenere. "Un giorno lasceremo Teheran e andremo a Londra, Suzi," le ricordò la madre. "E per riuscirci avremo bisogno di soldi."

Q̇uella povera governante, pensò Suzanna una volta che la cena fu terminata e si fu ritirata nella stanza che le era stata assegnata. Sperava che la donna non si fosse sentita troppo in imbarazzo. Aprì la finestra. Sotto c'era il giardino, una vasca circolare e la piccola casa di una sola stanza del custode. L'aria notturna era fresca e profumava di primavera montana, un aroma familiare che donò conforto a Suzanna e la indusse a pensare a quella che un tempo era stata la sua casa. Ma quando la brezza si levò recando con sé una fragranza di gelsomino, l'alta fanciulla polacca si rese conto di quanto fosse lontana da Teschen. Sarebbe mai ritornata? si domandò. Non riusciva a rappresentarsi una cosa simile, poiché nella sua immaginazione Teschen era diventata una cittadina nazista dove *nulla era più lo stesso.* Quelle erano state le parole di Milly in una lettera scampata all'inchiostro nero della censura. La fine della guerra sembrava ancora impossibile a Suzanna, che riusciva a malapena a credere di essere stata salvata dalla malvagità di cui era stata personalmente testimone.

Eppure ora era lì, nel presente, e aveva la possibilità di rivolgere la propria attenzione alla bellezza: il letto aveva lenzuola appena stirate, una coperta soffice e un autentico cuscino. Un bouquet di fiori recisi, rose, note di gelsomino, gigli, sembrava risaltare contro il resto della stanza e degli arredi. Qualcuno aveva scelto il vaso e i fiori; forse il signor Cohen in persona, pensò Suzanna, comprendendo che la disposizione floreale comunicava un messaggio di tenerezza e promesse, un messaggio da salvaguardare. Il sapone alla lavanda lasciava la sua pelle fragrante. Lavarsi in una vasca decente, con acqua calda e asciugamani, superava qualsiasi aspettativa. Era certa che anche la mamma lo apprezzasse. Qualcuno, probabilmente quella povera governante, aveva sistemato sul tavolo da toeletta un vasetto blu di crema Nivea, una spazzola, un pettine e una boccetta di profumo. Oggetti così semplici e speciali che, come l'aria profumata della primavera, sembravano al tempo stesso ordinari ed estranei. Suzanna sfiorò ciascuno di quegli oggetti per sincerarsi che fossero reali. Il liscio metallo blu del vasetto di Nivea, il manico d'argento e le setole naturali della spazzola. I denti lisci del pettine di tartaruga. La pompetta del nebulizzatore sulla boccetta di profumo.

Suzanna si adagiò nel confortevole letto in una morbida camicia da notte pulita. Contemplò la serata. Una volta che lei e la mamma si furono finalmente sedute a tavola, la cena era stata un'esperienza senza precedenti. Rifrangendosi attraverso i bicchieri di cristallo, la luce delle candele proiettava ombre liquide sulla tavola apparecchiata, sulle composizioni floreali e sulle coppe di frutta. Le seggiole erano soffici e accoglienti, e il pavimento era coperto dai più raffinati tappeti intessuti a mano che Suzanna avesse mai visto. Avrebbe voluto sfilarsi le scarpe per sentire la lana blu e beige di quelle trame sotto i piedi nudi.

Il loro ospite, il generoso signor Cohen, era un uomo di quelli che i suoi genitori chiamavano *di carattere*, una qualità rilevabile nel suo portamento, nella grazia dei suoi movimenti, nell'atteggiamento con cui piegava il capo mentre ascoltava con attenzione, in un modo di esprimersi pieno di considerazione. Il signor Cohen era un gentiluomo, nel senso del termine che Suzanna aveva appreso dalla sua famiglia: aveva maniere raffinate ma era anche un uomo solido nelle opinioni, nel pensiero e nel fisico. Durante il pasto, Suzanna si era sentita immediatamente a suo agio.

Mentre cenavano, dalla radio giungevano suoni di musica classica persiana, con un unico cantante solista, un tamburo e melodie le cui note erano prodotte da corde pizzicate e percosse. Suzanna poteva distinguere le semplici strutture ritmiche della musica, il tempo rapido e i fitti ornamenti. L'accento era posto sulla cadenza, sulla simmetria e sulla ripetizione a diversi registri. Vide mentalmente il pianoforte a casa: sarebbe mai tornata a posare le mani su uno di quegli strumenti? Benché desiderasse ardentemente essere seduta a casa sua a Teschen, che tutto tornasse improvvisamente com'era prima, proprio allora si sentì soddisfatta di ascoltare le ricche melodie di un'altra cultura, le canzoni fresche e vivaci, infuse di una struttura formale, poetica.

Con i suoi modi amabili, il signor Cohen aveva illustrato gli strumenti: si chiamavano *dombak*, *tar* e *santur*. Il *dombak* era il tamburo. Il *tar*, aveva detto, era simile a un liuto. E il *santur* era un dulcimer a percussione in legno di noce con settantadue corde metalliche. "È lo strumento nazionale iraniano," aveva spiegato. La casa in via Pahlavi aveva un cuore, che irradiava gioia tramite l'uomo che aveva ricevuto Suzanna e la madre in casa sua e alla sua tavola. La vastità della sua conoscenza e la sua genuina cortesia la affascinavano. Suzanna aveva assimilato l'atmosfera accogliente, che le ricordava la sua vita precedente in Polonia. Benché fosse riconoscente per il cibo, l'ospitalità e la signorilità del suo ospite, Suzanna si rattristava del fatto che suo fratello non fosse seduto a quella deliziosa tavola di benvenuto. Peter avrebbe dovuto essere lì, aveva pensato, a condividere quel primo vero pasto insieme a lei e alla mamma, a celebrare la loro libertà. Anche al papà sarebbe piaciuta molto quella casa, l'abbigliamento del signor Cohen, l'automobile scintillante che guidava. E suo padre avrebbe apprezzato che il signor Cohen facesse sentire lei e la mamma a casa. Sebbene Suzanna sapesse che il papà non era più vivo, non osò mai parlarne. Non aveva idea né le era mai stato spiegato come fare a sopportare una consapevolezza del genere. Non poteva posare sassi sulla sua tomba poiché non sapeva dove fosse sepolto . . . Né *se* fosse stato sepolto. Nessuno di loro parlava della sua morte. Ma ciascuno di loro, lei, la mamma e Peter, aveva ipotizzato, in privato, la sofferenza del papà e la sua eventuale fine.

Quando arrivò in tavola la prima portata, il profumo terroso della curcuma accompagnato da un profumo solare di agrumi richiamò Suzanna dalle sue fantasticherie. Il signor Cohen aveva chiamato il piatto *chelow abgusht*. Né stufato né zuppa, partiva dal *tah-dig*, il delizioso riso con la crosticina croccante di ghee dal fondo della pentola, su cui era stato versato del brodo fumante ricco di pezzi di tenero pollo. Guarnito con polvere di limone essiccato, il piatto era delizioso e nutriente. Suzanna aveva capito immediatamente, forse dal modo con cui il signor Cohen descriveva meticolosamente che cosa stessero gustando, che quello era il cibo che il loro ospite considerava di maggior conforto. In seguito, una volta sposata e avuti dei figli, Suzanna avrebbe inventato una zuppa unica e gustosa, preparata con pollo ripieno di riso condito con la curcuma e i semi di cumino. Ma ora era un'ospite, servita come un'importante dignitaria in visita alla corte di un moderno principe. Era inebriata dall'aroma del riso basmati fumante, simile al pane che cuoceva in forno, e dal profumo inconfondibile dello zafferano con cui era condito. Ed era ammaliata dai vari sapori degli stufati persiani detti *khoresh*, serviti in grandi piatti. Suzanna e la madre li assaggiarono tutti, e il signor Cohen descrisse pazientemente ogni piatto.

Il dolce consisteva in pasticcini e millefoglie farciti con crema pasticcera del Patisserie Park, serviti con il tè. Per un attimo Suzanna aveva dimenticato di non trovarsi a casa. Aveva cessato di pensare agli assenti o perfino a dove fosse stata o come fosse arrivata fin lì. In quell'istante, era contenta.

"*Joyeux anniversaire*, mademoiselle Suzanna," aveva detto il suo ospite. Le stava facendo gli auguri di buon compleanno. Lei aveva sorriso.

ORA, SDRAIATA SUL LETTO IN una stanza tutta per sé, felice di un così splendido compleanno, fece scorrere le lenzuola fra le dita: il conforto dei loro bordi morbidi era una cosa che non sapeva le fosse mancata così tanto. Suzanna non era sicura di riuscire ad addormentarsi. Se fosse rimasta sveglia fino a tardi, avrebbe potuto riposare la mattina seguente fino all'ora che desiderava. Non era tenuta ad andare da nessuna parte, non doveva prendere nessun treno; nessuno la aspettava; la sveglia non avrebbe suonato, né sarebbe stata chiusa in un recinto per la conta individuale in uno spazio detto *zona*. Improvvisamente si domandò se dormire fino a tardi, qualunque fosse il significato di *tardi*, potesse sembrare irrispettoso. Che cosa si aspettava il loro ospite da loro? Da lei? Un oscuro groviglio di pensieri prese a infuriare nella mente di Suzanna. Si sentiva nuovamente confusa. Era intimorita perché non sapeva come comportarsi. Il battito del suo cuore accelerò, e Suzanna ebbe difficoltà a riprendere fiato. Aveva contemporaneamente freddo e caldo. Avvertì una stretta dolorosa al petto.

"Mamma!" chiamò.

Sua madre non ci mise molto ad avvolgersi in uno scialle e a comparire accanto a Suzanna.

Si sedette sul letto e abbracciò la figlia. "Suzi?" disse dolcemente. La ragazza aveva imparato a piangere in silenzio.

Il pianto cominciava sempre così: un lampo di panico provocato dall'incapacità di capire come dovesse comportarsi o agire senza esporre sé stessa, la mamma o Peter al pericolo o all'imbarazzo. Alla fitta dell'ansia seguiva l'angoscia, premendo più profondamente dall'interno del suo petto, che sussultava in singhiozzi senza suono. Qualche volta, svegliandosi dagli incubi, Suzanna chiamava aiuto o gridava.

Ora tremava. La crisi di pianto era finita. La mamma le tastò la fronte, per sicurezza. Ma Suzanna sapeva di non avere la febbre.

"Forse hai mangiato troppo," disse piano la madre. "Cerca di riposare, Suzi."

L'unione di due vite

JOSEFINA ERA GRATA CHE SOLEIMAN COHEN intendesse dare incondizionatamente rifugio a lei e a Suzanna per tutto il tempo necessario a ritornare a un'esistenza simile a quella delle loro vite prima della guerra. Si sentiva tuttavia in obbligo di chiarire che erano in gioco la sua dignità e la sua indipendenza. Quando lui le offrì una posizione da responsabile del personale domestico, Josefina fu felice della sua gentilezza. Era all'altezza della direzione dell'economia domestica della casa in via Pahlavi, benché i dipendenti avessero già ricevuto meticolose istruzioni dal signor Cohen per adempiere a tale compito.

Josefina si alzava di buon'ora e accompagnava il giardiniere Rahman in panetteria, anche se per la scelta del pane si rimetteva al suo giudizio. Il semplice fatto di trovarsi in un luogo dove si preparava e si vendeva il pane faceva sentire meglio Josefina, che da piccola aveva trascorso quanto più tempo possibile nella panetteria del padre. L'ultima lettera dalla cognata Milly non recava altro che cattive notizie. La panetteria e il molino Eisner erano stati arianizzati, e Milly con la figlioletta erano state sfrattate dall'appartamento sopra al negozio. Ancora peggio, a dicembre del 1941 era morto suo padre. I dettagli della morte del papà erano stati oscurati dalla penna della censura, e Josefina non conobbe la verità finché la guerra non fu finita. Suo padre, Hermann Eisner, era caduto sul ghiaccio di fine dicembre, in via Głęboka, dove Josefina aveva abitato insieme a Julius da appena sposati, e dove Peter e Suzi avevano fatto i primi passi. Essendo ebreo, Hermann Eisner aveva dovuto attendere l'arrivo dell'ambulanza dall'ospedale ebraico di Orlau. Era rimasto sdraiato per sei ore nel canale di scolo, con temperature inferiori allo zero. Josefina non riusciva a scacciare il pensiero della terribile coincidenza: Orlau non solo era il luogo in cui i suoi genitori si erano sposati e avevano abitato insieme da principio, ma vi erano anche nati i loro primi tre figli, fra cui lei stessa. Hermann era morto subito dopo l'arrivo all'ospedale di Orlau.

Josefina accompagnava il cuoco al mercato, dove sceglievano la frutta e la verdura migliore e, in qualche occasione, il più tenero taglio di agnello. Che piacere, pensava inspirando il profumo dei meloni e ammirando le melanzane lucide. Provvedeva affinché i fiori fossero disposti alla perfezione e introdusse alcune ricette di piatti europei, deliziandosi quando il signor Cohen assaggiò i suoi schnitzel, strudel e *palachinki*.

Man mano che si ambientava alla vita quotidiana di Teheran, Josefina recuperò anche nei confronti della figlia un comportamento genitoriale analogo a quello della loro vita precedente alla guerra. L'educazione formale di Suzanna era stata sospesa, il che era preoccupante. Inoltre, Josefina si era fatta estremamente sensibile alla loro convivenza con uno scapolo. Suzanna era una giovane donna desiderabile e, in quel paese, in età da matrimonio.

"Vale la pena di tenere presente," aveva detto Josefina alla figlia, "che con ogni probabilità uno scapolo facoltoso sia alla ricerca di una moglie." Aveva chiarito che voleva due cose per Suzanna: anzitutto che non considerasse il matrimonio una via per raggiungere l'indipendenza. Sebbene un marito dovesse essere in grado di mantenere la moglie, era meglio che fra loro fossero pari per quanto riguardava l'età, le abitudini, la comunità e la lingua. Josefina era fermamente convinta che le donne dovessero sposarsi solo una volta diventate giovani adulte, e non prima. Dovrebbe essere l'amore, aveva detto alla figlia, a condurre due persone a scambiarsi voti così importanti, e non la necessità o la convenienza. In secondo luogo, era importante che una donna acquisisse un'abilità, meglio se praticabile in qualsiasi luogo si trovasse. Per Josefina l'Inghilterra restava la destinazione che aveva in mente per sé e i figli una volta terminata la guerra; Suzanna non ricordava forse che Peter aveva suggerito di ritrovarsi là? Continuava a ripetere che per loro due Teheran era solo una sosta provvisoria.

"La sartoria sarebbe ideale per te, Suzi," aveva detto. "Sei già molto brava con ago e filo. E qui, finalmente, abbiamo tessuti e filato di ottima qualità."

Suzanna aveva annuito.

"Il signor Cohen ha trovato una signora che ti prenderà in apprendistato," aveva aggiunto Josefina. "Si chiama madame Lya, è una sarta molto richiesta." Josefina colse un certo entusiasmo nel viso della figlia.

"Parla francese?" aveva domandato Suzanna. Esercitava ogni giorno il suo francese insieme a Talat, la sorella più giovane del signor Cohen, impegnata a educare Suzanna anche nel campo della cucina persiana. Le piaceva andare a trovare Talat, che aveva dieci anni più di lei ed era già saggia, paziente e gentile. Era una donna che amava molto ridere, e la sua compagnia sororale portava non soltanto allegria, ma anche normalità nella vita spezzata di Suzanna.

Josefina aveva spiegato che madame Lya era un'ebrea rumena, e sì, come la maggior parte delle donne dell'Europa orientale residenti a Teheran, parlava francese.

Una volta che Josefina e Suzanna ebbero ristabilito una quotidianità confortevole, si pianificò di presentarle ai membri della famiglia Cohen.

Soleiman non aveva intenzione di travolgere le sue ospiti con tutti e nove i suoi fratelli e sorelle più i rispettivi figli e coniugi, perciò propose di ritrovarsi per un pasto informale insieme alla madre, ai due fratelli maggiori con le mogli, e a Talat con il marito. Insistette affinché Josefina e Suzanna partecipassero al piccolo ritrovo come *les invitées*; voleva che si godessero, come ospiti d'onore, uno dei pranzi a cui spesso invitava la sua famiglia.

In quei pasti meridiani, solitamente Soleiman serviva *poulet rôti* e *frites,* seguiti da un'insalata di pomodori e cetrioli, con cipolle affettate fini condite con olio d'oliva, limone, sale e pepe. Poi offriva agli ospiti un assortimento di frutta e dessert europei, serviti con la sua miscela speciale di tè, composta da Earl Grey, Darjeeling e Assam, con aggiunta di cardamomo e una soave goccia di acqua di rose.

Gohar arrivò in anticipo insieme a Talat e suo marito, Rouhollah, che Soleiman condusse nel salottino, dove bevvero uno scotch e chiacchierarono, in attesa dell'arrivo dei fratelli maggiori Cohen. Josefina, Suzanna e le donne si ritirarono in soggiorno. Talat aiutò la madre a sistemarsi in un'ampia poltrona.

"Finalmente ci conosciamo," disse Gohar in farsi alle profughe, fissandole con sguardo penetrante ma benevolo. Talat tradusse.

Josefina sorrise. Suzanna chinò il capo, perciò non vide l'espressione tenera sul viso dell'anziana signora.

"Bambina," disse dolcemente Gohar, "non c'è bisogno di tanta deferenza." Talat rise piano e diede un colpetto a Suzanna affinché risollevasse il capo.

Quando il suo sguardo incontrò gli occhi scuri di Suzanna, Gohar poté notare che la giovane polacca non era più una fanciulla. In effetti era davvero una graziosa giovane donna, così affettuosa e rispettosa, a dispetto delle cose orribili che aveva subito. Riconobbe in lei una natura che *non* avrebbe definito fragile: il portamento solido, eppure tranquillo e innocente, di Suzanna era come un talismano che si vorrebbe poter toccare, non per ricevere buona fortuna bensì sostegno. *Certe ragazze persiane avrebbero un paio di cose da imparare da una signorina come lei*, pensò Gohar. Suzanna le piacque subito, e sul suo viso potè individuare la riconoscenza per essere stata accettata tanto incondizionatamente in una casa e in una cultura così abissalmente diverse dalle sue. Per la prima volta, Gohar comprese una cosa a proposito di suo figlio Soli: la dedizione alla sua famiglia e alla sua cultura, sommata alla formazione in Francia, svoltasi circa alla stessa età che aveva ora questa Suzanna, avevano fatto sì che fosse rimasto impigliato fra le due culture. Nella fanciulla polacca doveva aver riconosciuto una parte di sé che, tanti anni prima, quando soggiornava in un paese straniero, aveva avuto bisogno di protezione.

Gohar lo considerò un segno della provvidenza: Suzanna era entrata nella vita di suo figlio in modo armonioso; tutto di lei sembrava calzare alla situazione presente alla perfezione. Talat non faceva che elogiarla, e Gohar ne capì la ragione. *Il mio Soli prenderà in considerazione di sposarsi, ora?* si domandò. Quella ragazza polacca, *una donna, in realtà*, si corresse Gohar, sarebbe stata una sposa perfetta. A una tale unione Suzanna e Soli avrebbero apportato le loro sensibilità, formatesi individualmente ma comunque simili. Le loro forze e le loro debolezze sarebbero state complementari, proprio come lei, un'ebrea tradizionale del Kashan, aveva integrato lo stile moderno e la mondanità di suo marito, cittadino di Teheran, nato nel *mahalleh*. E poi, pensò Gohar, il mondo aveva bisogno di quella stessa tolleranza che rendeva possibili i matrimoni fra ebrei mizrahi e ashkenaziti; costituiva una premessa necessaria per riparare il mondo, di quello era certa.

Talat parlava in francese con Suzanna. Le due ridevano: proprio come sorelle, rifletté Gohar. Sapeva che alla sua figlia più giovane piaceva calarsi nel ruolo di sorella maggiore, insegnando alla ragazza a cucinare ricette persiane e ascoltando i suoi racconti sul paese lontano da cui era fuggita. Gohar esaminò Josefina. Quella signora aveva subito perdite incalcolabili; avrebbe voluto che la figlia restasse in un luogo tanto estraneo? Anche se Soli era in grado di offrire qualsiasi cosa a Suzanna, la madre avrebbe approvato?

Gohar sfiorò delicatamente la mano di Josefina e chiese a Talat di tradurre le sue parole. "Deve essere molto orgogliosa di sua figlia," disse. Con sua sorpresa e delizia, la donna polacca rispose *moteshakeram*.

QUALCHE GIORNO DOPO LA VISITA di Gohar, Soleiman fece in modo di parlare a tu per tu con Suzanna. Avrebbe considerato la possibilità di prendere il tè e andare a danzare al Café Naderi, quella domenica pomeriggio? le chiese.

Prima di parlare, Suzanna lo guardò dritto negli occhi; osservando il suo viso raggiante di una luce che eclissava i dispiaceri incontrati, il sorriso modesto, la pelle che arrossiva con naturalezza, Soleiman avvertì nel petto un'inattesa ondata di calore.

"*Tashakkur*," rispose lei con un sorriso ancora più ampio. "Ne sarei molto felice, monsieur Cohen," disse. "Naturalmente mia madre vorrà accompagnarci."

La sua pronuncia in farsi era migliorata; probabilmente Talat le stava insegnando. Ma sembrava anche che avesse pensato per un istante alla risposta, il che in qualche misura rassicurò Soleiman. Si domandò che cosa pensasse di lui quella ragazza polacca. Lui era poco più giovane di sua madre. Era la raffinatezza a renderlo interessante ai suoi occhi? La sua conoscenza della sofferenza impallidiva di fronte a quella di Suzanna, ma forse lei percepiva la profonda empatia che nutriva nei suoi confronti e che gli permetteva di evocare il freddo, la paura, la fame e l'angoscia che lei aveva provato. Soleiman immaginò che, senza bisogno di molte istruzioni in merito, presto entrando in una stanza Suzanna avrebbe potuto far voltare tutti i presenti. E avrebbe ammaliato tutti, grazie alla sua genuina modestia e alla sua bellezza: in particolare, si riferiva alla bellezza sepolta in profondità dentro di lei, una bellezza che desiderava riportare alla luce, nutrire e proteggere a ogni costo.

LA DOMENICA DEL *THÉ DANSANT*, Soleiman Cohen era seduto al Café Naderi di fronte a Suzanna e a fianco di Josefina. A Teheran, chiunque potesse dirsi qualcuno frequentava il Café Naderi. Una volta varcate le sue porte sembrava di aver lasciato l'Iran. Il fumo delle sigarette d'importazione inondava i locali di un sentore più tenue e raffinato di quello del grossolano tabacco trinciato iraniano, arrotolato in carta spessa. L'aroma dei pasticcini che cuocevano in forno e del caffè turco pervadevano l'aria. Scrittori, intellettuali e giornalisti tenevano dei tavolini riservati al caffè. Il locale era amato dagli ufficiali dell'esercito alleato e dal personale militare e governativo, essendo un luogo che forniva un approdo di normalità nel bel mezzo di un mondo in guerra. Fra gli argomenti di conversazione degli avventori del Café Naderi figuravano la politica, il meteo, la letteratura e la musica. Agli iraniani curiosi piaceva vedere chi c'era e raccogliere notizie e pettegolezzi intercettati dagli ospiti degli altri tavoli. Al Café Naderi ci si recava non solo per ascoltare le ultime notizie sulla guerra, ma anche per stabilire contatti con gli europei. Era anche il luogo perfetto per un appuntamento galante.

Naturalmente Soleiman non rivelò apertamente a Josefina di considerare il suo un ruolo di chaperon, né che quello con sua figlia fosse un appuntamento. Aveva elevato ad arte l'abilità di valutare la temperatura emotiva delle altre persone. Pertanto, Soleiman percepiva la disapprovazione di Josefina circa alcuni costumi mizrahi, e in particolare rispetto all'età da matrimonio delle spose. "In Europa," aveva detto senza fingere di girarci intorno, "le giovani donne non si sposano quasi mai prima di aver compiuto vent'anni."

Soleiman avrebbe dovuto convincere Josefina della propria

ammirazione per le qualità di sua figlia, come la paziente integrità di Suzanna e la sua aria *promettente*: una promessa non soltanto di riuscire a sopravvivere, ma anche di attraversare le generazioni e la geografia, di avere un impatto sulle vite che sarebbero scaturite dalla loro unione. Sapeva che ci sarebbe voluto tempo per esprimere simili intenzioni, specialmente a quella particolare futura suocera. E tempo non ce n'era, poiché era essenziale intervenire tempestivamente nella traiettoria di Suzanna verso l'età adulta. La guarigione dall'atrocità della sua frattura familiare sarebbe potuta avvenire formando una famiglia propria.

Bisognava che Suzanna avesse l'opportunità di ricevere un'educazione, cosa che Soleiman era nella posizione di offrirle. Non una formazione universitaria: simili libertà non erano ancora entrate a far parte del mondo in cui vivevano, benché lui fosse attento a come la guerra stesse cambiando le cose, per via della forza lavoro femminile nei paesi dove gli uomini erano andati a combattere. No, piuttosto immaginava che Suzanna coltivasse un apprendimento di diverso genere, di un tipo che considerava più profondo dal punto di vista della persistenza del suo lascito, che avrebbe potuto riguardare centinaia, forse anche migliaia di persone, la maggior parte delle quali sarebbero state i suoi discendenti. Anzitutto ci sarebbe stato bisogno di ripristinare la fiducia negli altri, la fede e i rituali necessari a un ambiente e a una vita consoni. Soleiman immaginava che lui e Suzanna avrebbero coniugato la raffinatezza e la stabilità intrinseche alle rispettive culture. Quella giovane donna, notò, possedeva un temperamento sorprendente, caratterizzato da un mite senso di giustizia, intuizione e modestia. Se gliene fosse stata offerta l'opportunità, quella che lui sperava di poter plasmare per lei, Suzanna sarebbe potuta diventare una donna le cui opinioni e i cui consigli sarebbero stati ricercati e stimati dagli altri per anni a venire, anche quando non fosse più stata in vita. E lei, d'altro canto, gli avrebbe offerto cure e compagnia; l'avrebbe benedetto con dei figli; e, sperava Soleiman, gli avrebbe accordato una devozione nata dall'amore e dal rispetto.

DOPO CHE AL CAFÉ NADERI fu servito il tè, la musica incominciò. L'orchestra suonava un valzer, e il signor Cohen invitò Josefina a danzare. Lei si alzò in piedi, consapevole degli sguardi della gente, e si avvicinò alla pista da ballo. Tutt'a un tratto si rese conto che, dal punto di vista degli avventori del caffè, stava ballando insieme a uno scapolo disponibile.

"È trascorso molto tempo dall'ultima volta che ho danzato," disse.

"Indubbiamente non ha dimenticato come si fa," rispose il signor Cohen.

La sua presa, ferma e delicata al tempo stesso, colse Josefina di sorpresa, ricordandole quanto sentisse la mancanza di Julius, del suo tocco, del conforto della sua guida. Rimase in silenzio. La musica la trasportò nel dolce ondeggiamento del valzer. Si domandava se quella danza fosse un preludio a qualcosa, benché esitasse ad articolare perfino fra sé *a che cosa* in particolare. Il signor Soleiman Cohen desiderava una relazione romantica con lei, una profuga che lavorava come responsabile della manodopera domestica nella casa di uno scapolo? L'idea era assurda.

"Madame Kohn," disse lui, riportando Josefina al presente. "Dopo questa danza, mi concederebbe un valzer con sua figlia?"

Josefina fu affascinata dalla richiesta, benché non si fosse ancora resa conto che Soleiman aveva in mente fini diversi dai suoi. In quel momento, nei pensieri di Josefina si dispiegò una visione del futuro: avrebbe sposato quel gentiluomo, evidentemente in grado di provvedere a lei e di fare da padre a sua figlia. "Naturalmente," rispose. "Suzanna ha imparato a danzare da piccola. Essendo una pianista molto capace, è anche una danzatrice superba."

Uscirono dalla pista da ballo e tornarono al tavolino. Dopo che Josefina si fu seduta, il signor Cohen porse la mano a Suzanna.

"Mademoiselle, le andrebbe di danzare con me?"

Josefina era impegnata a versare un'altra tazza di tè, quindi non vide arrossire le guance della figlia. Ma quando alzò lo sguardo sulla pista da ballo, comprese immediatamente che il futuro che aveva immaginato insieme al signor Cohen era del tutto inesatto.

Questi aveva posato la mano destra sulla schiena di Suzanna, e Josefina trovò straordinario quanto sembrasse sicuro di quel gesto. La mano sinistra era aperta, ricevendo nel suo palmo quella di Suzanna come se avesse custodito un fiore nel calice delle dita. Benché Suzanna fosse più alta, il portamento di Soleiman era talmente perfetto che potevano guardarsi l'un l'altra direttamente negli occhi. Le altre coppie fecero ala intorno a loro, e Soleiman Cohen danzò il valzer con Suzanna in lungo e in largo per la pista da ballo, come se fossero stati sospesi nel tempo e avessero danzato insieme da sempre.

All'inizio, l'espressione di Josefina si inasprì. *Come si permette!* Una simile unione non avrebbe mai ricevuto la sua benedizione. *Che cosa aveva in mente?* Ma proprio allora scorse l'espressione sul viso della figlia: non un sorriso né uno sguardo sognante, bensì una profusione di appagato affetto. Nonostante Josefina fosse sorpresa e vagamente delusa di non essere l'oggetto delle attenzioni di Soleiman Cohen, non poté fare a meno di avvertire un improvviso piacere vedendo Suzi sperimentare la contentezza duratura in cui era immersa in quel momento. Quei sentimenti contrastanti erano una novità per Josefina, e non sapeva con certezza come fare a conciliarli. Per il momento, forse, sarebbe stato meglio non esprimersi troppo.

Molto, molto tempo più tardi si rese conto che la guerra aveva alterato la sua psiche, benché non avesse mai desiderato soffermarsi sui particolari di quella trasformazione; non partecipava all'entusiasmo con cui il mondo moderno aveva accolto la terapia delle parole, quel fenomeno annunciato da Sigmund Freud, della cui carriera un tempo le era importato, così come erano stati importanti l'opera, lo sci e far dipingere il proprio ritratto. *Che ne sapeva di lei Freud?*

pensava. Anziché parlare coltivava una vita ordinata, ma soleva dire che bisognava colmarsi la tazza fino all'orlo.

Avrebbe finito per interpretare la sua reazione mista rispetto al corteggiamento del signor Cohen verso la figlia come il risultato di una di quelle incomprensioni provocate da anni di esistenza piena d'ansia, parallelo alla tendenza all'iperprotettività dedicata a entrambi i figli durante i loro anni di fuga e prigionia. Come se quelle due reazioni alle circostanze fuori dal suo controllo non fossero state abbastanza, la sensibilità adulta di Suzanna stava appena incominciando a prendere forma, già modellata da tre anni nelle terre orientali della taiga, e ora nella terra mediorientale della Persia. Josefina non riusciva ancora a cogliere del tutto quale fosse l'impatto della perdita del padre a un'età come quella di Suzi. Nei suoi pensieri, più spesso anziché no, la figlia era ancora un'adolescente, benché sapesse che era impossibile intrattenere ancora i pensieri caratteristici dell'adolescenza dopo la disperazione della deportazione e della schiavitù, e di tutte le perdite che le avevano intercalate.

Suzanna, estasiata dalla musica e dalla danza, si stringeva al caldo sentimento della felicità, che le era sfuggito così a lungo.

"Il suo viso risplende dall'interno," disse il signor Cohen, il suo tono gentile e sincero. "Penso che forse lei sia felice."

Suzanna sorrise, con lieve timidezza, e annuì. Nelle sue fantasie fanciullesche non aveva mai immaginato un pretendente che somigliasse a Soleiman Cohen. Danzando vicino a lui, scorgeva l'orlo pulito dei polsini della sua camicia. Ammirò la piega dei suoi pantaloni, dritta come la lama di un coltello. La sua cravatta di seta bianca e nera era sapientemente annodata. La *pochette*, rigidamente ripiegata nella tasca del doppiopetto, emanava un sottile profumo terroso di colonia. La barba era perfettamente rasata. Le sue mani erano pronte ad afferrare quelle altrui o ad aprire una porta. Tutte queste cose riportavano il padre alla memoria di Suzanna. Ma al tempo stesso i sentimenti nei suoi confronti erano femminili, adulti, il che, stranamente, le permise di intuire vagamente il dolore di sua madre; perdere un marito come suo padre doveva aver devastato la mamma, pensò Suzanna danzando fra le braccia del gentiluomo.

Era un ballerino eccellente, il che, pur senza sorprendere Suzanna, glielo rese ancora più caro. Aveva danzato solo con giovanotti, per la maggior parte goffi e insicuri, e mai con un uomo che non fosse un parente. In sua presenza si sentiva al sicuro, libera di essere sé stessa; benché sapesse che la sua essenza era ancora in divenire, e dunque essere sé stessa significava non essere sempre sicura di sé. Sapeva di essere in un certo senso nervosa, benché lo nascondesse bene. Con il signor Cohen e con sua sorella Talat non era costretta a nascondere nulla. Come molti profughi, Suzanna era restia a pensare troppo in là nel futuro ed era riluttante a fare progetti. Incominciava a trovare irritante che la mamma rammentasse continuamente che sarebbero andate a vivere in Inghilterra dopo la fine della guerra, anche se non si sarebbe mai permessa di ribattere. E se la guerra non fosse *mai* finita? Se fosse proseguita per anni e anni? Ci si aspettava che tutti quanti tenessero in sospeso la propria vita in attesa della pace? Come faceva la mamma a non accorgersi che vivevano in un paradiso, proprio lì, in Persia? L'enfasi che la cultura iraniana poneva sulla bellezza, dai giardini alla frutta, dai tappeti alla seta, dalla poesia alla musica, confortava e donava energia a Suzanna, che da qualche tempo non vedeva l'ora di risvegliarsi ogni mattina a Teheran.

"Sono molto felice," disse azzardando uno sguardo profondo negli occhi del signor Cohen. "Avevo dimenticato come ci si sentisse."

Danzarono un altro valzer prima di tornare al tavolino. Suzanna era accaldata per via del moderato sforzo richiesto dalla danza. Prendendo posto, Suzanna notò l'espressione di delusione della madre, benché non riuscisse a immaginare le ragioni del comportamento sommesso di Josefina. Intanto, uno degli amici del signor Cohen con la moglie si era fermato accanto al tavolino, facendo sì che la mamma si tirasse un po' su. Fatte le presentazioni, la coppia si unì a loro, e trascorsero il resto del pomeriggio conversando di ogni genere di argomenti, dalla guerra al prezzo di alcuni beni e materiali, dall'abbigliamento dei musicisti dell'orchestra alla qualità del *café glacé*, uno dei dolci più famosi del Café Naderi.

La guerra, la guerra, pensò Suzanna, grata quando si cambiava argomento in favore di qualcosa di più mondano. Avrebbe preferito discorrere del caffè espresso versato sul gelato alla vaniglia e avrebbe avuto molto da dire a proposito di abbigliamento. E benché sul dolore e sulle difficoltà indotti dalla guerra nelle vite della gente ordinaria come lei fosse più edotta della maggior parte delle persone, non riusciva a esprimere le sue opinioni. A chi interessava che cosa avesse da dire una ragazza di sedici anni?

Per il momento, comunque, era seduta a un tavolino al Café Naderi, osservando le coppie sulla pista da ballo. Sua madre e la donna persiana parlavano in francese, chiacchierando di fiori, di frutta e di quanto Suzanna fosse versata per la sartoria. La signora domandò se a madame Kohn fosse giunta voce che al negozio d'abbigliamento di madame Lya gli affari andavano più che mai a gonfie vele. L'affascinante Soleiman Cohen ascoltava l'amico, che gli raccontava una storia in farsi. Suzanna capiva a sufficienza da comprendere che l'uomo stava raccontando una vicenda divertente. All'improvviso, Soleiman Cohen si mise a ridere.

Fra tutti i tratti caratteristici di Soleiman Cohen, la risata era il più originale. Suzanna era alquanto colpita dal suono di pura euforia che emetteva ridendo, che incalzava chiunque lo udisse a fermarsi e ascoltare il suo unico scopo, vale a dire annunciare quanto la vita fosse copiosa e magnifica. Anche senza ascoltare nel dettaglio, o, come nel caso di Suzanna, anche senza comprendere appieno la storia o la battuta, l'intonazione della risata del signor Cohen induceva nelle persone la voglia di unirsi a essa. In quel pomeriggio di tarda estate, una risata come quella non si limitò a far sentire Suzanna a suo agio, ma le accese nel cuore un po' di magia, al tempo stesso insolita e irresistibile.

Nelle settimane che seguirono il *thé dansant* domenicale al Café Naderi, a Soleiman divenne chiaro che Josefina non gradiva le sue attenzioni nei confronti della figlia. Esaurite le mansioni domestiche quotidiane, si ritirava nella sua stanza. Di frequente usciva in cerca della compagnia di altri profughi polacchi. Suzanna era spesso molto silenziosa durante quelle sere da sola con Soleiman, lasciando a lui l'iniziativa della conversazione, che lui circoscriveva volutamente ad argomenti come il cibo, il meteo o la sua formazione da sarta.

Benché apprezzasse le occasioni per stare in privato insieme a Suzanna, Soleiman era sintonizzato sull'umore di disapprovazione di Josefina. Doveva escogitare un modo per accomodare ciò che minacciava di destabilizzare l'armonia domestica. Non poteva chiedere a Josefina il permesso di sposare Suzanna poiché sapeva che avrebbe rifiutato, dopodiché si sarebbero ritrovati tutti quanti in una situazione difficile e senza vie d'uscita. L'unica soluzione, dal punto di vista di Soleiman, consisteva in una proposta di matrimonio rivolta direttamente alla giovane donna. Tra l'altro Josefina, europea e moderna, era probabilmente favorevole, se non apertamente per lo meno nel suo cuore, a una dichiarazione di stampo così europeo e moderno.

Un tardo pomeriggio d'inizio settembre Josefina non era in casa, e Soleiman invitò Suzanna per una passeggiata in giardino.

"Le piace Teheran?" domandò.

"Sì," rispose lei, "è molto diversa dalla Polonia, ma mi piace molto." Indicò con il dito le cime innevate della catena dei monti Alborz centrali, che si ergevano in lontananza. "Mi piace soprattutto vedere le montagne. Mi ricordano un po' casa." Suzanna si sedette sul bordo della piccola vasca in giardino e toccò la superficie dell'acqua con la punta delle dita. "Mi piace anche quest'acqua," disse. "A casa mi divertivo a incontrare le amiche al pozzo dei Tre fratelli o alla fontana di piazza Rynek. E attraversando il ponte per andare a trovare i miei nonni c'era anche il fiume Olza . . ." A quel punto si fece vagamente malinconica. "Adoro l'acqua," disse, il volto illuminato da un sorriso, e Soleiman ammirò con quanta grazia si fosse ricondotta al presente.

Tentò di immaginarla mentre si recava a incontrare gli amici, in un paesino che nella sua mente poteva a malapena delineare. Appena tre anni innanzi era stata quella giovinetta, che si faceva strada lungo vie che lui si figurava lastricate, in una tranquilla cittadina polacca; e ora tutto ciò per lei era andato perduto. Per l'ennesima volta fu colpito dalla rapidità con cui Suzanna era diventata donna.

"Pensa che potrebbe mai immaginare che questa diventi la sua casa?" domandò Soleiman. Non si accorse di star trattenendo il respiro finché non ebbe concluso la domanda. Una certa agitazione gli rimescolava il petto. Da un lato si sentiva responsabile nei confronti di quella giovane donna; dall'altro, desiderava che i suoi sentimenti verso di lui fossero pari, che amasse e apprezzasse l'uomo di fronte a sé. E se avesse risposto di no? Per un istante Soleiman Cohen fu colmato da un inconsueto senso di apprensione.

Suzanna lo guardò con uno sguardo modesto ma diretto e prese fiato prima di parlare. "Sono già a casa, qui," disse con un'amorevolezza che Soleiman non si sarebbe aspettato. "Ma temo che mia madre non intenda restare, e non riesco a immaginare di separarci . . . Ma non riesco nemmeno a immaginare di non stare qui insieme a lei, monsieur Cohen." Suzanna si mise a piangere sommessamente.

Nei momenti gravi, solitamente Soleiman reagiva distogliendo l'attenzione dalla tristezza presente. Spesso lo faceva dicendo qualcosa di divertente nell'attimo più opportuno e rispettoso, sollecitando la risata, servendosi dell'umorismo per alleviare la tensione. Invece, prese la mano di Suzanna fra le sue e l'accarezzò. I due sedettero in silenzio finché le sue lacrime si placarono.

Nel calar del crepuscolo, ascoltarono l'indaffarato cinguettio degli uccelli che si sistemavano nei nidi per la sera. Soleiman offrì il suo fazzoletto da taschino a Suzanna, che se ne servì per asciugarsi le guance. Prese la mano sinistra della ragazza nella sua ed estrasse dalla tasca l'anello che vi aveva riposto in precedenza. Suzanna posò il fazzoletto in grembo e lo guardò; Soleiman capì che era premurosa rispetto al suo mutato comportamento, e la sensibilità dimostrata dalla fanciulla nei confronti di chi la circondava gli piacque. Quando lei alzò gli occhi per incontrare i suoi, egli parlò.

"Mademoiselle Kohn, vorrebbe sposarmi?" Quando lei rispose di sì, lui le fece scivolare l'anello di fidanzamento al dito e le tenne la mano fra le sue.

Quando Josefina tornò, le loro mani erano ancora giunte. Alla vista dell'anello al dito della figlia sospirò, sebbene Soleiman notasse che non si trattasse tanto di un suono acuto di esasperazione quanto di un'espressione di disappunto.

"Il mondo non sta finendo, madame Josefina, poiché io amo sua figlia. In effetti, la sua nuova vita è solo al principio. La prego, ci dia la sua benedizione e ci permetta di unirci in un'unica famiglia."

Josefina rimase in silenzio.

Soleiman proseguì. "Ecco, questa è l'unione di due vite, come dovrebbe essere," disse. "Prometto che mi prenderò cura di sua figlia e la renderò felice."

Josefina si rivolse a Suzanna. "Suzi, non desidero altro che ciò che è meglio per te." Fece una pausa, guardando al di là del muro del cortile le stelle che nel frattempo avevano punteggiato il cielo notturno. "Resterò insieme a te fin quando la guerra non sarà finita," disse Josefina, "e ti assisterò in ogni modo possibile. Signor Cohen, io amo mia figlia." Con quelle parole, si voltò e salì le scale.

Due mondi, un unico amore

APRILE 1943, TEHERAN

IL FIDANZAMENTO FRA SOLEIMAN COHEN e la giovane donna polacca di nome Suzanna Kohn fu annunciato subito prima di Rosh Hashanah, nell'anno 1942 dell'era volgare, con grande delusione di tutte le famiglie ebraiche persiane di Teheran che speravano che una delle proprie figlie sposasse l'affascinante e prestigioso terzogenito di Haji Rahim e Gohar Khanoum. Le voci di corridoio si sbagliavano: non era la signora Kohn a essere stata benedetta dall'affetto dello scapolo di lunga data, bensì la figlia.

Josefina non dava retta ai pettegolezzi, e benché non approvasse pienamente l'intenzione di Suzanna di sposarsi, in un certo qual modo era orgogliosa della testardaggine della figlia. *Forse mi assomiglia più di quanto le riconosca*, pensava. In fin dei conti, imbarcarsi in quella vita nuova di zecca era una scelta di Suzi: chi era Josefina per impedirglielo? Ma non riusciva a immaginare che la sua figlia più piccola sbocciasse e fiorisse a Teheran, prima come moglie e madre, poi nel ruolo di modello per le numerose donne più giovani che si sarebbero rivolte a lei in cerca di consiglio. Josefina non vedeva altro che la promessa scambiata fra due persone provenienti da mondi agli antipodi: Suzanna era una fanciulla ashkenazita assimilata, a tratti ingenua, cresciuta in una casa con la servitù e originaria di una enclave asburgica di nome Teschen, un luogo che, in quel dato momento storico, aveva cessato di esistere. Soleiman Cohen era un ebreo mizrahi di Teheran più anziano e più tradizionalista; un uomo moderno e benestante, certo, ma cresciuto nella miseria del *mahalleh*. Nonostante non fosse fiera del motivo per cui si sentiva critica verso la loro unione, Josefina rimase aggrappata alla propria disapprovazione; soltanto quando fu molto più anziana, e fu finalmente in grado di lasciar perdere, si rese conto che quel dissenso aveva rappresentato le ultime vestigia della sua vita precedente la guerra.

Suzanna le chiese ripetutamente la sua benedizione. "Ti prego, mamma . . . ," aveva detto vestendosi per il matrimonio, e Josefina sapeva quale supplica fosse in arrivo.

"Ti prego, dimmi che sarai felice per noi due."

"Voglio vederti soddisfatta e ovviamente voglio che trovi la gioia," disse Josefina, "ma non riesco a immaginare come potrai essere felice in questo paese con un uomo così tanto più vecchio di te."

"La madre di Soli, tutta la sua famiglia . . . Tutti tranne te approvano il nostro matrimonio," disse Suzanna.

Le parole di Suzi non solo suonavano più adulte che mai, pensò Josefina, ma la conversazione fra loro era sia matura che molto schietta.

È naturale che approvino, pensò Josefina, *mia figlia è la sposa ideale*. Per un breve istante riuscì a sorridere. "Lascia che ti aiuti a chiudere i bottoni," disse con una tenerezza che fino a quel momento non aveva lasciato trapelare. "Dovresti essere orgogliosa di aver confezionato un abito da sposa così incantevole," aggiunse.

Suzanna e Soleiman si scambiarono i voti nuziali sotto una *chuppah* allestita nel giardino della casa di via Pahlavi. Nonostante la guerra e le sue interminabili scarsità e infelicità, il matrimonio fu un'occasione splendida, profumata di fiori, generosa di cibo e gaudente di speranza. La celebrazione del matrimonio era solo il principio del supremo dono d'amore che Soleiman intendeva offrire alla moglie. A tutti gli invitati il matrimonio regalò una parentesi di gradito sollievo dalle notizie sempre più calamitose della tragedia provocata dalla guerra, che seguitava a infuriare in Europa, in Africa e in Asia. Molti fra i parenti, gli amici e i vicini di casa di Suzanna erano morti o erano stati internati nei campi, ma per moltissimo tempo lei non avrebbe saputo chi, come o dove.

Suo fratello Peter scriveva lettere dal fronte. Suzanna avrebbe desiderato che avesse avuto la possibilità di essere presente al matrimonio. Era stato in licenza per l'ultima volta a novembre; aveva raggiunto Teheran per far visita alla madre e alla sorella, e, meno esplicitamente in presenza della mamma, per festeggiare il fidanzamento di Suzanna. Con Peter presente la madre aveva abbandonato un po' del suo rigore: la sua attenzione era distratta dal soffermarsi sulla scelta compiuta dalla figlia. Soleiman Cohen piaceva a Peter, che fu nettamente favorevole al matrimonio.

"La mamma non avrà da obiettare quando sarai davanti al rabbino, almeno," aveva detto alla sorella una sera in cui erano seduti insieme in giardino.

Lui e Suzanna avevano riso entrambi, una di quelle risate fraterne dal potere di far scrollare di dosso le pesanti preoccupazioni instillate dai genitori. In quell'istante, Suzanna aveva voluto più bene che mai al fratello. Benché l'avesse protetta nell'oscurità che avevano attraversato, ora il suo senso dell'umorismo mitigava la scissione fra lei e la mamma, una frattura emotiva che a Suzanna sembrava perfino più spietata della deportazione o della prigionia coatte. La lievità di spirito di Peter offrì a Suzanna l'opportunità di considerare che il conflitto fra madre e figlia avrebbe potuto avere termine. Avrebbero avuto tutti una vita che avrebbe travalicato il presente, ma ciò che contava di più era assaporare quella vita, quell'epoca, quel momento.

Dopo la cerimonia i novelli sposi posarono per il ritratto di matrimonio; Suzanna ripercorse con il pensiero le foto che avevano abbandonato fuggendo da Teschen. Probabilmente le sue due zie erano riuscite a mettere in salvo alcune raffigurazioni di famiglia, ma Suzanna non riusciva a immaginare di poterle ammirarle nuovamente, un giorno. Ripensò a quelle immagini, sempre più sbiadite nella sua mente, la maggior parte delle quali realizzate in occasioni familiari, come le visite alla fattoria dei nonni, o quando la zia Elsa e lo zio Hans erano stati a trovarli a Teschen, oppure sugli sci e durante le passeggiate in montagna con i cugini, e perfino durante un'escursione di caccia con lo zio Arnold e la zia Milly. I luoghi rappresentati in quelle fotografie ora appartenevano al Terzo Reich. Benché mentre perfezionava la posa nello studio fotografico a Teheran Suzanna non ne fosse al corrente, nelle foreste e sulle montagne dove da piccola aveva raccolto fiori selvatici, aveva nuotato e aveva osservato i conigli, le persone venivano sepolte o colpite dai proiettili, oppure si nascondevano.

Suzanna non era più comparsa in nessuna fotografia da quando aveva tredici anni. Come molti fuggitivi e sopravvissuti della guerra, non aveva portato nel luogo in cui si era rifugiata alcuna immagine che testimoniasse la sua infanzia, nessuna prova di aver mai vissuto prima di quel momento. Se non si poteva catturare l'esperienza con le parole, com'era possibile conservare un ricordo senza le immagini? Si domandò quanto importasse davvero possedere artefatti del genere. Come faceva la gente nell'antichità, quando non c'erano strumenti per ritrarre o per preservare un resoconto scritto degli eventi? Sapeva naturalmente che si conservava traccia soltanto delle vicende collettive: storia e mitologia, leggende, tramandate prevalentemente per via orale, alcune famose per essere poi state trascritte, come la

Torah del suo popolo o la stele su cui era inciso in cuneiforme il codice di Hammurabi. Ma come facevano a ricordare tutto?

Per il ritratto di matrimonio di quel giorno, Suzanna sedette con un mazzo di calle fra le braccia, posate in grembo. Indossava un abito bianco, semplice ma elegante, con il girocollo ingioiellato e le spalline decorate, e un lungo strascico. I folti capelli scuri le incorniciavano i lineamenti, perfettamente proporzionati. Delle perle le impreziosivano il collo. Il velo era decorato da fiori di seta bianca. Soleiman era in piedi alla sua sinistra, la mano destra nascosta, un paio di guanti bianchi stretto nella sinistra. In smoking e papillon bianco, aveva appuntato al risvolto del bavero un fiore bianco appena colto nel suo giardino.

Il fotografo invitò gli sposi a guardarlo, ma viene da pensare che la coppia stesse guardando il futuro. Sebbene nessuno dei due sapesse cosa sarebbe successo, entrambi avevano una visione di che cosa significasse amare, onorare e proteggere, e quanto fosse importante creare una filosofia condivisa, colma di speranza.

Seduta sulla seggiola del fotografo, Suzanna non poteva sapere che la fotografia scattata il giorno del suo matrimonio, un ricordo dilatato ed eternamente presente, sarebbe stata esposta in bella mostra su un muro della sua ultima dimora, in un'epoca che avrebbe salutato favorevolmente ma che non era ancora in grado di immaginare. Non poteva figurarsi che i numerosi nipoti e pronipoti avrebbero ammirato quell'immagine, ciascuno con il proprio affetto speciale per qualcosa che cucinava o per il modo in cui pronunciava una certa parola, o per come amava tenerli in braccio quando piangevano o dormivano. Fra quei discendenti, ciascuno avrebbe ricordato la fotografia a modo proprio, qualcuno con un sospiro, qualcun altro con un mormorio, qualcun altro ancora come in silenziosa ipnosi, tutti loro con riverenza per la coppia che li aveva preceduti, ritratta in dimensioni naturali: gli antenati originari di due paesi differenti, due culture, ma che conoscevano un unico amore.

Fino ad allora, il giorno del suo matrimonio fu il più felice della vita di Suzanna. Ci sarebbero stati molti altri momenti di gioia come quello, le promise il suo novello sposo; talmente tanti, avrebbe detto una sera ridendo, che sarebbe stata costretta a scegliere quali ricordare per sempre.

La Vie en Rose

1968, venticinque anni più tardi, sui monti Alborz

Suzanna era ormai nonna quando tornò in una zona dei monti Alborz in cui non era più stata, ancora adolescente, dal viaggio in autobus da Bandar-e Pahlavi. Allora era il 1942, la guerra era iniziata da tre anni e ne mancavano ancora tre alla fine. A quell'epoca era una profuga polacca, uscita da un campo di lavori forzati nell'Unione Sovietica. Ora era una cittadina iraniana, con tre figli e tre nipotini. Finalmente i campi di lavoro sovietici non c'erano più, ma infuriava ancora la guerra fredda. Il mondo era percorso dai disordini, provocando grandi sofferenze e talvolta sollevando perfino indignazione; nulla però se paragonato a ciò che Hitler e Stalin avevano scatenato in Europa in quei sei anni fra il 1939 e il 1945. Un poeta americano disse "il Ventesimo secolo ha rovinato l'Europa"; Suzanna invece pensò sempre che fosse stata l'Europa ad aver rovinato il Ventesimo secolo. Ma che importava, ora viveva in Medio Oriente. Si godeva la sua vita. La sua famiglia, costruita insieme a un gentiluomo di Teheran, era diventata solida come le montagne stesse. Aveva due figli, uno laureato in Inghilterra, l'altro in procinto di andare al college, e una figlia, che le aveva dato tre nipoti.

In seguito, Suzanna avrebbe ricordato un momento in partico-

lare di quella visita ai monti Alborz. Mentre guardava in direzione
delle valli e delle vette della catena montuosa si era alzato un forte
vento; il suo profumo fra i capelli l'aveva riportata alla prima volta
che aveva attraversato quelle montagne. Strizzando gli occhi riusciva
quasi a vedere la ragazza che era stata un tempo mentre si sgranchiva
le gambe sul ciglio della strada insieme agli altri profughi, ammirando il monte Damavand, la paura e l'esaltazione avvinghiate quasi ine-
stricabilmente nello stomaco. Riusciva quasi a provare ciò che aveva
provato la ragazza che era stata allora, mossa da una forte spinta ad
avanzare verso un nuovo presente che le avrebbe riservato qualcosa di
totalmente diverso da qualsiasi cosa avesse mai conosciuto. Riusciva
quasi a udire ciò che aveva udito la ragazza che era stata allora, con
le conchiglie e i sassolini nella tasca che producevano il loro soffoca-
to acciottolio. Riusciva quasi a rievocare ciò che ricordava la ragazza
che era stata allora: erano su un pullman che attraversava le montagne, quei frammenti di oggetti raccolti sulla spiaggia al sicuro in una
tasca; la madre dormiva; il fratello era in viaggio con il reggimento. E
lei, Suzanna, benché non lo sapesse, stava andando a casa.

CHE NE È STATO DI LORO: UN EPILOGO

Dopo la guerra, Josefina [Eisner] Kohn si risposò e andò a vivere a Londra. Nessuno sa dire se né in che modo fosse stata informata dell'assassinio del marito Julius. Morì nel 1977, all'età di settantasette anni. Tutti e tre i fratelli di Josefina, Elsa [Eisner] Uberti, Arnold Eisner e Hans Eisner, sopravvissero alla guerra. Elsa non si risposò; rimase a vivere in Argentina accanto ai figli e ai nipoti, che si sposarono ed ebbero le loro famiglie, stabilendosi fuori Buenos Aires e in Uruguay. Morì nel 1975, a ottant'anni. Arnold, che aveva trascorso la maggior parte del periodo bellico come profugo civile in Ungheria, venne deportato in un campo di concentramento nazista nel 1944. Alla fine della guerra, nel 1945, fu liberato dall'Armata rossa; tornò a Teschen (diventata Cieszyn) dalla moglie e dalla figlia e visse sulla sponda Ceca del fiume. Morì nel 1973, a settantacinque anni. Hans si sposò nel 1940, ed emigrò insieme alla moglie prima in Canada e poi nella California del sud, dove sono nati i loro due figli. Alla fine degli anni '40 cambiò nome in John Emerson. Morì nel 1969, a settantacinque anni.

Nel 2018 erano in vita oltre cento discendenti dei quattro fratelli Eisner. Peter e Suzanna furono gli unici discendenti del ramo Kohn della famiglia che non solo sopravvissero alla guerra, ma ad avere figli, nipoti e pronipoti.

Peter Kohn rimase nell'esercito polacco per tutta la guerra, prima come zappatore, poi nel genio militare. Combatté in Italia nella famosa battaglia di Montecassino e ricevette una medaglia. Prima di essere congedato dall'esercito fu promosso al grado di sottotenente. Dopo la guerra fu smobilitato in Inghilterra, ma in seguito si stabilì nel Jujuy, nell'Argentina nord-occidentale. Si sposò due volte ed ebbe tre figli, otto nipoti e, al 2018, due pronipoti.

Suzanna e Soleiman Cohen ebbero due figli e una figlia. Per trentasei anni vissero felicemente a Teheran e poi a Shemiran. Nel 1978, con l'avvento della rivoluzione iraniana, furono costretti a lasciare l'Iran, e per la seconda volta nella sua vita Suzanna fu esiliata dal suo paese. Si stabilirono a Santa Monica, in California. Soleiman morì nel 1986, a ottantuno anni; Suzanna morì nel 2016, a novant'anni. Ebbero otto nipoti e, al 2018, quindici pronipoti. Il motto di Suzanna, che ripeteva a tutti coloro che le facevano visita e andavano a trovarla, ai familiari e agli amici, fu "goditi la vita."

POSTFAZIONE

a cura del rabbino Zvi Dershowitz

ERA IL 1939 QUANDO MI RECAI PER l'ultima volta a Teschen, dove ha inizio questo racconto; ricordo tuttavia distintamente che dalla stazione ferroviaria impiegammo appena venti minuti a piedi per raggiungere l'appartamento dei miei nonni sulla via principale della città, al numero 19 di Saska Kupa. A dieci anni ero relativamente consapevole che le cose fossero cambiate rispetto ai nostri numerosi viaggi precedenti dalla mia città natale, Brno, in Cecoslovacchia, a Teschen, per far visita ai genitori di mia madre, Rosa e Isaac Schleuderer. Nonostante ciò, nulla impedì a mio nonno di portarmi in un negozio della zona per acquistare alcune delle mie aringhe preferite, conservate a strati in un gigantesco barile di legno.

Eppure ero terrorizzato! Attraversando il confine fra la Cechia e la Polonia, eravamo giunti in un luogo completamente nuovo. Il cambiamento non era dovuto soltanto al fatto che era quasi mezzanotte del 31 dicembre 1938, appena pochi istanti prima dell'arrivo del nuovo anno. Il motivo era che i miei genitori avevano deciso di lasciarsi alle spalle non soltanto l'anno che giungeva al termine, ma anche tutto il resto.

Ripensandoci adesso, non riesco a immaginare come abbiano fatto i miei genitori, Aaron e Aurelia, ad abbandonare una vita così confortevole a Brno: la casa con le cameriere, le serate all'opera, una profonda partecipazione alla vita della sinagoga. Erano ferventi sionisti, membri di un'organizzazione sportiva Maccabi, e trascorrevano le domeniche al country club ebraico. Ma chiusero quelle porte dietro di sé e, con soltanto qualche valigia, partirono alla ricerca di un nuovo mondo.

Teschen era la città natale di mia madre. I suoi genitori vivevano sulla sponda ceca del fiume, quella occidentale. Sua sorella Regina viveva insieme al marito Jakob e ai figli Danek, Nelly e Moniu nella metà polacca della città, quella orientale. Attraversavo talmente spesso il ponte di confine sul fiume Olza che le guardie mi conoscevano. Non servivano visti né passaporti. Bastavano un sorriso e un saluto. Ma in quell'ultimo viaggio nel 1939, entrambe le metà di Teschen appartenevano alla Polonia.

Mi avevano detto di fare attenzione quando uscivo a passeggiare. La vista di scritte come *"ebrei in Palestina"* scarabocchiate sugli edifici mi rivelarono con chiarezza l'antisemitismo. Non so quante volte fui apostrofato come assassino di Cristo. Qualche volta, quando passeggiando insieme a mio padre ci avvicinavamo a una chiesa, era più prudente attraversare la strada. Per quanto mi riguarda tuttavia a quell'epoca ero più colpito dalle storie di mia madre sulla sua infanzia e giovinezza a Teschen: che da adolescente aveva giocato a pallavolo nella squadra Maccabi della città; che a casa sua si osservavano devotamente le tradizioni ebraiche; e che, mentre la lingua impiegata a scuola era il tedesco, a casa si parlava in yiddish, ceco e polacco.

In qualunque lingua si esprimessero, molte conversazioni si svolgevano intono all'accogliente tavola. I pasti, buoni pasti kasher ebraici, erano il nucleo intorno a cui si riuniva il ramo materno della famiglia di Teschen. E naturalmente il pane era uno degli alimenti serviti in quei pasti. Non avevo praticamente mai pensato al pane sulla tavola dei miei nonni fino a quando non dovetti raccogliere informazioni per celebrare il funerale di Suzanna Cohen, avvenuto il 13 aprile 2016. Durante i colloqui con la sua affezionata famiglia scoprii non soltanto che Suzanna era originaria di Teschen, ma anche che suo nonno materno era il proprietario e gestore di un mulino e di una panetteria e che, singolarmente, imprimeva le sue iniziali, *HE* come Hermann Eisner, su ogni filone di pane venduto da lui e Arnold, suo figlio e socio.

Quel dettaglio quasi insignificante divenne un nesso magico

grazie al quale, in un lampo, mi resi conto che i miei nonni di Teschen acquistavano il pane dai parenti prossimi di Suzanna. Tutt'a un tratto il legame fra le due famiglie si fece reale e, pertanto, profondamente significativo. In una piccola comunità come quella di Teschen, le persone da cui quasi ogni giorno si comprava un prodotto su cui recitare la preghiera *ha'motzi* si conoscevano personalmente e, con ogni probabilità, approfonditamente. È probabile che le due famiglie si conoscessero. È probabile che applaudissero agli stessi spettacoli teatrali, piangessero agli stessi matrimoni e funerali, e pregassero insieme alla sinagoga.

Da Teschen, mia madre andò a Brno, poi a Brooklyn e in seguito a Gerusalemme. Da Teschen, Suzanna Cohen andò a Leopoli, poi in un campo di lavoro sovietico, poi a Teheran, e infine a Santa Monica. Teschen fu il punto di partenza di entrambe le famiglie. L'ottimismo, la fede, l'amore per la famiglia e la comunità e la ricerca di una vita felice sono la destinazione che entrambe hanno raggiunto.

—Rabbino Zvi Dershowitz
Los Angeles, California

Nota dell'autrice

*La tragedia della sua vita fu causata dalla sua identità,
ma fu la sua identità a dimostrarsi la sua salvezza.*

Richard Cohen, a proposito della nonna
Suzanna (nata Kohn) Cohen

QUESTO LIBRO NARRA UNA STORIA vera sotto forma di fiction storica. Ho cercato di presentare persone reali, per la maggior parte ora scomparse, immaginandole in determinati contesti storici e sociali. In particolare, mi sono concentrata sul modo in cui le donne e gli uomini di questa vicenda avrebbero potuto pensare e reagire alle questioni urgenti che si sono svolte in tempo reale nel corso delle loro vite. Naturalmente è impossibile rappresentare fedelmente le emozioni e le reazioni degli altri, specialmente quando sono conservate scarse memorie di una particolare storia avvenuta durante un particolare periodo storico. La trama di questo libro, vale a dire ciò che accade alle persone della storia, è una ricostruzione, che ho cercato di realizzare con quanta più precisione storica possibile. A tal fine mi sono basata sui fatti rinvenuti nelle testimonianze e nelle analisi storiche, nei racconti personali, autobiografici e immaginari (narrati per iscritto, graficamente e nei film), nei registri genealogici delle famiglie Kohn, Eisner e Cohen, nelle registrazioni e nei colloqui con i familiari.

Il pieno impatto della Shoah non può essere compreso fino in fondo poiché le storie di molte persone sono andate perdute. Molte di esse non verranno mai raccontate, ma alcune, benché sempre più sbiadite, sono ancora disponibili, e aspettano soltanto di essere trascritte. Essere coinvolta nella scrittura di questa storia è stata una straordinaria fortuna.

—Kim Dana Kupperman
Clarksville, Maryland

Nota sull'ortografia
dei nomi e dei termini

Polonia / Repubblica Ceca

Il toponimo tedesco *Teschen* indica una città che ora comprende due cittadine più piccole, l'una polacca (Cieszyn), l'altra ceca (Český-těšín, detta anche informalmente Teschen ceca).

Per Cieszyn e Český-těšín sono stati utilizzati rispettivamente i nomi dei luoghi e delle vie polacchi o cechi. In questo modo, i lettori che visitano l'area possono orientarsi più facilmente per le strade citate nel racconto. Ho tuttavia omesso l'abbreviazione *ul.* (diminutivo di *ulica*, il termine polacco per "via"), che precede la maggior parte dei nomi polacchi di vie e strade.

Per quanto riguarda il fiume Olza, è stato adottato il nome polacco, dato che gli abitanti del luogo, a prescindere dalla nazionalità, lo chiamano/chiamavano "l'Olza".

Unione Sovietica / Asia centrale / Iran

L'ortografia dei toponimi dell'ex Unione Sovietica, dell'Asia centrale e dell'Iran rispecchia quella delle fonti online utilizzate (cioè Google maps) in lingua italiana.

I nomi delle vie di Teheran e Shemiran sono quelli antecedenti alla rivoluzione iraniana del 1979.

Se i termini in farsi, persiano o arabo compaiono nell'Enciclopedia Treccani (ad esempio *kebab*), ne è stata adottata l'ortografia corrispondente. In caso contrario, le traslitterazioni dei termini in farsi sono in corsivo e l'ortografia rispecchia le seguenti fonti:

- *Food of Life: Ancient Persian and Modern Iranian Cooking and Ceremonies,* di Najmieh Batmanglij: per i nomi della maggior parte dei piatti persiani menzionati nel racconto
- *Light and Shadows: The Story of Iranian Jews,* a cura di David Yeroushalmi: per i termini e i nomi peculiari degli ebrei persiani
- *Esther's Children: A Portrait of Iranian Jews,* a cura di Houman Sarshar: per i termini e i nomi peculiari degli ebrei persiani
- *Encyclopedia Iranica* (online): termini e nomi generici assenti nelle fonti già menzionate

NOTE SU TESCHEN

IL PAESE DI TESCHEN, oggi chiamato con il suo nome polacco, Cieszyn, giace su entrambe le sponde del fiume Olza, ai piedi delle colline pedemontane della Slesia occidentale, nella regione dei monti Beschidi. Teschen si trova nel cuore della regione storica detta Slesia di Teschen, nell'estremo sud-orientale dell'Alta Slesia. Dal 1653 fino al 1918, al termine della Prima guerra mondiale, Teschen fu la capitale del ducato di Teschen, un territorio appartenente all'Impero asburgico. Prima del 1653 la città era chiamata con il nome polacco, Cieszyn, ed era governata dalla dinastia polacca dei Piast. Nel 1920 la Slesia di Cieszyn venne divisa fra le due neonate repubbliche della Polonia e della Cecoslovacchia; la periferia di Teschen, di dimensioni più ridotte, divenne una nuova cittadina appartenente alla Cecoslovacchia, Český-Těšín. La parte più estesa della città si unì alla Polonia sotto il nome di Cieszyn. Le due cittadine sono collegate da tre ponti.

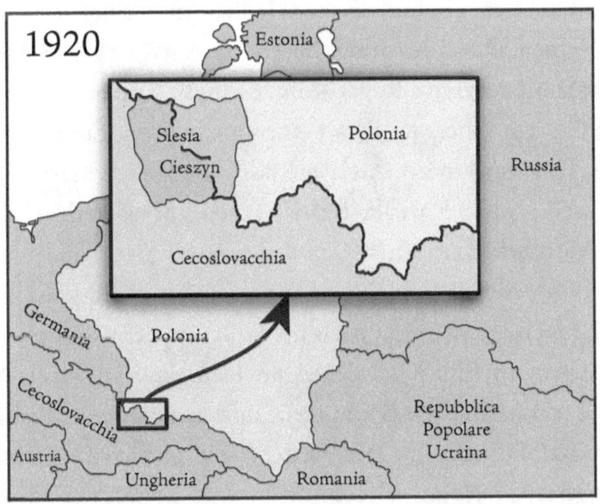

L'inserto nella mappa mostra la Slesia di Cieszyn nel periodo interbellico.

<h1 style="text-align:center">RINGRAZIAMENTI</h1>

MOLTE PERSONE HANNO PARTECIPATO alla realizzazione di questo libro. I contributi più importanti provengono dai discendenti delle famiglie Eisner e Kohn di Teschen e della famiglia Cohen dall'Iran.

Per la lettura delle bozze e per i saggi consigli editoriali e/o per aver contribuito con fotografie, memorie, conversazioni, espressioni di buona volontà, e per la generosità della loro impareggiabile gentilezza e ospitalità ringrazio Joan ed Edward Cohen, Denise e Houshang Soufer, Doritte e Alfred Cohen, Tricia e Jason Pantzer, Lisa e Richard Cohen, Virginie e Mark Cohen, Negar e David Soufer, Lina e Farshid Pournazarian, Sima e Ramin Azadegan, Oriana e David Fink, Diandra Cohen, Amanda Pantzer, Lauren Pantzer, Caroline Pantzer, Aria Pournazarian, Tina Pournazarian, Kayla Pournazarian, Daniel Azadegan, Dana Azadegan, Matthew Soufer, Yasmin Soufer, Susan e Iraj Cohen, Farideh e il dott. Massoud Cohen-Shohet, Farhad Kohanim, Philippe Cohanim, Simin Nemen, David Foruzanfar, Ebrahim Victory, David Eshagian, Rhonda Soofer, Karen e Roger Kohn e la figlia Katrina, Pedro Kohn, Janie e George Emerson, Rita e Steven Emerson, Silvia ed Efraim Halfon, Claudio Uberti, Livia e Rodolfo Cassini, Marina Uberti, Eva Szuscik, Silvie Szuscik, Beata Szuscik, Margaretha Talerman, Dokhi Monasebian, Beatrice Simkhai e Benny Simkhai.

Al di fuori della famiglia, hanno contribuito a questo progetto dedicandovi il proprio tempo e la propria competenza Ronnie Ross e Nayelis Guzman; Philip Warner e il suo team presso il Family Archive Services, con particolare riconoscenza per la tenace e adorabile Ewa Pękalska; la famiglia di Eric Better (con particolare riferimento a Erica [Better] Heim); il colonnello Kris Mamczur; Sean Carp; Igor Derevyaniy presso il Museo nazionale e commemorativo del-

le vittime dell'occupazione di Leopoli; il professor Janusz Spyra e il
Museo Śląska Cieszyńskiego di Cieszyn; il rabbino Zvi Dershowitz;
il rabbino Yoni Greenwald; Daniel Tsadik; Richard Pipes; Carol
Leadenham, Irena Czernichowska e Maciej Siekierski dell'Istituto
Hoover della Stanford University; il personale dell'Archivio Nazionale di Praga; la coordinatrice alla traduzione Carra Simpson, la
traduttrice per l'edizione spagnola Penelope Johnson, la traduttrice
per l'edizione italiana Francesca Degani, le curatrici della revisione
alla traduzione Allison Caras e Judith Allan; i miei amici e colleghi
Penelope Anne Schwartz, Mary Lide, Eugenia Kim, Rachel Basch,
Howard Norman, Baron Wormser. Mio marito, Sami Saydjari, mi
ha donato amore e supporto incondizionati fino alla conclusione di
questo romanzo.

Infine, la realizzazione di questo libro non sarebbe stata possibile senza il lavoro di altri scrittori, giornalisti di guerra e storici specia-
lizzati nei temi della Shoah, dei gulag, degli aspetti militari delle due
guerre mondiali, della Polonia e dell'Iran. Avverto un sentimento di
particolare umiltà di fronte ai sopravvissuti dei gulag e del terrore
nazista, le cui memorie o testimonianze hanno fatto sì che le generazioni future non possano mai dimenticare.

~

Per il materiale educativo legato a questo libro,
compresa una guida didattica con bibliografia,
oltre alle apparizioni dell'autrice, si prega di visitare
il sito web www.legacyeditionbooks.org

www.ingramcontent.com/pod-product-compliance
Lightning Source LLC
Chambersburg PA
CBHW061600190726

48288CB00007B/2103